许钧 著

法国文学散论

南京大学出版社

自序

2017 年 12 月上旬，应邀去北京大学访问，在人文工作坊谈文学翻译，我说，都讲做翻译难，但我觉得翻译者是世界上最幸运的人。我有幸翻译过巴尔扎克、雨果、普鲁斯特这样的文学大家，能有机会跟他们神交与对话，是一种幸运。通过翻译，我有机会接触到加利、勒克莱齐奥、德里达这样的政治家、文学家和哲学家，进入他们的精神世界，借助"异"之明镜照自身，认识自我，丰富自我，更是一种幸运。

在多个场合，我也说过，做翻译，不能止于翻译，要去探索翻译背后丰富的世界。就文学翻译而言，要经由翻译，以自己的理解去重新阐释经典的作家，用自己的目光去发现尚未被认可的优秀的作家。对于法国文学，我没有系统的研究，不是专家，但作为一个热爱法国文学、多年译介法国文学的译界中人，我与法国文学的接触，用的是特有的方式，是有温度的、有感情的接触。

因为喜欢《红与黑》，我关注《红与黑》的翻译，发起过有关《红与黑》汉译的讨论，这样的讨论，不仅仅涉及翻译的原则、标准与方法问题，对于进一步理解《红与黑》这部作品的文学特质与文字风格无疑也是有益的。因为参与了普鲁斯特《追忆似水年华》的翻译，我深切地感受到理解普鲁斯特的难度和表达普鲁斯特的限度，但我更在普鲁斯特这部绝代名著的翻译过程中，一步步走近普鲁斯特的世界，看到了普鲁斯特的意识流在文本中如何呈现，体会到了其隐喻的丰富表达和叙事的精心结构。在与普鲁斯特的文字的亲密接触中，对文本之魂有了自己的理解与把握。我不仅在翻译的层面明白了文学翻译中"度"之把握的重要性，更在文学层面领会到了文学创作之个性的独特价值，也在翻译理论的层面，通过对《追忆似水年华》汉译的思考，在句法、隐喻、叙事、风格等维度对如何理解普鲁斯特、阐释普鲁斯特、表达普鲁斯特做了有益的探索。

以翻译为入径，我接触了种种法国文学流派代表人物的作品，如浪漫主义的夏多布里昂、雨果，现实主义的司汤达与巴尔扎克，意识流的鼻祖之一普鲁斯特，法国新小说派的杜拉斯，法国新"寓言派"的图尼埃和勒克莱齐奥。重读我写下的与他们相关的文字，我发现这一个个在法国文学史，乃至世界文学史中闪耀着永恒的光辉的文学大家，无意中构成了我数十年来所致力的文学与翻译之双重历险的精神坐标，让我感受到了阅读文学经典、翻译文学经典之于我个人成长的深刻价值。

这部《法国文学散论》所收录的文字，有别于专业的文学批评之作，没有生涩的术语，没有理论的构建，也没有系统的探索，但字字句句，都带着真情实感，希望形成一种鲜活的批评力量。我希望如圣伯夫所言，在阅读与批评中有所发现，发掘生成的力量；我更希望，批评能把读者引向文本，在阅读的时刻，文本能生成并内化为读者的生命之流，与读者的灵魂"建立起联系"（"小王子"语），成为读者的"生命之书"（朗西埃语）。

在与法国文学大家的相遇中，我深知选择之于一个翻译者的特殊意义，选择书，就像选择朋友，与好书为伴，会有更开阔的视野，会发现更美丽的风景，会有更丰富的人生。好书，好运，好人生，翻译者之大幸也！

是为自序。

（2017 年岁末于朗诗钟山绿郡）

目录

走近夏多布里昂的世界

——《夏多布里昂精选集》序

　　经历了大革命的洗礼之后，进入 19 世纪的法兰西却依旧笼罩在一片阴霾之下。共和与帝制你方唱罢我登场，革命与反革命、复辟与反复辟、侵略与反侵略的各派势力持续地进行着针锋相对的较量和斗争。政治上的动荡不定引起了阶级关系的空前紧张，但社会基础的飘摇也使当局放松了对人们思想的钳制。人们开始反思革命，"反思暴政和恐怖的现实"，他们期待一种精神上的超脱，极力想把目光投向纤尘不染的大自然，投向美洲、东方这些遥远的异域。

　　18 世纪末 19 世纪初的法国文人中有不少是天生的政治家，他们有着如火的激情，大革命和 19 世纪动荡的社会背景为他们造就了实现理想、宣泄激情的舞台。他们又都是天生的思想家，在对革命的反思中不仅进行意旨深邃的历史考察，还在著作中借用一些词义精深、艰涩玄奥的词汇，加上新奇的修辞、生僻的用典，给他们的思想饰上了一道深不可测的光环。作为 19 世纪浪漫主义文学的先驱，夏多布里昂就是一个集政治家、思想家于一身的典型形象。他以《阿达拉》《勒内》这两本"轰动一时"的奇书和斯塔尔夫人一起掀开了浪漫主义的序幕，更以他形式多样的宏丰的创作，成为法国文学史上一座重要的里程碑，为后世作家留下了一笔不可抹灭的精神财富。

一

　　1768 年,夏多布里昂出生于圣马洛一个没落的贵族家庭。父亲在生意场上的成功使得家道得以复兴,他在贡堡购下一块地产,在这里,小夏多布里昂度过了他并不十分愉快但对他影响久远的童年。由于是幼子,他失去了财产的继承权,他只有在和他最亲密的姐姐吕西尔的情投意合中,才感受到快乐和生活的勇气。孤独的他喜欢在林中漫步遐想,忧郁早早地成为他一生的伴侣。

　　中学毕业后,夏多布里昂面临着人生的重大抉择。他不堪教会里的清苦生活,也无意做一个普通的海军军官,他需要一个属于自己的职业与未来,以施展郁于心中亟待迸发的爱情与抱负。

　　波兰的流亡诗人维托德·贡布罗维茨说过,漂流是生命之程真正的开始,这就像婴儿带着唯一属于自己的第一声柔弱的哭喊从安适、温暖的母亲子宫中得到流放一样。夏多布里昂首先选择的是旅行。1791 年 4 月 8 日,他从圣马洛出发,乘上了去美洲的客轮。这时的法国由于遭受大革命的洗礼正千疮百孔,夏多布里昂感受到了他这一代人命运的沉重,但他还是奔赴美洲,准备在那里实现自己的梦想和憧憬。但是现实拂逆了年轻人的期望,他在巴尔的摩登岸,经纽约去了费城和哈得孙河谷,旅行是短暂而有限的,他没能见到密西西比河的壮美景色和心目中的英雄华盛顿将军。但夏多布里昂的想象力却因为受到异域风光的强烈触动而得到极大程度的丰富,他的心中萌生了《阿达拉》《纳切家族》和《美洲游记》的雏形。

　　经历了这次期待已久的旅行后,他回到法国。在这里,另一种旅行——侨居和流放——正等待着他。他先是加入了勤王军,在短暂的军旅生涯中,他负了伤。他只得再度离开法国,先后侨居于布鲁塞尔、泽西岛、伦敦和英国的外省,1792 年到 1800 年这八年中,他一直过的是默默无闻的生活。漂泊的阵痛给了他创作上无限的动力,他开始转向他新的职业——写作。

1797 年,他的第一部作品《论革命》问世,崭露头角。他旁征博引,探讨革命的缘由,在寻求古代革命与法国革命的联系时,对基督教走向毁灭提出了质问:"将由什么教来取代基督教?"1800 年 5 月,经过封塔纳等人的斡旋,他回到法国,重新踏上了这块正由他倾慕的英雄拿破仑·波拿巴统治的国土。经过 1801 年试验性气球《阿达拉》的成功放飞,他在次年(1802)发表了《基督教真谛》。这部书迎合了拿破仑恢复天主教的政策,同时也抓住了大众在动乱后寻求心灵寄托的心理,引起了巨大反响。这本书的成功也为夏多布里昂向作家兼政治家角色的转变起到了推动作用。夏多布里昂仿佛要一手紧握笔杆,一手高擎宝剑,屹立在法兰西大地的上空……

然而,夏多布里昂很快发现自己和拿破仑在许多问题上的见解其实是方枘圆凿的。在一位公爵遭到枪决后,他辞去驻罗马使馆一等秘书的职务以示抗议。1806 年,他再次离开法国,开始了近东之旅。这次旅行者角色的重温又给他带来很多创作上的灵感。他回国后先后发表了《殉教者》(1809)、《从巴黎到耶路撒冷纪行》(1811)和《阿邦赛拉琪末代王孙的艳遇》(1826)。1811 年他被选为法兰西学院院士,但是没有得到皇帝拿破仑的承认。初涉政坛并未削减他仕途上的雄心,波旁王朝复辟之际,他及时地献上一本小册子《论波拿巴和波旁王室》(1814),作为向波旁王朝的觐见之礼,也为自己的重整旗鼓创造了条件。从此,夏多布里昂在政坛上平步青云,他历任内阁大臣,驻柏林和伦敦的大使、外交大臣,并重新被委任为驻罗马的外交官;他代表法国参加了维罗纳会议,并一手促成了对西班牙的战争。尽管他拥有了高官显职,在政治舞台上显尽了风流,但从本质上讲,他仍然是一个无条件服从王权的奴仆和趋炎附势的臣子,他是一个具有反抗精神的斗士,对官场的尔虞我诈,他开始感到厌恶。他在《观察家》和《辩论》等杂志上发表论战性文章,立场鲜明地抨击路易·菲力浦。路易·菲力浦持的中间路线政策与他那气魄宏大、毫不妥协的感情自然是格格不入的。1830年七月革命最终摧毁了波旁王朝的统治,但业已年迈的夏多布里昂也结束了他的政治生涯,经历了旅行者的好奇与探险、政治家的热情与冲动,他需要重归书斋,在静谧中重拾自我。

《墓外回忆录》扉页　　　《墓外回忆录》人像　　　《墓外回忆录》插图

　　尼采说过,人生有三变。一是骆驼阶段,处于坚忍的苦学苦修之中,异常艰辛。二是狮子阶段,勇猛拼搏,建立"事功"。三是婴儿阶段,扬弃一切破坏的冲动,泯灭一切旧的恩仇,回到天真烂漫的时代,绽开无邪的微笑,从容地面对时日,安静而和谐,同时也在创造。夏多布里昂的青年时代是清苦而漂泊不定的,旅行给了他无穷的乐趣,也使他感受到生活的艰辛。美洲的风土人情使他忘却了尘世的纷扰;在古希腊、古罗马的遗迹面前,他嗟叹着时光的无情,惊讶于古人的伟大。在这次旅行的日子里,夏多布里昂形成了自己的思想和人生观。后来,在政治生涯和创作生涯中,他一直极力要出人头地，企图用笔完成拿破仑用剑完成的事业。他历经坎坷，仍百折不回，他用激情换取了荣誉和地位。几十年的倥偬生涯过去了，他重新渴望内敛的生活，他再度提起笔来，要完成他那早已着手的《墓外回忆录》。他终于可以对其漫长的一生做一番回溯，将那些散落的经历一点点串联起来，去再现现实与梦想、回忆与预言、拒绝和情感。夏多布里昂把自己的一生分成旅行、写作与从政三个阶段。他在遗嘱中说道："在我连续的三个生涯中，我始终为自己制定着一项重大的任务。旅行时，我渴望探求极地的未知世界；写作时，我尝试着在废墟上重塑基督教的辉煌；从政时，我则尽力想给予人民真正的君主制度。"这也是他一生所求的写照。《墓外回忆录》的"墓外"就意味着"彼世"，在远离喧嚣后，夏多布里昂已经无欲无求，他仿佛已经超越了人生的普通境界，在彼世中遥望人间，回顾自己的一生，为自己写传。1848 年 7 月 4 日，在镇压六月起义的枪炮声沉寂下来后，缠绵病榻的他走完了他的人生旅程。在他的葬礼上，人们以他《墓外回忆录》里的这段遗言作为开场白："我的窗子开着，朝西对着外国使团的花园，现在是早晨六点钟，我看见苍白的、显得很大的月亮；它正俯身向着残老军人院的尖顶，那尖顶在东方出现的金色阳光中隐约而见：仿佛旧世界正在结束，新世界正在开始，我看见晨曦的反光，然而我看不见太阳升起了。我还能做的只是我的墓坑旁坐下，然后勇敢地走下去，手持带耶稣像的十字架，走向永恒。"

二

夏多布里昂的一生是传奇而曲折的一生，很少会有人像他这样，将如此多的角色成功集于一身。即便仅仅从作家的角度对其进行考察，他在法国文学史上也是许多后辈作家难以望及项背的巨擘。

夏多布里昂出生于布列塔尼,这是一个海与森林的省份,远离繁华喧嚣的巴黎;皮埃尔·洛蒂把它形容成一个"凄凉的地方,覆盖着金黄色的平原,长满了玫瑰色的欧石南,风和雾轻浮在花岗石的峭壁上"。布列塔尼人是个特殊的民族,他们长期漂流受苦,但眼前那一望无垠的蓝色大海,使他们的想象力不会仅限于狭窄的现实,他们渴望自由,热爱旅行,正是布列塔尼人卡蒂埃发现了大洋彼岸的加拿大,并把法兰西的文明传播到那里。夏多布里昂渴望去美洲探险,莫非就是冥冥中对祖先行迹的寻根?旅行对于夏多布里昂的创作是极为重要的一个素材,他要么直接描写绮丽独特的异乡风光,要么以之为背景来安插他的凄婉故事。

布列塔尼流传着各种各样的怪诞故事,例如骑士、僧侣、朝觐者的所见所闻,尤其还有那些以死亡为主题的故事。夏多布里昂从小就听乳母讲过不少类似的故事,这些故事深深根植于他那弱小、孤独的心灵,定下了他后来文学创作的基调。

童年的体验不仅会对一个人的整个人生定下基调,还会规范他以后的发展方向。一个人一生的选择都要受到他童年时"基本选择"(萨特语)的影响。夏多布里昂的童年是抑郁而孤独的。父亲的冷漠和无情,母亲的怯懦和逆来顺受,使他只有在姐姐吕西尔的关怀中寻找快乐和温情。夏多布里昂年幼时功课很少,与顽童玩耍散步之余,他就和吕西尔待在一起。吕西尔异常敏感,甚至有些神经质,她对于宗教有着狭隘的观念,常常喜欢幻想。在吕西尔的影响下,夏多布里昂在散步时常常会思考生活和人生的意义,对于死亡和前途也有了模糊的想法。

夏多布里昂成长的年代正是一个理性受到严重挑战的年代。卢梭在其《论人类不平等起源的基础》一书中,将文明和科学痛斥为戕灭人性的机器,认为文明的进步是社会和个人一切恶行的根源，主张人类应回到野蛮人的和动物般的自然状态中。在他看来，没有农业、工业、语言和教育，没有野心、贪婪、嫉妒和战争，人的情感是完全自由的。夏多布里昂也幻想着一个荒僻的所在，幽静宁谧，没有尘世的纷扰。于是他在旅行中描绘美洲的森林、密西西比河岸、罗马的乡野、那不勒斯、浩瀚的大西洋、巴勒斯坦和西班牙，描写里有着贝尔纳丹·德·圣皮埃尔影响的痕迹。各地的美丽风光不仅得到了再现，而且在他这位写景圣手的笔下变得更美。但对于夏多布里昂来说，自然更像是一个避风的港湾，他向自然质问，让自己的痛苦在自然中融解，此外，自然还给他关于人类文化和社会的多种启示。

在《基督教真谛》的"哥特式教堂"一节中，夏多布里昂说道："有人认为哥特艺术……是由早期东方基督教徒传给我们的；但是我们更喜欢将其起源系于自然。"虽然夏多布里昂这段话里含有随意和武断的一面，是对文献与资料不加掩饰的轻蔑，但这正是浪漫主义的特征：夏多布里昂以直觉唤醒了沉睡已久的正确认识。自然使他们认识到，"森林是最初的神庙，是一切宗教建筑的原型"。自16世纪以来遭受才子们否定和嘲笑的哥特式建筑同希腊建筑一样，也是受自然界启发的。

在理性泛滥、僵化的时代，崇尚自然是时常涌动在人们心灵深处的一种愿望，也是内心的一种需要。面对大自然并与大自然达到心灵上的沟通与交流，才会使人获得身心的彻底自由。

与回归自然相对应，归依人类的童年——古希腊、罗马社会，也是西方哲人诗人的一种普遍的美学向往和心灵憧憬。人类的童年世界是一个被美化的、美好的、完善的社会，一个充满诗意、激情澎湃、蓬勃向上的社会。古希腊、罗马社会代表了人类社会存在的本真状态和理想境界，在世界历史的长河中就仿佛是一片绿洲。对于夏多布里昂来说，古希腊、罗马社会不仅仅意味着荷马、维吉尔、西塞罗和塔索,它在更大程度上是一种氛围,一种使他感受到纯朴和美好气息的氛围,当他对现实愤懑不平时,他就可以在这种美好氛围中寻求解脱,在昔日灿烂的阳光下感觉真实与完美。于是,夏多布里昂迷恋于引经据典,他的论证始终带有古时雄辩家、演说家的风范,他在论及是非时也常常会以古人的行为作为参考的规范与标准。

夏多布里昂创作的风格同样也受到一些近代作家的影响,他视古典主义的帕斯卡尔、博絮埃和伏尔泰为圭臬,直接的熏陶则来自卢梭和贝尔纳丹·德·圣皮埃尔,但夏多布里昂不是个单纯的模仿者,他是一个集大成者:他既是画家,激发起我们对各种风景的想象;又是诗人,表现自己内心悸动的轨迹;他更是演讲家,大量运用比喻和隐喻,来阐发自己长久积蕴于心的思想。他那一系列动人的作品正是他内心世界和人生轨迹生动而真实的写照。

三

夏多布里昂一生创作宏丰,且体裁多样,有小说、回忆录、传记、游记、论著、散文、随笔等。这次,我们邀请国内译界的名家和新秀从他近三十卷的著作中,选译了他的一些富有代表性的精品,分为小说、论著、文论、游记和回忆录五个部分,汇编成集。

夏多布里昂最具代表性同时也产生了最大轰动效应的作品是《阿达拉》和《勒内》。这两部作品尽管背景和内容迥异,但都反映了感情与理智的尖锐冲突。无论是阿达拉为了忠于母亲的誓言,宁死也不背叛天主而拒绝沙克达斯的爱情,还是勒内为了逃避姐姐"罪恶的激情"而远遁北美,不可企及的爱情最终都要以死亡作为代价。这意味着只有退隐避世,投身于忧郁和孤独之中,才能忘却人寰的纷嚣,继续生存下去;只有在孤独中,才能进行深刻而强烈的内省。个体生命与外部世界暂时中断联系的这一时刻,生命个体和生命意义的问题才会得到潜心的考虑,人才能获得自由。

夏多布里昂笔下的勒内有其自身的影子。他出生于一个没落的家庭,母亲死后与姐姐相依为命,由于不是长子,被剥夺了一切财产继承权,便只得与姐姐一道寄住在亲戚家。姐姐本是勒内唯一的依靠,但她却万分不幸地爱上了他。他只好远走他乡,与孤独为伴。但异域的生活也完全不是他的理想,他感叹道:"唉! 我孤零零,孤零零地活在人间! 对于生活我复又感到恶心,而且比以前更厉害。"甚而觉得"在社会里每一个小时都打开了一个坟墓"。

勒内的忧郁和孤独正是所谓的"世纪病"症状,而勒内本人便是一个"畸零人"的典型形象。在大革命狂热的激情中,昔日的王孙贵族失去了优裕的处境,资产阶级新贵的掌权不仅使他们愤然,也使他们茫然。希望一个又一个地破灭,生活是这般的艰难,他们只得"伫立在桥上,观看日落西沉,并且想,在这许多屋顶底下……没有一个知心人"。为了重寻旧梦,他们尝试着去新大陆碰碰运气,然而现实再度给他们严酷的打击,"世纪儿"最后痛苦地说道:"我一切都尝试过,但带给我的只是不幸。"

缪塞在他《世纪儿的忏悔》一书中塑造过一位"世纪病"患者的形象。主人公奥克达夫由于不堪理性的压抑而彷徨失措,但夏多布里昂笔下的"畸零者"却是因痛感理性的失落而陷入孤寂绝望。由于人生信仰的失却,他们对万物存在的意义都产生了怀疑,这种空虚感不是个别人的偶然情愫,而是一类人的共同感受,有着时代的印记,"这种内容是大革命在人的头脑中造成的一种精神状态的反映"。

为了重新拾掇起理性,寻找精神归宿,夏多布里昂大力倡导人们对基督教的回归。如果说他在《论革命》中发出"将由什么教来取代基督教"的质问是他在寻觅精神家园时内心茫然而绝望的呐喊的话，那么《基督教真谛》的问世，则标志着他对基督教这一精神家园的彻底回归。他试图以这部洋洋百万言的巨著来"证明，在以往存在过的一切宗教中，基督教是最富有诗意的，最人道的，最有利于自由、艺术和文学的"。全书共分四部分，分别为《教理与教义》《基督教诗学》《美术与文学》和《信仰》。这部巨著体现了作者在精神与艺术上的双重追求：在精神上，他力图要证明基督教是人类文明的归宿和精神家园，而在艺术上，则以自我感情的恣意抒发、语言的艳丽奔放、想象的独特神奇，开创了浪漫主义的先河。

夏多布里昂对于上帝存在的问题有着自己独到的见解。他认为，只要证明"语言是被传授给人类的，人类不能自我创造语言"，上帝存在的问题便可迎刃而解。此外，上帝的圣迹还可以通过身边的点滴小事得到感悟。鸟类懂得筑巢的艺术，并且会啄下自己肚子上的羽毛，来为孩子预备一个舒适的摇篮，这在夏多布里昂看来，便是上帝的圣迹之一。他认为，上帝是想让人们通过这种景观回想到他，感受到他的神圣和无限睿智，并对他的大慈大悲坚信不疑，因为他"对用一个小钱就可以买到一对的鸟儿都是这样的关心和体贴"。

夏多布里昂对宗教的这种近乎偏执的笃信根源于孩提时代的宗教生活；家乡小教堂里的圣母像给了他无限的温暖和慈爱。但他真正成为教徒还是在先后失去母亲和亲爱的姐姐吕西尔以后。接踵而来的不幸给了他巨大的震动，他顿时决定归附教门。他写道："我承认，我决非向超自然的巨大的启示屈服；我的信念发自内心；我哭了，我就信了。"

无论夏多布里昂高举基督教大旗的诚心究竟有多少，他在人们最需要信仰和归宿的时候，抨击了18世纪的那些哲学家和百科全书派，从美学和社会学上平反了基督教，重新"树立起了哥特式教堂"，为人们提供了可以慰藉心灵的寄托。他对基督教的重振还引发了人们对中世纪的好奇与兴趣。梯也里、雨果、米什莱、梅里美等人在他的指引下，以一种既带有理性又充满激情的崇敬，去重温被遗忘了许久的中世纪文学和艺术作品。

夏多布里昂不仅重新开启了关闭的大自然，发明了现代的忧郁，还革新了批评界。夏多布里昂的文论和他的小说、传记一样，不仅仅是简单的文本，也是他进行自我展现、自我解释的舞台。由于文论相对的自由性，他那华美的文笔和不羁的文风在文论中得以最大限度地体现。无论是评论作品还是作家，都不会有模棱两可的暧昧态度。他在是非问题上立场鲜明，对他推崇和赞美的作品，他会不吝笔墨，大力渲染，对他要批评的文章，他则极尽嬉笑怒骂之能事，使用最辛辣的文字和最具嘲讽性的笔调。但不管是褒是贬，他的论证都气势磅礴，雄辩有力。他的文字使人读过后会不由自主地产生共鸣，即便是在他抨击伏尔泰和莎士比亚这样的大家时。夏多布里昂的文论也向来不会就事论事，他那渊博的学识使他在论述中可以谈古论今，纵横捭阖。谈论文学作品时，他喜欢将古希腊、罗马的文学界看成亘古不变的永恒参考。荷马、维吉尔的史诗，博絮埃、卢梭的精致文字、缜密思想，在他看来是后世作家不可逾越的高度和必须承袭的传统。夏多布里昂同样也通晓历史，他谈论时事或者某种社会现象，总要以历史为鉴，将古今进行一番比较才得出结论。他的很多观点，也都要在历史探讨中加以阐明。夏多布里昂博闻强识，思路开阔，他的任何一篇文论除了要探讨的中心主题外，都会附带有几个随意性的小主题，这就使他的文章脉络每每繁杂而难于梳理，必须有丰富的历史、文学知识和清晰的分辨能力为底蕴，才可以理清夏多布里昂的思路，真正读懂他的评论文章。

夏多布里昂的游记写得很有特色，我们这次选译的《美洲游记》是其代表作。夏多布里昂的这部作品发表于 1827 年，而它记叙的则是三十多年前他在美洲游历期间的所见所闻、所思所想。在初次踏上美洲大陆的那一刻,他"百感交加",面对一个崭新的世界,想到的是它"最初的野蛮状态",以及被哥伦布发现后在文明化的进程中所遭遇的一切,他"试图在这块天生荒僻的土地上有所发现"。在大自然的怀抱中,夏多布里昂对自然与文明、宗教与政治进行了思考,将对大自然的描写与精神的求索融为一体。他对美洲的山山水水、飞禽走兽、花鸟鱼虫都注入了自己真挚而热烈的感情,对美洲的风土人情包括美洲人的语言、医药、战争、信仰都做了生动的描绘,展现了一个令文明人向往的世界。

在夏多布里品的著作中,他的《墓外回忆录》无疑是一部"纪念碑"式的作品,他自己曾将之称作"我生活和时代之史诗"。他想借这部史诗股的作品,"将自己的经历融入历史的框架",让《墓外回忆录》这座"死神的神庙",耸立在他"回忆的光辉之中"。《墓外回忆录》由四个部分组成,分别为《我的青年时代》《我的文学生涯》《政治生涯》和《第四种和最后一种生涯》。法国文学史家皮埃尔·布吕奈尔指出,夏多布里昂"要把描绘'自我'汇入到描绘一个变化的世界的广阔图景中,并抓住和永远确定深深怀念的往昔的景象"①。他要复活历史,去"唤醒一个世界",在历史的废墟和回忆的光辉中,昭示着一个新人的诞生。在这个意义上说,《墓外回忆录》赋予了夏多布里昂不朽的生命。

四

夏多布里昂是一位全才型人物,在他的人格上有着令人难以捉摸的特点。夏多布里昂从未隐瞒过他在人格上的多面性和在本

---

① 皮埃尔·布吕奈尔等:《十九世纪法国文学史》,郑克鲁等译,上海人民出版社,1997年,第 61 页。

性上的矛盾,在《基督教真谛》里,他就说过:"人从一种感情到另一种感情,从一种思想到另一种思想飘忽不定,他的爱情和见解一样难于捉摸,而他的见解也像爱情一样在他身上不由自主地流露出来。"他一辈子爱过无数女子,这无疑体现出他不尽的欲望和多重的情感,然而,在他每个爱过的女子身上,都隐含有茜尔斐德的模样——这是他初恋的女子,他在贡堡的林荫道上遇见了她,就一辈子难以忘怀。从这个意义上说,夏多布里昂又是一个追求执着、感情真挚的人。

在夏多布里昂身上两重性是显而易见的,他既是文学家又是政治家,既倡导人道主义又迷恋严酷的心理分析。他曾将"解释"看成自己写作的首要动机:"我写作主要是想让我意识到自己,我想在死之前回溯我那些美好的光阴,解释我那无法解释的心灵。"这句话说的虽然是《墓外回忆录》,但它也同样适用于《论革命》《勒内》《从巴黎到耶路撒冷纪行》及至《朗西传》。无论是小说、传记还是历史年鉴,其脉络都是在自我展现中对自我进行解释,并将自己同化于他人、他物和他处的不同场景中。因此,夏多布里昂既是美洲年轻的异乡人,也是草原上的老神父,更不用说勒内和朗西了。布列塔尼人自由、忠诚的血统使他倾心于秩序、荣誉或自由,但他创作的意图并非只是这些。他在一封信中写道:"我有许多积郁在胸的情感想表达出来,使自己得以解脱,我深信,我会展现出一个非同寻常的内心世界。"夏多布里昂的不同寻常或者说他的天才之处就在于,谈自身不确定的情感之时,懂得将其外延到对历史的思考之中。

夏多布里昂是一个在历史中进行考察的诗人。他不仅热衷古今历史的事件与掌故,本人也经历了 1789 年和 1830 年的两次革命,在贵族院和维罗纳会议中,扮演过举足轻重的角色。他始终乐于将过去的历史重任揽到自己肩头,或者跃跃欲试地要进入尚待人去谱写的历史中。

夏多布里昂对荏苒的时光极为敏感。他看到，无论是一个人还是一个国家，一切都要被时间毁灭，任何的历史都不能摆脱这种命运。作家以有涯之生进行无涯之思，原本是荒谬的，但我们也不可否认，自我是整个世界的微缩：虽然言与文都是要毁灭的，但还有一种历史以外的力量，那就是诗。《墓外回忆录》就是在一种超越时间、脱离历史束缚的诗意中写就的。而实际上，从《勒内》到《朗西传》，从目的的角度来看，可以说都是在"墓外"的"彼世里写成的"。

有评论家说，夏多布里昂不仅仅是个"魅感者"，而且是个"跑题大师"。无论他叙述什么，最终都会在他滔滔不绝的演说中发生变化：分析性的小说最后成了心灵忏悔，游记就是幻想中的历史年表，而传记也会变为情感的"交响乐"。夏多布里昂的每篇文章都会因一种内部的动力而产生偏离。这种动力就是随心所欲，让心灵随着自身的兴趣去感受一切。然而，这样的叙述方式难免使人对其真实性产生疑问，事实上，夏多布里昂无论在生活上还是在作品中，在某种程度上确实存在与其表现出的宏大思想不相协调的部分。

乔治·桑曾评论道："当我读《墓外回忆录》时，里面如此多的矫情与谎言令我忍无可忍。"然而，夏多布里昂首先是个文学家。司汤达说过："艺术作品就是一串美丽的谎言。"《墓外回忆录》是一部文学作品，而且并非确切意义上的历史文献，只要艺术上有特色和超人之处，人与文的不尽重合乃至分裂，都是会得到人们的宽宥的。

圣伯夫谈到夏多布里昂时说："他的真实是一种艺术家的真实"。罗兰·巴特也认为夏多布里昂具有一种不同于其他任何人的文学，他以"一种永远的可能性来代替一种偶然的真理"。夏多布里昂童年与姐姐吕西尔谈到孤独时,吕西尔对他说:"你应当描述这一切"。他要描绘的正是一种与现实必不可分而又隶属于他主观意愿,隶属于他的孤独的内心世界的真实。

夏多布里昂在很长的一段时间里,只是被人断章取义地片面理解。根据传统的文学史观点,他只是由于《基督教真谛》的宏论而被人称作"魅惑者",或者因为《墓外回忆录》的遐思被人称为"梦想的王子"。有人认为他应该随着浪漫主义文学的结束而消失在历史的长河中,然而,随着研究的深入,人们发现他不仅和卢梭有着相承因袭的关系,他在对逝去时光的追寻方面还完全称得上是普鲁斯特的先祖。夏多布里昂在他的作品中将文学与作者的职业、社会功能紧密相连,与历史的存在和命运结成一体。他本人也意识到了这种创作方式的"现代性",他在《遗嘱序》中说道:"在我这个时代的法国作家中,几乎是唯一一个生活与作品相似的人……"愿我们所编选的这部《夏多布里昂精选集》,可以帮助你走进夏多布里昂迷离而深邃的世界。

(此文系为《夏多布里昂精选集》所写的序言,该书由山东文艺出版社于 2000 年出版)

"周密的社会观察"与"精妙的心理分析"
——重读司汤达的《红与黑》

　　《红与黑》,是法国 19 世纪伟大的作家司汤达(又译斯丹达尔)的代表作,于 1830 年 10 月问世。112 年之后,亦即 1942 年,在重庆的嘉陵江畔,青年诗人赵瑞蕻吟叹着"炉火峥嵘岂自暖,香灯寂寞亦多情"的诗句,开笔首译《红与黑》,经过近两年的努力,一部并不完整、只有十五章的《红与黑》第一分册由重庆作家书屋出版,开始了它在中国的生命历程。其后的半个多世纪,在中国这块神奇的东方土地上,《红与黑》

《红与黑》

经历了战争年代的硝烟炮火,也经历了长达十年之久的"文化大革命"年代的精神荒芜。伴随着中华民族沉沉浮浮的命运,《红与黑》以其独特的生命力,在 20 世纪的 90 年代,终于迎来了政治清明、读者知性的一天,《红与黑》得以"红"遍了中国,二十余个不同的《红与黑》译本陆续出现在大江南北的书店里、书摊上,《红与黑》由此而成为在中国影响最大、传播最广的外国文学经典名著之一。

　　对《红与黑》在中国的命运,九泉之下的司汤达也许会有几分造化弄人的辛酸,也有几分获得重生的感慨。据米歇尔·莱蒙编写的《法国现代小说史》,1829 年 10 月 25 日至 26 日的这个夜里,当时在马赛的司汤达萌生了写一部名为《于连》的小说的念头,此后的几个星期里,他奋笔疾书,写成了小说的初稿,只有薄薄的一小册。翌年一开始,司汤达在巴黎投入了紧张的工作,开始修改、充实初稿。5月,有了《红与黑》这个题目。经历了七月革命的风暴之后,《红与黑》以《一八三〇年纪事》为副题,于1830年10月正式问世。

对自己的这部作品在故土法兰西的命运,司汤达有着清醒的认识。在全书的总目录下,我们发现有一短句英文,叫"To the happy few",意思为"献给幸福的少数人"。对这一小句话,翻译家郭宏安先生理解为:"《红与黑》这本书是为少数幸福的人写的,这就是说,幸福的人总是少数,只有这少数人才能理解《红与黑》这本书。"确实,在司汤达看来,他的同时代人是难以真正理解他的这部小说的。他声称:"我将在1880年为人理解。"还说,"我看重的仅仅是在1900年被重新印刷"。他甚至把他的这部书视作一张彩票,说:"我投了一张彩票,将得到一笔大彩:到1935年为人阅读。"①翻开法国文学史,不论是朗松撰写的具有历史批评色彩的《法国文学史》,还是法兰西学院院士端木松所著的《别样的法国文学史》,都可看到有关的记载:《红与黑》问世时遭遇了冷遇、嘲讽,甚至鄙视。然而,幸福的少数人也发出了由衷的赞美声。德国的歌德给予了高度的赞扬,认为《红与黑》是司汤达的"最好作品",称赞作者有着"周密的观察和对心理方面的深刻见解",而俄罗斯的托尔斯泰则对司汤达的"勇气产生了好感,有一种近亲之感"。②随着时间的推移,《红与黑》为越来越多的读者所理解,它的生命之花开遍了世界各地,早已以其独特的品格和强劲的生命力,傲立于世

---

① Jean d'Ormesson, *Une autre histoire de la littérature française*, Paris: Nil Éditions. 1997, p.169.

② 司汤达:《红与黑》,郝运译,上海译文出版社,1986年,《译本序》,第1页。

界文学之林,成为不朽的文学经典。恰如端木松院士所言,司汤达"取得了巨大的成功,他在文坛的地位是独一无二的"。

175 年来,司汤达的《红与黑》先后被翻译成数十种语言,在全世界广为传播。司汤达的文学生命在不断地拓展,延伸。在我们今日的中国,在市场经济的潮流中,《红与黑》甚至成为某种赚钱的"机器",二十几个不同的版本,鱼龙混杂,不通法语的读者很难分辨出优劣,自以为"幸福"的读者手中捧读的或许是一部译笔粗糙的平庸的《红与黑》,也可能是一部与原作文字风格相去甚远,背叛了原作精神、被扭曲了的《红与黑》,甚至是一部充满铜臭味、拼凑而成的抄译本。除了懂行的读者,知道司汤达幸遇中国的赵瑞蕻、罗玉君、郝运、郭宏安、许渊冲、罗新璋、张冠尧等翻译名家,其生命得以在中国延续,可对大多数中国读者而言,他们阅读《红与黑》的幸福十有八九是要靠选择译本的运气:幸福与否,取决于对译本的选择。就此而言,今日在中国能够直接用法文阅读《红与黑》的读者,是多么幸运啊!

能用法文直接阅读原汁原味的《红与黑》,固然是一种幸运。然而,司汤达距离我们的时代已经久远,《红与黑》中展现的社会环境与我们今天已经大大不同,《红与黑》中的人物在我们今天的读者看来已经成为某种历史,要真正走近司汤达的世界,读懂司汤达的《红与黑》,获得理解的"幸福",并非一件易事。还是让我们暂且离开当今世界的喧嚣和浮躁,静下来,用心地去看一看司汤达当初为何要写《红与黑》这样一部小说,又是如何去写这部小说的。

首先,让我们关注一下司汤达小说意欲揭开的"真实"。打开《红与黑》的上卷,映入我们眼帘的是作者援引法国资产阶级革命家丹东的一句话:"La vérité, l'âpre vérité"。对句中的"vérité"一词,有译家译为"真理",也有译家译为"事实",但大多译为"真实"。从《红与黑》小说的创作看,作者着力的似乎就在"vérité"(真实)这个词上。根据我们手头所掌握的资料,《红与黑》小说的创作,可以说源自司汤达在《法庭公报》读到的一桩"真实"的刑事案件的报道。这桩刑事案件被称为"贝尔德案件",该案件于1827年12月由伊泽尔省地方法院审理。米歇尔·莱蒙在他撰写的《法国现代小说史》中对这桩案件做了如下的简述:"贝尔德是格勒诺布尔附近布朗格镇一个马蹄锁匠的儿子。他二十岁时当过本地一个公证人米舒先生家的家庭教师。后来,他进了修道院,学习了一段时间,随后又担任德·科尔东先生家的家庭教师。德·科尔东先生把他辞退了,看来是因为里面牵涉到他家庭的一些感情纠纷。贝尔德个人野心受阻,失望之余,竟在教堂里朝米舒太太开了两枪。"[1]读过《红与黑》的读者,一眼就可看出这个"真实"的贝尔德案件与小说中于连·索雷尔的故事有着相同之处。不同的是,司汤达在小说创作中,没有止于案件的"真实",而是以此"真实"的素材为起点,把笔触指向了"真实"之后的"严酷":将小说置放在一个更为广阔而深刻的社会背景之下,指向了1814至1830年间波旁王朝复辟时期的社会现实,通过描写"路易十八和查理十世的政府带给法国的社会风气",让小说像面镜子一样"真实"地反映出复辟时期的反动、黑暗与严酷。小说中"贵族出身的德·雷纳尔市长是复辟王朝在这里的最高代表,把维护复辟政权、防止资产阶级自由党人在政治上得势视为天职。贫民收容所所长瓦尔诺原是小市民,由于投靠天主教会的秘密组织圣会而获得现在的肥差,从而把自己同复辟政权拴在一起。副本堂神父玛斯隆是教会派来的间谍,一切人的言行皆在他监视之下,在这王座与祭坛互相支撑的时代,是个炙手可热的人物。这三个人构成的'三头政治',反映了复辟势力在

---

① 米歇尔·莱蒙:《法国现代小说史》,徐知免、杨剑译,上海译文出版社,1995年,第36页。

维里埃尔独揽大权的局面"。①在这个意义上,有评论称司汤达的这部作品"显现出现实主义的光辉,这是现代博学研究的一个收获。好斗的现实主义啊,他这部一八三〇年纪事就是一份控诉状。作者在书中不止一处地提出了于连对衮衮诸公进行的嘲讽与轻蔑。"②

了解了《红与黑》的创作意图或主旨,我们现在把目光转向小说的另一个层面,看一看《红与黑》这一书名中的"红"与"黑"到底意味着什么。我们知道,作者开始创作这部小说时,最初想以小说主人公"于连"来命名,但最终选择了《红与黑》这个书目。关于"红"与"黑"到底象征着什么,评论界历来众说纷纭:有评论说,"红"与"黑"是命运的颜色,教会的黑色与判于连死罪的大法官的长袍的红色形成了鲜明的对照;也有评论说,"红代表军职,而黑代表教会圣职";还有评论说"小说标题的'红'代表充满了英雄业绩的资产阶级革命时期,特别是拿破仑帝国;'黑'代表教会恶势力猖獗的复辟时期"。③更有国外权威人士说"'红'象征于连的力量,他羡慕苍鹰的力量和它的我行我素,'黑'象征身陷囹圄的于连幻想的破灭"④。从上面的各种评论看,虽然在不同的评论家看来,"红"与"黑"所指不一,但细加分析,倒也可以看出,若指力量而言,"红"所指的主要为"军职"和"法官","黑"所指的是"教会"。从《红与黑》全书看,军队、教会与法院这三股力量确实存在,而且在它们之间存在着复杂的斗争。需要指出的是,在小说中,军队的力量只是潜在的,于连在儿童时代,曾目睹拿破仑威武的骑兵从家乡经过,他一心想往的,便是进入"军界",他为此崇拜拿破仑,有着建功立业的远大抱负。但他的雄心在复辟时期的黑暗统治中已无法实

---

① 司汤达:《红与黑》,郝运译,上海译文出版社,1986年,《译本序》,第12页。

② 米歇尔·莱蒙:《法国现代小说史》,徐知免、杨剑译,上海译文出版社,1995年,第39页。

③ 柳鸣九主编《法国文学史》(中册),人民文学出版社,1983年,第406—407页。

④ 司汤达:《红与黑》,郝运译,上海译文出版社,1986年,《译本序》,第25页。

现,复辟时期占统治力量的是保卫党和反动教会。若"红"与"黑"暗指于连的命运,那么"红"则指于连所羡慕的苍鹰般的力量,而"黑"则指于连的幻灭。看到"苍鹰"两字,我们马上会联想到小说上卷第十章中有这样一段:

> 于连站立在他那块大岩石上,望着八月骄阳照耀着的天空。知了在岩石下面的田野里叫着;叫声停下来时,他周围的一切显得那么宁静。方圆二十法里的地方展现在他的脚下。一只雄鹰从他头顶上的那些巨大岩石间飞起来,他看见它划着一个个巨大的圆圈,静悄悄地盘旋着。于连的眼睛不由自主地跟着这只猛禽转动。它的动作平稳、有力,深深地打动了他,他羡慕它的这种力量,他羡慕它的这种孤独。[1]

译文中的"雄鹰",亦即评论家所说的"苍鹰",象征的是拿破仑,而小说主人公于连所羡慕的正是苍鹰所象征的拿破仑的命运:它的那种力量,它的那种孤独。然而问题是,拿破仑时代已经过去,复辟时期的黑暗已经让于连无法施展他的抱负。面对如此困境,于连不得不寻找别的出路。顺着小说中展开的于连的人生奋斗轨迹,我们看到无论在德·雷纳尔家当家庭教师,还是在德·拉莫尔府上当秘书,于连一心想的便是"发迹",是"飞黄腾达"。跟拿破仑建功立业的儿时梦想破灭后,"宁可死上一千次也要飞黄腾达"的于连梦想着当"代理主教"。于是,羡慕"红"的于连又转向了"黑",在此意义上,我们可以认为,"红"与"黑"既是两种力量的对立,也是于连个人命运的斗争。《红与黑》的第一个中文译者赵瑞蕻也正是在这个意义上,对"红"与"黑"进行了独到的阐释,他在为

---

[1] 司汤达:《红与黑》,郝运译,上海译文出版社,1986年,第81—82页。

《红与黑》中译本所写的两万余字的长序中这样写道：

> 《红与黑》里的主角玉连是一个顽强地追寻自己的出路，力求获得一片立足之地的青年。他抛弃了'红'色的军装，披上了'黑'色的袈裟，因为在法国王政复辟时代，教会神父阶层已取拿破仑的军权而代之，前者的势力远远大过于后者，于是玉连的内心掀起了'红'与'黑'的冲突的巨浪。他经过一番深远的考虑后，决定从'红'的梦幻走向'黑'的渴望。他开始跟社会作战，如同一个浪漫主义的角色那样。他仇恨社会，因为社会束缚他，压迫他。于是，为了追求幸福，他起来反抗，充分表现了自我的精神，这也就是所谓'贝尔主义'(Beylisme)的一个方面。[1]

为了追求自己的幸福，追寻自己的出路，于连在复辟时期不可避免地要面对社会的"束缚"和"压迫"，要与社会抗争。就这样，在"黑"与"红"两种力量之间，在勃勃的雄心与严酷的现实之间，在对爱情的追求和理想破灭后的复仇之间，司汤达根据他自己所定的"想像必须遵循现实的铁的规律"，以于连的一部个人奋斗史为我们展现了复辟时期异常严酷的世界，书写了一个以"现实的深度和从内部看到的灵魂，抒情的心灵相对抗"的悲剧。

法国著名文学批评理论家热拉尔·热奈特在探讨普鲁斯特的《追忆似水年华》的叙事话语时指出，伟大的作品，"它们运转的动力之一就是读者有选择的认同，好感与恶感，希望与焦虑，或如我们共同的鼻祖所说的恐惧与怜悯"。[2]《红与黑》作为一部伟大的作

---

① 许钧主编《文字·文学·文化——〈红与黑〉汉译研究》，南京大学出版社，1996年，第251—252页。

② 热拉尔·热奈特：《叙事话语·新叙事话语》，王文融译，中国社会科学出版社，1990年，第284页。

品，要具有可以超越时空的不朽生命，没有读者的悉心阅读与认同是不可能的。然而，不同的时代，不同的社会，人们对同一部作品的认识是不同的。《红与黑》在法国问世时遭受的冷遇和后来的读者赋予《红与黑》无可争辩的经典地位，就是个明证。在中国，政治的、社会的和意识形态的因素往往会对人们阅读和评价一部文学作品产生重要影响。在中华人民共和国成立后到刚开始改革开放的近三十年间（其中有十年《红与黑》是禁止阅读的），评论界对《红与黑》的阅读和评价主要集中于作品的"政治"层面，如历史社会背景、作品人物的政治倾向等方面，而对作品的创造层面，如作品的结构、艺术特色、叙述视角等方面，却关注甚少。在我们这个时代，也许有的读者的目光会从政治移向形而下的层面，把阅读的兴趣投向于连与德·雷纳尔夫人及德·拉莫尔小姐的情感纠葛上，以"性"的要素取代"政治"的要素。这种阅读的取向的转变，往往带有时代的色彩。在我们看来，作为一部文学经典，《红与黑》的阅读空间是广阔而开放的。在此我们不妨在探讨作品内在的艺术价值的同时，看看《红与黑》的几位译家是从哪些角度来阅读和阐释《红与黑》这部作品的。

先看司汤达在爱情悲剧中展现的幸福观。米歇尔·莱蒙认为"《红与黑》是十九世纪第一部表现其主人公必须面对严酷的现实世界的小说"。阅读《红与黑》，我们不可能不关注于连与德·雷纳尔夫人和德·拉莫尔小姐之间的爱情悲剧。然而我们需要特别注意的，是在司汤达的笔下，这个爱情悲剧是如何在严酷的现实世界中产生、发展与结束的。郭宏安先生在题为《谁是"少数幸福的人"——代译者序》中指出，于连与德·拉莫尔的爱情是他"一次巨大的社会成功"，但是，他为何要舍弃"有思想有才智的"德·拉莫尔小姐，而投入"平凡无知温柔善良的"德·雷纳尔夫人的怀抱呢？这里不得不涉及司汤达本人对爱情的认识和取舍。据郭宏安介绍,司汤达曾就《红与黑》的构思给友人写过一封信,将德·拉莫尔小姐构想的"头脑的爱情"和德·雷纳尔夫人经历的"心灵的爱情"做了对比,认为后者才是"真正的、单纯的、不自己看着自己的爱情"。在小说中,于连对爱情和幸福的追求与取舍所展现的,正是司汤达的这个观点。据此,郭宏安先生在《代译者序》中的如下分析与判断便成构了我们阅读和理解《红与黑》的一个重要角度:

> 于连对德·莱纳夫人,始于诱惑,终于热恋,其间种种迷误和梦幻最后被两记枪声惊破。两个月的'甜蜜'勾销了十年的'奋斗',这是'生活和爱情'战胜了'野心和财富',也可说是曲终奏雅了。于连的最后两个月清算了左冲右突的二十三年;《红与黑》的最后十章涵纳了惊心动魄的六十五章。研究者大多在前六十五章上费心思用笔墨,而较少注意最后十章,或竟视而不见,故一部《红与黑》往往变成一部法国复辟时期的阶级斗争史。其实,司汤达的小说也是可以不这样读的。司汤达固然是一个关心政治关心时局的人,但他首先是一个关心个人自由关心个人幸福的人。他的主人公无一不是在各种社会集团中寻觅一方乐土的人,无一不是在前往幸福的圣地朝拜的旅途上颠沛流离的人。瓦莱里说:'在我的眼里,亨利·贝尔不是个文人,而是个聪明人。他太个人了,不能局限于当一个作家。他因此而讨人喜欢或让人生厌,我是喜欢的。'此话说得好极,《红与黑》当作如是观。①

郭宏安先生的这段分析无疑为我们如今重读《红与黑》,体会"其中味"提供了帮助,而《红与黑》的另一位译家黎烈文先生则从作品本身的建构和人物心理描写之于小说艺术价值的关系出发,

① 郭宏安:《谁是"少数幸福的人"——代译者序》,见司汤达《红与黑》,郭宏安译,译林出版社,1993年,第14页。

为我们开启了认识《红与黑》的另一扇大门。黎烈文先生也给《红与黑》写了一篇长序，题目就叫作《〈红与黑〉与心理分析》。在序中，他开门见山，认为"小说在观察与分析人物的感情上"具有特殊的成就。他以此为主线，从人物的心理分析下手，抓住于连的"自尊心"和"野心"，德·雷纳尔夫人的"同情心"，拉莫尔小姐的"厌世心态"进行细致入微的剖析，同时注意提示小说中对"好奇""惊异""欣赏""傲慢""猜疑""嫉妒""悔恨"等"心理现象的分析与描写"。他认为，"心理分析的手法既可使作品中的人物的心灵跃现纸上，也即是赋予作品中每个人物以生命"。在他看来，"《红与黑》一书即因其在心理分析方面所描写的范围之广，所发掘的程度之深，不仅在法国文学史，甚至在世界文学中成了一部最成功和最具影响力的作品"。因此，"《红与黑》一书，谓为心理分析小说开天辟地之作固可，谓为心理分析小说集大成之作，尤非过誉"。①对黎烈文先生的这一分析，许多评论家无疑是会赞同的。确实，精妙的心理分析，是《红与黑》的一大特色，作为作者，司汤达本人也特别看重他自己的"人类心灵的观察者"的角色。

读《红与黑》，除了有上述不同的角度，还可以带着不同的心境。人们可以读得轻松一点，把它当作"言情小说"来读；也可以读得严肃一点，把它当作"不朽的社会小说"来读；还可以读得沉重一点，与主人公一起去经历社会的黑暗、爱情的幻灭，去思考人类与命运的抗争。相信各位幸运地能用法文阅读《红与黑》原文的读者，一定会读出自己的味，获得意外的收获。

(2005 年 5 月 15 日于南京大学)

---

① 许钧主编《文字·文学·文化——〈红与黑〉汉译研究》，南京大学出版社，1996年，第 231 页。

巴尔扎克最好的小说

——读《邦斯舅舅》

一

谈及巴尔扎克，人们首先会
想到他的《高老头》《欧也妮·葛
朗台》《幻灭》，而《邦斯舅舅》恐怕
就要稍逊一筹了。然而，我们却
读到了也许会令中国读者意外的
评论。安德烈·纪德曾这样写
道："这也许是巴尔扎克众多杰作
中我最喜欢的一部；不管怎么说，
它是我阅读最勤的一部……我欣
喜、迷醉……"他还写道："不同凡
响的《邦斯舅舅》，我先后读了三
四遍，现在我可以离开巴尔扎克
了，因为再也没有比这本书更精

《邦斯舅舅》

彩的作品了。"20世纪文学巨匠普鲁斯特也给予《邦斯舅舅》高度的评
价，称赞作者具有非凡的"观察才能"，整部作品"触人心弦"。可见
《邦斯舅舅》确实是一部非常耐读的小说。

二

读《邦斯舅舅》，可以有不同的角度。

一部传统的小说，自然可以用传统的方法去解读。让我们着重看一看《邦斯舅舅》中的主要人物邦斯舅舅。

邦斯舅舅是个旧时代的"遗迹"。小说一开始，便以极富象征性和概括性的手法，为我们描绘了他那悲剧性的外表及这外表所兆示的悲剧性的命运。

故事发生在 19 世纪 40 年代的巴黎，那是七月王朝统治时期，法国社会生活的各个方面正经历着激烈的动荡。贵族阶级逐渐没落，资产阶级政客、大银行家、投机商和大批食利者占据了法国的政治和经济舞台，而邦斯舅舅在这个时代的舞台上显得那么格格不入：他"衣着的某些细微之处依旧忠实地保留着 1806 年的式样，让人回想起第一帝国时代"。这个"又干又瘦的"老人，"在缀着白色金属扣的暗绿色上衣外，又套着一件栗色的斯宾塞！……一个穿斯宾塞的人，要知道在这 1844 年，不啻拿破仑尊驾一时复生"，怪不得他一出场，巴黎街头早已麻木的无聊看客也不由得发出含义丰富的微笑，带着讥刺、嘲弄或怜悯：他"身上无意中留存了某个时代的全部笑料，看起来活脱是整整一个时代的化身"，"就像人们说帝国式样家具一样，毫不犹豫地称他为帝国时代人物"。

这位"帝国时代人物"，原本是个颇有才华的音乐家，他的曲子还获得过罗马大奖。当初，国家把他派往罗马，本想把他造就成一个伟大的音乐家，可他却在那儿染上了古董癖，还"染上了七大原罪中恐怕上帝惩罚最轻的一桩：贪馋"。

一方面，邦斯那颗"生机盎然的心灵永不疲惫地欣赏着人类壮丽的创造"，在收藏和欣赏人类的艺术创造中得到慰藉和升华；另一方面,他那张挑剔的嘴巴充满嗜欲,腐蚀了他的气节,那"嗜欲潜伏在人的心中,无处不在,在那儿发号施令,要冲破人的意志和荣誉的缺口……"

从表面看,似乎是邦斯犯的那桩原罪——"贪馋"把他推向悲剧的道路,由一个具有艺术追求的音乐家"沦落为一个吃白食"的,养成了"吃好喝好"的恶习,"只要能够继续活个痛快,尝到所有那些时鲜的瓜果蔬菜,敞开肚子大吃(话虽俗,但富有表现力)那些制作精细的美味佳肴,什么下贱事都能做得出来"。他不仅为满足自己的贪馋付出了沉重的代价,丧失了独立的人格,而且还被腐蚀了灵魂,"对交际场上那些客套,那些取代了真情的虚伪表演全已习以为常,说起恭维话来,那简直就像花几个小钱一样方便"。

然而,这仅仅是邦斯人生悲剧的一个方面,一个非本质的方面。他的悲剧的深刻原因,在于他的"穷",在于他与他的那些富有、显赫的"亲戚"根本上的格格不入。一个在 1844 年还穿着斯宾塞的"帝国时代人物",偏偏又生活在一群七月革命的既得利益者之中。在他身边,有法国药材界巨头博比诺,"当年闹七月革命,好处尽让博比诺得了,至少与波旁王族第二分支得到的好处不相上下";有"不惜牺牲自己的长子",拼命向政界爬的老卡缪佐;有野心勃勃一心想当司法部部长的最高法院庭长;有公证人出身,后来当上了巴黎某区区长,捞尽了好处的卡尔多。邦斯担任乐队指挥的那家戏院的经理,也同样是个典型的资产阶级暴发户。

从本质上讲,邦斯是个艺术家。只有在艺术的天地里,他才拥有青春;只有与艺术交流时,他才显得那么才气横溢。在乐队的指挥台上,他的手势是那么有力;在他的那间充满人类美的创造的收藏室里,他是那么幸福。对于艺术和美的创造,他是那么一往情深。他"热爱艺术","对任何手工艺品,对任何神奇的创造,无不感到一种难以满足的欲望,那是一位男士对一位美丽的恋人的爱"。

甚至，当他因为得不到爱而绝望，投入"连富有德行的僧侣也不可避免的罪过——贪馋"的怀抱时，也是"像投入对艺术品的热爱和对音乐的崇拜之中"。

然而，他对艺术的热爱是与他所处的那个时代的价值取向和道德标准相悖的。对七月王朝时期那些资产阶级暴发户来说，音乐只是那些音乐家的一种"糊口的"手段，戏院经理戈迪萨尔看重邦斯的，不是他的才华，而是邦斯编的乐曲可以给他招徕观众，带来滚滚财源；对爱慕虚荣，要尽一切手段要让丈夫当上议员，乃至司法部部长的德·玛维尔庭长太太来说，邦斯搜集的那些艺术品，那些稀世珍品，"纯粹是一钱不值的玩意"，艺术痴迷的邦斯，完全是"一个怪物"。

在这些人的府上，邦斯老人经受着百般的奚落、嘲讽和耍弄，最终被逐出"他们的天地"，实在是不可避免的。在他们这里，没有艺术的位置，他们"崇拜的是成功，看重的只是 1830 年以来猎取的一切：巨大的财富或显赫的社会地位"。剧院的头牌舞女爱洛伊斯·布利兹图说得是那么一针见血：如今这个世道，"当老板的斤斤计较，做国王的巧取豪夺，当大臣的营私舞弊，有钱的吝啬抠门……艺术家就太惨了！"看来，邦斯由艺术家沦为"吃白食的"，这不能不说是艺术本身的沦丧，而邦斯的悲剧，恐怕就是艺术的悲剧了。

三

热奈特是法国叙事学的代表性人物，他对普鲁斯特的《追忆似水年华》的叙事话语有过深入的研究，在他看来，伟大的作品"运转的动力之一就是读者有选择的认同，好感与恶感，希望与焦虑，或如我们共同的鼻祖所说的恐惧与怜悯"①。读巴尔扎克的《邦斯舅舅》，我们不可能不强烈地感受到作为叙述者的作者对读者的认同所产生的强大的影响力。我们会特别注意到作者赋予人物的心理和道德特征，尤其是作者着力描绘的人物外部特征对读者的价值取向、情感起伏起到的重要作用。

巴尔扎克是个公认的天才小说家，具有非凡的观察力，在他的小说，如《邦斯舅舅》中，故事是由一个能洞察一切的观察者加以叙述的。在步步深入的叙述过程中，作者善于步步缩小与读者的距离，让读者不由自主地进入他的世界，观作者所观，感作者所感，最终达到认同和共鸣。

就以作品中作者着墨较多的茜博太太为例吧。

茜博太太是邦斯居住的那座公寓大楼的女门房。她原先是巴黎有名的"牡蛎美女"之一，后来在命运的安排下，嫁给了诚实可靠的看门人茜博。通过作者的叙述，我们看到茜博夫妇俩相依为命，"为人绝对正直，在居民区很受敬重"。特别是"在大革命时期出生，根本就不知道基督教理"的茜博太太对丈夫很忠诚，再加以前在蓝钟饭店干过，做茶做饭很有两下子，居民区的门房们对她的丈夫很是羡慕。确实，对作者介绍的这样一位女门房，读者不可能不报以好感，尤其是邦斯和施穆克住到她的这座大楼来之后，她自告奋勇，为他们俩料理家务，而拿她自己的话说，纯粹是出于"慈母般的爱"，不是为了钱。后来，邦斯被逐出上流社会，一病不起，茜博太太更是关怀备至，并声称要找"欺压邦斯的人算账，臭骂他们一顿"。面对茜博太太对邦斯的这一片真心实意，读者也不可能不深受感动，对她的为人，对她"那颗金子般的心"，读者都会啧啧称道的。

---

① 热拉尔·热奈特:《叙事话语·新叙事话语》，王文融译，中国社会科学出版社，1990年，第284页。

可是，作者笔锋一转，让读者跟随他发现了茜博太太的另一面：贪财、狠毒的一面。这里我们再一次看到了在巴尔扎克的《人间喜剧》中，金钱这只怪物对人的灵魂的扭曲和腐蚀。茜博太太经唯利是图的旧货商雷莫南克的点拨，了解到寒酸的邦斯竟拥有百万家财，随后，"在这女人心中那条在躯壳中伏了整整二十五年的毒蛇"被唤醒了，"激起了她发财的欲望"，她"用潜藏在心底的所有邪念"去喂这条贪婪的毒蛇，并对这条毒蛇言听计从。

随着叙述的进一步展开，作者一层层剥开了茜博太太的伪装，把一个"阴险、毒辣而又虚伪"的茜博太太活脱脱地暴露在读者面前。而作为读者，我们似乎也跟着邦斯和施穆克，经历了一个由对茜博太太的欣赏、信任，转而渐渐认清她的真面目，最终对她无比厌恶、憎恨的过程。我们不能不叹服作者非凡的叙述手法，它不是图解式的，它拥有巨大的感染力和深刻的启迪性。

巴尔扎克的笔是犀利的、无情的，面对他那匕首般的词语，任何伪装都不可避免地要被剥去。于是，邦斯身边的那些形形色色的人物一个个现出了原形：女门房茜博太太是只凶狠的"老虎"；诉讼代理人弗莱齐埃"是条蝮蛇"，"目光如毒蛇一般狠恶"，连一身的皮肤也冰冷异常，"活脱脱是一条毒蛇"。"老虎"茜博太太在"贪欲"这条毒蛇的引诱下，用令人发指的行径把邦斯折磨得精疲力竭，昏睡过去之后，把贪婪无比的旧货商雷莫南克、工于心计的古画迷马古斯和心狠手辣的诉讼代理人弗莱齐埃引入了"艺术的殿堂"——邦斯收藏馆，此刻，我们看到的是一幅多么可怖的图景：他们一见那些稀世珍品，立即像"一只只乌鸦嗅着死尸"一般，如秃鹫般猛扑过去。一边是人类美的创造，一边是凶残的猛禽，对比是如此强烈！透过这些极富蕴意的外部符号，我们不难想象邦斯和邦斯的那些收藏品最终面临的将是何种命运！

四

有评论说,"巴尔扎克是鼓吹天主教信仰的","他认为宗教'是一切社会里,把恶的数量减少,把善的数量增加的唯一手段'……"①。在邦斯与恶的力量的那场力量悬殊的斗争中,我们确实看到了上帝对善的救助。然而,上帝的力量是那么软弱无力,它未能挽回邦斯那悲惨的、被邪恶所扼杀的命运。

《邦斯舅舅》中,施穆克是一个不容忽视的人物,因为他是"上帝身边的羔羊","是上帝派往邦斯身边的代表",是对邦斯那颗始终得不到抚爱的、"绝望、孤寂的心"的一种慰藉和希望。

在浊世间,邦斯是孤独的,是孤立无援的,几十年来,"这个可怜的人从来没有听到过有人问起他的情况,问起他的生活、他的身体。不管在哪里,邦斯都像是条阴沟,别人家里见不得人的东西都往里面倒",遭受着侮辱和打击;直到1835年,命运才"赐给了他一根俗语所说的老人拐杖",在施穆克的"友情中"获得了"人生的依靠"。

确实,施穆克体现了"上帝的慈爱",体现了"灵魂的纯洁",他对邦斯倾注了高尚的爱。在邦斯遭到了上流社会的遗弃,经受了心灵上致命的打击之后,原本像"羊羔一样温顺"的施穆克发出"罗兰的狂怒",大骂那些欺侮邦斯的人,把他们叫作"畜生"!

然而,这位上帝的代表实在太"软弱、无力"了,"人世间的一切都不放过(指邦斯)这位可怜的音乐家,滚落到他头上的泥石"无情地使邦斯"陷于绝境",而施穆克是那样"束手无策";这位上帝的代表也实在"太幼稚,太诚实"了,当茜博太太引狼入室,对邦斯的那些珍宝下手时,施穆克非但没有丝毫的察觉,反而连连受骗,最终

---

① 柳鸣九主编《法国文学史》(中册),人民文学出版社,1983年,第478页。

充当了"同谋"的角色,使邦斯八幅最珍贵的古画落入了群魔之手。当邦斯在弥留人世之际,提醒施穆克,"世上的人那么邪恶……一定要提防他们"的时候,施穆克似乎还执迷不悟,仍把茜博太太当作"天使一般的"好人。

还是经受磨难的邦斯认清了人世,认清了上帝。他知道是"上帝不愿让他过他向往的生活",是上帝"把他遗忘了"。上帝的代表施穆克不仅未能拯救邦斯,连自己也被上帝所遗忘,死在了浊世间那帮虚伪、狡诈、阴险、贪婪的恶人之手。确实,邦斯的悲剧是颇有讥刺意味的,上帝的善未能战胜人世的恶,从这个意义上说,邦斯和施穆克的死,又是对上帝的一种否定。

五

《邦斯舅舅》还可以当作一则"寓言"去读,它具有警世的作用;还可以当作"巴黎生活的一个场景"去读,它具有社会的认识意义……有心的读者,不妨尝试一下,多开拓几个阅读视角,那肯定会有意外的收获,享受到一份阅读的惊喜。

(1994年冬于玄武湖畔南京大学公寓)

一出还在延续的悲剧

——读巴尔扎克的《贝姨》

　　译罢《贝姨》，照例要写几句，谈谈对这部作品的理解和体会。平时做的大都是论文，按照现在学术刊物的规范要求，论文要配摘要，还要写几个关键词，概括论文的内容。我想，如果要试着用三五个关键词来概括《贝姨》一书的内容的话，那我选择的恐怕会是这么几个词：情欲、金钱、复仇、腐朽、悲剧。

　　几年前，我为译林出版社译过巴尔扎克的《邦斯舅舅》，《贝姨》是《邦斯舅舅》的姊妹篇，或更确切地说，《邦斯舅舅》是《贝姨》的姊妹篇，同为《人间喜剧》的"巴黎生活场景"的穷亲戚系列。世界公认的巴尔扎克研究专家，前苏联的奥勃洛米耶夫斯基认为，在巴尔扎克四十年代的作品中，《贝姨》应该作为最优秀的长篇小说之一受到重视。这部小说于1846年动笔，同年10、11、12月发表在《宪政报》上，1847年至1848年间出过单行本，1848年被收入《人间喜剧》第十七卷《巴黎生活场景》。

　　小说《贝姨》中，贝姨算不上传统小说中的"主人公"。故事围绕于洛·德·埃尔维男爵一家的命运展开。小说一开始便做了交代，故事发生的时间为1838年，地点在巴黎。男爵"在共和时代曾任军费审核官，也当过军需总监，如今是陆军部一个最重要部门的头儿，又是国务参事，获得荣誉团二等勋位"。小说没有着力表现他在帝国禁卫军华沙军需总监任内的耿耿忠心，也没有渲染他在

1815 年为拿破仑临时征募大军,承担各部组织事宜的卓越表现,也很少描述他在陆军部和贵族院与各派势力的斗争与斡旋,而是摄取了他个人生活的一个基本方面,叙述了他如何在失去理智、丧失道德的疯狂情欲的驱动下,一步步败坏家族的名声、军队的荣誉,走上投机诈骗、侵吞军款的犯罪道路,最后身败名裂的整个过程。于洛这个人物是富有象征性的,他的堕落意味着旧时代辉煌的终结,折射了整个上层社会的道德腐败,如恩格斯所说,是上流社会必然崩溃的一曲无情的挽歌。

人有七情六欲,然而情欲一旦失去了理智的控制,丧失了道德的基础,一旦抽去了人性中美好的一面,就成了一种罪恶。在这一点上说,于洛男爵的家庭爱情悲剧是必然的,在小说中,男爵所追求的不是纯洁的爱,而是畸形的色,无论是歌女若赛花、贞妮·凯迪娜,还是小市民玛纳弗太太,她们付出的是色,换取的是金钱。然而,颇有象征意味的是,小说中另一个主要人物克勒维尔是以于洛男爵的情敌的身份出现的。克勒维尔以前是一位化妆品商,发了大财,飞黄腾达,当上了国民自卫军军官、巴黎某区的区长,还当上了塞纳省的议员。他代表着新生的资产阶级,在他看来,金钱有着至高无上的力量,甚至可以凌驾于王权和法律之上。克勒维尔与男爵之间在情场上的较量,实际上是一种金钱的较量。斗争的结果可想而知,男爵的失败是不可避免的。然而,克勒维尔的胜利是暂时的,面对道德和圣洁的爱,金钱是无能为力的。克勒维尔依靠金钱虽然与玛纳弗太太结了婚,但并没有得到她真正的爱,他们双双"烂"死在病床上,是一个很有讽刺意味的结局。克勒维尔与于洛男爵夫人之间的几次交锋,都以克勒维尔的失败而告终。这是金钱与道德之间的斗争,而金钱的失败在巴尔扎克看来,是资产阶级不可避免的道德沦丧的一个兆示。

贝姨是小说中一个穿针引线的人物,她是从孚日山区来,到巴黎投靠亲戚的乡下姑娘,被人瞧不起,生活艰辛,为此,她经常感叹上帝不公,从小就在心底埋下了复仇的种子。贝姨这个人物性格十分复杂,善良的外表与仇恨的内心在她身上形成了鲜明的对照,在巴尔扎克的笔下,贝姨成了一个无所不知无所不在的人物,在任何关键的时刻都少不了她的出场,小说中许多人的命运仿佛都捏在她的手中。她对克勒维尔那种会心的微笑,给玛纳弗太太出谋划策的那份殷勤,对艺术家万塞斯拉斯近乎母性的爱(虽然十分霸道),对于洛元帅的百般照顾,无不是为她最终复仇做一种铺垫。她要改变自己的命运,然而,可悲的是,眼看着自己的元帅夫人梦就要实现,铁杆的共和派、拿破仑的一代骁将于洛元帅却因胞弟的丑闻暴露而自杀,最后贝姨一病不起,撒手人寰。值得读者注意的是,贝姨的复仇心理经历了一个不断膨胀扩张的过程。这里有巴黎上流社会的腐朽与卑鄙对她的心灵所起的腐蚀作用,也有新兴的资产阶级对金钱、对权利地位的极度欲望对她的恶性影响。贝姨梦想的破灭,在某种意义上,是她精心编织的一个复仇网在整个资产阶级社会的现存秩序中的毁灭。

读《贝姨》,我们特别注意到了巴尔扎克所使用的象征与比较手法。我们刚才谈到,无论是于洛这个人物的悲剧,还是玛纳弗太太的死,或贝姨梦想的破灭,都有一种象征的意义。对于洛家客厅的描写,对玛纳弗太太最终死于一种“怪病”,成了一堆腐烂的肉的交代,或对巴黎心脏地带那个毒瘤似的贫民窟满目疮痍的景象的渲染,都可以看到作者所揭示的社会腐朽的征兆。也许我们通常所说的巴尔扎克的现实批判意义就表现在此。至于对比,无论是人物的对比,还是场景的对比,巴尔扎克都无不追求一种内在的深刻性和必然性。克勒维尔的无耻与于洛太太的圣洁,于洛男爵的怯懦与于洛元帅的勇敢,玛纳弗太太的邪恶与奥丹丝小姐的天真,强烈的对比往往产生一种震撼心灵的力量,一种道德的警示作用,巴尔扎克的用意恐怕可用小说中的一个小标题加以概括：对不道德的道德思考。

　　作为《人间喜剧》的一部分，《贝姨》确实是当作一部戏来写的，不过在我看来，这是一部悲剧，是一个家庭的悲剧，更是一个社会的悲剧，一个时代的悲剧，而且这个悲剧恐怕还将不断延续下去，小说出人意料而又意味深长的结尾就是个证明，有心的读者定会得出自己的看法。

　　　　　　　　　　　（1998 年秋于南京玄武湖畔南京大学公寓）

伟大的灵魂与伟大的小说
——重读雨果的《海上劳工》

LE ROI DES AUXCRINIERS

《海上劳工》扉页　　　　　　　《海上劳工》插图

维克多·雨果(Victor Hugo),作为诗人、剧作家和小说家,他
所达到的文学成就是凡人难以企及的,有学者曾评价道:"雨果是
人类精神文化领域里真正的伟人,文学上雄踞时空的王者。"[1]

对于雨果的诗歌和戏剧,中国的一般读者也许了解并不多,但
雨果的小说,他的《悲惨世界》和《巴黎圣母院》,可以说是无人不
知。雨果小说具有普世性和独特性。其普世性,在于贯穿其小说
创作始终的人道主义精神;其独特性,在于他以浪漫的情怀关注着
严酷的社会现实。雨果的《悲惨世界》如此,雨果的《巴黎圣母院》

---

① 柳鸣九:《雨果诞生 200 周年纪念大会上的讲话》,北京,2002 年 1 月 5 日。

如此,雨果的《海上劳工》亦如此。

对于中国读者而言,《海上劳工》恐怕不如《悲惨世界》和《巴黎圣母院》那么有名,但是,要了解雨果小说创作的全貌,《海上劳工》是不能不读的,雨果为《海上劳工》所写的卷首语可以为证:

> 宗教、社会、自然,这是人类的三种斗争。这三种斗争同时也是人类的三种需要:人要信仰,便有了宇庙;人要创造,便有了城池;人要生活,便有了犁和船。然而,这三种答案包含着三种战争。人生神秘的苦难便来自这三种战争。人类面临着迷信、偏见和自然元素三种形式的障碍。三重的天数压在我们身上,这便是教理的天数、法律的天数和事物的天数。在《巴黎圣母院》里,笔者说明了第一种天数;在《悲惨世界》中,笔者指出了第二种天数;在此书中,笔者则揭示了第三种天数。
>
> 在这桎梏着人类的三重的命运之中,又交织着内心的命运,这一最高的天数,便是人类的心灵。

细读雨果的这段卷首语,我们发现,它就像希腊神话中阿里阿德涅的那条金线,可以引领着我们去解读堪与《悲剧世界》和《巴黎圣母院》相媲美的《海上劳工》这部"神秘而伟大"的作品。

一

《海上劳工》"这部小说起始于根西半岛,终结于茫茫大海,揭示之后是遮蔽,这是一部'双重深渊'之作"[①]。伊夫·哥安在为

[①] 伊夫·哥安(Yves Gohin)序第 1 页,见 Victor Hugo. *Les travailleurs de la mer*. Paris:Gallimard, 1980。

1980 年版的《海上劳工》作的序中如是说。《海上劳工》是雨果在流亡期间创作的小说,是"严酷而又浪漫"的根西岛赋予他这个流亡之身避难之地的,他的这部小说描写的正是在根西岛上发生的一则凄美动人的爱情故事,作者要歌唱的是一个融于大海的自由而伟大的灵魂。正因为如此,雨果要"将此书献给自由、好客的礁岛,献给高尚的海上民族居住的这块诺曼底故土的一角,献给这一严酷而温暖的根西岛——我现在的避难所,我将来可能的葬身之地"。

《海上劳工》于 1864 年 5 月开始写作,1866 年 3 月 12 日在布鲁塞尔正式出版。同年,在巴黎出版了修订本,后在《太阳报》连续转载。[①]小说的故事发生在作者流亡期间居住数年的根西岛。为了创作这部小说,雨果对英吉利海峡诸岛,特别是根西岛的风俗、气候以及海岛人民的劳动和生活进行了调查,并去过塞尔克岛,在那里观察水手攀登悬崖峭壁的情景,参观走私犯使用的岩洞。小说中对海涛、礁石和海怪以及对主人公吉利亚特与章鱼进行的惊心动魄的搏斗的生动描写,无不得益于作者所积累的丰富而精确的海上生活知识。但是,作者在小说中并没有止于对海岛生活的表象描述,而是把充满激情的笔触指向了小岛的深处,指向了大海的灵魂。

小说原本并不叫《海上劳工》,一开始作者为小说起名为《双重深渊》,后又更名为《深渊》,最终由出版商定名为《海上劳工》。伊夫·哥安认为,《海上劳工》这一书名,也许能为小说增添某种社会性的色彩,"它也许会让人们想起左拉式的某幅社会与历史画卷",但是,正如《悲惨世界》没有对工业革命前期的无产阶级的生存状态展示整体性的画卷,《海上劳工》也没有对作者所生活的时代的

---

① 附录说明第 571 页,见 Victor Hugo. *Les travailleurs de la mer*. Paris: Gallimard, 1980。

水手与渔民的日常生活及其处境展开研究。在雨果看来，人类面临着"迷信、偏见和自然元素三种形式的障碍"，他要用他的笔揭示压在人类身上的三重天数：以《巴黎圣母院》揭露教理的天数，与迷信抗争；以《悲惨世界》揭露法律的天数，与偏见抗争；以《海上劳工》揭露万物的天数，与自然力抗争。在这个意义上，这三部小说形成的是一个有机的整体。而在整体之中，作者指出"在这桎梏着人类的三重的命运之中，又交织着内心的命运，这一最高的天数，便是人类的心灵"。于是，在《海上劳工》这部小说中，雨果不可避免地要进行双重的揭示：揭示自然之深渊，同时也揭示灵魂之深渊。

二

　　《海上劳工》一半写大海，一半写与大海有关系的人。《海上劳工》的人物不多，主要有船主利蒂埃利大师傅，他的两个合伙人朗泰纳和克吕班，他的侄女戴吕施特，还有一直神秘而孤独、被称为"魔怪"的吉利亚特与被吉利亚特挽救了双重生命的埃伯纳兹尔神父。雨果在小说中没有着力描写他们之间所形成的社会性关系，而是将其锐利的笔触，深入这一个个人物的灵魂深处。在雨果看来，"人体完全有可能只是一层外表。它遮掩了我们的真相，扩大了我们的光明或我们的黑暗。而真相，则是心灵。从绝对意义上讲，我们的面孔是一张面具，真正的人，是处在人的外表之下的部分。倘若人们能够发现潜藏、蜷缩在称为肉体的这一遮屏后面的人，那定会惊愕不已。人们犯有普遍的错误，那就是把外表的人当作真正的人"①。利蒂埃利大师傅就是一个犯有普遍错误的人：在

---

　　① Victor Hugo. *Les travailleurs de la mer*. Paris：Gallimard，1980：132.

他眼里，朗泰纳"长着粗壮的颈脖，肩膀宽阔有力，仿佛生来就是挑重担的，而且有一副海格立斯·法尔内斯一般强健的腰板"①。他一直把朗泰纳当作亲兄弟，认为他可以共患难，然而，"勇猛"被朗泰纳"用做了狡诈的外衣"，利蒂埃利怎么也没有想到，一天，他的这个合伙人"溜了，把公司的银柜掏得一干二净"。

看错了朗泰纳，利蒂埃利只是失去了他老老实实做人、辛辛苦苦挣来的五万法郎。但他为克吕班的外表所蒙蔽，则几乎失去了他的生命。因为利蒂埃利大师傅把视为他半条命的"杜朗德"号船托付给了他最为信赖的克吕班，而克吕班却邪恶地背叛了利蒂埃利，在精心策划的一次海难中毁掉了"杜朗德"号，带着劫来的钱财，想一走了之。请看雨果笔下的克吕班在人前是怎样的一副面孔，在背后又是怎样的一副灵魂。

克吕班"沉默寡言，在沿海一带，谁都知道他为人正直、严肃，可真是利蒂埃利大师傅的化身和代理人"。他"是个能干、罕见的海员。无论危险如何变幻莫测，他都有战胜危难的才能……他处事谨慎，但有时能在谨慎中见胆略，这是海员的伟大品质之一"。然而，谁曾料到，"从青年时代起，克吕班就有了自己的想法：把正直当作生命的赌注，成为众人眼里的正人君子，然后以此为基础等待时机，让别人加大赌注，关键时刻不失时机地出手，毫不犹豫地紧紧抓住不放。不出手则已，一出手则赢，把人家吃个精光，把傻瓜们抛在一边，扬长而去。愚蠢的骗子们二十次都骗不到东西，他一次就全部得手，等待骗子们的是断头台，而他最终却大发横财。碰到朗泰纳，对他来说是一线光明。他立即制订了行动计划，让朗泰纳吐出他劫走的钱财。当然，朗泰纳有可能会告发，克吕班便以失踪来对付，即使对方告发也枉然。最妙的失踪莫过于让人认为

---

① Victor Hugo. *Les travailleurs de la mer*. Paris: Gallimard, 1980: 138.

他已经死了。为此，只好让'杜朗德'号失事。非这样不可。这样一来，人走了还留个好名声，使自己的一生成为一件杰作。谁要是看到克吕班站在这失事的船上，都会以为碰到了魔鬼，一个快乐的魔鬼。他活了一辈子，就是为了这一刻"①。在雨果的笔下，丑恶的灵魂终于显出了原形："整整三十年来，虚伪一直沉重地压在他的身上。他本是邪恶的化身，却硬与正直结合在一起。他憎恨道德，就像错配了妻子的丈夫一样怀恨在心。多少年来，他始终在打着邪恶的念头。打从成人后，他就披着伪装，披着这一坚硬的甲胄。而在内心深处，他是个十足的魔鬼。他披着好人的皮，却藏着一颗强盗的心。他是口蜜腹剑的海盗，是受到正直束缚的囚犯，是囚禁在木乃伊箱中的活人，背上插着天使的翅膀，而这对一个小人来说，是多么沉重。他承受着众人尊敬这一过分沉重的负担。让人当作一个正人君子，实在太艰难了。要让这一切始终保持平衡，心里想的是邪恶，嘴里说的却是道德，真是苦差事！他本是罪恶的魔鬼，却要扮成正直的人。这矛盾的结合便是他的命运。"②是的，克吕班终于显出了邪恶的本质，撕去了面具，对他而言是多大的解脱啊！"看到自己的丑恶面目暴露无遗，卑鄙无耻地尽情浸淫在罪恶之中，对他的内心来说，真是莫大的享受。人们的尊敬多年来一直束缚着他，这最终激起了他对无耻的疯狂追求，几乎到了对罪恶的某种难以自拔的痴迷程度。在这难以探察的可怖的灵魂深处，有着无比残忍而又畅快的炫耀，那是罪恶的淫乱"③。克吕班的灵魂由此而彻底堕落。而雨果对邪恶心理的分析是多么透彻，对罪恶灵魂的鞭挞是多么有力！

① Victor Hugo. *Les travailleurs de la mer*. Paris：Gallimard，1980：296.

② Victor Hugo. *Les travailleurs de la mer*. Paris：Gallimard，1980：138；270 - 271.

③ Victor Hugo. *Les travailleurs de la mer*. Paris：Gallimard，1980：273.

三

　　吉利亚特是雨果在小说中着墨最多、倾情最深的人物。吉利亚特一开始就笼罩着神秘的色彩。他不知从哪儿来，也不知由谁抚养成人，他栖身的房子是一幢闹鬼的海角屋，他没有亲戚朋友，只与大海为邻，与飞鸟为友，久而久之，他"与周围的大自然融成了一体，最终形成了一种诱惑，把他引向了万物，远离人世，一步步地把他的灵魂与孤独结合在一起"。[①] 一个孤独而神秘的人，自然不受欢迎。他是什么来历？抚养他的那个女人是何许人？为什么他什么都会？为什么他要读那些厚厚的书？为什么他能治病？为什么他会与动物说话？一个个疑问，构成了一张怀疑之网，这张网笼罩在他的头上，分明写着"魔怪"两个字。总之，他不受人欢迎，被人讨厌，被人厌恨，甚至人们"都认为他为人邪恶"。然而，一如表面正直的克吕班有着一颗邪恶的灵魂，而看似邪恶的魔怪吉利亚特却有着一颗善良而伟大的心灵。

　　他的善良首先表现在对戴吕施特深沉而无私的爱，小说一开始，仿佛就打上了"爱"的印记。在一个圣诞之日，那天下着雪，在通往海边的路上，一个迷人的姑娘在一簇绿栎树旁的雪地上，写下了"吉利亚特"几个字。从此，"那个名字，那一双小小的脚印和白雪"，成了爱的印记，永远地刻在了吉利亚特的心底。于是，戴吕施特最喜爱的乐曲《博妮邓笛》有了黑夜隐秘的应和，戴吕施特伤心时有了关爱的目光的无形抚慰，戴吕施特因叔叔失去了"杜朗德"号而伤心欲绝时有了吉利亚特的挺身而出，戴吕施特因爱而背叛诺言，与神父远走高飞时有了吉利亚特心甘情愿的"自我牺牲"。

---

　　① Victor Hugo. *Les travailleurs de la mer*. Paris：Gallimard，1980：100.

在小说结尾，当载着戴吕施特和埃伯纳兹尔的轮船在天际消失，吉利亚特的脑袋同时沉入了海底的那一刻，也许，在吉利亚特的脑子里，浮现出的还是"那个名字，那一双小小的脚印和白雪"。

　　吉利亚特的伟大不仅在于他以善良之心为他人的幸福打开了天堂之门，更在于他在与茫茫自然短兵相接时表现出的勇敢与从容，在偏见、背叛和灾难的种种束缚中赢得了自由。吉利亚特知道去多佛尔礁挽救失事的"杜朗德"号，无异于去"送命"。他知道多佛尔礁的恐怖："多佛尔礁的两道内壁，实在恐怖。在称为海洋的水漠的探险中，人们往往可以发现海中一些陌生的东西，那真是千奇百怪。吉利亚特从破船上往峡道望去，他所能看到的景象令人害怕。在海洋的花岗岩窄峡中，往往呈现出奇特而不灭的遇难船只形象。多佛尔峡道也有其可怕的景观。岩石上的氧化物在绝壁上留下块块红斑，仿佛是凝结的血块，又好像是屠宰场的石壁渗出的血迹。整个礁群散发着堆尸处的气息。由于金属混合物与岩石的融合分解，或因为潮湿发霉，粗硬的海上岩石色彩斑斓，有令人作呕的紫斑，有令人疑心的绿块，有朱红色的污迹，令人联想到谋杀和屠杀的场面，仿佛看到了刚刚发生谋杀案的房间尚未抹去血迹的墙壁，好似人们相互残杀，在那里留下了惨案的痕迹。陡峭的岩石铭刻着谁也说不清道不明的死难印记。在有些地方，仿佛还淌着鲜血，石壁湿漉漉的，手指一按，不可能不染上血迹。到处是屠杀的血红色。两座平行的绝壁下，水面上，浪花下，或浅滩的干涸处，是一块块巨大的圆卵石，有猩红色的，紫色的，看去就像人的五脏六腑，呈现在人们眼前的仿佛是新鲜的肺、腐烂的肝脏，就像是巨人开膛剖腹掏出的内脏。一条条长长的红线从岩顶一直延伸到底部，好似从棺材中渗出的血水。"①但是，面对凶险的大海，吉利

---

　　① Victor Hugo. *Les travailleurs de la mer*. Paris: Gallimard, 1980: 315-316.

亚特却善于"在敌人的阵营中建立起自己的据点；他和礁石结成同盟；多佛尔礁，以前是他的劲敌，可现在，在这场伟大的决斗里，成了他的助手。吉利亚特完全控制了它。他将这座坟墓变在了自己的堡垒"①。吉利亚特凭他的勇敢和智慧，"战胜了孤独，战胜了饥渴，战胜了严寒，战胜了高烧，也战胜了辛劳与困乏。在前进的道路上，他遇到了纠集在一起的重重障碍。食物匮乏，环境恶劣，退潮之后，又有猛烈的风暴；风暴平息，又来了章鱼；章鱼死后，还有鬼魅"②。漫长的两个月里，无形世界中的神灵目睹了这一切："一方是无限的空间、海浪、狂风、闪电和流星，另一方是孤独的一个人；一方是大海，另一方是一个灵魂；一方是无限，另一方是一个原子。"③这是一场力量悬殊的搏斗，这是一桩闻所未闻的英勇壮举，这是"乌有"与"一切"的抗争，是"献给孤身奋战者的"一部《伊利亚特》。

表象与真相，邪恶与善良，渺小与伟大，小说中多维的反衬形成了强烈的张力。除了吉利亚特，小说中的重要人物一个个似乎都走向了人生的反面。以勇猛为狡诈的外衣的朗泰纳以为钱财到手，阴谋得逞，没想到遇到了更为邪恶的克吕班，最终死在他的枪弹下；披着正直之外衣的克吕班自以为得计，却遭遇了灭顶之灾，葬身于章鱼的腹中："那一切发生在无情的黑暗世界里，可谓伪君子相遇。在深渊的尽头，阴谋与邪恶的代表进行了一场较量，一方是兽，一方是人，恶兽处决了恶人。真是可怖的正义！"④就这样，对克吕班，胜利成了灾难，自由成了囚禁，梦想的天堂成了黑暗的坟墓。至于利蒂埃利大师傅，他生命的两半"杜朗德"号和侄女戴吕施特不能两全：为了挽救前者，他不惜献出了后者，而最终前者得

① Victor Hugo. *Les travailleurs de la mer*. Paris：Gallimard，1980：411.
② Victor Hugo. *Les travailleurs de la mer*. Paris：Gallimard，1980：458.
③ Victor Hugo. *Les travailleurs de la mer*. Paris：Gallimard，1980：459.
④ Victor Hugo. *Les travailleurs de la mer*. Paris：Gallimard，1980：450.

救了，后者却嫁给了他最为痛恨的"神父"。至于神父埃伯纳兹尔，他得到了心爱的姑娘，却背叛了信仰的上帝。唯有吉利亚特，他在重重敌意中获得了尊敬，在无边的孤独中获得了自由，在失去心爱的人的同时，灵魂得到了升华。那是一颗善良而伟大的灵魂，它是永恒的！

一颗伟大的灵魂，由此而造就了一部伟大的小说。小说发表后，弗朗索瓦-维克多·雨果在给父亲的一封信中这样说道："你取得了巨大的、普遍一致的成功。我从未见过人们如此众口一词。甚至超过了《悲惨世界》所取得的成就。这一次，大师找到知音的读者了。你已为人们所理解，这就说明了一切。因为对于这么一部作品，理解也就是欣赏。"左拉也给《海上劳工》以高度的评价，他认为作者在书中表现了"自由自在的心灵和无拘无束的想象力。他不再说教，也不再争辩……我们身临其境地看到了这个强有力的作家所做的宏伟的梦，他让人与茫茫自然短兵相接"。①雨果曾说："我是想赞美劳动，赞美意志，赞美忠诚，赞美一切使人伟大的东西。"《海上劳工》正是这样一曲对"一切使人伟大的东西"的颂歌。

（1999 年 8 月 16 日于南京）

---

① 安德烈·莫洛瓦：《雨果传》，程曾厚、程干泽译，人民文学出版社，1989 年版，1991 年印，第 600 页。

双重的精神遗产

——范希衡译《圣勃夫文学批评文选》代序

2016 年,适逢著名法语翻译家、南京大学法语系前辈范希衡先生诞辰 110 周年,南京大学出版社隆重推出范先生的译著遗稿、两卷本的《圣勃夫文学批评文选》,可以说,这是对范先生最好的纪念。

《圣勃夫文学批评文选》收录了法国 19 世纪文艺批评的代表人物圣勃夫(Charles Augustin Sainte-Beuve,1804 – 1869)的 55 篇重要文学评论作品,涉及法国 16 世纪至 19 世纪的多位重要作家,其批评所依据的资料之丰富、引证之广博、视野之宏阔、方法之独特,在法国文艺批评史上独树一帜,广为称道。范希衡先生生前精心编选、在艰难的岁月中倾心翻译的这部文选洋洋一百余万言,在学术的层面具有双重的价值:一是为我国的外国文学尤其是法国文学学者研究文选中所涉的重要作家提供了新的研究视角,二是为我国外国文学界研究圣勃夫本人的文艺批评思想与方法提供了珍贵的文献资料。

在我国,提起圣勃夫,无论是文艺批评学者,还是一般的读者,也许首先想到的并不是这位学识渊博、观点独特的批评家的著作,而是普鲁斯特的《驳圣伯夫》。《驳圣伯夫》出版于普鲁斯特逝世 30 余年后,普鲁斯特在世界文坛之盛名与影响,使得该书一问世便引起巨大反响,其与圣勃夫的不同文学观念,尤其是对圣勃夫文艺批评方法的尖锐批驳，深刻而不可避免地影响了人们对圣勃夫文艺批评思想的理解，更影响了人们对圣勃夫之文艺批评价值的判断。我们注意到，在国内，圣勃夫几乎是依靠普鲁斯特对他的批评而为读书界所知，人们对圣勃夫的了解可以说大多止于普鲁斯特对其批评的文字，一是因为普鲁斯特的影响实在太大，二是因为国内翻译出版的圣勃夫的文艺批评作品少之又少。事实上，作为法国历史上最具影响力的文学批评家之一，圣勃夫首创肖像与传记的批评方法，写下了卷帙浩繁的批评著作，在法国文学批评史上占据着不可动摇的地位，并因此而成为法兰西学院四十个不朽者之一。

圣勃夫出生于法国 19 世纪初，在浪漫主义文学大潮中，与大文豪雨果等浪漫派作家有过密切而友好的交往。他热爱文学，出版过诗集，也写过小说，但其主要的成就，是在文艺批评领域取得的。《圣勃夫文学批评文选》主要选录圣勃夫当选为法兰西学院院士后所著的《文学肖像》《妇女肖像》《时人肖像》，以及与《宪政报》合作而创作的《月曜日丛谈》《新月曜日丛谈》中的重要批评作品。

圣勃夫采用肖像批评和传记批评方法，并将自然科学方法用于文学批评，将作家视为某种"标本"，认为为作家撰写评论的过程也就是为作家"绘制肖像"的过程，这一点从他三部"肖像"作品的名称可见一斑。柳鸣九先生对圣勃夫的文学批评有深刻的见解和中肯的评价，认为圣勃夫文学批评的基本特点是"从作家的个人条件去解释作品，把文学现象当作作家的性格、气质、心理等因素的反映"。[1]正是这种注重考查作家生平和生活细节，希望借此探寻作家"天才奥秘"的批评手法，受到了强调作品与人品独立性的普鲁斯特的诟病。此外，圣勃夫对古典文学所做的评论具有相对的客观性和权威性，但在评论同时代的文学时却常常带有鲜明的个人感情色彩，如他对巴尔扎克和波德莱尔等作家的评价就过于苛刻而显得有些偏激，普鲁斯特自然难以认同，在《驳圣伯夫》中对此有过严厉的批评。

然而这一切并不能撼动圣勃夫在法国文学批评史上的地位，也不能妨碍他成为一名成就卓著、受人尊敬的文学评论家。圣勃夫一生勤勉不辍，他长期担任教职和编辑，除了进行文学创作、出版系统而方法独到的评论著作外，他还定期为《宪政报》等刊物撰写评论文章，每周一篇，几乎没有中断。圣勃夫观察敏锐，见解精辟，描写风趣，语言机智，充满个性，为法国历史上众多重要作家绘制出一幅幅生动而有趣的"肖像"，更为一些初涉文坛、尚无名望的作家的重要作品作重点介绍与推荐，为后世的文学研究和文学批评研究提供了大量珍贵的参考资料。美国学者欧文·白璧德高度赞誉圣勃夫，声称他的作品"把广度与丰富和多样化结合起来的方式几乎是独一无二的"。

在我国文学事业的发展进程中，在"洋为中用"的方针指导下，早在1961年，时任中共中央宣传部部长的陆定一就提出并筹划了一项重要的国家文化建设工程——《外国文学名著丛书》《外国文艺理论丛书》《马克思主义理论丛书》（简称"三套丛书"）的编选计划。其中，《圣勃夫文学批评文选》和《波瓦洛文学理论文选》被列入了《外国古典文艺理论丛书》（后改为《外国文艺理论丛书》）的出版计划，并确定翻译工作由范希衡先生承担。

为了让读者对范希衡先生有进一步的理解，请允许我在此对范先生的求学与工作经历做一简单介绍。范希衡16岁考入上海震旦大学预科学习法律，后入文学本科一、二年级；1925年秋入北京大学特别班专修法文，插班三年级。1927年毕业后，任中法大学孔德学院法文讲师。1929年秋，他破例获庚子赔款资助赴比利时鲁汶大学，攻法国文学、比较文学、历史语法、比较语法，先后以优异成绩通过硕士和博士学位论文答辩，获得双博士学位。1932年回国任北京中法大学教授兼中法文化出版委员会编审。1941年任苏皖政治学院教授兼教务长，后任重庆中央大学教授。1948年于上海震旦大学重执教鞭，其间与徐仲年先生合编《法汉字典》。20世纪50年代初，大学院系调整，范希衡先生到南京大学教授法国语言文学，研究法国文艺批评理论。不幸的是，1958年，他被错误打成"历史反革命"，身陷囹圄。1962年，根据中宣部、文化部副部长周扬的批示，中国社会科学院外国文学研究所所长、三套丛书编委戈宝权先生和人民文学出版社总编辑、三套丛书编委郑效询先生于5月专程赴南京，先后与江苏省公安厅、南京大学交涉，6月以保外就医为由将范希衡先生从狱中接出，聘任范先生为人民文学出版社特约翻译。在当时极"左"的思潮下，编委会冒着政治风险，经多方努力，艰难地促成了范希衡先生担任《圣勃夫文学批评文选》《忏悔录》《波瓦洛文学理论文选》(《诗的艺术》)的翻译，足以说明这三部译作的重要性和范先生公认的翻译水平。

在人生的最后十几年，范希衡先生顶着"囚徒""劳改犯"的帽子，生活在耻辱和忧患中。但就是在这无情的岁月里，他以坚定的信念与超常的意志完成了《圣勃夫文学批评文选》、《波瓦洛文学理论文选》、卢梭的《忏悔录》、伏尔泰的《中国孤儿》等著作的翻译工作，写下了《论〈九歌〉的戏剧性》《18世纪法国启蒙运动中的中国影响》等论著，选编和翻译了《法国近代名家诗选》。范希衡先生研究圣勃夫文学批评多年，他凭借自己丰富的文学阅读经验，结合当时中国对法国作家作品的译介情况，从圣勃夫的《月曜日丛谈》《新月曜日丛谈》《妇女肖像》《文学肖像》等文学批评作品中精心选取55篇译为中文，于是才有了这部《圣勃夫文学批评文选》。

在当时特定的历史背景下，鉴于国内的政治氛围和译者困顿的生活境遇，选编并翻译这样一部字数达一百多万字，而且"涉及范围太广，征引又极赅博"的作品，其难度可想而知，压力不言而喻。而圣勃夫本人变幻多样的语言风格，也为翻译带来了诸多障碍。在这样的条件下，范希衡先生凭借超强的忍耐力、非凡的毅力和高超的翻译水平，一步步推进翻译工作，他在前言中坦言翻译之难，称"求畅达已觉不易，更难说表出神情"。通读全书，我感觉这只是译者的自谦之言，事实上他不仅做到了译文"畅达"，更做到了翻译"精彩"。凭借深厚的中文功底，范希衡先生成功地再现了圣勃夫原文的神韵，将原文的语句之美展现到了极致，并融入了鲜明的个人风格，译者语言典雅厚重，译文极具形式美感。

当范希衡先生几乎耗尽心血，完成《圣勃夫文学批评文选》的翻译，向人民文学出版社交付几经修改的译稿的时候，又遇十年动乱，出版计划一再搁置。改革开放后，经范先生子女的多方努力，最终确定将范先生的译稿托付给南京大学，交由南京大学出版社出版。南京大学是范希衡先生曾经教书育人做学问的地方，《圣勃夫文学批评文选》的手稿也由其子女赠给南京大学，珍藏在南京大学档案馆，是范先生留给社会、留给南京大学的一笔珍贵而永恒的精神遗产。在这个意义上，我们相信，范希衡先生编选、翻译的这部《圣勃夫文学批评文选》，对于我们这个时代而言，便不仅仅具有学术的参照价值，更有其求真精神的传承价值。

是为代序。

（2016 年 5 月 20 日写于南京大学仙林校区）

试论圣勃夫文学批评的当代启示

　　20 世纪是文学批评理论迭出、主义盛行的时代,其影响在 21 世纪的中国还不见消退。学界论批评,还是离不开"俄国的形式主义、布拉格的结构主义、美国的'新批评'、德国的现象学、日内瓦学派的精神分析学、国际马克思主义、法国的结构主义和后结构主义、阐释学、精神分析学、新马克思主义、女权主义"等流派的理论①的影响,再加上批评实践中功利主义的大行其道,"文学批评"的批评成了学界关注的焦点。理论追求的"失明"症与实践活动的"庸俗"化,成了文学批评界不得不面对的两大顽疾。有感于中国文学批评寻找新路的彷徨与挣扎,我在法国或者西方 20 世纪种种批评流派的突围中回望,幸遇我国法语翻译界元老范希衡先生在艰难岁月忍辱负重、呕心沥血完成的《圣勃夫文学批评文选》,经由南京大学出版社向中国学界做深情推荐,在细读的基础上,就圣勃夫文学批评的当代价值与启示做一领悟性的探讨。

一、批评不是简单的解释,是"发明",是创造

　　对经典作品的阐释的现代意义,圣勃夫有着深刻的思考。在

---

　　① 参见安托万·孔帕尼翁《理论的幽灵——文学与常识》,吴泓渺、汪捷宇译,南京大学出版社,2011 年,《序言》,第 8 页。

《论泰纳先生的几部作品》一文中,圣勃夫认为一个文本在后人的阅读中,是向未来敞开的,同时会向过去射去光明。他这样写道:

> 我知道观点是变的,是转移位置的;我知道我们一程又一程地往前走着,就会有新的远景向过去展开,向过去发射出有时意想不到的光明;我知道,在已经古旧的作品里,如果某些方面的外观黯淡了、消失了,另一些方面的却更突出,显得更清楚;我知道,一些更普通的关系会建立起来,对于艺术的巍峨巨著,有一个适当的远距离,这种远距离不但无损于对艺术品的瞻仰,反而更便于看清比例,测量大小。因此我们可以在一个作品里,除作者所见到的东西以外,还别有所见,辨明他所不知不觉放进去的东西以及他所不曾有意想到的东西。①

过去的作品,一旦完成之后,其生命便在阅读中,向未来敞开。文学批评的重要任务之一,就是通过批评与阐释,让作品开放,让批评的光芒唤出过去的生命,闪现出过去所没有发现的光芒,一如圣勃夫所言,让拉开距离的审视与省察,在瞻仰作品的同时,看清其被过去一度遮蔽或未见到的东西,辨别出作者本人不自觉或无意中投入的东西。这样的开放性,恰恰是通过批评者的新发现、新辨察所开拓的空间,在过去的作品中得以体现,在一程又一程的阐释与批评中,延续其生命。就此而言,批评家与作品之间所呈现的关系,便不仅仅是简单的解释、简单的阐述,而是一种积极的思考,一种带来光明的发现。所以,圣勃夫坚定地说:"这一点(如果我们能做到的话)倒是批评家的无上光荣;这一点也就是批评家的合法

---

① 夏尔·奥古斯丁·圣勃夫:《圣勃夫文学批评文选》,范希衡译,南京大学出版社,2016年,第1152页。

的发明部分。"①

圣勃夫对于批评之"合法的发明"的观点,尤其是批评让过去的作品通向新的远景的看法,与布朗肖关于文学的"未来"的思考有相通之处。在布朗肖看来,伟大的作品,如马拉美的《骰子一掷》,都是"趋向于书的未来"②。"言语的存在,永远只为指向言语间的关系范围:各种关系投射的空间,一经划定,便折叠、合拢,再非现在所在。"③布朗肖此处所言的关系,与圣勃夫所言的批评所建立的"更普遍的关系",有着根本的一致性,正是因为作品中的关系不是僵死的,一成不变的,相反,是生成的,不断变化的,所以作品才有可能趋向未来,向未来敞开,拥有新的生命。在这个意义上,圣勃夫认为批评家的任务,就是要以自己的阐释与发现,去激活作品的生成因子,让作品处于不断的生成过程中,批评于是"变作有节奏的生成过程,即建立关系的纯粹活动"④。

批评行为,就其根本而言,是一种"阅读",但这种阅读不是接受性的,而是批评性的。批评应该如萨特所言,具有"介入"的态度。但一个批评者,从与文本建立关系的那一刻起,就应该对文本"表现出开放态度,并对他者的独特性表示尊重"⑤。历史上的批评,往往出现带有定见、偏见的倾向,面对批评的作家或文本,常从既定的立场出发,对批评的对象缺乏尊重。这样的批评态度往往会影响批评者的开放性,而没有开放的目光,没有对批评对象的尊重,就难以有对他者独特性的发现。文学批评理论,与其说是阐释

① 夏尔·奥古斯丁·圣勃夫:《圣勃夫文学批评文选》,范希衡译,南京大学出版社,2016年,第1153页。
② 莫里斯·布朗肖:《未来之书》,赵苓岑译,南京大学出版社,2015年,第321页。
③ 莫里斯·布朗肖:《未来之书》,赵苓岑译,南京大学出版社,2015年,第322页。
④ 莫里斯·布朗肖:《未来之书》,赵苓岑译,南京大学出版社,2015年,第309页。
⑤ 朱利安·沃尔弗雷丝编著《21世纪批评述介》,张琼、张冲译,南京大学出版社,2009年,《导言》,第10页。

文本的途径与方法,毋宁说是摆脱定见、开启世界与创造世界之道。圣勃夫强调在文学批评中,要"别有所见",要有发现与"发明"。这一原则,在其丰富而漫长的批评生涯中,是得到真实而有力的贯彻的。白碧德以为,圣勃夫的批评,具有探索性。在他看来,"圣·伯夫的作品把广度与丰富和多样化结合起来的方式几乎是独一无二的。或许没有别的作家能写出50多卷书而绝少重复的、或绝少低于自己的最好的标准的,即从开始到最后都差别不大。伏尔泰的书也是非常多的,但到处是重复,并且常常是因年老而造成的重复。圣·伯夫避免重复自己的秘诀是更新自己。他在自己参加的不少于'十种文学运动和探索'中卓然超群"①。圣勃夫多产,但少有重复,其探索的目光,在其批评活动中是始终不灭的。圣勃夫不仅对法国的文学运动始终保持探索的精神,他还是法国最早明确提出要尊重他国文学的批评家,他批评法国"公学里乃至在研究院里开大会的日子所常说、到处说的那样,大叫法国人民是所有人民中最伟大、最合理的人民,我们的文学是所有文学中排名第一的文学"。他明确提出,"我倒希望他只满足于说法国文学是最美的文学之一,使人家隐约感到天地并不是与我们同始同终"②。克服自我中心主义,可以说是开放的第一步。

圣勃夫的文学批评,以其开放性而导向探索性。他坚持批评不要带有定见,"不但是体味美的作品,就是阐扬美的作品也是一样,最好的方法就是不带任何先入之见,每次阅读或谈论时都听其自然;如果可能的话,忘记你已经长期熟读它们,就仿佛你今天才认识它们一样",因为"所有的或几乎所有的这些欣赏都会得力于

① 欧文·白碧德:《法国现代批评大师》,孙宜学译,广西师范大学出版社,2002年,第62页。

② 夏尔·奥古斯丁·圣勃夫:《圣勃夫文学批评文选》,范希衡译,南京大学出版社,2016年,第73页。

这种不抱成见的重新阅读而有所增长:真正美的东西总是随着你生活经验越丰富、比较越多,而越发显得美妙的"。① 细细体会圣勃夫这番看似平常的话,其深刻性却是难以遮蔽的。经典的超越时间与空间性,不正是借由这种不抱成见的带有平常心的阅读而构成的吗?圣勃夫的批评在很大程度上,为批评开启了"开放性"的大门,让常读常新、常品常美的阅读与阐释行为,成为一种不断有新发现、不断有新的体味的经典生成之道。

圣勃夫对文学经典是敬重的,但不盲从。他的文学批评总是追求在前人的批评基础上有所新见,他试图以自己的新见或另有所见,给经典增添新的生命。比如他写戏剧家高乃依,就不同于伏尔泰的评价,甚至针对伏尔泰对高乃依的批评,针对伏尔泰说高乃依戏剧"无风韵,又不雅致,复不清晰"的"极度不公平"的论断②,努力发掘高乃依戏剧的特质,"高乃依是擅长群像的,他能在重要关头把他的人物布置得极富剧意。他使他的人物彼此平衡,以雄健而简短的语句把他们遒劲地刻画出来,用斩钉截铁的对答使他们互相映衬,向观众的眼里呈出些精心结构的集体"③。寥寥数话,针锋相对,圣勃夫将高乃依戏剧的人物塑造、人物语言、人物关系和人物群体结构的特点做了独特的阐发,其评价具有重要的启迪价值。更加难能可贵的是,圣勃夫在总结高乃依的"天才"与戏剧"主要特点"的同时,并不避讳对高乃依的"判断力"与"审美力"的批评④,尤其是对高乃依迁就于当时戏剧界对他的批评,对高乃依"在

① 夏尔·奥古斯丁·圣勃夫:《圣勃夫文学批评文选》,范希衡译,南京大学出版社,2016年,第96—97页。
② 夏尔·奥古斯丁·圣勃夫:《圣勃夫文学批评文选》,范希衡译,南京大学出版社,2016年,第177页。
③ 夏尔·奥古斯丁·圣勃夫:《圣勃夫文学批评文选》,范希衡译,南京大学出版社,2016年,第175页。
④ 夏尔·奥古斯丁·圣勃夫:《圣勃夫文学批评文选》,范希衡译,南京大学出版社,2016年,第171页。

内心里"把批评界"强制给他的那些规律和诀窍考虑得很多",险些放弃了自我表示深深的遗憾。[①] 正是这种全无定见的批评,引导着圣勃夫,深入"伟大的高乃依的精神上最隐秘的角落"[②],让我们从高乃依的精神风貌,看到了高乃依借其戏剧创作而展现的精神之树别样的风采和顽强的生命力:"高乃依这个纯粹的、不完备的天才,有其崇高的品质和缺点,使我觉得像那些大树,正干赤裸而粗糙,凄凉而单调,只是顶上有些枝叶,一片郁郁苍苍。这些大树是强壮的,有力的,硕大无朋的,不很茂密;充沛的汁液直升到树梢;但是你不要期望有庇荫,有浓阴,有花朵。它们发叶迟,落叶早,长久生活在半裸露的状态中。就是它们的秃顶已经把叶子交给秋风之后,它们的长生的本质还有些地方发出些疏落的枝条和青葱的荫蘖。当它们快死的时候,它们发出噼啪咽呜的声响,就像吕刚用来比喻伟大的庞贝的那种满披着铠甲的躯干。"[③]无须我赘言,圣勃夫对高乃依的批评是直至其灵魂深处的,高乃依的戏剧之心不死,"他曾把整个的生命,整个的灵魂给了戏剧事业"[④],其精神之树是"长生"的。如此评价高乃依,如此定位高乃依在法国戏剧史中的地位,可以说随着时间的推移,圣勃夫的观点会愈发凸现出其启迪的价值。

如果说圣勃夫特别看重文学批评的"发明"之功,着力于在批评的对象(包括作家和文本)身上"另有所见",那么他对作家的创造之特质,则是一直置于其批评、考察的首要位置的。普鲁斯特因

---

① 夏尔·奥古斯丁·圣勃夫:《圣勃夫文学批评文选》,范希衡译,南京大学出版社,2016年,第171页。

② 夏尔·奥古斯丁·圣勃夫:《圣勃夫文学批评文选》,范希衡译,南京大学出版社,2016年,第175页。

③ 夏尔·奥古斯丁·圣勃夫:《圣勃夫文学批评文选》,范希衡译,南京大学出版社,2016年,第178页。

④ 夏尔·奥古斯丁·圣勃夫:《圣勃夫文学批评文选》,范希衡译,南京大学出版社,2016年,第178页。

其文学观点的革新需要,对圣勃夫的肖像批评方法多有微词,也在其创作笔记中批评圣勃夫对司汤达的评价有失公允。但我们恰恰在圣勃夫评价司汤达创作的文字中,看到圣勃夫对司汤达创作之道方向性的肯定:"他的小说和他的批评一样,特别是为着给搞这一行的人看的;它们提供着一些思想并且开启着许多途径。在所有这许多交错着的跑道之中,也许此道中有才的人会找到他自己的路线。"①而对巴尔扎克,圣勃夫更是看重其探索与独创性的品质:"巴尔扎克先生确实是现时代的一个风俗画家,也许还要数他是最有创辟性、最合时宜、最能深入的。"②读圣勃夫的评家论,他对所评作家特质的发掘,为我们把握这些作家的创作方向或本质提供了指引,为进入他们文本的深处提供了探索性的参照。

二、批评应该是具有生命的,要关注人与文本

文学批评在法国,有各种各样的理论,圣勃夫创肖像与传记的批评方法。对于圣勃夫的批评理论,普鲁斯特曾有这样的评说,"人们知道,所谓建立精神自然史,引述有关的人的传记,他的家族史,他的全部特征,他的作品所表现的才智,以及他的天才的性质,这就是圣伯夫的独创性之所在"③。在普鲁斯特看来,圣伯夫的这种独创性"无非是要求不要将作品同人分开,评判者不可不注意书",但"还要收集有关作家的一切可能有的资料"。④ 但是,普鲁斯

---

① 夏尔·奥古斯丁·圣勃夫:《圣勃夫文学批评文选》,范希衡译,南京大学出版社,2016年,第913—914页。
② 夏尔·奥古斯丁·圣勃夫:《圣勃夫文学批评文选》,范希衡译,南京大学出版社,2016年,第952页。
③ 马赛尔·普鲁斯特:《驳圣伯夫》,王道乾译,百花洲文艺出版社,1992年,第61页。
④ 马赛尔·普鲁斯特:《驳圣伯夫》,王道乾译,百花洲文艺出版社,1992年,第65页。

特并不认同这一方法,认为"一本书是另一个'自我'的产物,而不是我们表现在日常习惯、社会、我们种种恶癖中的那个'自我'的产物"①。就我们所知,普鲁斯特在那部著名的《驳圣伯夫》中,对圣勃夫的批评的最根本的一点,就在于此,王道乾对此有过精辟的总结:普鲁斯特"认为进行艺术创造的不是社会实践中的人,而是人的'第二自我'或所谓深在的自我,因此他否定圣伯夫的理论出发点:作家的生平是作品形成的内在依据,实际上也是彻底否定法国十九世纪实证主义的批评原则,为此后兴起的法国新批评开辟了道路"②。从文学创作的特征看,普鲁斯特的看法无疑有其独特性。就其根本而言,我们也许对普鲁斯特与圣勃夫的文学观念上的差异可以找出一条泾渭分明的分界线。在一定意义上,普鲁斯特严格地区分了作为社会人的作家和文本创造者的作家。在普鲁斯特看来,文本是小作家另一个"自我"的产物,与表现在社会上的那个"自我"无本质上的联系。两者之间存在着一条鸿沟。因而普鲁斯特坚持认为,"由于圣伯夫看不到横亘在作家与上流社会人士之间的鸿沟,不理解作家的自我只能在作品中体现",所以,圣伯夫所能告诉我们的,是与"诗人真正的自我毫不相干的一切方面"。③ 对圣勃夫所建立的肖像批评方法,尤其是对圣勃夫以作家为出发点,以作家的出生、环境、学识、交往为基础而进入作品、评价作品的方法,普鲁斯特持完全否定的态度和立场。"驳"圣勃夫,在其本质上,就是"反"圣勃夫。普鲁斯特之"反"圣勃夫,主要是要挣脱"科学"的枷锁,要为艺术的创新拓展新路,因为普鲁斯特认为,"哲学

---

　　① 马赛尔·普鲁斯特:《驳圣伯夫》,王道乾译,百花洲文艺出版社,1992 年,第65 页。
　　② 马赛尔·普鲁斯特:《驳圣伯夫》,王道乾译,百花洲文艺出版社,1992 年,《译者前言》,第 5 页。
　　③ 马赛尔·普鲁斯特:《驳圣伯夫》,王道乾译,百花洲文艺出版社,1992 年,第71 页。

家并不一定真正发现独立于科学之外的艺术的真实,因此,关于艺术、批评等等,他们不得不象对待科学那样加以设想,认为在科学领域先行者取得的进展必不及后继者。但是在艺术领域(至少按科学的本义而言),并不存在什么创始者、前驱之类。因为一切皆在个人之中。任何个人都是以个人为基点去进行艺术或文学求索的;前人的作品并不像在科学领域那样构成为既定的真理由后继者加以利用。在今天,一位天才作家必须一切从头开始,全面创建"[①]。作家是由其作品的创作来定义的,而不是由其社会的行为与思想来定义的。摆脱批评家对作家的社会性的批评,进而摆脱批评家对于作家理性和智力的束缚,无疑是为了解放作家的艺术的创造力,从头开始,造就全新的、天才的"自我"。以此根本为入径,再去看普鲁斯特的《驳圣伯夫》序言,就不难明白普鲁斯特所写的"对于智力,我越来越觉得没有什么值得重视的了"序言开篇中这一句的本意了。

　　然而,问题在于圣伯夫的肖像批评之方法,并不像普鲁斯特所意欲指出的那样,将批评止于对作家的社会性的考察,也没有完全无视作家在其文本创作中所表现出的第二"自我"。批评作品,也并不一定要像普鲁斯特所申明的那样,全然不顾"表现在日常习惯、社会、我们种种恶癖中的那个'自我'"。相反,圣伯夫的肖像批评之方法,倡导的是"识人""品人"与"品作品"相结合的批评途径。他明确指出:"对于古人,我们缺少充分的考察方法。对于古人,作品在手,求诸其人,在多数场合,是不可能的,我们能掌握的无非是一具半碎裂的雕像。迫不得已,人们只能评论作品,加以赞赏,借以推测作者、诗人。人们可能借助对崇高理想的感受力重构诗人或哲人的风貌,重行塑造柏拉图、索福克勒斯或维吉尔的肖像;这

---

　　① 马赛尔·普鲁斯特:《驳圣伯夫》,王道乾译,百花洲文艺出版社,1992年,第62—63页。

就是目前知识不完善、原始资料以及信息返馈手段缺乏的情况下所允许做的事。有这样一条巨川横亘其间不可逾越，将我们与古代伟大人物阻隔开来。就让我们站在此岸向彼岸遥致敬意吧。"① 对于古代作家，评论作品，进而识人，向其致敬。而对现代作家，圣勃夫则提出一方面，要"认识一个人，特别是深入了解这个人"，另一方面"对人物性格进行精神方面的考察，需要精审深入，对个性要作出描述"。② 在这里，暂且不论圣勃夫对于古代作家和现代作家的不同批评路径，单就对作家须有认识和精神上的深入考察而言，这对于文学批评并非无益。20 世纪的新批评，特别强调文本的批评，对文本的创造者少有关注，甚或如普鲁斯特所强调的那样，否认作家社会"自我"与作家创作的"自我"之间的直接联系。然而，如果我们按照圣勃夫的观点和方法去追问，如果普鲁斯特没有患病，不是几乎被囚禁在卧室之中，那么他的写作有否可能呈现另一种样态？他的身体状况与他的意识流的写作方法之间是否存在隐秘的关系？他在卧室里的状态与他不断拓展的想象与比喻的天地之间是否存在着一定的关系？一路追问下去，我们也许可以发现，社会的人、生理的人与创作的人之间并非完全隔绝，一如圣勃夫所言："文学与人及人的机体构成不是相互分立，至少不是相互隔绝的"③。美国批评家欧文·白璧德对圣勃夫有过深入的研究，他认为，"圣·伯夫最感兴趣的是活的个体。我相信，他的最原始的天才是在理解和表现活的个体时的一种奇妙的心理技巧。他在书的后面看到的是人，而在人自身，他则看到最有生气、最个人化、

---

① 马赛尔·普鲁斯特：《驳圣伯夫》，王道乾译，百花洲文艺出版社，1992 年，第 63 页。（原文中使用"返馈"——笔者注）
② 马赛尔·普鲁斯特：《驳圣伯夫》，王道乾译，百花洲文艺出版社，1992 年，第 63 页。
③ 马赛尔·普鲁斯特：《驳圣伯夫》，王道乾译，百花洲文艺出版社，1992 年，第 64 页。

最能表现性格,总之是最有表现性的东西"①。布封有言,"风格,即人"。作品呈现出风格,风格透现的是人,是作家。作品与作家之间的关系是存在的,或明显,或隐秘。圣勃夫坚持将作家与作品放在同等重要的位置去认识、去审查、去品味、去批评,既有其对批评科学性的追求,也有其对人道主义的认同,也有他对于作品与作家之间存在的割不断的关系的那份确信。他认为,"如果有个作家,在他的行为上,在他的整个为人方面,在我们眼光里显得是暴躁的、狂悖的、触忤良知、冒犯最自然的礼俗的,那他可能是有才的(因为才,一个天才,是可以与许许多多怪癖相容的),但是,你们可以保定他不是人类中的极品作家,第一流作家"②。作品与人品之间的关系,就这样被圣勃夫大胆地联结在一起,中国传统中所强调的人如其人、为文首先须为人的观点,在此可以找到某种积极的回应。纵然,圣勃夫的这种观点可以被 20 世纪新批评家所寻觅的一个个特例所否定,但对作品的批评与阐释,离不开对作家的基本了解、认识与把握,这在 21 世纪的文学批评界,可以说是得到越来越多的批评家的认同。尤其需要指出的是,圣勃夫的文学批评,是以对作家的考察与认识为入径,去寻找作家的个性与精神气质和作品的风貌与深刻内涵之间的隐秘的契合性。他认为"批评精神本质上是温和的、暗示的、流动的和包容的。它是一条美丽宁静的小溪,围绕着作品和诗歌精品蜿蜒而行,沿岸环绕着那么多的礁石、要塞、爬满青藤的土丘和绿树成荫的山谷"③。批评家是发现者、探险家,要展现的是文学风景中隐秘而不断变化的风光,批评是"鲜

---

① 欧文·白碧德:《法国现代批评大师》,孙宜学译,广西师范大学出版社,2002年,第96—97 页。

② 夏尔·奥古斯丁·圣勃夫:《圣勃夫文学批评文选》,范希衡译,南京大学出版社,2016 年,第89 页。

③ 欧文·白碧德:《法国现代批评大师》,孙宜学译,广西师范大学出版社,2002年,第81—82 页。

活的水",要拥抱、理解、反射与拓展作品之风景。

批评的"鲜活"性,是同时关注作家与作品的圣勃夫所特别推崇与追求的。读圣勃夫的批评文章,我们会感到其批评由人而进入作品,展现的是作品所蕴含的生命的搏动,与20世纪新批评中的那种极端的形式主义结构分析的冷酷无情形成鲜明对照。圣勃夫是这样写蒙田的:"蒙田的灵魂是简朴的、自然的、平民的,是调节得最妙的。他生自一位绝妙的父亲,这位父亲,学问平常,但是以一种真正的激赏之情投入了文艺复兴运动,酷好着当时一切自由主义的新事物,蒙田以思考上的一种极大的细致与准确矫正了这种激赏、热烈和缠绵的太过之处;但是他却从来没有背弃这种家学渊源。"①寥寥数语,圣勃夫以准确而简洁的语言点出了蒙田的灵魂之独特性,并由其出身的渊源,对蒙田的家学继承与独立发展的两个方面做了富有针对性的揭示。以此去理解蒙田的随笔和思想,可以说是一条正确而富启迪意义的路径,一个多世纪前的论断,如今仍然闪烁着真性的光芒。在圣勃夫看来,蒙田有一种"中和、调节与持平"的能力,"蒙田虽然生在一个狂风暴雨的乱世,生在一位恐怖时代的过来人(多努先生)所谓之古今最悲惨的世纪,他自己却不肯自认为生在最坏的时代。他可不像那些心地不宽而又受了打击的人,这些人用自己的视野衡量一切,凭一时的感觉评价一切,老是以为自己所患的病痛在人世上是空前未有的严重。而他呢,他就像苏格拉底,不把自己看作一城一市的公民,却看作整个世界的公民;他用一种充沛广阔的想象力,拥抱着各国、各时代的全面;就是他亲眼所见的疮痍,亲身所受的疾苦,他都评论得

---

① 夏尔·奥古斯丁·圣勃夫:《圣勃夫文学批评文选》,范希衡译,南京大学出版社,2016年,第133页。

比较公正些"①。如果我们细读蒙田的随笔,我们大可以就蒙田的所见所思进行文本的仔细分析,但如果我们有像圣勃夫这样对蒙田的精神渊源、视野与胸怀有整体而准确的把握,对蒙田随笔文字背后的东西便有可能有更深入的理解。学术界对蒙田的风格也有不少讨论,但蒙田的风格到底源自何处?有何特征?诸多的探索与思考中,还是圣勃夫的评价最中要害:蒙田的风格,"只有在十六世纪的那种完全自由的状态下,在一个诚朴而工巧、活泼而精敏、豪迈而细致的独具一格的头脑中才能产生出来,开出花来。这个头脑,就是在那个时代也显得是自由自主的,有点放纵恣睢的。而它本身又得力于古代渊源的纯粹而直接的精神,它在里面汲取灵感,放开胆量,却又不因之而陶醉迷惘"②。

圣勃夫批评的鲜活性,是以其思想的深刻性和对作家个性的追寻为基础的。圣勃夫对蒙田的批评,欧文·白璧德持不同的意见,但那是从宗教观的层面而展开的思考。白璧德也承认"圣·伯夫最出色的批评在于他坚持认为真正的伟人必须保持美德的平衡"③。这一论断在一定意义上也说明了德行之于作家的重要性,评价一个作家,不能完全忽略其品德与社会行为。我们无意在此就白璧德的观点展开讨论,只是从圣勃夫的肖像批评方法所涉及的作家与作品的关系问题加以思考。当今中国的外国文学批评,有一种观点值得特别关注。按照该观点,似乎只有文本批评才是科学意义上的批评,对作家的关注似乎有损于批评的客观和公正。这种观点,就其根本而言,与批评的本质是相违背的。批评,要有

---

① 夏尔·奥古斯丁·圣勃夫:《圣勃夫文学批评文选》,范希衡译,南京大学出版社,2016年,第135页。

② 夏尔·奥古斯丁·圣勃夫:《圣勃夫文学批评文选》,范希衡译,南京大学出版社,2016年,第142—143页。

③ 欧文·白碧德:《法国现代批评大师》,孙宜学译,广西师范大学出版社,2002年,第123页。

利于扩展文学创作的可能性。而对一个批评家来说,发现作家的特质与个性,探索作家的性情、性格、品性及品格与其创作的文本之间的隐秘关系,无疑是有利于实现这一目的的。

三、批评家要发现"新人",发掘成长的力量

圣勃夫在他所处的时代,是批评界数一数二的权威,不少有名的作家和有争议的作家希望得到他的肯定,比如当时的波德莱尔。读他的批评文选,我们可以看到,虽然他是公认的权威,却表现出了一种始终如一且坚定的态度,那就是善于发现文学新人,鼓励青年作家,为他们树碑立传。在圣勃夫的批评中,他对年轻作家的关注、鼓励是一贯的,但发现"新人",其目的在于让文学

《月曜日丛谈》扉页

不断喷发出新的力量。如在法国批评界赫赫有名的泰纳,就在很年轻的时候得到了圣勃夫的特别关注。在泰纳二十九岁的那一年,圣勃夫在《月曜日丛谈》的第十三册,发表了对泰纳的批评,于1957年3月9日及16日发表了《论泰纳先生的几部作品:〈论拉封丹的寓言〉〈庇里牛斯山泉旅行记〉〈论狄特里夫〉〈十九世纪法国哲学家〉》的文章。他立场坚定,旗帜鲜明,在文章的一开篇便这样写道:

> 泰纳先生是近年以初期作品最引人注意的青年批评家之一,或者,不要含糊其词,就说他的初期作品是多年以来文坛上所见到的最坚定、最无摸索意味的表现。在他的笔下,绝没

有青年时期的那种尝试的性质,那种碰巧的意图:他装备齐全地走进了文坛;他带着词锋的明晰与刚健,思想的集中与斩截,站定在那里,这种明晰与刚健、集中与斩截,他先后应用在最不同的题目上,并且在所有的题目上他都显得始终如一,是他自己。他要做,他就做了。他有才华,他有一个思想体系。我很愿意为这全部的才华说公道话,把这些思想提出若干来讨论讨论。①

圣勃夫写这篇评论时是 53 岁,在文艺评论界已是一言九鼎的人物,然而,他对于刚刚进入批评界的青年泰纳却倍加赞赏,毫不含糊其词地对泰纳作为批评家的品质予以揭示:有思想,有才华,立场坚定,词锋明晰,且始终如一,不人云亦云,做"他自己"。对于青年批评家泰纳的这些品质的揭示或肯定,一方面表明了圣勃夫对于批评者思想、立场、真诚与刚健的重视,另一方面则显示了一个声名显赫的批评大家对于青年才俊的那份尊敬,正如他自己所言:"已经衰老的前辈,对于能算得数的后进,应该先来这样一个嘉许的表示,正视他们,并且好好地认识他们。"②对后辈的嘉许是一种态度,而圣勃夫明显不限于嘉许,而是要"正视"后辈,"好好地认识"后辈,了解后辈。

如果说圣勃夫对真正有思想、有才华、有立场、有公正心的青年批评家公开表明自己的赞许与鼓励,这是就其批评态度而言,那么,赞许之后,如何"正视"与"认识",便要见圣勃夫真正的批评功力了。

---

① 夏尔·奥古斯丁·圣勃夫:《圣勃夫文学批评文选》,范希衡译,南京大学出版社,2016 年,第 1147 页。
② 夏尔·奥古斯丁·圣勃夫:《圣勃夫文学批评文选》,范希衡译,南京大学出版社,2016 年,第 1147 页。

首先,我们要指出的是,圣勃夫的批评有一个在我们的时代尤显珍贵的特质,那就是其批评不仅致力于复活过去的作品的生命,更着力于召唤通向未来的力量,为此,他的批评非常关注成长中的因素,对青年作者的发展趋势及其发展中的基本价值予以方向性的把握。在这个意义上,他"正视"或者"认识"青年作者,不仅仅要对其作品的特征予以揭示,更要对其作品榜样性的价值进行探讨。但要做到这一点,批评家圣勃夫认为不仅要从文本出发,进行文本的意义阐释,更要去探索文本背后或深处的因素、原因和力量,不然就无法把握其发展的趋势。如他在论泰纳《庇里牛斯山泉旅行记》的批评文章中指出:"一边是像土壤、气候那么普遍、那么影响全体的事实,另一边是像在这土壤和气候里生活着的万殊的物类和个性那么复杂、那么不齐的结果,在这二者之间,很可能有许许多多的更特殊、更直接的原因和力量,如果你没有掌握到这些原因和力量,你就等于什么也没有解释出来。对于生活在同一世纪,也就是说生活在同一精神气候的人和才智之士说来,也是如此"①。在圣勃夫看来,泰纳不仅能表出各个风景的特质与不同,又能透过风景的表面,抵达风景深处特有的力量所在,揭示出风景的灵魂:"他极善于写出这些复杂而辛劳的风景,抉出它们的秘密,用清楚的观念把它们的模糊意义表达出来,就和表出一个幽隐的灵魂的意义一样。"②应该进一步说明的是,圣勃夫对青年作家泰纳的这份"赞许",不是笼统而抽象的,不是一种今日批评界常见的吹捧式的"肯定",而是基于对泰纳的游记的文本的细致阅读与精神发现,对此,在圣勃夫的批评文章中,我们有圣勃夫不厌其详大段引用的泰

---

① 夏尔·奥古斯丁·圣勃夫:《圣勃夫文学批评文选》,范希衡译,南京大学出版社,2016年,第1155页。

② 夏尔·奥古斯丁·圣勃夫:《圣勃夫文学批评文选》,范希衡译,南京大学出版社,2016年,第1156页。

纳的文字为证：

> 你看这条孤立的山脉，温泉倚傍着的（在佳泉［Eaux-
> Bonnes］附近）：没有人攀登它，它也没有大树，也没有巉岩，也
> 没有风景点。然而，昨天，我却感到一种真正的怡悦；那条硬
> 板板的山脊，一层瘠土盖着，它用脊骨把土顶得一连串地隆
> 起，你就跟着这条山脊走罢；贫瘠而繁密的草，风打着，日晒
> 着，形成一片韧线密结的地毯；半枯的苔藓，节节疤疤的灌木
> 把它们顽强的枝条伸到岩缝里；苍老的杉树在岩上爬着，拳曲
> 着它们的横枝。从所有这些山区植物里发出一种沁人的香
> 气，被炎热集中起来，挥发出来。人们感觉到它们在对贫瘠的
> 土壤，对干燥的风力，对阳光的火雨，永恒地斗争着，浑身蜷曲
> 道劲，饱经天时的考验，顽强地要生活下去。这种表现就是风
> 景的灵魂；可是，有多少不同的表现，就有多少不同的美，也就
> 有多少心情被拨动了。快感就在于看到这个灵魂。如果你辨
> 别不出这个灵魂，或者这个灵魂缺乏了，一座山对于你的效
> 果，正如一大堆石块而已。①

跟随圣勃夫的指点，细读泰纳的这段文字，我们一方面能体会
到圣勃夫作为批评家让我们去发现作家的文字、走进作家文本内
部的指引力，另一方面又能心悦诚服、自然而然地看到泰纳通过自
己的文字，在质朴而实在的一笔笔的描述中，一步步透过看似平凡
的风景外表，深入作者笔触指向的山脊之魂的所在，从贫瘠的山里
看到不同的表现、不同的美和非凡的灵魂。面对山之魂，被拨动的
是心情，被打开的是视界，被提升的是境界。圣勃夫一举两得，一

---

① 夏尔·奥古斯丁·圣勃夫：《圣勃夫文学批评文选》，范希衡译，南京大学出版
社，2016年，第1156页。

方面把读者引向泰纳的文本,以文本的自有的力量吸引着读者,让读者在文本的细读中去观察,去发现,去寻找不同的风景中别样的景致与情怀;另一方面则在批评的方法上,向我们展示了他在"正视"青年作家、"认识"青年作家的同时,如何让我们去发现青年作家泰纳的特有价值,将泰纳游记中所蕴含的一种具有成长性的特质清晰地揭示出来——一种超越了对美的发现的游记,一种指向风景之魂的游记。而基于此,圣勃夫通过对泰纳的这种发现性的批评,为未来的写作者指出了或者说拓展了游记书写的新的可能性:有魂的风景书写。在这个意义上,我们可以说,圣勃夫的批评的独特力量是多重的:有指向性的,有发现性的,也有拓展性的。

从"正视"开始,去"认识"、去发现青年作家的特有价值,圣勃夫的文学批评于是成就了一种具有一贯性的"发掘"力量。对比他小近二十岁的福楼拜,圣勃夫在《包法利夫人》成书出版后不久,就写出了一篇在法国文学批评史上具有不凡地位的批评范作《论福楼拜先生著〈包法利夫人〉》,该文于1857年5月4日刊登于《月曜日丛谈》第十三册。文章一开始,圣勃夫便对指向《包法利夫人》的道德性力量发起抵抗:"我并没有忘记这部作品曾成为一个绝非文学性论争的对象,但是我特别记得审判员的结论和明智。从此以后,这部作品是属于艺术的了,并且只属于艺术,它只能受批评的裁判,而批评在谈论它时可以利用自己的全部独立性。"①文章这一开头,是意味深长的,同时也表明了圣勃夫的一贯立场:批评的独立性。要发现新人,发掘新作品的价值,圣勃夫深知有两点特别重要:一是要正视作品的神圣的艺术性,二是要重视当下问世的新作品。为此,圣勃夫以批评家的立场,首先捍卫艺术的独立性与批评的独立性,将《包法利夫人》定位于一部只属于艺术的作品。其次

---

① 夏尔·奥古斯丁·圣勃夫:《圣勃夫文学批评文选》,范希衡译,南京大学出版社,2016年,第1120页。

对批评界往往关注昔日的成名作家、忽视当下的创作的倾向提出了不同的看法:"人们常常费尽九牛二虎之力,去唤醒过去的事物,去复活往昔的作家,复活一些无人再谈的作品,使它们恢复一刹那的兴味,恢复一种似是而非的生命。但是,当一些真实的活生生的作品打我们面前经过,近在咫尺,张着满帆,打着大旗,仿佛在问:'你觉得怎样?'在这时候,如果你真正是批评家……你一定会急于要抛出自己的断语,急于要在这些新来的作品经过时向它们致以敬礼或者加以猛烈攻击。"①圣勃夫是一位真正的批评家,他对于具有鲜活生命的新作品予以了关注,且立场鲜明,以艺术而论作品的成功与否,或致以敬礼,或予以猛烈的批评。基于这一立场,圣勃夫面对刚刚问世的《包法利夫人》,便下了这样的断语:"《包法利夫人》首先是一本书,一本精心结构的书,书中一切都紧密联系着,没有一点是偶然命笔,作者,或者更确切地说,艺术家,从头到尾都是意在笔先的。"②从时间上看,对一部在文坛上尚未立足的刚刚问世的作品,便下这样的断语,似乎确实是过"急"了些。但是此"急"是立场的表明,是对真正的活生生的新作品的拥抱与肯定,其断论具有前瞻性,是发掘性的"肯定"。同时要做出如此大胆的断语,圣勃夫必须要回答两个问题:一是作品之"新",二是小说结构之"精"。

在圣勃夫论《包法利夫人》的这篇文章中,圣勃夫在对小说细读的基础之上(他不仅读刚出版的小说,还读过之前在期刊上分章节发表的文字),指出福楼拜一反之前那些牧歌式的、充满诗意的小说写作,让"一种严格而无情的真实直钻进艺术里来"③。在外省

① 夏尔·奥古斯丁·圣勃夫:《圣勃夫文学批评文选》,范希衡译,南京大学出版社,2016年,第1120页。
② 夏尔·奥古斯丁·圣勃夫:《圣勃夫文学批评文选》,范希衡译,南京大学出版社,2016年,第1121页。
③ 夏尔·奥古斯丁·圣勃夫:《圣勃夫文学批评文选》,范希衡译,南京大学出版社,2016年,第1121页。

的村镇和小城市里,《包法利夫人》的作者"看见了什么呢？渺小,庸碌,狂妄,愚蠢,陈套,单调与无聊。他将说出这一切。那些风景,写得那么真切,那么翔实,充满着地方的农村特色,在他手里都只是一种框栏,衬出一些庸俗的、平凡的、痴心妄想的、十分愚昧或仅有一知半解的人物,一些不懂得细腻温存的情侣。那唯一优异的、好梦想的天性,被扔到这框栏里面而想望着框栏以外的世界的,就仿佛是寄身异域,感到窒息；由于苦痛不堪,找不到同情,她就变质了,腐化了,又由于追求迷梦和幻境,她就逐步走到堕落和破产了"①。如今读圣勃夫的这段评论,我们仍可惊异于评者的一针见血和对福楼拜小说的准确定位:无情的真实。

在揭示《包法利夫人》的本质特征之后,圣勃夫又将其笔触指向小说塑造的人物,他以细腻而尖锐的目光,对小说的人物细加观察,发现作者在对人物的描写中具有不凡的特点:"在所有这些非常实在、非常生动的人物之中,没有一个能被假定是作者自己想变成的人物；没有一个不是着意描写着,但求绝对准确、痛快淋漓,而绝无其他目的,没有一个曾被敷衍,和敷衍一个朋友一样；作者完全闪开了,他在那里只是为着看到一切,摊开一切,说出一切,但在小说的任何角落里,人们连他的侧面影像也看不到。作品是彻底无我的。这就是有魄力的一个伟大证明。"②细读圣勃夫对《包法利夫人》的人物的分析,我们可以看到评者仿佛追随着作者,"开始一个深刻、精细而紧密的分析；一种残酷的解剖开始了,并且从此不停"③圣勃夫的评析,仿佛彻底走进了小说之中,引导读者一步步

① 夏尔·奥古斯丁·圣勃夫:《圣勃夫文学批评文选》,范希衡译,南京大学出版社,2016年,第1121—1122页。
② 夏尔·奥古斯丁·圣勃夫:《圣勃夫文学批评文选》,范希衡译,南京大学出版社,2016年,第1122页。
③ 夏尔·奥古斯丁·圣勃夫:《圣勃夫文学批评文选》,范希衡译,南京大学出版社,2016年,第1124页。

"钻进了包法利夫人的心"①,让读者看到《包法利夫人》的作者是如何"把他的人物给我们一天一天地、一分钟一分钟地在思想上和行动上表现出来"②。

作为批评者的圣勃夫,深刻的洞见与精密的文本分析相结合,为我们指出了《包法利夫人》的创作之特征。圣勃夫写《包法利夫人》的这篇文评,如今已有一个半世纪了,但他对福楼拜创作思想和艺术手法的把握,如今读来,仍旧不失其深刻性。随着时间的推移,我们可以清楚地看到,圣勃夫对新人福楼拜的"发现"之功,一方面表现在对福楼拜小说创作之特质的揭示,另一方面表现在对福楼拜创作的小说文本的深刻解读。其对福楼拜小说人物的塑造、小说结构的安排等涉及小说创作基本问题的诸方面的评析与断论,可以说深刻地影响了在他之后的一代代评论家,无论是在见解方面,还是在方法方面。

结　语

对圣勃夫文学批评的这番思考和评价,在推崇后现代主义、偏好艰涩的术语、文本批评至上的批评家们看来,也许显得有些不合时宜,但若细细观察当今中国文学批评的现状,结合对种种流弊与顽疾的思考,圣勃夫的文学批评在今日看来,似乎不乏可借鉴之处,其对当今文学批评的启迪意义,值得学界进一步探索。

（写于 2016 年冬,载《文艺研究》2017 年第 5 期）

---

① 夏尔·奥古斯丁·圣勃夫:《圣勃夫文学批评文选》,范希衡译,南京大学出版社,2016 年,第 1124 页。

② 夏尔·奥古斯丁·圣勃夫:《圣勃夫文学批评文选》,范希衡译,南京大学出版社,2016 年,第 1125 页。

追寻生命之春的普鲁斯特

——谈普鲁斯特在中国的译介历程

　　对马塞尔·普鲁斯特,当代的中国文学界应该是不再陌生了。他的不朽之作《追忆似水年华》已成为一个重要的现代"文学符号",占据着 20 世纪文学的中心地位。诚如安德烈·莫洛亚所言,至少"对于一九〇〇年到一九五〇年这一历史时期而言,没有比《追忆似水年华》更值得纪念的长篇小说杰作了"[①]。莫洛亚认为《追忆似水年华》之所以值得纪念,并不仅仅是因为普鲁斯特的这部作品像巴尔扎克的著作一样规模宏大,更是因为普鲁斯特通过他的小说创作发现了新的"矿藏",突破了巴尔扎克的《人间喜剧》所开拓的外部世界领地,以一场"逆向的哥白尼式革命",将人的精神重新置于天地之中心。[②] 如果说巴尔扎克的《人间喜剧》描述的是人的外部世界,那么普鲁斯特则致力于探索人的内心世界,以其对小说的独特理解与追求,描写"为精神反映和歪曲的世界"[③]。对于中国而言,这是一个怎样的世界? 普鲁斯特发现的是怎样的"矿藏"? 他是如何实现那场"逆向的哥白尼式革命"的?

----

　　① 安德烈·莫罗亚:《序》,施康强译,见普鲁斯特《追忆似水年华》,李恒基、徐继曾译,译林出版社,1989 年,《序》,第 1 页。

　　② 安德烈·莫罗亚:《序》,施康强译,见普鲁斯特《追忆似水年华》,李恒基、徐继曾译,译林出版社,1989 年,《序》,第 1 页。

　　③ 安德烈·莫罗亚:《序》,施康强译,见普鲁斯特《追忆似水年华》,李恒基、徐继曾译,译林出版社,1989 年,《序》,第 1 页。

一

　　1871 年出生于巴黎的马塞尔·普鲁斯特从小喜爱文学，早在巴黎孔多塞中学读书时，就对象征主义产生了兴趣，1888 年与同学合办了《丁香杂志》，后又为象征主义杂志《宴会》撰稿。大学毕业后便开始撰写自传体小说，这就是去世后发表的《让·桑特伊》。之后，翻译英国作家罗斯金的《亚珉的圣经》，并于 1904 年发表，继后又在 1906 年发表了他翻译的罗斯金的《芝麻与百合》。从 1909 年开始，动笔撰写长篇小说，一直到 1922 年因肺炎去世，历时十三年，完成了共为七卷的鸿篇巨制，总名为 *A la recherche du temps perdu*，中文译名为《追忆似水年华》，或《追寻失去的时间》。在他生前，这部巨著中共有四卷出版，即《在斯万家那边》《在少女们的身旁》《盖尔芒特家那边》与《索多姆和戈摩尔》。弥留世界之际，他还在床榻上为《女囚》的出版劳心劳力。他逝世后，其余三卷《女囚》《女逃亡者》和《重现的时光》分别于 1923 年、1925 年和 1927 年问世。二十五年后，即 1952 年，他早年创作的《让·桑特伊》正式出版，而他在《追忆似水年华》之前撰写的一些作品片段，由贝尔纳·法卢瓦整理，于 1954 年出版，取名为《驳圣勃夫》。从普鲁斯特的文学创作历程看，他的短暂的一生主要贡献给了《追忆似水年华》的创作，安德烈·莫洛亚在《普鲁斯特传》的开篇这样写道：

　　　　马塞尔·普鲁斯特的历史，就像他在自己的书中描述的那样。他曾对童年时代的奇幻世界怀有温柔的感情，很早就感到需要把这一世界和某些时刻的美感固定下来；他深知自己体弱，长久地希望不要离开家庭的乐园，不要同人们去争斗，而是用殷勤的态度去打动人们；他体会到生活的艰辛和爱情的痛苦，所以变得十分严厉，有时甚至残酷；他在母亲故世后失去了庇荫之地，却因疾病而过上受保护的生活；他在半隐居生活的保护下，利用自己的余年来再现这失去的童年和随之而来的失望；最后，他把这样找回的时间，作为古今最伟大的一部小说的题材。①

在寻到失去的时间过程中，普鲁斯特经受着慢性哮喘和精神痛苦的双重折磨，他真切地认识到："幸福的岁月是失去的岁月，人们期待着痛苦以便工作。"然而，正是由于他在失去的岁月中失去了幸福，他更为强烈地希冀通过小说这一独特的形式，追寻生命之春，企图重新创造幸福。而他最终达到了这一目的，而且是以双重的形式："他以追忆的手段，借助超越时空概念的潜在意识，不时交叉地重现已逝去的岁月"②，找回了失去的时间，从而也重获了失去的幸福；同时，这一追寻的过程整个凝结在《追忆似水年华》之中，使其成为一部超越时代的不朽之作，让重获的幸福永存。生命的追寻于是成就了普鲁斯特的生命之升华与艺术之不朽。

中国读者对于普鲁斯特的这一双重的生命历程，是在普鲁斯特离开这个世界很长时间后，才慢慢开始加以关注，并逐渐有所认识的。应该说，在普鲁斯特的生前，即便是法国读者，对普鲁斯特的独特生命历程的认识也并不深刻。他的呕心沥血之作《追忆似水年华》的第一卷的出版所遭遇的经历足以说明一点：理解普鲁斯特需要的正是时间。随着时间的流逝，《追忆似水年华》这部作品的独特性得以凸现，其价值才渐渐地被人所承认，所关注，所珍视。《追忆似水年华》经受过法斯凯尔出版社的婉拒、《新法兰西杂志》

---

① 安德烈·莫洛亚:《普鲁斯特传》,徐和瑾译,浙江文艺出版社,1998年,第5页。
② 《编者的话》,见安德烈·莫洛亚《普鲁斯特传》,徐和瑾译,浙江文艺出版社,1998年,《编者的话》,第1页。

的退稿和奥朗多尔夫出版社的拒绝,更经历过安德烈·纪德初期的误解、奥朗多尔夫出版社社长恩布洛的讥讽[①],但普鲁斯特在失望、愤怒和痛苦中坚信自己的作品"是美的",于1913年在格拉塞出版社自费出版了小说的第一卷《在斯万家那边》;六年之后,小说的第二卷《在少女们的身旁》由新法兰西杂志社出版,当年11月荣膺龚古尔奖。小说的获奖并不意味着普鲁斯特已经被全面接受和深刻理解,相反,无论是法国文学界,还是一般的读者,对普鲁斯特的真正的认识与理解,是在他逝世之后,一步步加深的。

二

中国文学界接触到普鲁斯特,差不多是在他逝世十年后。据我们所掌握的材料,《大公报·文艺副刊》于第288期(1933年7月10日)第三版和第289期(1933年7月17日)第三版刊登的《法国小说家普鲁斯特逝世十年纪念——普鲁斯特评传》,应该是国内第一篇较为系统地介绍普鲁斯特的文字,作者为曾觉之。有心的读者也许已经注意到了,普鲁斯特逝世于1922年,怎么会在1933年发表普鲁斯特逝世十周年的纪念文章呢?副刊的编者按中有这样一段话:"普鲁斯特逝世十周年纪念为去年十一月十八日。此文早已撰写。原当公是日登出。乃因本刊稿件异常拥挤,不得已而缓登。"对于当时的中国读者而言,普鲁斯特总是很陌生的,而从《大公报》副刊的这段编者按看,中国文学界对于普鲁斯特的了解也并不迫切,或者从另一个角度看,对普鲁斯特的重要性认识不足,不

---

① 恩布洛在给普鲁斯特的退稿信中这样写道:"亲爱的朋友,也许我愚昧无知,但我不能理解,一位先生竟会用三十页的篇幅来描写他入睡之前如何在床上辗转反侧。我徒劳地抱头苦思……"见安德烈·莫洛亚《普鲁斯特传》,徐和瑾译,浙江文艺出版社,1998年,第266页。

然绝不会"因稿件异常拥挤",而推迟发表纪念普鲁斯特逝世十周年的长文,且一推就是七八个月。不过,《文艺副刊》对中国读者认识并逐渐理解普鲁斯特还是做出了不可否认的贡献。曾觉之的文章长达两万余言,共分四个部分,分别为"绪论""普鲁斯特之生活""普鲁斯特之著作"和"结论"。这篇文章对普鲁斯特的生活与创作和普鲁斯特的作品的价值发表了重要的观点。在"结论"中,有这样一段话,特别意味深长:"作家距我们太近,我们没有够长的时间以清楚的审察;看事物,尤其是评判一位作家,太切近了,是使人目眩心迷而不知所措的。"确实,理解一个作家需要时间,而评判普鲁斯特这样一位独特的作家就更需要时间了,何况在当时,外国人士对于普鲁斯特的批评,"赞成的说他是一位稀有天才,为小说界开一个新纪元,反对者说他为时髦的作家,专以过度的琐屑与做作的精巧炫人"。面对外国人士的是非判别,曾觉之则以一个中国人独特的目光做了如下的结论:

> 普鲁斯特在他的作品中,想以精微的分析力显示真正的人心,想以巧妙的艺术方法表出科学的真理。即他的野心似乎使艺术与科学合一;我们不敢说他是完全成功,但他的这种努力,他从这种努力所得的结果,我们可以说,后来的人是不能遗忘的。他实在有一种崭新的心理学,一种从前的文学没有的新心理学;他将动的观念,将相对的观念应用在人心的认识上,他发见一个类是崭新而为从前所不认识的人。这是近代的人,近代动的文明社会中的人,则他的这种发现的普遍性可想而知了。[1]

---

[1] 曾觉之:《法国小说家普鲁斯特逝世十年纪念——普鲁斯特评传》,《大公报·文艺副刊》1933年7月10日第3版。

今天看来,曾觉之的结论不完全正确,但他抓住了普鲁斯特的某些本质特征。他对普鲁斯特其人其事的评析,应该说是第一次向中国学界和中国读者比较全面地介绍了法国文学的这位巨匠。就在这篇文章发表七个月后,还是在《大公报·文艺副刊》,发表了普鲁斯特《追忆似水年华》第一卷开头几段的译文,以《睡眠与记忆》为题。根据我们掌握的情况,这也许是国内第一次译介普鲁斯特的文字。当半个世纪之后,《追忆似水年华》全书由译林出版社组织翻译,即将出版之际,卞之琳在《中国翻译》1988 年第 6 期发表了《普鲁斯特小说巨著的中译名还需斟酌》一文,文中有这样一段回忆性的文字:

> ……三十年代我选译过一段。我译的是第一开篇一部分,据法国版《普鲁斯特片断选》(Morceaux choisis de M. Proust)加题为《睡眠与记忆》,1934 年发表在天津《大公报》文艺版上,译文前还说过几句自己已经记不起来的介绍语,译文收入了我在上海商务印书馆 1936 年出版的《西窗集》。①

根据卞之琳的这段话,我们查阅了《大公报》,在《文艺副刊》1934 年 2 月 21 日第 12 版上,我们读到了《睡眠与记忆》这一篇译文,也见到了卞之琳写下的一段他“自己已经记不起来的介绍语”,其中有这样一段:

> 有人说卜罗思忒是用象征派手法写小说的第一人。他惟一的巨著《往昔之追寻》(A la recherche du temps perdu)可以说是一套交响乐,象征派诗人闪动的影像以及与影像俱来的

---

① 卞之琳:《普鲁斯特小说巨著的中译名还需斟酌》,《中国翻译》1988 年第 6 期,第 26 页。

繁复的联想，这里也有，不过更相当于这里的人物，情景，霎时的欢愁，片刻的迷乱，以及层出不穷的行品的花样；同时，这里的种种全是相对的，时间纠缠着空间，确乎成为了第四度（the fourth dimension），看起来虽玄，却正合爱因斯坦的学说。[1]

在介绍的话中，卞之琳还提到了曾觉之的文章，他的翻译显然受到了曾觉之那篇文章的影响。卞之琳对 Marcel Proust 的名字及书名的译法，有所不同。曾觉之译为"普鲁斯特"与《失去时间的找寻》，卞之琳却译为"卜罗思忒"与《往昔之追寻》。关于书名，在 1934 年以后，有过不少译法，其中折射的不仅仅是语音的转写问题，更多关系到对作品理解与再表达的深层次问题，在下面的讨论中，我们将会涉及。

卞之琳的译文是《追忆似水年华》第一卷《在斯万家那边》开篇的一个片段，在《文艺副刊》上，共分为五段。这五段译文可以说是在后来的四十多年间仅见的普鲁斯特作品的中文译文，篇幅虽不长，但流传甚广。据卞之琳自己介绍，他在上海商务印书馆 1936 年出版的《西窗集》中收录了这个片段的译文。20 世纪 70 年代末，香港翻印了《西窗集》；后于 1981 年，江西人民出版社又出版了《西窗集》的修订版，其中一直收有这个片段。2000 年 12 月，安徽教育出版社出版了《卞之琳译文集》，在上卷中，也收录了卞之琳译的这个片段。有必要说明的是，此时作者名已从俗为"普鲁斯特"，但五段译文经过修订，恢复了原作本来的面貌，变为八段，冠名为《〈斯万家一边〉第一段》，但总的书名，卞之琳还是坚持用《往昔之追寻》。

---

[1] 见《大公报·文艺副刊》1934 年 2 月 21 日第 12 版。

三

在卞之琳的译文发表之后,出现了长达近半个世纪的沉默,或者说是淡漠,中国文学界和翻译界似乎对普鲁斯特没有表示出应有的重视或兴趣。对《追忆似水年华》这部巨著,也没有发现谁有翻译的意图或志向。直到 20 世纪 80 年代,随着中国改革开放的步伐不断加快,思想的禁区不断被打开,中国学者才开始注意到普鲁斯特在西方小说历史发展过程中的特殊位置,在《外国文学报道》上陆续出现了介绍普鲁斯特的文字①,对普鲁斯特的《追忆似水年华》也有了一些新的认识。1986 年长沙铁道学院主办的《外国文学欣赏》第 3 期上,刊出了刘自强翻译的《追忆流水年华》(节译,后又在 1986 年的第 4 期与 1987 年的第 2 期继续刊出,总共约两万字)。就在同一年,即 1986 年的《外国文艺》第 4 期上,发表了郑克鲁翻译的普鲁斯特早期写的两篇短篇小说,一篇叫《薇奥朗特,或名迷恋社交生活》(Violante ou la mondanité),另一篇叫《一个少女的自白》(La confession d'une jeune fille),均选自他的短篇小说与随笔集《欢乐和时日》(Les plaisirs et les jours)。1988 年,《世界文学》在当年的第 2 期上刊登了徐知免翻译的《追忆似水年华》第一卷《在斯旺家那边》的第一部《孔布莱》的第一章,其中包含"玛德兰蛋糕"那个有名的片段②。差不多就在 20 世纪 80 年代中期,一方面,法国几家有影响的出版社,竞相出版普鲁斯特的《追忆似水年华》新版,如伽利玛出版社于 1987 年推出了由让-伊夫·塔迪埃(Jean-Yves Tadié)主持的七星文库版,弗拉马里翁出版社则在同年出版

---

① 如在 1982 年,《外国文学报道》的第 2 期与第 5 期,分别刊登了徐和瑾的《马塞尔·普鲁斯特》与冯汉津的《法国意识流小说作家普鲁斯特及其〈追忆往昔〉》两篇文章。

② 见《世界文学》1988 年第 2 期,第 77—121 页。

了著名的普鲁斯特研究专家让·米伊(Jean Milly)的校勘版;另一方面,在国内,译林出版社也开始积极物色译者,准备推出《追忆似水年华》的全译本。

在组织翻译出版《追忆似水年华》的工作中,译林出版社的首任社长李景端与编辑韩沪麟无疑做出了重要的贡献。关于组织翻译出版该书的工作,译林版《追忆似水年华》的《编者的话》有明确的说明。在《编者的话》中,编者交代了组织翻译普鲁斯特《追忆似水年华》这部在"法国乃至世界文学史上……占据着极其重要的地位"的巨著的背景,对小说的艺术形式与价值做了探讨,然后对翻译这部书的必要性做了如下的阐述:

> 对于这样一位伟大的作家,对于这位作家具有传世意义的这部巨著,至今竟还没有中译本,这种现象,无论从哪个角度来看,显然都不是正常的。正是出于对普鲁斯特重大文学成就的崇敬,并且为了进一步发展中法文化交流,尽快填补我国外国文学翻译出版领域中一个巨大的空白,我们决定组织翻译出版《追忆似水年华》这部巨著。

对于中国文学界而言,普鲁斯特确实是一位姗姗来迟的大师。一部在20世纪世界文学史上公认的杰作,等了半个多世纪之后,才开始被当作一个"巨大的空白",迫切地需要填补。在这段话中,我们特别注意到两点:一是编者把组织翻译《追忆似水年华》这部巨著提高到了"发展中法文化交流"的高度来认识,二是要"尽快"填补这个"巨大的空白"。在改革开放进程加快的20世纪80年代中期,随着中法文化交流的不断深入,中国读书界和中国文学界确实有了迫切了解《追忆似水年华》的需要,而时任江苏人民出版社译文室主任的李景端及时把握到了这一需要。在与李景端先生的交谈中,我们了解到,实际上,在《译林》杂志社于1982年在杭州召开的"中青年译者座谈会"上,韩沪麟和罗国林等不少与会译家与学者就提出了要尽快翻译普鲁斯特的那部传世名著。当时还就中译本的书名展开过讨论。会议后不久就开始酝酿如何组织翻译工作。有人提议应该物色一位高水平的翻译家独立翻译。但鉴于《追忆似水年华》的巨大篇幅与该书难以比拟的翻译难度,当时的法语翻译界普遍认为难有人敢于担此重任。在此情况下,出版社的李景端与韩沪麟倾向于以法语翻译界集体的力量,协力完成。为推进翻译的顺利进行,同时保证翻译质量,出版社的领导与编辑采取了一系列有力的措施,对此,《编者的话》中有明确的说明:

> 外国文学研究者都知道,普鲁斯特这部巨著,其含义之深奥,用词之奇特,往往使人难以理解,叹为观止,因此翻译难度之大可想而知。为了忠实、完美地向我们读者介绍这样重要的作品,把好译文质量关是至关重要的。为此,在选择译者的过程中,我们做了很多的努力。现在落实的各卷的译者,都是经过反复协商后才选定的,至于各卷的译文如何,自然有待翻译家和读者们读后评说,但我们可以欣慰地告诉读者,其中每一位译者翻译此书的态度都是十分严谨、认真的,可以说,都尽了最大的努力,对此,我们表示衷心的感谢。为了尽可能保持全书译文风格和体例的统一,在开译前,我们制定了"校译工作的几点要求",印发了各卷的内容提要、人名地名译名表及各卷的注释;开译后又多次组织译者经验交流,相互传阅和评点部分译文。这些措施,对提高译文质量显然是有益的。

从落实各卷译者到最后交稿编辑出版,前后经历了差不多六年时间。1989年6月,由李恒基、徐继曾翻译的第一卷《在斯万家那边》

终于与中国读者见面了。之后,译林出版社陆续推出了七卷本的全套《追忆似水年华》,全书有安德烈·莫罗亚的序(施康强译)和罗大冈的《试论〈追忆似水年华〉(代序)》,还有徐继曾编译的《普鲁斯特年谱》。七卷的书名与译者分别为:第一卷《在斯万家那边》(李恒基、徐继曾译)、第二卷《在少女们身旁》(桂裕芳、袁树仁译,1990年6月)、第三卷《盖尔芒特家那边》(潘丽珍、许渊冲译,1990年6月)、第四卷《索多姆和戈摩尔》(许钧、杨松河译,1990年11月)、第五卷《女囚》(周克希、张小鲁、张寅德译,1991年10月)、第六卷《女逃亡者》(刘方、陆秉慧译,1991年7月)和第七卷《重现的时光》(徐和瑾、周国强译,1991年10月)。《追忆似水年华》全套出版不久后,江西的百花洲文艺出版社又出版了王道乾翻译的《驳圣伯夫》(1992年4月)。1992年6月,由柳鸣九先生组织、沈志明选译的《寻找失去的时间》"精华本"分上下卷由安徽文艺出版社出版。关于"精华本"的选编与翻译,柳鸣九在题为《普鲁斯特传奇》的长序附记中这样写道:

> ……在几年前,当我创办《法国廿世纪文学丛书》的时候,不能不对《寻找失去的时间》这部在法国20世纪文学中举足轻重的杰作有所考虑。很显然,这套丛书作为法国20世纪文学的文库,不应该缺少这个选题,但考虑到全书庞大的规模与一般读者有限的需要,七大卷当然没有必要完全收入,特别是从读书界广泛的需要来看,有了一个供研究用的全本的同时,一个比较简略、使人得以窥其全豹,并充分领略其艺术风格的选本,实大有必要。

在这里,可以看到,柳鸣九是从为一般读者考虑的角度,兼顾到"法国20世纪文学丛书"的体例,才决定选编"精华本"的。如何选取

"精华"？柳鸣九先生在附记中做了说明：

> 既然不能单选一卷，就得取出整部作品的一个缩影，但从七卷中平均取出，篇幅亦很可观，是"法国廿世纪文学丛书"的袖珍书所难容纳的，这样，我就只能把注意力放在这部巨著原来的三个基本"构件"，即普鲁斯特1913年所完成的三部：《在斯万家那边》《在盖芒特那边》与《重新获得的时间》上，这三个"构件"组成了莫洛亚称之为"园拱"的主体，这"园拱"正是一个浑然整体，正表现出了"寻找失去的时间"这个主题，而在这三部进行的选择的时候，所要注意的则是：与其照顾叙事详尽性，不如照顾文句的完整性与心理感受的细微程度以及围绕"时间"的哲理，此外，普鲁斯特那种百科全书式学者的渊博也最好有所保存。①

"精华本"的取舍不是一个简单的篇幅问题，它体现了编者独特的眼光和对原著的理解，应该说，普鲁斯特的这个"精华本"是中国视角下产生的一个独一无二的"版本"。后来，在沈志明编选的《普鲁斯特精选集》（山东文艺出版社，1999年）中，也收入了这个"精华本"，同时还有沈志明翻译的《驳圣伯夫》和《论画家》。

从译林出版社七卷本的《追忆似水年华》到柳鸣九主持编选的《寻找失去的时间》的"精华本"，无论是书名的翻译，还是对版本的选择②，都体现了不同的编辑思想，更反映了对作品的不同理解，在下一节中，我们将结合对作品的理解问题就此展开更进一步的

---

① 柳鸣九，《序》，见普鲁斯特：《寻找失去的时间》，沈志明译，安徽文艺出版社，1992年，《序》，第23页。

② 译林版依据的是1985年的七星文库版，"精华本"依据的是1987年的七星文库版。

讨论。

两个不同版本的出现，"一个全译本，一个精华本，两者相得益彰，不失为社会文化积累中的一件好事"[1]，似乎已经可以为普鲁斯特在中国的翻译画上一个休止符。姗姗来迟的大师在逝世近七十年后，终于在中国延续了生命。然而，一个由十五个翻译者参加翻译的全译本和一个仅从"园拱"主体中选取的"精华本"从问世起就带有某种公认的"缺陷"，前者的"风格不统一"与后者的"内容不全面"的遗憾注定要给有志还普鲁斯特真面貌的追求者以进一步接近普鲁斯特的雄心。在中国最早翻译《追忆似水年华》片段的卞之琳先生在《追忆似水年华》的全译本还没有面世的时候呼吁"普鲁斯特小说巨著的中译名还需斟酌"，同时以非常激烈的言辞指出：

> 文学作品的翻译，除了应尽可能保持在译入语种里原作者的个人风格以外，译得好也总不免具有译者的个人风格。译科学著作、理论著作，为了应急，集体担当，统一审校，还是行得通的，而像普鲁斯特这样独具风格的小说创作，组织许多位译者拼凑，决不会出成功的译品。照原书分七部的情况，最多组织七位能胜任的译者分部进行，最好同时在进行中由这几位合作，互据原文校核（翻译总难免疏忽），由责任编辑统一审订润饰，这是不得已的可行办法，我也顺便作此门外建议。[2]

十五个译者翻译一部《追忆似水年华》，虽然有译林出版社周密的组织，有译者之间的相互切磋，有责任编辑的严肃把关，但仍

---

① 柳鸣九，《序》，见普鲁斯特《寻找失去的时间》，沈志明译，安徽文艺出版社，1992年，《序》，第 24 页。

② 见卞之琳《普鲁斯特小说巨著的中译名还需斟酌》，《中国翻译》1988 年第 6 期，第 29 页。

难免有"拼凑"之嫌，更有"风格不统一"之虑。作家赵丽宏直言不讳地指出：

> 到八十年代中期，译林出版社首次印发了《追忆似水年华》的全译本，使我第一次浏览小说的全貌。中国读者能读到的这个译本，其实并不理想。很多翻译家参与其事，每一卷有好几个译者，有时一卷有三个译者，每人翻译三分之一。尽管那些翻译家大多有一定的水平，有的水平很高，但是他们对文字的理解以及把法文转换成中文的习惯和能力不一样，这就造成了这个译本的问题，全书的风格的不统一。①

作为一个读者，赵丽宏对翻译有自己的判断和看法，虽然对出版年代和全书翻译的分工情况他不太了解，因不通法文对原文到底为何种风格也难以体味，但作为一个作家，他对风格问题有特别的敏感和关注，因此他的看法应该说是有针对性的。事实上，出版此书的译林出版社也意识到了这个问题：

> 由于《追忆》原先法文版本的版权已到期，加之该译本有十五位译者合译而成，风格不尽统一，又留下了诸多缺憾，所以该社拟重新组译此书，由一位认真负责，对《追忆》有研究的资深译者单独承担，不限定交稿时间。只要求他细斟慢酌，拿出一个高质量的译本。②

---

① 赵丽宏：《心灵的花园——读〈追忆似水年华〉随想》，《小说界》2004 年第 4 期，第 168 页。
② 家麒：《先着手研究，再动手翻译——记新版插图本〈追忆似水年华〉译者徐和瑾》，《译林》2005 年第 3 期，第 210 页。

翻译风格的不统一,成为一个重新翻译此书的根本理由。出于对原著的尊重,更出于对真对美对善的追求,当年参加翻译《追忆似水年华》的十五位译者中,有多位都曾想过要在一个适当的时期,倾余生独立翻译全书。但译者中有的已经过世,有的年事已高,"美好"而勇敢的想法难以付诸实施。直到20世纪末,上海的周克希与徐和瑾几乎不约而同地开始了各自"寂寞"的精神之旅,依据不同的版本,重新翻译普鲁斯特的不朽之作。多年的努力过后,我们终于等来了周克希与徐和瑾两位译家的重译本。2004年上海译文出版社推出了周克希翻译的《追寻逝去的时光》的第一卷《去斯万家那边》,该书后转由人民文学出版社出版,目前仅出版了第一卷、第二卷与第五卷。"由于时间、体力与精力"的问题,年过七旬的周克希宣布放弃翻译《追寻逝去的时光》余下的四卷。而徐和瑾翻译的《追忆似水年华》第一卷《在斯万家这边》由译林出版社于2005年4月出版,后陆续推出了第二、第三、第四卷。非常不幸的是,徐和瑾于2015年因病逝世,第五卷没有译毕,第六、第七卷尚未开译,留下了永远的遗憾。看来,普鲁斯特在中国的生命历程将会很长,很长。

(成稿于 2006 年春,增订于 2017 年秋)

纪德与心灵的呼应

2001 年,是安德烈·纪德逝世五十周年。这一年,纪德在中国的生命历程似乎达到了高峰,国内出版外国文学作品的几家著名出版社相继推出《纪德文集》,其中人民文学出版社和花城出版社采取"松散"而又有明确分工的协作形式,联合出版《纪德文集》。前者出版了收入纪德大部分叙事作品的《纪德文集》,包括卞之琳译的《浪子回家》,盛澄华译的《伪币犯》,桂裕芳译的《窄门》和《梵蒂冈地窖》,李玉民译的《帕吕德》《背德者》《田园交响曲》和《忒修斯》,赵克非译的《太太学堂》《罗贝尔》和《热纳维埃芙》,罗国林译的《大地食粮》,张冠尧译的《大地食粮(续篇)》,以及施康强译的《乌连之旅》;后者则推出了五卷本的《纪德文集》,分为日记卷、散文卷、传记卷、文论卷和游记卷,其中有罗国林翻译的《如果种子不死》、朱静译的《访苏联归来》、黄蓓译的《刚果之行》和由权译的《乍得归来》等中国读者熟悉的名篇。译林出版社也以《纪德文集》的名义,于 2001 年 9 月推出了徐和瑾译的《伪币制造者》、马振骋译的《田园交响曲》和由权译的《苏联归来》等。

安德烈·纪德在中国的传播历程早在 20 世纪 20 年代就已经开始了,据北塔写的《纪德在中国》[①],在 1923 年第 14 卷第 1 期的

---

① 北塔:《纪德在中国》,《中国比较文学》2004 年第 2 期,第 116—132 页。

《小说月报》上，由沈雁冰撰写的《法国文坛杂讯》首次介绍了"颇为一般人所喜"的作家纪德的简要情况。从此，纪德开始了他在中国的生命历程，至今已有九十余年的历史。在这九十余年中，纪德在中国不断地被介绍，被评论，被译介。他的一些主要作品更是被一译再译，出现在不同的历史时期，出自不同的译家的笔下。他的思想和创作历程也为中国读者一步步地认识，再认识。在这期间，纪德在中国这块土地上遭受过误解，曲解，乃至批判，但是总的来说，这九十余年的历程，是中国读者对纪德不断认识、不断加深理解的过程。在本文，我们将结合纪德在中国译介和接受的情况，着重对这个历程的几个重要阶段做一梳理与分析。

一、"谜一般的纪德"

在1994年年底和1995年年初，在相距不到半年的时间里，中国的法国文学研究和翻译界先后推出了两部有关法国小说的著作。一部是中国学者撰写的，名叫《法国小说论》[①]；另一部是中国学者翻译的法国学者写的《法国现代小说史》[②]。两部著作，一论一史，一东一西，比较中西学者对纪德的小说成就或地位的论述与评价，我们可以发现两者的差异还是相当大的。《法国现代小说史》的作者米歇尔·莱蒙着重展示的是1789年以来法国小说的发展与嬗变。从这种角度去评价安德烈·纪德，我们看到的是怎样的一个纪德呢？

在米歇尔·莱蒙看来，第一次世界大战之后，"在一个被战争弄得动荡不宁，被许多疑问搅得摇摇欲坠的世界里，除了那些描写

---

① 江伙生、肖厚德：《法国小说论》，武汉大学出版社，1994年。
② 米歇尔·莱蒙：《法国现代小说史》，徐知免、杨剑译，上海译文出版社，1995年。

遁世的小说之外，还出现了一些表现惶恐不安的小说"①。而"表现惶恐不安的小说首先就是描写青年人的小说，青年正是萌生种种惶恐不安的时期。青年人的导师之一安德烈·纪德在他从《沼泽》到《伪币制造者》的所有作品中，都在不断地表明他的作用就是使人产生不安，而不是安定人心；就是提出问题，而不是解答问题。他整个的一生都致力于激起人们的不安……"②我们特别注意到，米歇尔·莱蒙在《法国现代小说史》中，对安德烈·纪德的评价几乎只限于这么几行字。而从评价的重点看，安德烈·纪德在小说的发展过程中所起的作用几乎被忽略不计，突出的是他的"导师"形象，而这个所谓的导师，并不是传统意义的那种给青年人"指明方向"的导师，而是不断地"提出问题"，一生都致力于激起不安。如他的《伪币制造者》，在米歇尔·莱蒙看来，就是"为误入歧途者、精神失常者和悲观绝望者的惶恐不安描绘了一幅宏伟的画面"，进而提出问题，引起人们的思索。虽然对纪德的评价所花的笔墨并不多，但定位是非常明确的，那么，在中国学者的笔下，纪德又是怎样的一个作家呢？

在《法国小说论》中，江伙生和肖厚德两位作者既有对纪德的"生平与创作"的简要描述与评价，也有对纪德的主要作品，如《伪币制造者》的分析与评介。在他们看来，纪德的一生是多变的一生：童年时代的孤僻，青年时代的叛逆，中年时期的我行我素。就纪德作品而言，两位中国学者关注最多的，还是其政治性，如"纪德的作品并不是作为道德范本提供给读者的，他的作品更主要地是某一历史阶段中资本主义社会中精神危机的反映，是对资产阶级

①　米歇尔·莱蒙：《法国现代小说史》，徐知免、杨剑译，上海译文出版社，1995年，第211页。

②　米歇尔·莱蒙：《法国现代小说史》，徐知免、杨剑译，上海译文出版社，1995年，第212页。

虚伪道德的一种反抗"①,而"纪德的小说世界中一系列'伪币制造者'肖像,对于揭露和批判现代西方资本主义社会中的种种伪善和欺诈,具有相当的深度和力度"②。对纪德作品的这种解读明显带有政治性批评的烙印。若以此为标准,那么对于纪德其他一些作品的理解就会有问题,因为像《刚果之行》《访苏联归来》等引起普遍反响的作品很难从这个角度去加以解读。

　　实际上,无论是在法国,还是在中国,对纪德其人其作品的理解一直是一个"令人不安"的问题,我们不妨听听对纪德的作品译介最多的两位具有代表性的翻译家在不同的时期发出的声音。盛澄华在20世纪40年代说,"纪德是一个非常不容易解释的作家",而在纪德离开我们这个世界的五十年之后,翻译家李玉民这样说道:"纪德是少有的最不容易捉摸的作家,他的世界就是一座现代人的迷宫。"中国当代作家叶兆言几乎完全认同这两位翻译家的看法,他在一篇题为《谜一般的纪德》的文章中这样写道:

　　　　纪德是记忆中谜一般的人物,他的书总是读着读着就放下了,我想读不下去的原因,或许自己不是法国人的缘故。从译文中,我体会不到评论者所说的那种典雅。一位搞法国文学的朋友安慰我,说这种感觉不对,有些优秀的文字没办法翻译,譬如《红楼梦》,翻译成别国的语言,味道已全改变了。③

　　对叶兆言而言,纪德是一个谜一般的作家,一次次读纪德,又一次次读不下去。他试图把原因归结于翻译,认为翻译改变了"评论者"所言的,也是他所期待的纪德的典雅。然而,这一原因显然

　　①　江伙生、肖厚德:《法国小说论》,武汉大学出版社,1994年,第266页。
　　②　江伙生、肖厚德:《法国小说论》,武汉大学出版社,1994年,第266页。
　　③　叶兆言:《谜一般的纪德》,《扬子晚报》2000年10月17日。

不是本质的因素，而只是"一个借口"，他"面对纪德感到困惑，有着更重要的原因"。在文章中，他的另一段话引起了我们特别的注意。

> 我想自己面对纪德感到困惑，更重要的原因，是不能真正地走近他，早在我还是一个初中生的时候，就知道纪德了，那是"文化大革命"中，这样的文化背景下，一个同性恋者的纪德很难成为我心目中的英雄。有趣的是，纪德在中国人的阅读中，始终扮演着一个若即若离的左派角色，早在二十年代，他就被介绍到中国来，到抗日战争期间，更是当时不多的几年走红的新锐外国作家之一。打个并不恰当的比喻，纪德对于我们父辈喜欢读书的人来说，颇有些像这一代人面对马尔克斯和昆德拉，即使并不真心喜欢，也不敢不读他们的东西。①

纪德的书读不下去，是因为"不能真正地走近他"，也就是上文中两位译家所说的，难以真正理解他。在叶兆言的这段文字中，我们可以比较清晰地看到纪德之于中国读者的形象，以及近九十余年来纪德在中国的传播踪迹。确实，如叶兆言所说，早在 20 世纪 20 年代，纪德就已经被介绍到中国。在北塔所写的《纪德在中国》中，纪德首次在中国"登场"的时间以及在 20 年代的译介情况有明确的交代：在 1923 年第 14 卷第 1 期的《小说月报》上，沈雁冰撰写了《法国文坛杂讯》，其中谈到了纪德；1925 年第 20 卷第 9 期的《小说月报》，又发表了赵景深所写的短文《康拉特的后继者纪德》；1928 年 11 月，上海北新书局出版了穆木天翻译的《窄门》。到了 30 年代，随着丽尼翻译的《田园交响乐》（文化出版社，1935 年 6 月）、

---

① 叶兆言：《谜一般的纪德》，《扬子晚报》2000 年 10 月 17 日。

穆木天翻译的《牧歌交响曲》(上海北新书局,1936 年)这两个不同版本的问世,卞之琳翻译的《浪子回家》(文化出版社,1936 年)以及郑超麟翻译的《从苏联归来》(上海亚东图书馆,1937 年 1 月)的出版,纪德在中国迅速"走红",而且"始终扮演着一个若即若离的左派角色"。值得注意的是,叶兆言指出在那个年代,即使人们"并不真心喜欢"纪德,也"不敢不读"他的作品。言下之意是:即使读了,恐怕也不能真正理解,无法真正走近他。然而,即使在中国一些翻译家和作家看来,纪德是"最不容易解释""最不容易捉摸""无法真正走近"的作家,可从 20 世纪 20 年代至今的九十余年中,中国文学界和翻译界始终在不断地试图接近他,理解他,走进他的世界。

二、理解源自相通的灵魂

如果说在 20 世纪 20 年代初沈雁冰撰写的文坛信息让中国人第一次知道纪德这个名字,那么张若名的博士论文《纪德的态度》则是在真正的意义上试图走近纪德、深入纪德的世界的一篇具有特别意义的研究力作。

根据我们所掌握的资料,有必要提一提中法里昂大学,因为毕业于中法里昂大学的中国学生中,有两位对纪德有过较为深入的研究,一位就是上文刚刚提及的张若名,另一位叫沈宝基。

在中法文化和文学交流史上,我们发现存在着一些非常有趣的现象。而围绕着对纪德的理解,张若名对纪德的研究可以说是中法文学交流史的一段佳话,值得我们特别关注。

据盛成为《纪德的态度》一书的中译本①所写的序,张若名,原名张砚庄,于 1920 年底抵法,后于 1924 年入中法里昂大学攻文科,

---

① 张若名:《纪德的态度》,生活·读书·新知三联书店,1994 年。

1928年获得文科硕士后,专攻文学,《纪德的态度》便是张若名提交的博士论文,于1930年秋通过答辩。盛成对张若名的这篇博士论文赞赏有加,称"若名做了纪德的研究,她也就成了纪德的伯乐"①。

"纪德的伯乐",盛成对张若名的这一评价看似有些过分,但是,从安德烈·纪德给张若名的信中,我们看到了张若名的出色研究之于纪德而言,不仅仅是"发现"纪德的"伯乐",更是赋予纪德以"新生"的知音。纪德在读了张若名的博士论文后,给张若名写了一封充满感激之情的长信,信中这样写道:

> 您无法想象,您出色的工作给我带来了多么大的鼓舞和慰藉。旅行归来后,我拜读了您的大作(我曾将它放在巴黎)。当时,我刚好看完一篇登载在一家杂志上的文章,题为《写给安德烈·纪德的悼词》。作者步马西斯及其他人的后尘,千方百计想证实:如果我的确曾存在过的话,那么已真的死去了。然而,通过您的大作,我似乎获得了新生。多亏了您,我又重新意识到自己的存在。大作第五章特别使我感到欣喜,我确信自己从来没有被别人这样透彻地理解过。每当塑造一个人物,他总是首先使自己生活在这个人物的位置上;等等……前前后后的这些评论,正是我很久以来所盼望的。据我所知,以前还从来没有别人这么说过。②

细读纪德给张若名的这封信,我们至少可以看到两点。首先是纪德当时的处境。从信中看,当时法国的文学界似乎对纪德的

---

① 盛成:《序》,见张若名《纪德的态度》,生活·读书·新知三联书店,1994年,《序》,第2页。

② 安德烈·纪德:《安德烈·纪德给张若名的信》,见张若名《纪德的态度》,生活·读书·新知三联书店,1994年,第1页。

文学生命表示怀疑，甚至否定。所谓的"悼词"，是想说纪德"已经死去"。而张若名选择了"死去的"纪德作为博士学位论文的研究对象，不能不说是对纪德莫大的鼓舞和慰藉。在这个意义上，纪德仿佛获得了新生。一个中国女性，在法国文学界对纪德有着种种误解，甚至怀疑否定的时刻，却以另一种目光，亦即东方智慧而理性的目光，观照纪德，为人们理解纪德提供了另一个角度，就像歌德所说，提供了一面"异域的明镜"，为人们认识纪德提供了另一束智慧的光芒。其次，张若名对纪德的选择不是盲目的，对纪德的赞颂也不是出于情感上的认同，而是基于严谨的分析和深刻的理解。是对纪德的理解使她得以言别人之未言，见别人之未见。

《纪德的态度》这篇博士论文篇幅并不长，原文总共 128 页，却以一个东方女性独有的视角，对纪德进行了揭示性的研究，拿纪德自己的话说，她的这篇论文试图"概括说明我的真面目"[①]。《纪德的态度》分为八个部分，分别为：《纪德人格的演变》《纪德的宗教信仰》《纪德与道德》《纪德对待感官事物的态度》《纪德的纳瑞思主义（narcissisme）》《纪德象征主义美学观的形成》《纪德的古典主义》与《现代人目光中的纪德》。从论文所涉及的内容看，张若名的研究具有总体性，旨在总体地把握和全面地"概括"，但从具体章节看，却试图以独特的目光，透过表面，直逼深层，为人们揭示一个真实的纪德。

从译介学的角度看，张若名的研究具有独特的意义，作为一个东方的女性，她的研究无论从角度而言，还是从方法而言，都打上了"中国"的烙印，而其思想，更是闪烁着中国古老智慧的光芒，为法国人理解纪德开启了另一扇大门。对于这一点，我们可以从如下几个方面加以说明。

---

① 安德烈·纪德：《安德烈·纪德日记》，转引自张若名《纪德的态度》，生活·读书·新知三联书店，1994 年，第 175 页。

第一，张若名以不同于法国人的目光，对纪德进行了全面的观照。以论文第一部分《纪德人格的演变》为例，在上文中，我们谈到过米歇尔·莱蒙的《法国现代小说史》，该书写于1967年，亦即在纪德离世四分之一个世纪之后，按照莱蒙的观点，纪德的所有作品，"都在不断地表明他的作用就是使人产生不安"。在法国评论界看来，"多变"与"令人不安"，是纪德难以被理解的主要原因之一。这种观点从20世纪20年代一直持续到米歇尔·莱蒙，足见其影响之大。但是，在张若名的论文中，我们却看到了截然不同的见解：

> 纪德的人格究竟怎样？表面看来，它似乎游移不定，以其不同的特点引起读者的不安，实际上，纪德却热衷于突出他的每一种倾向，喜欢他们各异，并全部加以保护。他为每种倾向而生，直到创作一部作品来象征它。纪德不愿把自己凝固在他创造的一种或另一种生命形态中。在他看来，每种形态，只要他经历过，就是一个令人非常惬意的住所，但他不会再走进去。每创造一种生命形态，他都会摆脱它。纪德人格的演变像一次次的开花，每次都异常鲜艳夺目。①

张若名的这篇博士论文成于1930年。当时，法国文学批评界对纪德的创作看法不一，对他的"多变"表示不理解，甚至有评论说他是"变色龙"。张若名的观点与之截然不同。她以透着东方女性特有色彩的笔触，在认真分析的基础上，直接表明了三个重要观点：一是要分清表面的纪德和本质的纪德；二是纪德的生命在于不断创造，在于不断超越；三是"纪德人格"之花一次次盛开，"异常鲜

---

① 张若名：《纪德的态度》，生活·读书·新知三联书店，1994年，第3页。

艳夺目"。20世纪30年代初对纪德的人格和文学生命的这一总体的把握和认识如今看来是多么深刻,这是当时许多法国评论家所不及的。

第二,既有严格的分析,又有闪光的洞见。细读张若名的《纪德的态度》,我们在字里行间可以看到体现在张若名身上的中国智慧在具有西方特色的严密分析中时时闪烁出光芒,照耀着读者,引领着读者去发现法国评论家未曾发现或被遮蔽的纪德的不同侧面。如在论文第二章《纪德的宗教信仰》中,张若名对纪德的信仰及其信仰的"分崩离析"与纪德文学创作的关系进行了分析。在分析中,张若名对纪德的《如果种子不死》《地粮》《六论集》等作品的引证,充分表现出了她的洞察力。她在该章的结尾处这样写道:

> 纪德放弃自我,而去拥抱人和人物的生命,并把他们活脱脱地化为己有;他奉献他们以爱心,用自己的力量使他们丰富起来。"对自我的最高肯定寓于自我的否定中"。这是基督教道德的神秘的中心,也是获得幸福的秘诀:个人的胜利在于个性的放弃之中。[1]

对张若名在论文中闪烁的智慧的光芒,纪德非常欣赏。他在给张若名的信中明确地说道:"我认为这完美地阐述了那些在我看来十分明了的东西,令我诧异的是,这明了的东西,竟有那么多的人觉得很晦涩。"确实,张若名的分析往往能一针见血,揭示出纪德的深刻之处。

第三,张若名对纪德文学作品的理解与领悟,得益于她深厚的中国学养,特别是中国的道家学说对张若名的研究发生了潜移默

---

[1] 张若名:《纪德的态度》,生活·读书·新知三联书店,1994年,第20页。

化的影响。在论文中,我们不时可以读到明显具有中国哲思色彩的语言。对于纪德人格的讨论,法国文学评论者往往观点不一。由于纪德表面上的多变,特别是纪德面对社会、家庭甚至友人的叛逆精神,在一般的论者看来,纪德的人格似乎有着"分裂"的特征,他的道德品格、艺术追求与人生态度也仿佛存在着激烈的矛盾。但是,张若名却以辩证的目光,对纪德人格的演变做出了如下的评价:

> 纵观纪德人格的演变,其中有道德、神话、艺术三种要素同时存在着。它们平行发展,因为各于其人格当中据有自己的领域;又偕同演进,因为它们休戚相关;道德的品格和现实的生活接触,引起纪德焦虑和不安;艺术的品格使纪德津津乐道于这样的情感,并且促使他剖析道德戏剧的每一成分;神秘的品格使纪德遁入生命幽深的境域,引起他的热狂,而道德的品格和艺术的品格从中汲取力量。但三者却朝同一方向发展。①

从矛盾中洞见其统一,张若名的这一观点深得纪德之心。这一观点几乎贯穿了《纪德的态度》的全文。无论是纪德早期的作品,还是后期的作品,其中的人物充满了矛盾与对立,甚至充满了危机,如"《窄门》第四章里暴发了危机。阿利莎与朱丽叶,热罗姆与阿贝尔俩俩形成对立。他们的意志发生了强烈的冲突,这使朱丽叶精疲力竭,引起了阿利莎的剧痛,造成阿贝尔的疯狂,让热罗姆陷入昏迷状态","在《菲罗克忒忒斯》里,狡诈、纯朴与美相互较量。在《浪子回家》里,父亲的宽宏大量,大哥的粗暴,母亲的爱,以

---

① 张若名:《纪德的态度》,生活・读书・新知三联书店,1994 年,第 3 页。

及弟弟的仇恨,形成鲜明的对照,使人感到了浪子那痛苦的困惑"。① 张若名认为,纪德是有意在小说中让过激的东西相撞来引发激动人心的情感,同时借助人物的变化、冲突与对立,让内在的矛盾凸现出来。她进一步分析道:"当各种倾向任意滋生,相互碰撞之时,普通人会因为它们对立而感到痛苦,然而无情的艺术家却为之欢欣鼓舞。它们之间的交斗越激烈,在对立中每种倾向之美就显得更加突出;这些倾向远非导致紊乱,而是借助力量的对抗,建立起了高度的平衡",而"纪德固有的一致性就居于其中"。② 纪德对张若名的分析非常认同,尤其是对第八章第一节的结语,更是赞赏有加。这句结语确实非常简洁而深刻:"两种观点的对立并不意味着思想的中断。"冲突中见和谐,矛盾中见统一,对立中见发展,张若名的分析处处闪烁着哲学的光芒。如张若名对"小我"与"大我"的分析,对纪德创造的人物与创作主体的关系的分析,明显受到中国《道德经》的思想的影响,且看她在此基础上得出的结论:

> 他既是一也是多,作为思维主体他是一,作为那些行动的人物他又是多,因此他的人格高大无比,绚丽多姿。③

第四,作者与研究者的灵魂的共鸣。一个东方的女性,在法国批评界对纪德普遍表现出不解甚至否认的时候,却选择了纪德作为她的博士论文的研究对象,原因何在呢? 当法国批评界和普通的读者对纪德的变化及纪德身上所表现出的种种矛盾表现出困惑的时刻,为什么张若名又能以不同的目光,从不同的角度,揭示出一个"人格无比高大"、寓"一致性"于矛盾之中的纪德形象呢? 台

---

① 张若名:《纪德的态度》,生活·读书·新知三联书店,1994年,第47页。
② 张若名:《纪德的态度》,生活·读书·新知三联书店,1994年,第47页。
③ 张若名:《纪德的态度》,生活·读书·新知三联书店,1994年,第12页。

湾的林如莲对纪德与张若名之间的这段具有重要意义的历史做了深入的研究,写出了《超越障碍——张若名与安德烈·纪德》一文,发表在台湾《中国历史学会集刊》1991 年 7 月第 23 期上。在这篇研究性的长文中,林如莲对中国青年赴法的缘起、张若名与新文化运动、张若名对纪德的研究等重要方面进行了有益的探讨,其中有的研究为我们了解张若名何以选择纪德提出了富有启迪性的思路。"人们可能会感到奇怪,甚么原因把一个年轻的中国妇女吸引到纪德的艺术中去呢?"在林如莲看来,原因有多种。一般人认为张若名选择纪德,是因为在 20 世纪 20 年代末,纪德"声名大噪",张若名因此而被吸引。但最根本的原因则是"纪德是一位传统的破坏者,同时在许多方面也是一位个人主义者。因此对于一位在新文化运动中首次与传统社会决裂,后来又从新组织近五年的束缚下解脱出来的青年妇女来讲,纪德作品的讯息就非常重要"①。林如莲认为,张若名所著的《纪德的态度》这篇论文的主旨显示了一个重要的讯息:她通过摆脱现状和开始新生活来找到她的出路。林如莲的分析揭示了张若名选择纪德并对纪德有着深刻理解的深层原因:"对在新文化运动中的中国青年而言,渴望得到自由的个性是最重要的。"②如此看来,张若名的选择不仅是必要的,也是一种必然。正是在灵魂深处对自由的向往,促使张若名向纪德不断靠近。在这个意义上,我们可以说,张若名对纪德的理解源自接受美学范畴的"视野的融合",源自两者灵魂的共鸣。张若名对纪德的理解和纪德对这份理解的分外珍视充分说明了这一点。

① 转引自张若名《纪德的态度》,生活·读书·新知三联书店,1994 年,《附录》,第170—171 页。

② 转引自张若名《纪德的态度》,生活·读书·新知三联书店,1994 年,《附录》,第171 页。

三、独特的目光和多重的选择

张若名对纪德的研究与理解的深度充分体现在我们在上文所介绍的博士论文之中,有必要说明的是,该论文用法文撰写而成,由于语言的障碍,答辩之后,在当时的中国文学翻译界并没有产生影响。直到 1994 年,该论文由周家树译成中文,由北京三联书店出版,中国翻译界与文学研究界才有幸了解了中法文学关系交流史上的这段佳话。不过,张若名对纪德的关注、研究与介绍并未止于她的这篇博士论文,据《纪德的态度》一书所汇集的有关文章和资料,我们知道张若名于 1931 年回国后,多次发表文章,或介绍纪德的创作成就,或表述自己对纪德的认识与态度,如在法国著名文学期刊《法兰西水星》1935 年 4 月和 5 月份合刊上,张若名发表了《关于安德烈·纪德》一文。后来,在 1946 年《新思潮》第 1 卷第 2 期上,她以司汤达、福楼拜和纪德三位作家为例,对“创作心理”这一问题做了专门探讨,文章题目就叫《小说家的创作心理——根据司汤达(Sthendal)、福楼拜(Flaubert)、纪德(Gide)三位作家》。在同年的《新思潮》第 1 卷第 4 期上,她又撰文,以《纪德的介绍》为题,就中国文学界所关心的几个问题,如“纪德是不是一个‘叛逆者’”、纪德的“宗教精神”与“独创艺术”等发表了自己独特的观点。

从 1927 年开始以纪德为题撰写博士论文到 1946 年一年内先后两次发表有关纪德的介绍与研究文章,张若名对纪德的爱已经浸入她的灵魂。在 1946 年《纪德的介绍》那篇文章中,我们读到了张若名这样的一段灵魂告白:

> 多日不读纪德的文章了,不知不觉地忘掉了我这一个旧日的好朋友,近来正当夏日难度,心绪不宁的时候,翻开纪德

著述稍作消遣，不意忽然间又得到无限的慰藉。因而回想起来，当我年幼无知的时候，我就爱读纪德，我爱他那无边的孤寂，我爱他那纯洁的热情；我爱他那心灵里隐藏着的悲痛，我尤其爱他那含着辛酸滋味的爱情。为什么多年没有会见他，我还未曾变更我的本性，我还和往日一样，是一个无知的孩子。在这夜深人静的时候，我怀想到那非洲大沙漠的旅客，强烈的日光照得遍地干渴，干渴到不能忍受的程度，希望着得到一滴清水。我怀想那大沙漠里的"哦阿即斯"（Oasis），四周围都是阳光，都是干渴，惟有在这一片隐秘的天地里凉爽的透骨。①

张若名对纪德的这份爱和她在"酷热"中感受到的透骨的"凉爽"源自她对纪德的深刻的理解，她的这份理解和由之而产生的爱始终没有改变过。但是，无论在法国，在苏联，还是在中国，自从纪德的《访苏联归来》问世之后，人们对纪德的认识似乎又遇到了新的障碍：从道德的层面，又进入了政治的层面。纪德的文章在苏联一度成为禁品，法国的左派对纪德加以了公开的谴责和攻击。在中国，恰也是在 1936 年的前后，出现了对纪德的大规模译介和不同角度的研究。

首先我们来看一看《访苏联归来》问世前后纪德在中国的翻译情况。在《访苏联归来》之前，中国翻译界最为关注的是纪德的《田园交响曲》。1935 年，丽尼翻译的《田园交响曲》被列入巴金主编的"文化生活丛书"，由文化出版社出版；1936 年，穆木天的译本以《牧歌交响曲》为题，由北新书局出版。而在此之前，纪德的部分作品已有译介。1928 年，穆木天翻译的《窄门》由上海北新书局出版；

---

① 张若名:《纪德的态度》,生活·读书·新知三联书店,1994 年,第 84 页。

1931 年，王了一译的《少女的梦》(*L'Ecole des femmes*)由上海开明书店出版。从翻译情况看，纪德在《访苏联归来》问世之前，在中国的传播并不太广，且影响也有限。但是，对于纪德《访苏联归来》一书，中国翻译界与评论界反应则表现得十分迅速。《访苏联归来》于 1936 年 11 月于法国问世，次年 4 月，亦即 1937 年 4 月，郑超麟翻译的《从苏联归来》便由上海亚东图书馆出版，被介绍给了中国读者，译者的署名是郑超麟的笔名，为林伊文。同年 5 月，上海引玉书屋出版了没有译者署名的《从苏联归来》①；1937 年 7 月，上海亚东图书馆再版了郑超麟译的《从苏联归来》。1938 年，上海亚东图书馆又推出了郑超麟(林伊文)译的《为我的〈从苏联归来〉答客难》。

关于《访苏联归来》出版前后那个时期对纪德的研究工作，值得一提的是沈宝基的研究成果《纪德》，该文发表在《中法大学周刊》第 9 卷第 1 期(1936 年 4 月)上，署名"宝基"。文章首先对纪德的生平做了简要的介绍，继而对纪德的主要作品《刚陀尔王》(*Le roi Candaule*, 1901)、《托言》(*Prétextes*, 1903)及《新托言》(*Nouveaux prétextes*, 1911)、《背道者》(*L'Immoraliste*, 1902)、《窄门》(*La porte étroite*, 1909)、《田园交响曲》(*La symphonie pastorale*, 1920)、《造假钱者》(*Les faux-monnayeurs*, 1926)、《妇人学校》(*L'école des femmes*, 1929—1930)以及《若是种子不死》(*Si le grain ne meurt*, 1926)等做了评述。从研究的范围看，沈宝基的文章涉及纪德所创作的戏剧、小说、日记等体裁的作品，足见其视野是相当开阔的。在评述中，沈宝基虽然没有对有关作品进行深入的分析，但往往能够以简洁而略带散文化的语言，三言两语，一针见血地点明作品的主旨和思想。从文章有关纪德的思想转变的评

① 参见北塔《纪德在中国》一文，《中国比较文学》2004 年第 2 期。据说该书由盛澄华所译。

论看,沈宝基对纪德的创作与其精神状态之间的联系的分析是相当有见地的,其中有这么一段话:"他往往不自觉地,讲起布尔乔亚的虚假,谎言,畸形。但他缺少战斗精神:虽在咒骂压制他生活的环境,他仍然接受了这个环境,不想作强有力的反抗。这一点可以解释了他的社会意识的平凡、他的褊狭和不能超越他自身的阶级的天才的限止。由于他的描写世界崩溃的大胆,由于他的悲哀的结论里表示出中了毒的未来之辈的不可逃脱的命运,我们便知道作者的精神非常不安,总有一天有脱离帝国主义的可能。"①从这段话中,我们可以看到沈宝基对纪德的精神状况及其思考的演变过程是非常关注的。而对于纪德的理解的障碍,恰恰就来自纪德的思想在不同阶段的突然转变。他在刚果之行与苏联之行前后的思考转变之快也正是造成众多研究者评说纷纭的关键原因。

在沈宝基的文章发表之后不久,刘莹也发表了题为《法国象征派小说家纪德》②的评述文章。该文共分十八小节,其写法与沈宝基基本相同,通过对纪德的主要作品的简要介绍,对纪德的精神状态、艺术观念、对上帝和宗教的观念以及他的道德观做了分析。在文章的第十八节,刘莹对纪德的艺术观念做了如下的总结:"他以为凡是一种艺术,都是由'物'和'我'相辅而成的。'物'得到'我'的精灵,可以变成一幅美景,'我'这方面,遇到'物'的时节,脱去自己的成见,和'物'结合,这样造成'物''我'相通的作品,才可称作名著。这是他对艺术的主要观念。"③刘莹在文中对纪德艺术观念的这段评说,明显带有中国的"物我相忘"的思想痕迹,与其说是纪

---

① 沈宝基:《纪德》,《中法大学周刊》1936 年第 9 卷第 1 期,第 12 页。
② 刘莹:《法国象征派小说家纪德》,《文艺》月刊 1936 年第 9 卷第 4 期。
③ 刘莹:《法国象征派小说家纪德》,转引自贾植芳、陈思和主编《中外文学关系史资料汇编(1898—1937)》,广西师范大学出版社,2004 年,第 1053 页。

德的艺术观的表现,不如说是刘莹对纪德的艺术观念的一种中国
式的阐释。

在 20 世纪 30 与 40 年代,对纪德的翻译与研究工作贡献最大
的,当属卞之琳。江弱水在《卞之琳诗艺研究》一书中对卞之琳译
介与研究纪德的情况做了梳理:

> 卞之琳对纪德其人其文的兴趣明显保持了 15 年之久。
> 1933 年,他就开始阅读纪德。1934 年他首次译出纪德的《浪
> 子回家》一文。1935 年译介《浪子回家集》(作为《文化生活丛
> 刊》之一出版于 1937 年 5 月,初名《浪子回家》)。1936 年译出
> 纪德唯一的一部长篇小说《赝币制造者》(全稿抗战中遗失,仅
> 刊出一章)。1937 年译《赝币制造者写作日记》、《窄门》和《新
> 的粮食》。1941 年为重印《浪子回家集》撰写译序。1942 年写
> 作长文《纪德和他的〈新的粮食〉》,翌年由桂林明日社印行单
> 行本,以之为序。1946 年为次年由文化生活出版社出版的《窄
> 门》撰写译序。[1]

卞之琳对纪德的翻译与评介是在一种互动关系中进行的。作
品的翻译为卞之琳深刻理解纪德打下了基础,同时也提供了一般
的评论者所难以企及的可能性。而反过来,基于对作品深刻理解
之上的评论,则赋予了卞之琳对纪德的某种本质性的把握。这种
直达作品深层和作者灵魂之底的把握主要体现在两点。首先是对
纪德思想的把握,卞之琳突破一般评论者所认为的纪德的"多变"
的特征,指出纪德虽然有着"出名的不安定","变化太多端",但
"'转向'也罢,'进步'也罢,他还是一贯"。[2] 在卞之琳看来,纪德的

---

① 江弱水:《卞之琳诗艺研究》,安徽教育出版社,2000 年,第 206—207 页。
② 参见自江弱水《卞之琳诗艺研究》,安徽教育出版社,2000 年,第 208—209 页。

多变的价值恰恰体现在其不断的超越和进步之中。在《纪德和他的〈新的粮食〉》一文中,卞之琳如此评价纪德:"因为'超越前去'也就正是'进步'。这也就是纪德的进步,螺旋式的进步。"其次是对纪德的创作手法的领悟。江弱水在《卞之琳诗艺研究》一书中,从卞之琳的创作与纪德的创作的比较入手,揭示了卞之琳是如何深谙纪德的"章法文体"之道,是如何吸取纪德的创作手法形成自身创作的文体的:"卞之琳对纪德人格和文体的理解与欣赏,似乎使得自己本来就长于作细密精深的思虑的天性,更自然地结合了对文字的巧妙组织和对感觉的细致安排。小说如此,诗也一样。"①由对纪德的思想与创作手法的双重把握,到化纪德的"章法文体"为我有,卞之琳对纪德的作品的译介与接受由此而打上了鲜明的个性烙印。

如果说卞之琳对纪德的译介与接受具有某种互动的特色的话,那么盛澄华与纪德的精神交流与对纪德的研究则为中国学者选择纪德、理解纪德提供了另一种可能性。从 1934 年在清华研究院读研究生期间开始接触纪德起,盛澄华在此后的很长一段时间内,几乎都潜心于和纪德的精神交流之中:潜心读纪德,译纪德,悉心领悟纪德的思想艺术精髓,全面地研究纪德。

盛澄华与卞之琳一样,一方面,他全面地阅读纪德的作品,选择有关作品加以翻译;另一方面,他将更多的精力投入对纪德的作品的理解与研究。在翻译方面,盛澄华主要是翻译了纪德的三部重要作品:《地粮》《伪币制造者》和《日尼薇》。据北塔写的《纪德在中国》一文,盛澄华翻译的《地粮》一书于 1945 年由上海迁到重庆的文化生活出版社出版,但根据北京大学中法文化关系研究中心与北京图书馆参考研究部中国学室合作主编的《汉译法国社会科

---

① 江弱水:《卞之琳诗艺研究》,安徽教育出版社,2000 年,第 212 页。

学与人文科学图书目录》，盛澄华译的《地粮》早在 1943 年就已由
重庆的新生图书文具公司出版，收入"作风文艺小丛书"。《伪币制
造者》同样由重庆的文化生活出版社出版，时间为 1945 年。1946
年，上海的文化生活出版社又出版了盛澄华翻译的《日尼薇》
（Geneviève）。盛澄华翻译的这些作品后来又多次重版，特别是在
中国改革开放之后，上海译文出版社在 1983 年又出版了盛译《伪
币制造者》；2002 年人民文学出版社和花城出版社联合推出的《纪
德文集》中，盛澄华翻译的《伪币制造者》（改名为《伪币犯》）是唯一
一部在新中国成立前出版的旧译，足见其译作的生命力之强。

在对纪德的研究方面，盛澄华的努力应该说是继张若名之后
中国学者接近纪德的又一次精神交流之旅。据北塔的资料，早在
1934 年在清华研究院读书期间，盛澄华就写过一篇题为《安德烈·
纪德》的介绍性文章。在此后的十五年时间里，盛澄华从结识纪
德、阅读纪德、翻译纪德到研究纪德，一步步理解纪德，接近纪德。
对盛澄华的这一与纪德的交流历程，王辛笛在半个多世纪后撰文
追忆，写成了《忆盛澄华与纪德》一文，收入《作家谈译文》[①]一书。
在这篇文章中，王辛笛回忆说，1935 年，盛澄华赴法国进修学习，而
他赴英国爱丁堡大学攻读英国文学。留学期间，辛笛两次赴法国，
闲暇时盛澄华与他一起读纪德，谈纪德。他在回忆文章中这样
写道：

> 遇到闲暇，澄华还和我一同研读纪德的《地粮》和《新粮》，
> 其文体之优美令我心折，就中尤以纪德'关于我思我信我感觉
> 故我在'的阐释使我终生难忘，受用不浅。澄华当时一面在巴
> 黎大学攻读，一面日夜埋头于纪德全部作品的研究，常常亲去

---

① 上海译文出版社编《作家谈译文》，上海译文出版社，1997 年。

登门请教,纪德十分欣赏他的见解和心得,已成为无话不谈的
忘年交。①

　　从王辛笛这篇回忆文章中,我们可以看到,盛澄华与纪德的交
往,已经超越了一般的关系,具有相当的深度,而这一关系是建立
在他对纪德的作品的研究和独特见解之上的。事实上,盛澄华不
仅多次当面向纪德请教,而且有不少的通信往来。在对纪德的作
品长达十余年的研读、翻译和思考过程中,盛澄华写下了一系列文
章;在纪德获得诺贝尔文学奖后,盛澄华将他研究纪德的主要心得
汇集成书,取名《纪德研究》。王辛笛在他的那篇《忆盛澄华与纪德》
中谈到,盛澄华的这部《纪德研究》还是由他推荐给曹辛之办的
上海森林出版社(亦即星群出版公司),于1948年12月出版的。该
书由正文与附录两个部分组成。正文收录的是盛澄华自1934年
起到1947年在《清华周刊》《时与潮文艺》等报刊上发表的九篇文
章;附录部分有二,一是《纪德作品年表》,二是《纪德在中国》。关
于盛澄华与纪德的关系及他对纪德的研究情况,钱林森在《法国作
家与中国》一书中做了较为详细的考察,其中特别谈到三点,即盛
澄华对纪德的研究具有一般的研究者所不具备的优势:一是“认真
地阅读纪德,并且有自己的批评观点”,因为在盛澄华看来,“对一
个伟大的艺术家应予以理解,而非衡量,他的作品本身就是他自己
的尺与秤”;二是盛澄华“真切地通过移译了解纪德”;三是“由于对
作者的熟稔因而可以更多地借助于作者本人的阐释洞烛作品真
髓”。并由此三个优势而得出结论:“在中国的许多研究者所砌的
攀向纪德的无数面墙中,只有盛澄华最接近纪德。”②对一这结论,
我们可能会有不同的看法,如北塔在《纪德在中国》一文中就提出

　　① 见上海译文出版社编《作家谈译文》,上海译文出版社,1997年,第32—33页。
　　② 参见钱林森《法国作家与中国》,福建教育出版社,1995年,第545—552页。

了不同的观点,但如果仔细阅读盛澄华对纪德的研究文章,我们可以发现盛澄华为我们认识与理解纪德,确实提供了不同的参照系。

首先,盛澄华基于对纪德作品的全面与深入的阅读,从整体上把握与评价纪德在艺术与思想两个方面的发展。在《纪德艺术与思想的演进》一文中,盛澄华以纪德的创作为依据,将纪德的思想与艺术的演进分为相对独立但又相互影响的三个阶段:由《凡尔德手册》至《地粮》的创作,是"纪德演进中的第一个阶段,也即自我解放的阶段";《窄门》《梵蒂冈的地窖》《哥丽童》《如果麦子不死》等作品的问世标志着纪德演进的第二阶段,即"对生活的批判与检讨"的阶段,要回答的是人"自我解放"了,"自由了又怎么样"这一本质问题;《伪币制造者》的创作,则代表着纪德进入了其思想与艺术演进的第三个阶段,即"动力平衡"阶段。盛澄华在论文中明确写道:"不消说,《伪币制造者》在纪德的全部创作中占有非常重要的地位:以篇幅论,这是纪德作品中最长的一部;以类型论,这是至今纪德笔下唯一的一本长篇小说;以写作时代论,这是纪德最成熟时期的产物。它代表了作为思想家与艺术家的纪德的最高表现,而同时也是最综合性的表现。纪德在生活与艺术中经过长途的探索,第一次像真正把握到一个重心。由此我们不妨把纪德这一时期的演进称为'动力平衡'的阶段。"①

其次,基于对纪德的思想的深刻理解,盛澄华能突破纪德在艺术与思想等方面所表现的种种自相矛盾的"表面",试图以辩证的方法揭示纪德的精神实质。他指出:"纪德是那种人:他重视争取真理时真诚的努力远胜于自信所获得的真理。因此他不怕泄露表面的矛盾,因此他教人从热诚中去汲取快乐与幸福,而把一切苟安、舒适、满足都看作是生活中最大的敌人。在这个意义上,纪德

---

① 盛澄华:《纪德艺术与思想的演进》,《文学杂志》1948 年第 2 卷第 8 期,第 7 页。

才在尼采、陀思朵易夫斯基、勃朗宁与勃莱克身上发现了和他自己精神上的亲属关系。尼采所主张的意志说,陀思朵易夫斯基所观察的'魔性价值',勃朗宁所颂扬的'缺陷美',勃莱克所发现的'两极智慧',以及纪德所追求的不安定的安定,矛盾中的平衡都是对人性所作的深秘的启发,都是主张在黑暗中追求光明与力,从黑暗中发现光明与力,借黑暗作为建设光明与力的基石的最高表现。"[①]盛澄华对纪德艺术与思想的发展与演变的轨迹的把握由此可见一斑。对"不安定中的安定"与"矛盾中的平衡"的追求,构成了纪德思想与艺术内核的独特因素。在对立中寻找平衡,也正是由此而得到发展的。面对"艺术的真理"与"生活的真理"这两种互不相让的真理,纪德所要追求的是"协调与平衡"。盛澄华对此做了这样的阐发:"如何在两种对立性上求得协调与平衡,这正是纪德艺术与思想的精神。纪德认为艺术品所追从的是一种绝对性的境域,而艺术家自身则只借艺术品中绝对性的表达才能维护他自身相对性的存在。"[②]基于对纪德的精神的这种认识,盛澄华通过对《伪币制造者》的悉心研读与领会,对众说纷纭、难以把握的纪德的"多变"做了不同的解读,提出了自己的观点:"纪德是那种人:骤看,你觉得他永远在变,永远生活在不安与矛盾中;但细加探究,你会发现在他生活中也好,在他作品中也好,无时不保存着内心的一贯。这内心的一贯,即是我所谓的动力平衡。在灵与肉、生活与艺术、表现与克制、个人与社会、古典主义与浪漫主义、基督与基督教、上帝与魔鬼无数对立性因素的探求中纪德获得了他思想与作品的力量,纪德以他最个人性的写作而完成了一个最高人生的作家。而这人性感与平衡感最透彻的表现其实莫过于《伪币制造者》。"[③]"多

---

① 盛澄华:《纪德艺术与思想的演进》,《文学杂志》1948 年第 2 卷第 8 期,第 10 页。
② 盛澄华:《纪德艺术与思想的演进》,《文学杂志》1948 年第 2 卷第 8 期,第 8 页。
③ 盛澄华:《纪德艺术与思想的演进》,《文学杂志》1948 年第 2 卷第 8 期,第 8 页。

变"与"一贯",不安定与执着,矛盾与平衡,在盛澄华看来,正是这种种丰富而深刻的对立性和纪德对其深刻的把握,构成了纪德艺术与思想的内核。

再次,盛澄华基于对纪德思想与艺术发展的全面把握,在对纪德的后期创作的认识和判断上,表达了自己独立的思想和与众不同的观点。在上文中,我们已经谈到,于1936年11月发表了《从苏联归来》之后,无论是在法国国内,还是在国外,纪德都处在种种的责难与误解之中。超越了文学层面的种种批评甚至谴责一度淹没了其他声音。但盛澄华没有人云亦云,而是从纪德的思想与艺术的演进角度,对他的《从苏联归来》所表达的观点以及思想上的所谓"突变"作了评价。其中有这样一段话:"但当纪德到了六十岁以后突然思想明朗地走入左倾的道路,这是一九三○年代轰动世界性的一件事情。其实这对一个一生中追求自由与解放,同情被压迫者痛苦的作家如纪德原可看作是最自然不过的事情。"[①]在盛澄华看来,纪德从苏联归来产生的失望以及他对苏联的批评恰恰证明了纪德的一贯态度,是追求真理所表现出的一贯的真诚的态度。在这一点上,盛澄华对纪德的理解确实是深刻的。

从张若名到卞之琳再到盛澄华,我们可以看到,中国学者对纪德的理解与把握,不是对法国文学界的盲目追随,也不是各种声音的简单回响,而是从各自的角度走进纪德的世界,接近纪德,表达不同的观点与认识,表明了他们对纪德的不同理解。无论是在对纪德的思想与作品的评价上,还是对作品的选择上,中国学者都充分表现出了目光的独特性和选择的多重性。

---

① 盛澄华:《纪德艺术与思想的演进》,《文学杂志》1948年第2卷第8期,第9页。

四、延续的生命

1947年，七十八岁高龄的纪德，获得了诺贝尔文学奖。以我们今天的目光来看，这在某种程度上意味着纪德已经被接受，被"认定"。在他被授予诺贝尔文学奖之后，在遥远的东方，确切地说，在中国，曾掀起一轮纪德高潮。上文中我们所介绍的卞之琳和盛澄华所翻译的纪德的数部重要著作，在他获奖后得以重版，盛澄华、王锐、赵景深等文坛名家先后撰写了介绍文章。在某种意义上，盛澄华的《纪德研究》也是借着纪德的获奖而得以与中国读者见面的。然而，在高潮之后，纪德和西方当代作家的命运一样，渐渐归入沉寂，在中国经历了一个长达四十年的冷落期。直到改革开放之后，纪德才又开始被中国的翻译界与研究界纳入视野，在20世纪与21世纪之交的那个时期，亦即在纪德离开世界半个世纪的前后，开始了他的新的生命的历程。

对纪德在新中国的命运，北塔在《纪德在中国》一文中做出这样的解释："解放以后，也许是因为纪德的反苏问题使人联想到他的反共，所以国内基本上不再有对他的译介和研究。"①北塔的这一看法自然有其道理，但我们认为，除了政治上的原因之外，纪德作品中所探讨或所涉及的诸如道德、宗教、人性等重要主题，也构成了在新中国成立后的很长一个时期内这些作品难以被接受的因素。从文学生命的传播与接受的环境看，我们知道影响的因素有许多，而纪德在新中国所遭遇的，恰是难以超越的意识形态和政治因素。

有趣的是，中国经历了一系列"运动"与革命，特别是经历了十

---

① 北塔：《纪德在中国》，《中国比较文学》2004年第2期，第126页。

年浩劫之后，国门再度打开时，中国翻译界也又一次担当起了"开放"的先锋角色。从20世纪80年代开始，纪德慢慢地又开始在中国传播。最先与中国广大读者见面的，是盛澄华在差不多半个世纪前翻译的《伪币制造者》，由上海译文出版社推出。之后，刘煜与徐小亚合译的《刚果之行》（湖南人民出版社，1986年）、郑永慧翻译的《藐视道德的人：纪德作品选》（湖南人民出版社，1986年）以及李玉民与老高放合译的《背德者·窄门》（漓江出版社，1987年）相继问世。在20世纪末与21世纪初，纪德又在中国掀起了一股不小的热潮，先是将中国读者目光引向了《访苏联归来》《访苏联归来之补充》与《刚果之行》（朱静、黄蓓译，花城出版社，1999年）这三部作品，然后又逢其逝世五十周年纪念，他的绝大部分作品得以重译，以文集的形式，由多家出版社出版。

从翻译的角度看，有几点特别值得关注：第一是翻译比较系统，有组织有分工；第二是涉及的面较广，翻译的内容包括纪德的小说、游记、传记、文论等；第三是译者阵容比较强。我们在上文已经交代过，除盛澄华的《伪币犯》为旧译外，其余作品基本上都是在新时期重译或新译的，李玉民、朱静、罗国林、桂裕芳、王文融、施康强、马振骋、徐和瑾等一批优秀的翻译家参与了《纪德文集》的翻译。在这一时期，就翻译而论，李玉民为纪德倾注了不少心血，他译了纪德的散文，并以《纪德散文精选》为题，结集出版（与由权合译，人民日报出版社，1999年），还先后翻译过《背德者》《窄门》《田园交响曲》《帕吕德》《忒修斯》等作品。

在大规模且系统地重译或新译纪德作品的同时，国内的文学界和翻译界也对纪德予以了关注。复旦大学的朱静教授撰写了《纪德传》，于1997年由台北亚强出版社出版，不久后，在贾植芳先生的鼓励下，重译了在"三十年代政坛与文坛引起一场轩然大波的"《访苏联归来》，而贾植芳先生则"自告奋勇地向朱静先生推荐自己以一个从历史深处走过来的人的身份,为这个新译本写几句话"①。贾植芳为《访苏联归来》的新译本所写的序,应该说是在新时期为中国读者进一步关注纪德起到了决定性的作用。首先,贾植芳作为一个"从历史深处走过来的人",他与纪德有着相通的心,有些话他是憋在心里几十年,借着新译本的问世,而一吐为快。序言相当长,结合纪德所走过的路,针对纪德在不同时期对苏联的认识,特别是通过纪德的《访苏联归来》这部作品,对纪德的思想演变作了透彻的分析,为中国读者展现了纪德说真话求真理的心路历程。读贾植芳的序,我们在字里行间明显可以感觉到在贾植芳与纪德之间,形成了某种对话,产生了强烈的共鸣。特别是在中国经历了"文化大革命"的浩劫之后,结合纪德对苏联的认识与批评,贾植芳在纪德的作品中似乎得到了更为深刻的启迪,序中有这样两段话,特别意味深长:

> [纪德]亲眼所见的苏联现实打破了他的理想式的幻觉。他对苏联各地的自然风物注意得很少,他关心的是苏联人的生存环境和他们的内心世界,他为苏联的前途深深地担忧[……]
>
> 尽管苏联人竭力向纪德展示苏维埃式的自由幸福,纪德却以一个崇尚自由,崇尚个性的西方人,从人们穿着的整齐划一,集体农庄居住的房屋,家具都千篇一律的背后,一语道破了天机:'大家的幸福,是以牺牲个人的幸福为代价。你要得到幸福,就服从(集体)吧?'纪德敏锐地指出,在苏联任何事情,任何问题上,都只允许一种观点,一种意见,即我们所熟知的"舆论一律",人们对这种整齐划一的思想统治已经习以为

① 贾植芳:《纪德〈访苏联归来〉新译本序》,见安德烈·纪德《访苏联归来》,朱静、黄蓓译,花城出版社,1999年,《序》,第1页。

常,麻木不仁了。纪德发现跟随便哪一个苏联人说话,他们说出的话都是一模一样的。纪德说,这是宣传机器把他们的思想统一了,使得他们都不会独立思考问题。另一方面,一点点不同意见,一点点批评都会招来重大灾祸。纪德严厉批评道:"我想今天在其他的任何国家,即使在希特勒的德国也不会如此禁锢人们的思想,人们也不会是如此俯首帖耳,如此胆战心惊,如此唯命是从。"人之所以为人,不同其他低级动物,在于人有头脑,有思想本能,用极权手段剥夺人的思想自由,或者统一人的思想,使人成为真空地带,无异于抽去人的灵魂,这是极权统治的结果,同时也维护了极权,使之得以继续存在下去。"面对这种思想贫乏,语言模式化的现状,谁还敢谈论文化?"纪德断言:"这将走向恐怖主义。"值得玩味的是,纪德当时的这种隐忧与担心,转瞬之间,就变成了活生生的苏联生活现实。①

细读贾植芳的这段评说,我们不难明白他为何要自告奋勇为《访苏联归来》的新译本写序。"牺牲个人利益""舆论一律""用极权手段剥夺人的思想自由,或者统一人的思想",纪德在 20 世纪 30 年代对苏联的批评,在我们今天看来具有思想深度的解读,无疑带有强烈的时代色彩,这在 20 世纪 50 年代至 60 年代是想也不敢想的。而纪德《访苏联归来》在新时期得以在中国传播,在很大程度上,得益于中国的思想解放运动和越来越自由的政治空气。在这个意义上,我们可以看到,一部外国作品要开辟其新的生命空间,既取决于作品本身的价值,也取决于接受国的政治、思想与文化环境。

---

① 贾植芳:《纪德〈访苏联归来〉新译本序》,见安德烈·纪德《访苏联归来》,朱静、黄蓓译,花城出版社,1999 年,《序》,第 4—5 页。

事实上,对于贾植芳而言,他对纪德的认识也是不断加深的,对纪德的《访苏联归来》这部书的理解也经历了一个历史的过程。1936 年末,当《访苏联归来》问世后招致种种批评时,贾植芳认为自己"当时还读不懂这本书",但随着中国形势的激变,贾植芳经历了中华人民共和国成立后的历次政治运动,成了"专政对象"。后来"文化大革命"结束,他获得人身解放,由"鬼"变成人,又适逢中国改革开放,得以接触"阿·阿夫托尔的《权力学》、鲍罗斯·列维斯基编的作为'苏联出版物材料汇编'的《三十年代斯大林主义的恐怖》、罗·亚·麦德维杰夫著的《让历史来审判——斯大林主义的起源及其后果》和他的《苏联的少数者的意见》日译本以及被称为西方马克思主义者,德国卡尔·魏夫特的英文本《东方专制主义》等,以及八十年代以来,我国翻译出版的有关描写斯大林统治时期的文艺作品,如帕斯捷尔纳克的《日瓦戈医生》、雷巴科夫的《阿尔巴特街的儿女》、索尔仁尼琴的《癌病房》、《古列特群岛》①等等,至九十年代又读了罗曼·罗兰的《莫斯科日记》等之后"②,贾植芳觉得自己"才真正读懂了纪德的《访苏联归来》和《〈访苏联归来〉之补充》,并对这位坚持自己的良知和社会责任感的作家,和他敢于顶住当时的政治风浪的人格力量,表示衷心的尊敬……"③。

　　在新时期,贾植芳对纪德的《访苏联归来》的解读主要是政治性的,他对纪德的接受过程既具有独特性,也具有启迪性。其独特性在于贾植芳以自身的人生经历达到了对纪德之精神的深刻把握和理解并由此而产生了共鸣;其启迪性在于深刻理解与把握一个作家的思想,正确评价一个作家的作品,需要时间,也需要求真的

---

　　① 原文如此:应该为《古拉格群岛》。
　　② 贾植芳:《纪德〈访苏联归来〉新译本序》,见安德烈·纪德《访苏联归来》,朱静、黄蓓译,花城出版社,1999 年,《序》,第 9 页。
　　③ 贾植芳:《纪德〈访苏联归来〉新译本序》,见安德烈·纪德《访苏联归来》,朱静、黄蓓译,花城出版社,1999 年,《序》,第 9 页。

精神的。在这个意义上,我们便有可能更为深刻地理解纪德对读者所说的如下一段话:

> 你们迟早会睁开眼睛的,你们将不得不睁开眼睛,那时,你们会扪心自问,你们这些老实人,怎么会长久的闭着眼睛不看事实呢?

纪德逝世五十多年了,他的生命历程没有结束,法国的读者在睁着眼睛继续读他的作品,中国的读者也在改革开放的年代,勇敢地睁开了一时被遮蔽的眼睛,正视纪德的作品所指向的人类的境况、人类的精神和人类的内心世界,进行全面的探索。柳鸣九为漓江出版社《背德者·窄门》写的序《人性的沉沦与人性的窒息》从人性的角度为我们接近纪德开启了新的途径;青年学人陈映红的《寻觅·体验·"存在"的意识——探寻纪德的轨迹》①,则见证了年轻人探寻纪德的生命历程所做的努力;同时,我们也感受到了众读者读《从苏联归来》②后的强烈反响。③郑克鲁从思想与创作特色两个层面对纪德进行了研究,发表了《社会的批判——纪德小说的思想内容》和《纪德小说的艺术特色》等论文④。而徐和瑾、罗芃与李玉民分别为译林版、人民文学版与花城版的《纪德文集》所写的序言,则从各个不同的角度展开了与纪德的对话,为纪德的文学生命在中国的继续拓展与延伸提供了新的可能。

---

① 见《法国研究》2001 年第 1 期。
② 1999 年,辽宁教育出版社也出版了郑超麟老先生译于 1937 年和 1938 年的《从苏联归来》和《为我的〈从苏联归来〉答客难》。需要指出的是,郑超麟是在狱中翻译了《从苏联归来》。
③ 见张业松《纪德〈从苏联归来〉的中国回响》,《方法》1998 年第 7 期;李冰封《纪德的真话和斯大林的悲剧》,《书屋》2000 年第 1 期;郑异凡《作家的良知——读纪德的〈从苏联归来〉》,《博览群书》2000 年第 2 期;等等。
④ 分别见《外国文学研究》1996 年第 4 期与 1997 年第 1 期。

近十多年来,纪德的研究在继续,主要集中在两个方面:一是涉及其作品中对灵魂和道德的拷问,二是关于其叙事艺术、创作风格等。主要文章有:《相通的灵魂与心灵的呼应:安德烈·纪德在中国的传播历程》(许钧,《江海学刊》2007 年第 3 期)、《一场跨越半个多世纪的风波——评罗曼·罗兰与安德烈·纪德访苏观感引发的纷争》(周尚文,《探索与争鸣》2014 年第 2 期)、《异国心灵的沟通——纪念安德烈·纪德诞生 140 周年》(乐黛云,《中国比较文学》2009 年第 3 期)、《当纪德进入中国》(刘东,《读书》2008 年第 3 期)、《从〈伪币制造者〉解读纪德小说遗产》(陈曲,《理论界》2014 年第 9 期)、《灵魂的拷问——精神分析批评视野下的〈田园交响曲〉主人公形象解读》(李建琪,《文学界(理论版)》2012 年第 8 期)、《艺术家的使命——论纪德的自我书写》(宋敏生、张新木,《当代外国文学》2010 年第 4 期)、《纪德在中国》(北塔,《中国比较文学》2004 年第 2 期)等。

(本文原题为《相通的灵魂与心灵的呼应——安德烈·纪德在中国的传播历程》,载《江海学刊》2007 年第 3 期,此次发表有增补)

"遭遇"莎士比亚

——读《纪德文集》(文论卷)

著名戏剧家曹禺在 1984 年为中国莎士比亚学会研究会会刊《莎士比亚研究》撰写的发刊词中曾这样写道:"有史以来,屹立在高峰之上,多少文学巨人们教给人认识自己,开阔人的眼界,丰富人的贫乏生活,使人得到智慧、得到幸福、得到享受、引导人懂得'人'的价值、尊严和力量。莎士比亚就是这样一位使人类永久又惊又喜的巨人。"①据何其莘教授,这位巨人是在 20 世纪之初才姗姗来迟,与中国读者认识的。确切的时间是在"1903 年,英国作家兰姆兄妹的《莎士比亚戏剧故事集》第一次被译成中文,题名为《海外奇谈》"。第二年,林纾译了兰姆的这部故事集中的二十篇莎翁戏剧故事,结集为《吟边燕语》,由商务印书馆出版。但这些译文,只不过是莎士比亚的戏剧故事而已,莎士比亚的真正剧作的完整汉译,到了 1921 年才与中国读者见面,而被第一个完整介绍给中国读者的剧本,便是如今已为世人熟知的《哈姆雷特》。从 1903 年算起,莎士比亚在中国差不多也就一个世纪的历史。时间虽然不长,但他在中国的命运可以说是相当红,差不多已被国人奉为"戏圣"了。

法国是英国的近邻,邻里之间的交往比起我们来要方便得多。

① 何其莘:《英国戏剧史》,译林出版社,1999 年,第 62 页。

法国人早就听说了莎士比亚的大名,但生性气傲的法国文人一开始似乎并不怎么瞧得起他。有趣的是,法国的文人越瞧不起莎士比亚,莎士比亚在法国的名声反而越大,弄得连伏尔泰这样的大师也气急败坏,说:"令人惊骇的是这个怪物在法国有一帮响应者,为这种灾难和恐怖推波助澜的人正是我——很久以前第一个提起这位莎士比亚的人。在他那偌大的粪堆里找到几颗瑰宝后拿给法国人看的第一个人也正是我。未曾料到有朝一日我竟会促使国人把高乃依和拉辛的桂冠踩在脚下,为的是往一个野蛮的戏子脸上抹金。"①在伏尔泰的这段话中,不难看到伏尔泰对莎士比亚的本质性的评价——"偌大的粪堆"。在他眼里,莎士比亚的戏剧只不过是一堆粪土。但令他大为光火的是,在 1776 年,法国国王路易十六出面赞助了勒图尔纳的莎剧新译本。勒图尔纳是法国很著名的翻译家,除了莎士比亚的作品外,他还译过裘相、杨格等英国作家的作品,伏尔泰看不起莎士比亚,在我们今天看来,似乎难以理解。作为启蒙运动最重要的代表人物,伏尔泰是主张积极地打开眼界,并强调了解其他民族的文学的重要性的,而且他对英国文学也充满了兴趣。问题在于他对文学的看法,源于他的"人类文明循环发展"的认识观。"他认为人类已经经历了四个伟大的发皇鼎盛的时代:伯里克利当政的雅典、奥古斯都统治的罗马、列奥十世执政的罗马以及路易十四统治的巴黎。但是在时代与时代之间有过彻底衰落的低潮时期或一片黑暗的年代,文学上有过坏的趣味和野蛮主义的时代。"②伏尔泰据以指责莎士比亚的,正是他向来强调的"文学趣味"论。他说"莎士比亚引以为豪的是一种旺盛丰硕的天

---

① 雷纳·韦勒克:《近代文学批评史》(第一卷),杨岂深、杨自伍译,上海译文出版社,1997 年,第 48 页。

② 雷纳·韦勒克:《近代文学批评史》(第一卷),杨岂深、杨自伍译,上海译文出版社,1997 年,第 42 页。

才：他是自然而崇高的，但是没有一里半点高雅趣味而言……"①

法国人是最讲"趣味"的，有趣味，有格调，才会有韵致，才叫文学。我认真读过祖籍捷克、生于维也纳的雷纳·韦勒克的四卷本《近代文学批评史》，从他所提供的资料看，在伏尔泰之后，但凡名声大一点的法国作家兼批评家，特别是18世纪、19世纪的，几乎无一例外地都要谈到莎士比亚，而且也无一例外地都会以"趣味"的名义，向莎士比亚发起责难。18世纪狄德罗如此，他"指责莎士比亚"具有"不良趣味"，认为莎士比亚是"一个自然、粗俗、毫无趣味的天才"，甚至带有几分讽刺意味说莎士比亚的伟大之处在于"异乎寻常、不可理喻、无可比拟地将最好的与最坏趣味混合一体"，"代表了近于中古时代粗野不文的风气"等。19世纪的斯塔尔夫人如此，她说"莎士比亚违背了趣味的永恒原则：悲剧性和喜剧性混合一体，炫示恐怖乃真正的毛病"。② 法国浪漫主义先驱夏多布里昂亦如此，他虽然承认莎士比亚可与荷马、但丁、拉伯雷等"盖世天才"并驾齐驱，但归根结底，他认为"莎士比亚作品缺少尊严，正如其一生少了尊严二字。他没有趣味：没有在世界历史上千载难逢、大概主要在路易十四时代才出现过的那种趣味。"③《红与黑》的作者司汤达也写过论莎士比亚的文字，最有名的是分别发表于1823年和1825年的《拉辛与莎士比亚》。应该说，持论有据、分析精辟的司汤达对莎士比亚的认识已经不同于他的那些前辈，呼吁近代性的司汤达甚至对莎士比亚的创造精神大为推崇，但就"趣味"而言，他还是认为莎士比亚的"言谈、比喻、甚或杂糅喜剧悲剧成分的

---

① 雷纳·韦勒克：《近代文学批评史》（第一卷），杨岂深、杨自伍译，上海译文出版社，1997年，第45页。
② 雷纳·韦勒克：《近代文学批评史》（第二卷），杨岂深、杨自伍译，上海译文出版社，1997年，第268页。
③ 雷纳·韦勒克：《近代文学批评史》（第二卷），杨岂深、杨自伍译，上海译文出版社，1997年，第287页。

做法都不足为训"①。

在与莎士比亚遭遇的漫长历史中,法国文人硬是抓住"趣味"这个把柄不放,但是历史在发展,"趣味"也是会变化的。对于带点"野气"的莎剧,法国人一直处于矛盾的境地:虽然不合法兰西的所谓"趣味",但闪烁着天才光芒的那股清闲的"野气"却有着独特而恒久的诱惑力,其最好的证明,便是在伏尔泰之后,每一个世纪都产生了一个莎剧的新译本:18 世纪有勒图尔勒的新译,19 世纪有雨果儿子的新译,20 世纪有诺贝尔文学奖得主纪德的新译。

雨果写过一部数百页的《论莎士比亚》(1864),虽然他本人对莎士比亚并不怎么推崇,但他的儿子却对莎氏情有独钟,他对莎士比亚的深刻理解及非凡的领悟,为他的译作赢得了广泛的读者。年迈的雨果也为儿子的成功而陶醉,欣然为其译作写序(1865),称之为翻译"定本"。

翻译当然不会有什么"定本",纪德的新译至少可以与他前面的译本相媲美。

纪德是最理解莎士比亚的法国作家之一。在他看来,"没有任何作家比莎士比亚更值得翻译",但同时,"也没有任何作家比他更难翻译,译文更容易走样"。纪德对莎士比亚的理解是双重的,既是精神的,也是语言的。他在与莎士比亚的相遇与相识中,经历了一系列的考验。对他在翻译中经历的这番历史奇遇,他曾在为七星文库版的《莎士比亚戏剧集》撰写的前言中做了详尽的描述:描述了两种文化与两种语言之间的遭遇,也揭示了翻译中译者所面临的种种障碍。

纪德首先看到的,是语言与文化层面的逻辑性,这涉及不同语

---

① 雷纳·韦勒克:《近代文学批评史》(第二卷),杨岂深、杨自伍译,上海译文出版社,1997 年,第 295 页。

言的思维方法。他说："莎士比亚很少考虑逻辑性，而我们拉丁文化缺了逻辑性就跟跟跄跄。莎士比亚笔下的形象相互重选，相互推倒。面对如此丰富的形象，我们可怜的译者目瞪口呆。他不愿意对这种绚丽多彩有丝毫遗漏，因此不得不将英文原本中用仅仅一个词表示的暗喻译成一个句子。原来像蛇一样紧紧盘成一团的诗意，如今成了松开的弹簧。翻译成了解释。逻辑倒是很满意，但魅力不再起作用。莎士比亚的诗句飞跃而过的空间，迟缓的熊虫一瘸一拐才能走完。"①在紧密的逻辑与丰富的形象之间，英语与法语的天平有所侧重，在两者的遭遇中，译者的无奈与局限源于文化与语言的巨大差异。

头脑清醒的纪德没有丝毫责备英语或莎士比亚的语言的意思，相反，在翻译莎士比亚的戏剧中，他充分意识到了母语的缺陷。他说："只有在接触外语时，我们才意识到本国语言的缺陷，因此，只会法语的法国人是看不到缺陷的。"他的这一观点与德国作家歌德的观点几乎是一致的。异之于我，可作一明镜，从异中更清楚地照清自身。在这个意义上，与异语文化的接触，有助于认识母语与母语文化的不足。看清了自身的不足，便有可能从异语异文化中去摄取营养，弥补自身，丰富自身。

在艰难的翻译中，纪德亲历了种种障碍，他结合翻译中的具体例证，做了某种意义上的剖析与归纳，其中几条颇具启发性。

首先是词语层面的对等问题。他指出："几乎总发生这种情况：即使当一个词指的是精确物体，而且在另一种语言中也有精确的对应词，但它有一种联想与模糊回忆的光环，一种谐波，它在另

---

① 安德烈·纪德：《纪德文集·文论卷》，桂裕芳等译，花城出版社，2001年，第205页。

| 124 | | 法国文学散论 |

一种语言中是不一样的,译文中是无法保留的。"①纪德这儿谈及的,是文学翻译中一个十分微妙而棘手的难题。从指称意义上看,甲乙两种语言中的词可以是相对应的,问题是该词在不同语言中却有可能给人以不同的联想,或具有相当微妙的内涵意义。这样在翻译中便有可能给译者提出一个问题,即究竟是寻求指称意义上的对应,还是联想意义上的融合?从英语到法语,特别是善于运用词语制造丰富联想意义的莎士比亚,给纪德造成的困难,便不仅仅是语言表达层面的取舍,而是文化意义的移植。

其次是面对莎士比亚戏剧文本中出现的多义性或意义含糊的情况,纪德又遭遇到了两难的选择。从翻译的根本任务来看,"译意",为翻译的第一要义,而理解是译意的基础。但问题是,"莎士比亚有无数段落几乎无法理解,或者具有二、三、四种可能的解释,有时明显地相互矛盾,对此评论家议论纷纷。有时甚至存在好几种文本,出版商在取舍时犹豫不定,人们有权怀疑最通常接受的文本也许是错误的"②。面对这种情况,纪德认为译者无疑要对如下的问题做出选择性的回答:在原文多种的含意中,"该选择哪一种?最合理的?最有诗意的?还是最富联想的?抑或,在译文中保持含糊性,甚至无法理解性?"③纪德给自己或给译者提出的这些问题,是值得每一个文学翻译家去认真思考的。多义可以使读者产生丰富的联想,而意义的含混则有可能给读者开拓广泛的想象空间。文学文本的多义性和意义含混性问题,是文学理论研究者颇为关注的一个问题,也是译者所应该细加对待的。面对多义的文

---

① 安德烈·纪德:《纪德文集·文论卷》,桂裕芳等译,花城出版社,2001年,第206页。

② 安德烈·纪德:《纪德文集·文论卷》,桂裕芳等译,花城出版社,2001年,第207页。

③ 安德烈·纪德:《纪德文集·文论卷》,桂裕芳等译,花城出版社,2001年,第207页。

本，首先要求译者能真正深刻地领悟到原文本的意义和原作者的意图，这是基础的基础，因为只有全面理解了，才有可能从整体的效果出发，经过全局的衡量，做出不可避免的取舍。

　　面临莎士比亚给他造成的种种障碍和给他出的道道难题，纪德没有像伏尔泰、夏多布里盎等前辈那样对莎士比亚的"趣味"或文风加以责难，而是从译者的角度，在语言与文化接触与交流的层面，对种种障碍与困难出现的原因进行了分析。在他看来，"如果说每个译本不可避免地都多多少少背叛了莎士比亚，但至少不是以同一种方式。每种译文都有其特殊功效，只有当它们聚合起来才能重现莎士比亚天才的绚丽光彩"[①]。经过几个世纪的风风雨雨，法国人在与莎士比亚的遭遇、相识与种种冲突中，最终看到了莎士比亚天才的绚丽光彩，而翻译在其间起到的作用，是谁也不能否认的。

---

　　① 安德烈·纪德：《纪德文集·文论卷》，桂裕芳等译，花城出版社，2001年，第211页。

圣埃克絮佩里的双重形象与在中国的解读

圣埃克絮佩里是中国读者非常熟悉的作家。中国读者对他的认识或理解过程，可大概分成两个阶段或两个方面。而这两个阶段或两个方面的接受与翻译的过程，同评论家和译者对圣埃克絮佩里作品的评介是紧密相连的。中国读者对圣埃克絮佩里作品的阅读、理解与接受，有一个发展和变化的过程。本文试图探究圣埃克絮佩里双重形象形成的原因，并就圣埃克絮佩里作品在中国的解读做一梳理并解析。

一、圣埃克絮佩里的双重形象与理解

圣埃克絮佩里是个战士，也是个作家。对于这一两者兼有的形象，无论是法国读者，还是中国读者，基本都是认同的。但是，翻译的接受与接受的社会文化语境紧密相连，中国对于圣埃克絮佩里的接受，是动态的。在第一个阶段，读者偏重的，是作为英雄飞行员的圣埃克絮佩里；而在第二个阶段，则是作为"小王子"化身的作家圣埃克絮佩里。

在法国，圣埃克絮佩里作为一个作家，评论界与一般读者所看重的，既有一致的地方，也有不同的地方。两者看法一致的，是圣埃克絮佩里的双重形象，而不一致的，特别是主流小说评论界与一般的读者相异的地方,就是前者比较看重《夜航》等前期作品,而后者则偏重于《小王子》。这一情况在中国也基本一致。

米歇尔·莱蒙在其编撰的《法国现代小说史》中,将圣埃克絮佩里列入"描绘人类境遇"的小说家之列,与塞利纳、马尔罗、贝尔纳诺斯、蒙泰朗和阿拉贡等作家在 20 世纪 30 年代"确立了自己的声望,取代了过去那些大师的地位"。他指出:

> 这些作家并不怎么关心使读者得到消遣娱乐,只是企图去影响他们的思想。他们在自己的作品中提出了某种生活的方式。精神和道德的内容在他们的小说中占据了首要地位。他们笔下的人物与其说是社会典型人物的代表,毋宁说是种种价值的具体化身。小说本身要成为一种行动,而不是一种描写。[①]

对于圣埃克絮佩里的创作,米歇尔·莱蒙在其著作中列举了他的《南方邮航》《夜航》《人的大地》和《空军飞行员》等四部作品,并做了分析,但对《小王子》却只字未提。米歇尔·莱蒙的这一选择无疑是具有某种倾向性的,他看重的是作为小说家的圣埃克絮佩里对于小说艺术的贡献,而不是作品在普通读者之中产生的共鸣。为此,他特别强调圣埃克絮佩里的创作关键,"已不是去虚构一个假想的世界,而是使读者去体验作者亲身经历过的感受,使他们进入人生的崇高境界"[②]。于是,在圣埃克絮佩里的作品中,经历、行动与叙述结为一体,而从中所要凸现的,是人类应该正视的

---

① 米歇尔·莱蒙:《法国现代小说史》,徐知免、杨剑译,上海译文出版社,1995 年,第 293 页。
② 米歇尔·莱蒙:《法国现代小说史》,徐知免、杨剑译,上海译文出版社,1995 年,第 295 页。

生存方式,在道德与精神的层面得到升华。

　　米歇尔·莱蒙的评价是从小说创作的倾向出发的。中国的法国文学研究界对米歇尔·莱蒙的这一看法在很大程度上是认同的。无论是江伙生与肖厚德合著的《法国小说论》,还是郑克鲁著的《现代法国小说史》,都给了圣埃克絮佩里相应的位置。《法国小说论》为圣埃克絮佩里专辟一章,对圣埃克絮佩里的生平与创作情况进行了简要的评述,其中详述的还是圣埃克絮佩里的飞行经历和与之相关的创作成果。与米歇尔·莱蒙不同的是,江伙生和肖厚德选择了《夜航》与《小王子》两部书作为圣埃克絮佩里的代表作加以重点评介。在评介中,两位作者特别强调法国文学界对圣埃克絮佩里的评价:"在不少教科书、文学史和小说史中,圣-戴克絮佩里都被列为'人类处境小说家'之列,认为'从那时起,他便提倡为适应时代的要求而创造一种英雄主义'。这就是,面对严酷的大自然,人类应该克服自身的弱点,特别是内心(情感)的弱点。"①在江伙生和肖厚德看来,《夜航》便是创造这一种"英雄主义"的尝试。对于《小王子》,《法国小说论》的作者则采用法国文学史家雅克·勃来纳的观点,认为《小王子》的"主题是友谊和驯化人类的艺术"②;同时,他们强调《小王子》是"一部呼唤人类友谊的小说"③。

　　郑克鲁的《现代法国小说史》是一部关于法国现代小说发展、演变的系统性著作,一方面,他从时间的角度,将 20 世纪两端的小说家分为"跨世纪小说家"与"新一代小说家";另一方面,他又根据小说家的创作倾向和特点,将他们的创作分为"意识流小说""长河小说""心理小说""社会小说""乡土小说""超现实主义小说""存在主义小说"和"新小说"等。在他的这部著作中,他把圣埃克絮佩里

---

①　江伙生、肖厚德:《法国小说论》,武汉大学出版社,1994 年,第 322 页。
②　江伙生、肖厚德:《法国小说论》,武汉大学出版社,1994 年,第 325 页。
③　江伙生、肖厚德:《法国小说论》,武汉大学出版社,1994 年,第 323 页。

的作品归入了"社会小说"之列。郑克鲁从"生平与创作""小说内容"与"艺术特点"三个方面对圣埃克絮佩里进行了评价。他认为"安东尼·德·圣艾克絮佩里是法国 20 世纪上半叶的现实主义小说家,他以独特的题材征服了广大读者,在小说史上占据了一个突出的地位"①。关于圣埃克絮佩里的生平,郑克鲁与江伙生和肖厚德的介绍基本是一致的。与《法国小说论》不同的是,郑克鲁力图在总体上把握圣埃克絮佩里的创作内容与特色。就其创作内容而言,郑克鲁归纳了三点:一是"圣埃克絮佩里的小说描写了飞行员的生活,给人们展示了飞行员惊险多变、生死莫测的职业和勇敢大胆、进取开拓的精神"②;二是圣埃克絮佩里"力图表达深邃的哲理。他提倡责任感,要阐明一种行动的哲学。圣埃克絮佩里的全部作品,从《夜航》至《城堡》,都对行动作出道德上的辩解"③;三是"圣埃克絮佩里的小说充满了人道主义精神"④。郑克鲁对圣埃克絮佩里的这三点评价,与米歇尔·莱蒙的观点明显是一种呼应。米歇尔·莱蒙强调"精神和道德的内容"在马尔罗、蒙泰朗、圣埃克絮佩里等小说家的作品中"占据了首要位置",且"小说本身要成为一种行动",郑克鲁在其评析中,突出的也正是"精神""道德"与"行动"这三个层面。

李清安是国内对圣埃克絮佩里进行过较为全面与深入研究的重要学者,他编选的《圣爱克苏贝里研究》⑤收录了王苏生翻译的《南线邮航》、马振骋翻译的《人的大地》、马铁英翻译的《战区飞行员》(节译)和肖曼译的《小王子》。还收录了"圣爱克苏贝里杂文选",其中包括《给一个人质的信》(马铁英译)和《城堡》(葛雷、齐彦

---

① 郑克鲁:《现代法国小说史》,上海外语教育出版社,1998 年,第 327 页。
② 郑克鲁:《现代法国小说史》,上海外语教育出版社,1998 年,第 331 页。
③ 郑克鲁:《现代法国小说史》,上海外语教育出版社,1998 年,第 335 页。
④ 郑克鲁:《现代法国小说史》,上海外语教育出版社,1998 年,第 336 页。
⑤ 李清安编选《圣爱克苏贝里研究》,中国社会科学出版社,1992 年。

芬节译）。此外，他还收录了罗歇·卡佑阿的《〈圣爱克苏贝里文集〉序言》和玛雅·戴斯特莱姆的评论《面对评论界》。李清安在《编选者序》中对圣埃克絮佩里的创作的独特价值和思想倾向进行了探讨，并加以肯定，其中有两点意味深长，需要特别关注。

第一点涉及圣埃克絮佩里作品的独特性。李清安指出，圣爱克苏贝里"对人类的贡献并不止于飞翔，他还作为一个作家在飞翔中体验了人生，探求并且表达了由此得来的独特的哲理。[……]崇尚行动，塑造'超人'，这一点圣爱克苏贝里与海明威确乎相似。但是，只要做更进一步的分析，我们就会发现，圣爱克苏贝里作品的思想内涵比《老人与海》等名作有着更深更高的哲学意味。圣爱克苏贝里在自己的创作历程中，始终不是注重故事的陈述，而是着力于表现自己独特的感受，并且更多是阐发某种人生哲理。比较起来，他的作品甚至不如他本人的经历更富情节性。他的特色、他的价值以及他所引起的争论，盖源于此"①。西方评论界有人将圣埃克絮佩里称为"会飞的康拉德""空中的海明威"。李清安强调圣埃克絮佩里有别于康拉德和海明威，其独特性表现在作品的"行动性"大于"途述性"，由此而揭示的精神与蕴含的价值更具影响。不过，他认为圣埃克絮佩里作品的思想内涵高于、深于《老人与海》，这一步值得商榷。

第二点涉及对圣埃克絮佩里所倡导的"英雄主义"的理解。法国评论界对圣埃克絮佩里的"英雄"与尼采的"超人"之间的关系有着不同的观点。赞扬者认为前者的"英雄主义"有着独特的含义，责难者认为圣埃克絮佩里的"英雄"与尼采的"超人"一脉相承。如在 20 世纪 70 年代，法国社会出版社出版的《法国文学史》就以激烈的口吻指出："由于圣爱克苏贝里认定行动的领域和义务与幸福的

---

① 李清安编选《圣爱克苏贝里研究》，中国社会科学出版社，1992 年，第 4 页。

领域是正好吻合的,所以他的道德观与尼采及其信徒们的道德有着危险的近似之处。不幸的是,众所周知,不久以前就有过血的教训,如果不惜任何代价去扮演'超人'或'英雄',将会导致何等卑鄙无耻的恶果"①。针对这一观点,李清安援引萨特的思想,提出"要能正确地理解一个思想,那就必须起码把握思想和作品的整体,把握'其文'与'其人'的关系"②。李清安指出:"圣爱克苏贝里的作品中着意强调行动对实现人的价值的重要意义,却很少表明人所突出的是一种什么价值。这颇有些'只管耕耘,勿问收成'的意味。但是应当承认,他作品中的人,都是有着具体的行动指向的,诸如开辟航线,架设桥梁,反对法西斯等等。"鉴于此,虽然年轻时圣爱克苏贝里对尼采的"超人"之说有着共鸣,但"无论从具体内容,还是从社会效果看,圣爱克苏贝里的'行动哲学'与尼采的'超人哲学'均有本质不同。代表邪恶势力的法西斯纳粹曾从尼采那里找到了理论依据,却没有也不可能从圣爱克苏贝里的著作中捞到任何好处"③。他相信,为进步和正义事业而战,并为维护人的尊严而呼唤的圣爱克苏贝里将真正留在人类的记忆之中。④

李清安的观点具有相当的代表性。从他的《编选者序》中,我们发现,他所关注的,主要是圣埃克絮佩里的思想价值与精神导向。他所分析的作品,也主要是体现圣埃克絮佩里"行动哲学"的《夜航》和《人的大地》等。而对《小王子》,与法国的米歇尔·莱蒙持一样的态度,基本上没有提及。

文学评论家对圣埃克絮佩里的关注与普通读者对之的关注具有明显的不同点。不管在西方,还是在东方,圣埃克絮佩里对于读

① 李清安编选《圣爱克苏贝里研究》,中国社会科学出版社,1992年,第9页。
② 李清安编选《圣爱克苏贝里研究》,中国社会科学出版社,1992年,第9页。
③ 李清安编选《圣爱克苏贝里研究》,中国社会科学出版社,1992年,第9—10页。
④ 李清安编选《圣爱克苏贝里研究》,中国社会科学出版社,1992年,第10页。

者的影响,主要集中在被评论界所忽视的《小王子》上。就圣埃克絮佩里在中国的影响而言,李清安、郑克鲁、江伙生、肖厚德的观点固然起到了一定作用,但真正引起广大读者共鸣的,则是随着译本一起进入中国文化语境,走向普通读者的"副文本"。

二、《小王子》的中国式解读

翻译是一种历史的奇遇。虽然在中国存在种种质量低劣的译本,但值得庆幸的是,圣埃克絮佩里在中国不乏知音。首先是他遇到了优秀的译者,如汪文漪、马振骋、胡玉龙、吴岳添、周克希、郭宏安、黄荭、黄天源等。他们有着丰富的译事经验,更有着严谨的译风。在与圣埃克絮佩里的相遇中,他们不断接近圣埃克絮佩里,一步步加深对他的理解。在考察一个作家在国外的翻译与接受情况时,译者的介绍与评论值得特别注重。安妮·布里塞在《翻译的社会批评——1968—1988年间在魁北克的戏剧与他者》一书中指出:

> 我们首先要探究的是编辑机制是如何垒造"异"之形象的。为此,我们要对副文本进行研究,所谓的副文本,就是与出版的译本结合在一起的序、后记、生平介绍、评介以及插图,因为插图也是文本性的另一符号形式。①

从我们手中掌握的一些材料看,对于圣埃克絮佩里在中国的评介以及圣埃克絮佩里在中国之形象的形成,安妮·布里塞所说的副文本确实起到了非常重要的作用。随着译本出版的序言和译后记,往往为普通读者起着导读的作用。这些文字或介绍作者的

---

① Annie Brisset. *Sociocritique de la traduction*: *Théâtre et altérité à Québec* (*1968 - 1988*). Montréal:Les éditions du Préambule,1990.

生平与创作经历,或探讨作品的结构与写作特点,或译介作品的主题、思想与价值,对普通读者了解作者,理解作家起着直接的影响作用。何况普通读者在阅读正文之前,往往会先阅读序言、后记或相关的介绍文字。在这个意义上,副文本对于读者而言,就成了读者认识作者,形成作者或文本之"形象"的先入为主的影响要素,其作用不可低估。

在翻译圣埃克絮佩里的众译者中,马振骋是非常突出的一位。他翻译了圣埃克絮佩里的《夜航》《人的大地》《空军飞行员》《小王子》和《要塞》(一译《城堡》)等主要作品。作为翻译者,马振骋对圣埃克絮佩里的理解角度与深度与一般的研究者或评论者有着明显的区别。首先是马振骋几乎翻译了圣埃克絮佩里的全部作品。翻译,在某种意义上,是理解与使人理解。译者对于一个作家的理解与评价,主要的功夫是用在文本上的。马振骋对圣埃克絮佩里的评价,也主要是从文本出发,而不是根据国外评论者的观点,再加上中国长期以来形成的作品分析模式,从生平到思想再到写作特色的路径进行评价。其次,马振骋对圣埃克絮佩里的评价,不是从观念出发,而是善于从作品的字里行间去把握作者的思想脉搏,触及作品的深层,领悟其奥妙之处,进而评价其精神价值。他以译本的前言、序言和读后感等多种副文本的形式,发表了一系列解读圣埃克絮佩里作品的文字,这些文章随着译文的大量发行而广为流传,一些精彩的篇什还发表在国内较有影响的报纸杂志上,如《背负青天,看人间城郭——圣埃克絮佩里生平与作品》(《外国文学季刊》1982年第1期)、《圣埃克苏佩里与〈小王子〉》(人民文学出版社《小王子》中译本前言,2000年)、《小王子,天堂几点了——圣埃克苏佩里的〈夜航〉与〈人的大地〉》(《中国图书商报》,2002年,后收入马振骋的《镜子中的洛可可》一书,上海社会科学院出版社,2004年)、《圣埃克苏佩里的〈小王子〉生在纽约》(《译文》2002年第1期)

和《逆风而飞的作家——圣埃克苏佩里和〈要塞〉》(《文景》2003 年第 4 期)等文章。仅从上述的文章名看,马振骋对圣埃克絮佩里的研究是与翻译紧密相结合的。早期的文章主要是对圣埃克絮佩里的整体评价,后期则结合翻译的文本,重点就作品本身展开讨论。作为译者,马振骋特别重视与读者的交流与对话,读他的评介圣埃克絮佩里的文字,看不见观念性的评说、难解的术语,有的是质朴但深刻的见解,不知不觉中会跟着他的指点,渐渐走近圣埃克絮佩里的世界。在这个意义上,一个好的译者对于作者而言,无疑是个福音,因为优秀的译者,将有助于拓展作者的生命空间。

像马振骋一样,翻译圣埃克絮佩里作品的其他一些译者也大都以序言或译后记的形式,将自己对圣埃克絮佩里的认识与理解形成文字,与读者进行交流。如周克希,为《小王子》的初版(上海译文出版社,2001 年)和再版(上海译文出版社,2005 年)都写过译序,他在序中以清新而简洁的文字,与读者谈圣埃克絮佩里其人其文,还与读者谈理解与翻译圣埃克絮佩里的甘苦,还把"apprivoiser"一词的翻译当作一个"有待解决的问题",向读者求教,从而拉近了与读者的距离。又如黄荭,在翻译了圣埃克絮佩里的妻子龚苏萝·德·圣埃克絮佩里写的《玫瑰的回忆》(上海译文出版社,2002 年)后,被龚苏萝和圣埃克絮佩里的故事打动了,征服了,心中挥不去龚苏萝心中那个"小王子"圣埃克絮佩里的形象,"知道自己终有一天也会把《小王子》占为己有"[①],而这种占有,便是由忘情地阅读圣埃克絮佩里开始,到组织《圣埃克絮佩里作品集》的翻译,再到自己翻译《小王子》,为中文版《小王子》画插图。在她写的《小王子》译后记中,我们看到的,不是有关"精神""道德"与"行动"的评说与判断,而纯粹是从一个普通"读者"(译者在某种

---

① 黄荭:《译后记》,见圣埃克絮佩里,《小王子》,黄旭颖译,江苏教育出版社,2005 年。

意义上就是"读者")的角度,以敏感而有些惆怅的笔调,把读《小王子》,当作分享"人生一次灰色的感悟"的过程,且伴随着"对成长过程中失去纯真的一份痛惜"。这样的译后记,它作用的,不再是读者的心智,而是读者的情怀。

通过译本的副文本,让译本走近读者,再吸引读者走进作者的世界,译者、读者与作者因此而形成了一种互动的关系,为圣埃克絮佩里在中国的传播起到了积极的推动作用。特别是《小王子》一书,有的版本不仅有译序,还有导读。还有的出版社,还借助名家的影响力,请名家为译本作序,如周国平就为中国友谊出版公司胡雨苏的译本(2000)写过译序。中国友谊出版公司的译本出自胡玉龙之笔,胡雨苏是其笔名。胡玉龙长期从事法语语言文学的教学与研究。早在1981年,他的译本就在中国少年儿童出版社出版,后来他的译本又被收入郭麟阁先生与文石选编的《法国中篇小说选》下册(中国青年出版社,1985年)。对于《小王子》,胡玉龙有独特的理解,他对《小王子》的象征意义的研究很有深度,曾以《〈小王子〉的象征意义》为题将其研究心得发表在《外国文学评论》1998年第1期上。2000年,中国友谊出版公司选择了胡玉龙的译本,邀请在中国读者中具有重要影响力的周国平写序。优秀的译本加上具有影响力的学者写的译序,引起了广泛的反响,为圣埃克絮佩里赢得了无数的中国读者。

特别需要关注的是,《小王子》的这些副文本通过因特网这一强大的媒介,为《小王子》在中国的传播起到了不可忽视的作用。通过百度搜索引擎查询,《小王子》的条目竟高达3840000条(2006年9月17日查询)。不少出版社、书店,还有网民,在网上开辟讨论区,围绕对《小王子》的认识与理解展开热烈的讨论,使《小王子》的传播一步步扩大、深入。那么,在中国读者的眼里,《小王子》到底意味着什么呢?

在 elong 网上，我们读到了一篇署名为陈建忠的文章，文章的题目叫《沉重的童话——重读〈小王子〉》。他在文中这样写道：

> 已然被译成五十多国文字的《小王子》，据称，它还是本世纪以来全世界阅读率最高的第三本书（第一是圣经，第二是可兰经），而光是国内，就有不下十种译本以上。看到市面上如此多的《小王子》译本，我经常都会翻阅他们对圣艾修伯里文学的介绍，不过每每还是会为国内贫瘠的阅读文化而感到不满。可以确定的是，无论出版商或译者、导读者，都只让读者停留在将作者视为一个童话作家，或者，充其量是一个喜欢飞行的作家这样的印象上，而这远不是圣艾修伯里在二十世纪法国文学史中的评价。

陈建忠的这篇文章不知写于哪一年，《小王子》也不知是否如他所说"被译成五十多国文字"，他对"国内贫瘠的阅读文化而感到不满"，对出版商或译者、导读者的质疑，也不一定完全在理，但他的那篇文章实实在在地说明了他想深入了解圣埃克絮佩里的努力。在上文中，我们说过，专业评论者和读者对圣埃克絮佩里的评价有一定差别。这里，我们将目光集中在《小王子》上，看一看在我们中国，评论者、译者、学者和普通读者是如何看《小王子》的。

1. 对《小王子》的政治性解读。江伙生与肖厚德是比较看重《小王子》的评论者的。在他们合著的《法国小说论》中，他们对《小王子》有如下一段评说：

> 圣-戴克絮佩里是一位反法西斯斗士，他在反法西斯战斗的间隙中，创作了《军事飞行员》这样的战斗檄文般的反法西斯小说；但圣-戴克絮佩里更多地是一位人道主义小说家，他

的人道主义一方面如《夜航》中所体现出的冷峻的英雄主义,认为为了战胜大自然这个人类的劲敌(从某种意义上讲),就不能感情用事;人类中个别个体的牺牲是必要的,是人类必须忍受的;另一方面如在《小王子》中,圣-戴克絮佩里的人道主义则体现为一种"一体主义",认为不仅仅应该战胜和揭露法西斯的罪恶,更重要的是用伟大的人道主义精神去反对法西斯的野蛮行径。在《小王子》中,作者喻示了这样一个真理,即人不能绝对孤立地生活,个人需要和他人相互依存。小说中出现的狐狸,它需要人类(实为他人)的友谊,也希望他人需要自己的友谊,甚至那朵本来清高孤傲的玫瑰,也希望得到他人的"收养"和需要"收养"他人。①

结合圣埃克絮佩里的人生经历,解读其《小王子》的内涵,是国内评论界常见的一种方法。在《小王子》中读出"反对法西斯的野蛮行径",是这种解读途径的必然结果。

2. 对《小王子》的主题性解读。张彤在《外国文学评论》1995 年第 4 期上发表过一篇题为《法国作家笔下的第二次世界大战》的文章,文章中她对圣埃克絮佩里的《夜航》《人的大地》和《小王子》进行了分析。关于《小王子》,她写道:

> 在美国出版家的建议下,圣埃克絮佩里创作发表了一部给成人看的童话,一部看似简单,实则高扬人类理性、尊严,高扬和平、博爱和人道主义的作品——《小王子》。[……]作者选择了童话作为载体,以一个天真未凿、形似自然之精灵的儿童的视角,将自己对于人类的理性与非理性、人的存在价值与

---

① 江伙生、肖厚德:《法国小说论》,武汉大学出版社,1994 年,第 324 页。

存在的荒诞性命运等问题的深刻思考,对于战争与和平、自由
与义务、文明与自然等问题的独特见解,以春秋笔法,深藏于
童话意象的底蕴之中。①

张彤对小说的价值的这番解读,不可谓不深刻。在文章中,她所提
炼的作品的主题与价值,有助于成年读者去更深刻地领悟作品的
内涵,对人类所生存的环境进行思考。

　　3. 对《小王子》的寓言性解读。《小王子》看似一部童话,但它
是给成年人看的童话,简单的故事后深藏着复杂的思考,简单的语
言后有着深刻的内涵。译者胡玉龙(胡雨苏)在他的那篇题为《〈小
王子〉的象征意义》的文章中,对《小王子》进行了寓言性的解析,试
图从中挖掘出丰富而深邃的象征意义。他认为,要解读《小王子》
的象征意义,需要特别注意以下三个方面的问题。

　　第一,"《小王子》中运用的象征是扎根于现实的。圣埃克絮佩
里以哲人的眼光来看待生活,以跨越时空的界限来研究长期积累
的、具有普遍经验的心理经验。这篇童话是作者从生活中提炼、升
华的人生哲学的集中表现",因此,他认为要解读《小王子》的寓意,
不能忽视《小王子》所扎根的现实。

　　第二,《小王子》的象征大都取材于生活,且为我们所熟知。需
要仔细揣摩,反复思考才能解读出其中的含义。他指出,若要领悟
书中蛇、狐狸、花、水与井等的寓意,应该把握列维·斯特劳斯所说
的"历史性横组合轴"与"共时性纵组合轴"。在这个意义上,解读
《小王子》,需要一定的理论指导。

　　第三,要解读《小王子》的象征意义,还要善于从作者所处的时
代背景和西方的文化传统角度去进行探讨。

----

　　①　张彤:《法国作家笔下的第二次世界大战》,《外国文学评论》1995 年第 4 期。

除了上述三点之外,胡玉龙还借用神话的叙述模式的解析方法,对《小王子》的叙事结构进行了分析。

4. 对《小王子》的感悟式解读。这一类的解读与上述三种解读方式有着明显的差别。它的特点是完全从文本出发,结合读者自身的经历,走进文本的世界,从中获得某种感悟。周国平为中国友谊出版公司的《小王子》所写的序中有这样一段话:

> 我说《小王子》是一部天才之作,说的完全是我自己的真心感觉,与文学专家们的评论无关。我甚至要说,它是一个奇迹。世上只有极少数作品,如此精美又如此质朴,如此深刻又如此平易近人,从内容到形式都几近于完美,却不落丝毫斧凿痕迹,宛若一块浑然天成的美玉。

> 令我感到不可思议的一件事是,一个人怎么能够写出这样美妙的作品。令我感到不可思议的另一件事是,一个人翻开这样一本书,怎么会不被它吸引和感动。我自己许多次翻开它时都觉得新鲜如初,就好像第一次翻开它时觉得一见如故一样。每次读它,免不了的是常常含着泪花微笑,在惊喜的同时又感到辛酸。我知道许多读者有过和我相似的感受,我还相信这样的感受将会在更多的读者身上得到印证。[①]

周国平不是作为哲学家,也不是作为专业的文学评论家来解读《小王子》的。他完全是以一个普通读者的身份来读《小王子》,谈他读《小王子》含着泪花的微笑、惊喜时的辛酸,谈他的种种感受与感悟。后来,他还写过一篇重读《小王子》的文章,同时是一篇感

---

① 周国平:《序言:法兰西玫瑰》,见圣埃克苏佩里,《小王子》,胡雨苏译,中国友谊出版公司,2000年。

悟性的文字。也许正是因为他以这种普通读者的姿态写下了充满真情实感的文字,才受到广大读者的格外青睐。应该说,周国平为《小王子》写的序,在中国读者中产生了巨大的影响。他的写作风格也被广大读者所效仿。网上有许多谈《小王子》的文章,都带有类似的散文化、随感式的印记。

有评论说:"《小王子》是自传,是童话,是哲理散文。它没有复杂的故事,没有崇高的理想,也没有深远的智慧,它强调的只是一些本质的、显而易见的道理,惟其平常,才能让全世界的人接受,也因其平常,这些道理都容易在生活的琐碎里被忽视,被湮灭,被视而不见。"①这段评说与我们在上面提及的第一种和第二种解读看似格格不入,但却揭示了《小王子》之所以为全世界读者所喜爱的根本原因之一。周国平希望"把《小王子》译成各种文字,印行几十亿册,让世界上每个孩子和每个尚可挽救的大人都读一读",因为"这样世界一定会变得可爱一些,会比较适合于不同年龄的小王子们居住"。② 全世界的人读《小王子》,当有各种各样的读法,也会有各种各样的感受。

在因特网上,我们在有关《小王子》的条目中,读到了一个"豆娘童话专栏",其中有豆娘发表的一篇文章,题目叫《走进〈小王子〉》,其中有这样一段充满感情的话:

> 《小王子》是那么的迷人,常看常新,每次都会不同的感受与不同的发现,但是,不变的是带给我内心深刻却淡然的感动,可以说,只要心中有爱,或至少是有过爱,就不会不为《小

---

① 黄荭:《译后记》,见圣埃克絮佩里,《小王子》,黄旭颖译,江苏教育出版社,2005年。
② 周国平:《序言:法兰西玫瑰》,见圣埃克苏佩里,《小王子》,胡雨苏译,中国友谊出版公司,2000年。

圣埃克絮佩里的双重形象与在中国的解读

王子》而动容。虽然作者说这是一部童话，但是看过之后就能明白这绝不仅仅是一部童话……短短几万字的语言，简单清新的童话小故事，一个那么忧伤的小王子，在我看来却是一个世纪来最触及人心底深处的作品，我们会发现，我们遗忘过那么多的撞击过心灵的事，我们忽略过那么的在乎着我们的人，当我们匆忙地活在成人世界里，我们应该庆幸，有《小王子》为我们打开了一扇门，一扇通往心底最纯净处之门。文学的最大魅力莫过于如此……可以说，《小王子》是童话的奇迹，更是文学的奇迹。①

豆娘的这段话，如果能传达到在另一个世界的圣埃克絮佩里，他一定会感到欣慰，一定不会再感到忧伤，因为"小王子"没有在地球上消失，他连同圣埃克絮佩里，永远活在读者心中，在中国，在全世界。

---

①　豆娘：《走进〈小王子〉》，http://www.dreamkidland.com/blog/more.asp? name＝douniang&id＝544。

我眼中的杜拉斯
——《杜拉斯文集》序

　　玛格丽特·杜拉斯,无疑是 20 世纪最有影响、最具个性、最富魅力的一位女作家。她在中国,在全世界都拥有广泛的读者。

　　杜拉斯的人生是复杂的,个性是鲜明的。她敢爱,敢恨;她经常绝望,却从不放弃过抗争,而是在抗争中获得欢乐,赋予生命绝对价值;她说写作是"一种死亡",她却在这种独特死亡方式中透现出顽强的生命力与无限的创造力;她是一个作家,但从不为艺术而艺术,而是以积极的"介入"和一腔的热情参加到各种社会、政治运动中去;她参加过抵抗运动,反对过阿尔及利亚战争,也曾投身于1968 年的"五月事件"。20 世纪下半叶在西方世界发生的一些重大事件,她几乎都以自己的方式"介入"过,经历过。

　　杜拉斯的追求是永远的。她从小有着反叛的精神,从不墨守成规,永不满足于传统,而是始终不懈地追求着独特性:独特的人生体验,独特的艺术表达。在她看来,她写过的任何一部作品,都是零,她永远是在努力地从零开始,突破自己的过去,塑造全新的现在。

　　杜拉斯的创作是多彩的。她在长达半个世纪的艺术创作中,为我们展现了一个多姿多彩的艺术世界。她的小说、戏剧、电影创作,她的评论,她的随笔,"熔小说风貌、戏剧情境、电影画面与音乐色彩于一炉",成了 20 世纪世界文学中一道独特的景观。

　　杜拉斯是有争议的。富于激情、好走极端的杜拉斯在法国拥有无数的崇拜者,也有众多激烈的反对者,读者阵营分成了"崇拜杜拉斯派"和"敌视杜拉斯派":前者赞叹杜拉斯勇于探索,标新立异;后者抨击杜拉斯否定传统,离经叛道。

杜拉斯的影响是广泛的。早在 20 世纪 50 年代初,她就以《抵挡太平洋的堤坝》赢得了广泛的读者,并角逐龚古尔文学奖。1984 年出版的《情人》,更为她赢得了巨大的荣耀,在法国,在整个世界文坛,无可争议地确立了自己的地位。据不完全统计,她的作品被译成三十多种文字,在全世界流传。著名传记作家劳拉·阿德莱尔认为,"她是当代法国最富创造性的杰出人物"。她死后,有关她的各种研究著作和传记不断问世,读者对她表现出了越来越浓厚的兴趣。无疑,她的影响不仅广泛,而且深远。

中国读者对杜拉斯是喜爱的,甚至有点偏爱,偏爱她的《情人》,她的《广岛之恋》。然而,在我们看来,人们对杜拉斯的认识才刚刚开始,还有待深化,有待丰富。感谢春风文艺出版社给我们提供了一个机会,向中国广大读者展示一个丰富而多彩的杜拉斯的世界。我们在这儿介绍的,是法国最负盛名的伽利玛出版社半个世纪以来出版的杜拉斯的二十二种作品,该文集网罗了杜拉斯从步入文坛到离开这个世界各个阶段的代表作,包括小说、电影、戏剧、随笔等各种形式的作品。为了帮助读者朋友更全面地了解杜拉斯,我们还从众多的杜拉斯传记中,选择了一九九八年荣膺法国菲米娜批评大奖的《杜拉斯传》,相信中国读者可以从中看到一个更丰满、更真实、更具个性、更富色彩的杜拉斯。

有评论说,杜拉斯作为一个女人,你可以爱她,也可以恨她,而作为一个作家,她的艺术魅力则无法抵挡,是不朽的。我们相信,杜拉斯将是永远不会被遗忘的。

(1999 年 8 月 8 日于南京大学)

品味文学翻译
——读《昂代斯玛先生的午后》有感

    跟着昆德拉,杜拉斯在中国开始了新的生命历程。上海译文出版社先行推出的七部作品中,有中国读者特别熟悉的《情人》和《劳儿之劫》(一译《劳儿之劫特》),可引起我特别注意的,是《昂代斯玛先生的午后》。

    《昂代斯玛先生的午后》是王道乾先生翻译的,据说译文最早发表在《外国文艺》上,以前我没有读过。读这部书的原文是在1998年,当时与在春风文艺出版社主持工作的安波舜先生合作,要推出十五卷的"杜拉斯文集",收录杜拉斯在伽利玛出版社出版的全部作品,包括小说、戏剧和随笔。小说写得非常别致,与《情人》的味道有些不太一样,开放的结构,空灵中带着绝望的笔调,还有小说一开始出现在昂代斯玛面前的那只棕色的小狗,看了让人难以释怀。作为"杜拉斯文集"的主编,我四处物色译者,希望能找到一个好译者,在读懂小说的基础上,把小说特有的那股味、那份情、那丝绝望表现出来。选定的译者胡小力是个敏感而有个性的才女,是周国强先生推荐的,译文也经过周国强先生的细心校对、推敲,可以说是又信且达的。这次收到译文出版社寄来的王道乾先生的译本,出于职业的习惯,自然格外地关注,迫不及待地拿出两个译本比较起来。

    初读,两个译本仿佛各有千秋,在某些段落的处理上,胡小力的文字似乎显得比较简洁,如果再认真对照一下原文,也许还可以在王道乾先生的译本中发现一两个所谓的"差错"。按时下的批评风气,能在名家的译文中找出几处"差错",那等于找到了不忠实的依据,既然连忠实都谈不上,还谈得上什么达与雅吗?可是,在我的印象中,王道乾先生是翻译大家,王小波写过《我的师承》,说王先生是诗人,"文字功夫炉火纯青","杜拉斯文章好,王先生译笔也好,无限沧桑尽在其中",还说过查良铮先生和王道乾先生对他的帮助,比中国近代一切著作家对他帮助的总和还要大。对王小波来说,王道乾先生翻译的《情人》"可以成为学习文学的范本"。王道乾与杜拉斯在中国的命运,就这样结合在了一起。就此,作家赵玫曾经动情地这样说过:"与杜拉一道我不愿忘记的,是那位同样已经故去的王道乾先生","他把杜拉翻译得至善至美","因为杜拉,我便也熟悉了王先生的译文。先生的文笔如此优美。他不仅翻译了杜拉的短句子,还翻译了她的灵魂。后来我格外偏爱王先生翻译的杜拉的小说。总觉得惟有王先生是和杜拉共同着生命"。面对王小波与赵玫,还有陈染、安妮宝贝等作家对杜拉斯对王道乾充满敬意的爱,我不情愿也不忍心按照时下的批评逻辑,挑出几个可以商榷的"差错",便匆忙地做出评价,做出评判,去伤害,甚至"亵渎"王道乾先生的英灵。可是,也许有人会理直气壮地喝问:王小波与赵玫不懂法文,他们凭什么说王道乾译出了杜拉斯的生命呢?对这个问题,我不想替两位作家作答。但是,细读原文,细细对照两个不同版本的《昂代斯玛先生的午后》,我对王道乾先生的翻译有了新的理解和感受。

王道乾先生的译文是"用来读,用来听,不是用来看的"。引号中的话是王小波说的。我十分认同他的观点。用情去读,才能读出节奏,读出韵味;用心去听,才能听出弦外之音,听出简单的文字背后所透出的希冀与绝望。如果编辑先生不嫌文章太长,我们不妨比较一下小说开头不久写狗的两小段文字：

"它转过头，发现有人在，竖起了耳朵。疲劳一扫而空，它打量着他，从它能跑遍山岭而不迷失方向的年纪起，恐怕就已经知道在房子前延伸的这片高地了。"①译文相当简洁，与原文贴得很近，行文也很通顺。再来读一读王道乾先生的译笔："它掉转头来一看，发现有人在，它的两个耳朵一下竖了起来。它已经跑得很累，这一来累也不见踪影了。它仔细打量着那个人。自从它长大可以满山跑来跑去，山上的来龙去脉都熟悉了解，屋前这个平台它当然是一清二楚的。"②如果以时下的浮躁风气，一目十行地去读，估计这两段文字是大可以略去不看的。可是，以王小波与赵玫这样的作家对文字的敏感，两种译文的差异恐怕可以感觉出是巨大的。在前一段文字中，"疲劳""迷失方向""年纪""高地"，用的词看去好像很准确，与原文一一对应，但若细细体会，发现这些从词典中取来的现成的词语，还没有在语境中恰如其分地安身立命，没有从语言的层次上升到富有个性的言语表达层面，读去没有什么"神"，没有灵魂；初看简洁的文字，细读起来明显缺乏动感，虽然有相当自然的文理，但没有横生的姿态。可王道乾先生的译笔之生动，还给了原文以"生命"，文字因此而有了灵魂。看来，文学翻译不仅要传达原文的"意"，更要再现原文的"味"。

意与味，是文学的生命所系。翻译一部文学作品，在"意"与"味"之外，还要特别留意作品的"神"与"气"。好的翻译作品，是有神的，气是贯通全文的。在此，我们不可能从文本出发，对《昂代斯玛先生的午后》的两个版本进行全面的比较，但这并不妨碍有心的读者去细读一下两个不同的译本，从整体效果的角度去感受一下

---

① 杜拉斯：《夏日夜晚十点半》，苏影、胡小力译，春风文艺出版社，2000年。见胡小力译《安德马斯先生的午后》，第117页。

② 杜拉斯：《昂代斯玛先生的午后》，王道乾译，上海译文出版社，2010年，第4页。

它们之间的差异。有评论家说:"玛格丽特·杜拉斯为我们展现了一个世界,在那里,文字比情节更有表现力,她把读者引入想象出来的圈套,一步步达到语言的极致,而话语则变成了她的个人天地,她唯一想居留的地方。"(克里斯蒂安娜·布洛-拉巴雷尔)翻译杜拉斯,不可避免要面对的是她独特的言语表达:杜拉斯对一个词的选择,对一个句式的使用,都有着明确的追求,是她对生命的独特诠释,因为小说独特的言语世界是她唯一想居留的地方,是她的生命所在。她的句子短且常有断裂,就像是一步一步向前,不时伴有停顿,去探询不可知的世界。王道乾先生对杜拉斯的文学生命的理解无疑是深刻的,不然,他在翻译中不可能那么专注于杜拉斯不时重复的词语和时常断裂的短句,从中,王道乾先生一定发现了杜拉斯小说中"清晰而模棱两可的最珍贵的秘密"。如是,我们才可能读到这样参透生命的译文:

"昂代斯玛先生前后左右完全处在静谧不动的森林包围之下,那房屋也是如此,整个的山岭也是如此。在树木之间,在浓阴密叶下,埋藏着各种声响,甚至他的女儿瓦莱丽·昂代斯玛的歌声也深深埋藏于其中。"①相比之下,另一个版本的译文少了原文中的重复,也少了原文中那股紧逼的气势,也可以说在某种意义上阻隔了原文的生命。译文是这样的:"树木静静耸立在安德马斯先生和房子周围,铺满了整个山岗。浓密的树林吞没了所有声音,也包括他的孩子瓦莱莉·安德马斯的歌声。"②在此,我们无意评判译文的高下,我们想提出的,只是以怎样的译笔才能更加接近杜拉斯,表现杜拉斯。对原文有了超越字面的深刻参悟,王道乾对杜拉斯的诠

---

① 杜拉斯:《昂代斯玛先生的午后》,王道乾译,上海译文出版社,2010年,第12页。

② 杜拉斯:《夏日夜晚十点半》,苏影、胡小力译,春风文艺出版社,2000年。见胡小力译《安德马斯先生的午后》,第121页。

释也可以说是深刻的，从一词一句，到整部小说，王道乾都努力以一种独特的话语样态，去诠释杜拉斯独特的文学生命。细读王道乾先生的翻译，我发现其最不同凡响之处，就在于他的翻译是一个整体，一个和谐的整体，一个富有生命律动的整体。时下有的翻译，不时也可见到精彩的译笔，但若从整体的效果去体味，会发现作品的质地不均匀，笔调不统一，常有断气的感觉。由此，我联想到时下的文学翻译评论的某种通病：往往抓住局部的微瑕，而否定整体的质量。在这一点上，不通外文的作家对译文的把握往往更为准确，因为他们善于去感觉整体的文学效果，去把握整体的文学生命。在这个意义上，王小波与赵玫对王道乾的爱便不是盲目的了，因为他们有着一颗敏感的心，可以感悟到文学翻译的生命所在。

对神话的批判

——读鲍德里亚的《消费社会》

在我们的小康文化之中,消费这个概念绝不陌生。消费乃是一个世界性的现象,正在以其不可抗拒的魔力,向社会的每一个细胞渗透,给自身创造了一个神话。这是一个怎样的神话?神话的背后潜藏着怎样的控制力量?它给社会和个人带来怎样的后果?法国社会学家让·鲍德里亚的《消费社会——其神话与结构》正是瞄准了消费社会这个神话,从社会学的角度,对其进行了深刻的剖析与批判。

让·鲍德里亚是法国著名的社会学家,蜚声西方学界。他的《物的符号体系》《生产的镜子》《仿真与拟象》《论诱惑》等一系列作品,都建立在他对当代世界生产与消费这两个涉及人类存在的重大主题的深刻而独特的思考之上。他的《消费社会》,更被称为"对当代社会学的一大贡献"(梅耶语),与涂尔干的《社会分工论》相提并论。

在鲍德里亚看来,传统的工业化社会是生产的社会,而当代则进入了消费社会。消费社会有一系列不同于生产社会的结构特征。在他看来:"消费是一种积极的关系方式(不仅于物,而且于集体和世界),是一种系统的行为和总反应的方式,我们的整个文化体系就是建立在这个基础之上的。"①在生产的社会中,消费行为是依据人的真实需求做出的,但鲍德里亚发现,在消费社会中,消费与人的真实需求没有关系,商品及其形象成为一个巨大的能指,不断地刺激人的欲望,进而使消费成为非理性的狂欢。当人类被物的世界所控制,被无法克制的欲望所左右,当我们整个文化体系赖以建立的基础失去灵魂的时刻,就不得不去重新审视与评价当今消费社会这个神话的功过了!

消费不仅仅是一种满足人类物质需要的行为,它所具有的也不仅仅是一种享受功能。在鲍德里亚看来,它是一个系统,是一种道德,是一种沟通体系,是一种交换结构。它所具有的,是一种社会组织的功能。人类一旦陷入对物的顶礼膜拜,就有可能在对物的享受中丧失自我。当大众传媒推波助澜,把消费当作人类的一种根本存在的目的时,消费所起的作用,必定是对人类精神的一种毁灭。当今消费观解放了人的欲望,看似是一场"人文革命",但若消费走向了极端,导致的将是人类的"异化"。

鲍德里亚从"物的形式礼拜仪式""消费理论""大众传媒、性与休闲"三个方面,揭示了消费之神话的产生原因与过程,分析了消费社会的深层结构。鲍德里亚的独到之处在于,他特别关注商品的符号性质。我们所消费的不仅是一个物质的产品,而且也是一个象征的符号。他的这个理论和德波"景观社会"的理论互相呼应,揭示了商品在消费社会的功能。他认为,大众传媒在消费社会中扮演了极其重要的角色。在书中,他剥去了传媒参与建造的这个神话的层层美丽的面纱,把一个恶魔般的世界赤裸裸地暴露在世人面前。贯穿在《消费社会》中的一个主题非常明确:"砸烂这个如果算不上是猥亵的,但算得上物品丰盛的、并由大众传媒尤其是

---

① 参见 Jean Baudrillard. *Le système des objets*. Paris:Gallimard, 1968.

电视竭力支持着的恶魔般的世界,这个时时威胁着我们每一位的世界。"①

鲍德里亚的话也许有点危言耸听。但我想,他不是要砸烂物质世界,而是想要世人从虚幻的消费神话中醒来,摆脱温柔的富裕的陷阱,在享受物质的同时,不要丧失精神的自由和创造力。这对那些非理性的疯狂消费来说,不啻是一种"棒喝"!

(2001 年 9 月 16 日于南京)

_____

① 让·波德里亚:《消费社会》,刘成富、全志钢译,南京大学出版社,2001 年。参见梅耶撰写的《前言》。

流亡之魂与知识分子的良知

——读托多洛夫的《失却家园的人》

对中国大陆文学界的大多数同行来说,茨维坦·托多洛夫首先是个文学理论家,或者说,托多洛夫仅仅是个文论家。在他发表的著作中,我们比较熟悉的有《巴赫金:对话原则》(1981)和《批评的批评——教育小说》(1984),这两部书都已经有了中文译本。《批评的批评——教育小说》是北京大学的王东亮主译的,第一版于 20 世纪 80 年代末与中国读者见面,被收入"现代西方学术文库",后又于 2002 年出了第二版。据文库编委会称,"文库所选,以今已公认的现代名著及影响较广的当世重要著作为主,旨在拓展中国学术思想的资源"①。看来,在主编者的眼里,《批评的批评》在某种意义上,可以说是托多洛夫的代表作。从文学批评探索角度看,托多洛夫确实是很有贡献的,《批评的批评》也的确标志着他的批评思想的确立,那就是基于对话之上的批评,名曰"对话批评"。王东亮认为,《批评的批评》,"叙述了托多洛夫本人的思想变化、成长过程,叙述了他是怎样从一个保加利亚'文学理论家'转变成形式主义者、结构主义者,又转变成对话批评的提倡者"②。若认真阅

---

① 见"文化:中国与世界"编委会,"现代西方学术文库",生活·读书·新知三联书店,2002 年,《总序》。

② 王东亮:《译后记》,见茨维坦·托多洛夫《批评的批评——教育小说》,王东亮、王晨阳译,生活·读者·新知三联书店,2003 年,第 199 页。

读《批评的批评》，再浏览一下他的《幻想文学引论》(1970)、《象征理论》(1977)、《象征与阐释》(1978)、《诗歌语义学》(1979)，我们对作为文学理论家的托多洛夫可以有个基本的了解，对他在文学批评领域所走的路、他的思想变化、他的理论贡献，也不难有个大致的评价。

但是，若我们对托多洛夫的了解仅仅限于他的文学批评领域，或更有甚者，仅仅限于他的几部已有中译本的著作，或干脆只局限于他的《批评的批评》，我们至少可以说，这样的了解恐怕是不完全的，是片面而又缺乏深度的。我们知道，托多洛夫于 1939 年生于保加利亚，1963 年定居法国，任法国社会科学研究中心研究员，自 1965 年出版他主编并翻译的《文学理论：俄国形式主义文论选》以来，已发表 30 多部重要著作。从时间上看，从 1965 年至 1988 年，他写的主要是有关文学批评的著作，除上文中我们已提及的之外，还有《结构主义是什么？》(1968)、《散文诗学》(1971)、《结构主义是什么？(诗学卷)》(1973)、《普鲁斯特研究》(1980)、《文学的概念及其他》(1987)。而从 1989 年开始，似乎在托多洛夫的研究中出现了一个极为分明的转折点。他的注意力开始离开了文学，离开了形形色色的文学批评流派，离开了文学理论思考，而投向了社会，投向了历史，投向了人类生活的境况。1989 年，他发表了《我们与他人》一书，该书以蒙田、狄德罗、卢梭、夏多布里盎、列维-斯特劳斯等著名作家、思想家关于人类关系的思考为基础，对民族的多元性与人类的统一性问题进行了独特的探索。在这之后，他陆续又发表了《历史寓意》(1991)、《面对极端》(1991)、《征服美洲》(1991)、《共同的生活》(1995)、《论滥用的记忆》(1995)、《占领时期的战争与和平》(1996)、《失却家园的人》(1996)、《未善园》(1998)、《恶的记忆与善的诱惑》(2000)、《个体颂》(2001)、《新的世界之乱——一个欧洲人的思考》(2003)等著作。这份书目还远远不是完整的。我们在此之所以不厌其烦，是因为通过这些书名，有心的读者不难看到，近几十年来，我们仅仅看作文学理论家的托多洛夫已经渐渐地变成了一个历史学家，一个思想家。他对人类社会与人类精神的深刻思考，他的强烈的批评精神，为他赢来了"人道主义使徒"的称誉。

在托多洛夫诸多的著作中，我们选择《失却家园的人》，把它推荐给广大的读者，应该说不是一种盲目的选择。理由有三：一是我们想通过《失却家园的人》，让读者朋友从相对熟悉的文论家托多洛夫身上看到他至今未为我们了解的一面；二是《失却家园的人》在托多洛夫众多的著作中虽然不能说是最有代表性的一种，但如果说《批评的批评——教育小说》给我们展现的是托多洛夫所走的文学批评之路，那么《失却家园的人》则在某种意义上给我们展现的是他的人生之路，其内涵更深刻，其具有的启迪意义更为丰富；三是《失却家园的人》这部书集中地体现了托多洛夫所写的有关社会、有关人类境况思考的著作的文风和情致——看似平常的叙述中涵藏着深刻的思考，犀利的笔触中饱含着宽容，激烈而不留情面的批判却透着深切而真诚的人文关怀。

《失却家园的人》于1996年由法国著名的瑟伊出版社出版，我是从一个法国朋友那儿听到这部书出版的消息的。那位朋友是法国《观点》杂志的文学部主任，她跟我谈起这部书时，似乎格外激动。在她看来，如今的作家大都关注面太小，思想也太浮浅，写的东西分量也就自然太轻。而托多洛夫则秉承了法国自蒙田以来体现在许多大作家身上的人道主义精神，如卢梭，如左拉，如法朗士，有着对人类状况的深深忧虑和真切的关怀。她认为托多洛夫的《失却家园的人》是一部有着特殊价值的好书。当我问她这部书到底有何特殊价值时，她说让我自己先好好看看，她还说其中有些内容，恐怕"有些人"难以接受。说"有些人"这几个字时，她的眼中分明闪过一束"挑战"的目光。

怀着好奇,我打开了这部"有着特殊价值"和"有些人"也许难以接受的书。一开始,我就被深深地吸引了:"很长一段时间里,我都是从梦中惊醒"。这个句子的结构,对法国文学的爱好者来说实在是太熟悉了。它出自普鲁斯特的辉煌巨著《追忆似水年华》的开篇第一句:"很长一段时间里,我都是早早就躺下了。"这是一个颇具魔力的句式:短短的一个小句,拉开了普鲁斯特绵长的记忆之闸门,成就了一部追忆逝去的时光,再现生命之春的洋洋几百万言的不朽名篇。有趣的是,相同的句式,相同的第一人称,而动作却完全相反:一个是"躺下",一个是"惊醒",形成了鲜明的对照。接着往下读,我们看到的不是期待中的"复杂、连绵、细腻的意识流动过程",不是长达数行,甚至数十行不中断的"意识流连环句",而是一个透着些许忧伤,含有几分恐惧的梦。

《失却家园的人》不像普鲁斯特那样从"躺下"开始,以复杂、绵长、多变的意识流,以声、色、味一应跃然纸上的描述,以妙趣横生的隐喻、双关,或近于戏谑的文学游戏,在近乎梦境的回忆中,为我们再现生命之春,而是以作者所走的一条真实的生命之路,以简洁有力的笔触,为我们展现了他人生驿站中最具代表性的几段路程。而这一切是以惊梦作为开端,由恐惧而转为清醒:清醒的回忆,清醒的思考,清醒的判断。这是一条清醒的人生之路。全书因此而分成了三个大部分,分别为《一个保加利亚的原住民》《一个法国公民》和《一个在美国的访客》,外加作为开篇的《往返》与作为结尾的《在巴黎》。

开篇的惊梦,不是一个普通人的梦,而是一个有过特殊经历的人才有可能做的梦,这是一个流亡者的梦:

很长一段时间里,我都是从梦中惊醒。虽然细节各异,梦境大致是相同的。我不在巴黎，而在故乡索菲亚；由于某种原因我回到了那里，咀嚼着重见旧友、亲人以及重返家园的快乐。接着，离别、返回巴黎的时刻来了，情况开始变糟。我已登上有轨电车，它应当载我驶向火车站（多年前，就是这列东方快车，带我从索菲亚启程，两天后，在四月的一个凄冷早上，将我投放在里昂站），就在这时，我发现车票不在口袋，大概落在了家里，可是，假如我回去拿票就会误车。或者，有轨电车遇到不知为何而闹事的人群，突然停下，乘客们纷纷下车，我也一样，我拎着一个沉重的手提箱，试图挤出一条路，但那是不可能的：人群牢不可破，那样淡漠，无法穿透。甚或，有轨电车到了车站，我已迟到，朝大门冲去；然而，刚刚跨过门槛，我发现这个车站只是个布景：另一边没有候车厅，没有乘客，没有铁轨，没有列车；不，我独自立在一个场景前，无边无际的是枯黄的草在风中折腰翻舞。或者，我乘坐由朋友驾驶的汽车从家里出发；由于时间紧迫，他决定抄近路；可是他走迷了，路越来越窄，越来越荒凉，直至消失在模糊不清的旷野中。

类似托多洛夫的这个梦，与他有过差不多相同经历的捷克人米兰·昆德拉也做过。不过有的梦更恐怖罢了。在《不能承受的生命之轻》中，昆德拉借主人公之一特蕾莎的名义，谈到了在一个封闭的游泳馆里二十来个赤身裸体的女人被——枪杀的噩梦。在2003年问世的法文版《无知》中，他又以主人公伊莱娜的名义，给我们描述了这样一个梦：

从流亡生活的最初几周起，伊莱娜就常做一些奇怪的梦：人在飞机上，飞机改变航线，降落在一个陌生的机场；一些人身穿制服，全副武装，在舷梯上等着她；她额头上顿时渗出冷汗,认出那是一帮捷克的警察。另一次,她正在法国的一座小城里闲逛,忽见一群奇怪的女人,每人手上端着一大杯啤酒向她奔来,用捷克语冲她说话,嬉笑中带着阴险的热忱。伊莱娜惊恐不安,发现自己竟然还在布拉格,她一声惊叫,醒了过来。①

若将托多洛夫的梦与伊莱娜的梦做一比较,确实如托多洛夫所说,虽然细节各异,但梦境大致相同:难以摆脱故乡和回归故乡的恐惧。据《无知》的途述者说,从东欧流亡到西欧的人,"都会做这样的梦,所有人,没有例外;一开始,伊莱娜为一群素不相识的人在黑夜中竟有这份兄弟情而感动。但后来又感到一丝不快:如此私密的梦中经历怎么能集体感受呢? 那独一无二的灵魂何在? 然而思考这些根本没有答案的问题,何苦呢? 不过有一点,是很清楚的,那就是成千上万的流亡者,在同一个夜晚,虽然梦境形形色色,但大同小异,做的是一个同一的梦。流亡者之梦:20 世纪下半叶最奇怪的现象之一"②。托多洛夫称这种梦是他个人的而又普遍的体验。以流亡者之梦这一 20 世纪下半叶最奇怪的现象之一为开篇,托多洛夫想要给我们讲述的便不仅仅是他个人的经历了。他想要以个人的经历为一条线,串起 20 世纪下半叶他所经历的某些重大历史事件,融入其个人的思考。托多洛夫感觉自己似乎一直生活在梦中:"在索菲亚,法国的生活变成梦境,醒来才知道已无法回去。在新的梦里,我时常发现自己说:'又是一个幽灵!'或者冷漠地说:'我是个幽灵,确切一点儿:一个鬼魂。'"他感觉自己被分裂成两半,每一半都不真实。为了找回真实的自我,他回顾自己所走的路,哪怕有时不堪回首,哪怕回忆是痛苦而又残酷的。

① Milan Kundera. *L'ignorance*. Paris:Gallimard,2003,p. 20.
② Milan Kundera. *L'ignorance*. Paris:Gallimard,2003,p. 21.

第一部分《一个保加利亚的原住民》就是一段痛苦的回忆。然而正是因了那痛苦而残酷的回忆,他才渐渐地有了深切的体悟和深刻的思考。他的思考是个性化的,他没有从哲学上或从政治上,从经济上或从社会学上对在索菲亚的那段生活进行描述与思考,而是以其亲身经历为基础,将笔触深入极权国家的国民意识深处,揭示他们对极权制度的印象。我们发现,在这一段人生历程中,他用得最多的一个词,就是"极权",而与之相关的有"集中营",有"囚徒"。在托多洛夫看来,在保加利亚的那段人生经历,使他对个人与群体的关系有了更深的理解。他对极权主义的表现方式,对极权主义的存在根源,对极权主义的危害,都一一做了分析。应该看到,他的矛头所指是明确的,那就是东欧的政治社会制度。他的批判是强烈的,却并不是情绪化的。字里行间漫延的不是一种仇恨的情绪,而是一种近乎冷酷的反思。为此,他并没有因为东欧极权政治的垮台而盲目地欢呼自由,盲目地拥抱所谓的公正。相反,他看到"当共产主义被抛弃之后,其他信仰纷纷再次粉墨登场,头上饰着'反对共产主义'的光环。其中有民族主义及其必然结果——排外主义,有种族主义,还有宗教狂热情绪"等。对后极权时代,他感到深深的忧虑:"人们本以为极权制度下人的道德水准已跌入谷底,可是在后极权时代里它竟会继续堕落。"为此,他呼唤真诚,呼唤信任,希望出现一个"社会民主高效,人人活得有尊严"的社会。

有没有可能出现这样的社会呢?托多洛夫在《失却家园的人》的第二部分中,给我们展示了在法国的所见、所闻、所思、所想、所感。在这一部分,托多洛夫翻开了历史的老账,以克拉夫琴科及胡塞诉讼案和图维耶诉讼案为例,指出"跟在俄罗斯和保加利亚一样,在法国,集中营的支持者从未受到任何惩罚"。在他看来,意识形态往往起着滥用记忆、曲解历史的作用,左右着人们的选择,"种族仇恨,对个人权利的践踏……痛苦死去的无辜就是这样选择的最终的结果"。为此,他以蒙田"我知道什么"的拷问,试图从两桩诉讼案的深层探究种族仇恨存在的根源,更以左拉式的"我控诉",勇敢地呼吁知识分子的良知。为此,他对一个称职的知识分子作了界定:"知识分子是一个科学家或艺术家(包括作家),他们不仅仅从事科学或艺术创作的活动,进而为真理的探索与美的进步做出贡献,而且关心公共利益,关心社会价值准则的演变,因此积极参与有关价值准则的讨论。"按照这一定义,在托多洛夫看来,"如果艺术家或科学家不关心自己的作品或成果的政治及伦理意义,那么,他们跟不创造作品或成果的传教士或职业政治家一样,都不是知识分子"。看来,托多洛夫在这一点上与萨特有着共同之处,那就是主张"介入"。就此,他在"知识分子政治"那一节中做了明确的表态,对知识分子的立场、责任进行了探讨,也对知识分子的两难做了独特的分析。进而又对自由问题做了别具一格的剖析。"我们要求享有更多的、绝对的自由。"提出这样的要求合适吗?托多洛夫明确指出:"如果作家们要求享有在任何场合下发表任何言论的权利,这就意味着他们放弃对自己的言论承担责任。"一个知识分子,应该感觉到公共利益的变迁与自己息息相关,应该渴望与公民对话,而不应满足于他们的崇拜:"这就意味着自由与权利需要责任与义务来加以平衡。""极权"必然通往恶,而"自由"却并不必然通往善,一旦"自由"失控,必然又会走上自己的对立面:牺牲他人自由的极权。为此,他又呼吁民主,呼吁对话。在他看来,"政治与文学对真理有着共同的理解:真理不是独断的肯定,而是对话的结果"。不难看出,托多洛夫在《批评的批评》一书中明确提出的对话批评在这部书中得到了延伸,内涵变得更为深刻:提倡对话,这在今日不断加快的世界一体化的进程中,对消解民族间的冲突,维护世界文化的多样性,其重要性是不言而喻的!

《一个在美国的访客》似乎又把我们的目光拉回到了文学。托多洛夫以一个访客的身份,对20世纪80年代美国学术界的转型做了分析。为此,他以简洁的笔触,将此前的美国文学批评思潮做了一番回顾与评价:后结构主义、实用主义、马克思主义批评以及批判人道主义,这些思潮都与某种价值标准有关。从中,我们可以隐约地看到种种文学批判思潮在充当伦理裁决者的同时,很有可能成为政治的同谋,沦为极权的工具。

托多洛夫转而又把注意力从文学批评思潮投向了人文科学。知识分子应如何定位?在围绕人文科学地位的讨论中,美国的高校又发出了怎样的声音?对托多洛夫来说,关注人文科学,是关注民主价值准则的一部分,也是人们思考民主的未来不可回避的重要问题。在这里,类似于"差异""个人价值""多元化""自由意志"这些关键词的出现也就不可避免了。从全书看,托多洛夫似乎并不忙于对这些关键词做出结论式的判断,而是以其个人的思考来影响,来激发更多的人与他共同思考,与他一道探索。

至此,从我们对全书的简要评述中,读者朋友也许已对这部书的"独特价值"和"有些人"难以接受的原因已经有所理解。在我们看来,其"独特"在于作者独特的经历、独特的思考和独特的心得。书中有一段意味深长的话很能说明问题:"失却家园的人,失却了生活环境、社会地位还有祖国,刚开始是痛苦不堪的;和亲人一起生活要愉快得多。然而他却可以从自己的经历中获益。他学会不再将现实与理想、文化与天性混为一体[……]现在,我意识到,从索菲亚来到巴黎,我明白了相对和绝对这组概念。相对,是因为我知道了在我的祖国所发生的不应该在各处发生。绝对,是因为我在一个极权体制中成长,它在任何时候都是我衡量丑恶的标准。'什么都一样'的相对主义和非黑即白的绝对主义,它们亦敌亦友,而我在道德评判过程中对它们均无好感,原因大概在此。"至于其难以接受,恐怕在于人们往往没有勇气面对赤裸的历史,面对赤裸的真理。对托多洛夫的观点，我们并不完全认同。但对他直面历史的勇气，对他对人类命运的关切，对真理的执着探索，哪一个有社会良知的知识分子会不表示钦佩呢?

（原载《跨文化对话》2004 年总第 15 期）

在善恶之间:人性与魔性的交织与倒错
——读图尼埃的《桤木王》

十年前翻译《桤木王》[①],小说的情节已经有些模糊,但书中那个"负载着人性的"魔鬼形象至今挥之不去,而关于善恶的追问一直纠缠着我的神经。近日再读《桤木王》,试图结合小说的主题与创作手法,就小说所揭示的深刻寓意和图尼埃的思想倾向做一探讨。

一、征兆与寓言

《桤木王》是法国作家米歇尔·图尼埃的代表作,发表于 1970年,小说选择的是世界文坛反复诠释和观照过的"二战"题材,作者以独特的视角,犀利的笔触,富于象征的手法,在作品中融入了自己对世界、对战争、对人性的深刻思考。小说一问世,便激起了广大读者的强烈共鸣,荣膺了当年的龚古尔文学奖。

打开小说,我们首先看到的,是小说主人公阿贝尔·迪弗热用左手写的一段文字:

你是个吃人魔鬼,拉歇尔常对我说。一个吃人魔鬼?就

---

① Michel Tournier. *Le roi des Aulnes*. Paris:Editions Gallimard,1970.

是说一个在时间的深夜出现、浑身充满魔力的怪物？对，我相信自己的魔性，我的意思是说那种隐秘的默契，它将我个人的命运与事物的发展深刻地结合起来，并给我命运以力量，让事物顺应我的命运发展。[①]

小说一开始，"吃人魔鬼"这四个符号便清晰地闪现在读者的眼前。如果说主人公认同"吃人魔鬼"这一人生角色，那么他的命运，便是"魔鬼"的命运。然而，是怎样"隐秘的默契"，是什么神秘的力量，将魔鬼的命运与事物的发展深刻地结合起来，赋予其力量的呢？

我们特别注意到，小说开头的那段文字写于1938年1月3日，也就是说小说从德国法西斯开始进犯与吞并奥地利，燃起世界大战战火之时，写到1945年3月苏联军队攻入德国本土，法西斯德国面临全线崩溃和末日来临之际，涵括了整个"二战"时期。而正是在这个大的背景之下，小说展示了迪弗热的人生轨迹。

如果不直接进入文本，回过头来看一看小说的目次，可以发现在小说的六个章节中，有两个章节打上了"吃人魔鬼"的名字。1994年安徽文艺出版社的中译本有一作品简介，简介中有这样一段文字："阿贝尔·弗迪热，一个汽车库老板，在第二次世界大战被征入伍。在战争中，他自身的嗜血的魔力般的直觉本能得到了发挥，这种超然之力使他变得像瘟疫一样，把痛苦和死亡带给所有健康的、美丽的生灵。在法国军队，他总能捕捉到珍稀的鸽子；在战俘营，他总能搜捕到优秀的少年，他把所有这些无辜的生命统统拉进战争，最后成为纳粹政训学校卡尔滕堡的吃人魔鬼。"作品的简介是具有概括性的，对读者的阅读与理解起着某种"钥匙"的功能。

---

① 米歇尔·图尼埃：《桤木王》，计钧译，上海译文出版社，1999年，第1页。

在作品简介、小说目录和小说开头一段,"吃人魔鬼"这四个字反复出现,在某种程度上无疑为读者的阅读起到了一个先入为主的作用,将弗迪热的形象定了格,定了位。

　　然而,与读者的期待相反,在《桤木王》这部作品中,我们几乎看不见刀光剑影,也听不见杀声震天,凶残的战争杀戮场面似乎也不在作者视野之内。迪弗热呈现给读者的也不是一副恐怖的吃人魔鬼的面目。相反,作品的每一章都是由许多琐细零碎、互不关联的生活画面和感受组成,没有完整的、连贯的情节,甚至轻易看不出人物性格的明显发展过程。作品虽然明确地以"二战"为背景,有关"二战"的时间、地点与重大事件,如德国吞并奥地利、法国的大溃退与投降、苏军的斯大林格勒大会战、苏军攻入德国本土与法西斯德国的全线崩溃等,在作品中都有明确的交代。但作品完全避开了正面描述战争双方的交锋,可以说在长达三十万字的作品中,虽然处处充满着恐怖,处处可闻到血腥,但是看不到正面交锋的一枪一弹。充斥着作品篇幅的,作者不惜笔墨大加渲染的,是许许多多琐细的、似乎与战争无关的事物。作品中的人物,虽然都有明确的身份,但是又都表现得像战争的局外人。主人公迪弗热先是法军的士兵,后来又成为德军的俘虏,在作品中却看不出他对战争的态度。在被征召进法国军队之前,他满脑子想的都与战争丝毫无关;在被征召进法国军队当了信鸽通讯兵后,他的兴奋点也只是在鸽子本身;在当了德军俘虏并被要求为德军服务的时候,他毫无怨言,而且所关注的也还是服务内容的本身,如挖沟、开汽车、赶马车、陪同打猎,等等。作品中花费笔墨描述相对较多的德军元帅格林,应当是这场战争的一个最直接的当事人,是一个真正意义上的吃人魔鬼,然而在这部作品里也似乎超然于战争之外,人们看到的,只是他如何猎鹿,如何养狮子,如何大嚼野猪肉,等等。在小说的叙述中,我们确实很难将那一个个琐细零碎的场景与"二战"血腥的场面联系起来，更难把心灵敏感，有时甚至充满柔情的阿贝尔·迪弗热与吃人魔鬼的形象联系起来。然而，小说却又无时无刻地在字里行间，或以简短的文字提醒读者，这一切都发生在战争之中。那么，在这部显然是以战争为题材的作品中，作者刻意地"犹抱琵琶半遮面"，看来是"别有用心"的。

要挖掘图尼埃这部作品的深刻"用心"，我们认为有必要了解一下图尼埃对小说的独特见解和他的创作倾向。对于小说，图尼埃有着独特的见解。在图尼埃看来，"小说的基本功能是'秘传'，即小说家应该显示认识自我和认识世界的所有复杂的发展阶段，这一过程就像生活本身一样是无法穷尽的，往往也是无法解读的，作品的意义只可能是潜在、悬置的，是读者放入其中的"①。在当代法国文学中，图尼埃的创作独树一帜，被称为新寓言派文学的代表人物。我们知道，无论是东方，还是西方，都有着寓言的传统，像早期广为流传的印度、埃及和希腊的动物寓言。后来，西方又有伊索和巴布里乌多斯的寓言，东方则有《梵天、毗湿奴寓言故事》和《贤哲寓言集》等。在法国，最有影响的当属拉封丹的《寓言诗》。寓言主题广泛，涉及人类生存最基本的状态、最基本的道德体验，还涉及人类的生存环境、生存态度，但寓言并不直接指向人类生存的本身，而往往借助神话、传说的英雄或动物世界的鸟兽，来喻指人类的行为与思想，给人以深刻的教诲意义。图尼埃看重的正是这一点：一方面，古老的寓言形式为他提供了一种有效的文学创作样式，开拓了他的创作空间，如他创作了大量带有寓言特性的短篇故事；另一方面，基于他对小说的基本认识，他又以长篇小说的创作，赋予了寓言新的生命样态，渐渐地又在他的创作中形成了一种鲜明的创作倾向。在图尼埃看来，人类之存在和人类本身像是个谜，

---

① 张泽乾等：《20世纪法国文学史》，青岛出版社，1998年，第331页。

难以认识和把握,小说的根本功能之一,在于显示认识自我和认识世界这一复杂的过程,而寓言则是小说家可以利用的最佳的形式之一。埃梅·米歇尔在《法兰西的传说与传统》一书的序中对传说与寓言的作用做过深刻的解说,他认为传说与寓言是利用隐喻的方式,指向人类的存在,透过人类存在的现象,去揭示人类存在之谜。① 图尼埃作为新寓言派小说的代表人物,他深谙寓言之奥妙,由思辨到小说,他借用的正是寓言这一路径。在他的小说创作中,他往往借助影响广泛的神话与传说作为构建他整个小说的基础,进而在新的现实空间中,赋予小说中的寓言性人物新的意义,拿法国评论界的话说,图尼埃赋予了古老的传说或神话"现代性"②。对图尼埃的这一创作倾向,郑克鲁在《现代法国小说史》中做了很好的诠释:"图尼埃的小说在艺术上有一个显著的特点,就是带有一种神话性。他在《圣灵之风》中说:'由思辨到小说,应通过神话提供给我。'鲁滨孙和礼拜五的故事是现代神话,三王朝圣也是一则神话;《流星》叙述的是双胞胎的神话(这是政治神话),《吉尔和贞德》写的是民族女英雄和恶魔般的元帅的神话形象。"③

深刻的哲理性,也是图尼埃小说创作的特征之一。他的作品富含深邃的哲理,具有强烈的思辨色彩。关于图尼埃作品中的哲理性,我们认为,是与他的哲学主张有着深刻的联系。虽然他不认为自己具有某种统一的、基本的哲学倾向,一再申明主导自己"每一篇作品的哲理核心都不同,每一篇作品都是重新开始,都有自己的新起点,新的哲理核心"④,但我们还是能够从他的人生经历和整个作品体系中把握到其主要的思想倾向与思想脉络。图尼埃

① Aimé Michel et Jean - Paul Clébert. *Légende et tradition de France*. Paris: Denoël, 1979, pp.13 - 19.
② Arlette Bouloumié. «Mythologie». *Magazine Littéraire*, janvier, 1986.
③ 郑克鲁:《现代法国小说史》,上海外语教育出版社,1998 年,第 847 页。
④ 柳鸣九:《巴黎名士印象记》,社会科学文献出版社,1997 年,第 213—214 页。

出身于一个日耳曼化的家庭,父母都是通晓德国语言文学的知识分子,他本人从小就受到德语教育与德国文化艺术的熏陶,大学毕业后,还专门去研读过德国哲学,研读康德的本体论。可以想见,以康德的本体论为代表的德国哲学在图尼埃的思想上打下了深深的烙印。从作者为数不多的已经发表的具有影响的作品中,不难看到康德、胡塞尔、海德格尔等德国哲学家有关本体论、现象学等哲学思想的闪光。这些哲学思想都有一个共同的倾向,就是重现象,重超感觉、超理性的直觉,认为世界的本质是永恒的、难以捉摸的,只有借助自己的直觉、感觉,借助于各种现象去推测、感知。在《桤木王》里,我们可以看到作者同样是以这种哲学思想来建构、统帅这部作品的,作者也许觉得这种人的直觉更能客观地接近时代的本质。作品集中描写迪弗热在战争期间的各种直觉、感觉与感受,把这一切称为"征兆"。作品反复强调:"一切都表现在征兆当中";"对征兆的释读,一直是我一生中的大事";"一切都是征兆。但是,得有一道耀眼的闪光或一声震耳的呐喊,才能打开我们近视的眼睛,或震击我们发聋的耳朵"[1]。这里所说的"征兆",实际上就是现实生活中那无穷无尽的、变幻莫测的、琐细零碎的、常常不能引起我们注意的现象。作者认为只有从这些"征兆"中才能解读出世界与人生的本质。

如何将这些征兆组合起来,形成时代的画面,并且引发读者去思索它们所包含的意义呢?从全书来看,图尼埃充分运用了他十分擅长的小说技巧,以寓言的形式结构整部小说,主人公在战争期间所感觉到的各种征兆,包括人、动物、事件、场景等,都刻意处理成一则则寓言的形式,以时间为线索贯串组合起来,整部作品是一篇寓言,每一章都是一篇寓言,每一章里又包含着无数则寓言,在

---

① 米歇尔·图尼埃:《桤木王》,译钧译,上海译文出版社,第3页。

整部作品中，读者可以感到作者刻意为之的象征性的寓言俯拾皆是，正如作品中人物所表达的："这里发生的一切都是征兆，都是寓言。"

二、人性与魔性：恶性倒错症

在上文中，我们已经谈到在《桤木王》这部作品中反复出现的一个关键词："魔鬼"。由"魔鬼"到"魔性"，从"人"到"魔鬼"再到潜藏在人性深处的"魔性"，整部作品以寓言的形式要着力揭示的正是这样一个复杂的演变过程。应该注意的是，在西方的传统中，上帝、魔鬼和人在某种意义上是相伴相生相长的。历史学家罗贝尔·穆尚布莱在《魔鬼的历史》一书中指出，魔鬼与上帝同在，始终伴随着人类的苦难史。他甚至认为，"将撒旦形象置于每个人都要面对的'恶'的哲学或象征意义中"，尚不足以帮助我们抓住魔鬼问题的关键。[①] 图尼埃显然突破了哲学的范畴，将"魔鬼"形象贯穿于整个作品之中，让我们在书中见到了形形色色的各种魔鬼：有形的与无形的，想象的与现实的，庸俗化的与神圣化的。图尼埃在逐步将读者引入充满了各种征兆、"魔鬼"无处不在的世界的同时，无疑也是在引导读者去面对这个世界，一步步帮助读者打开眼睛，去认识这个世界，进而思考这个世界。

我们现在进入作品，再来看一看小说的主人公阿尔贝·迪弗热的人生轨迹。看一看他从普通的人，变成"吃人的人"，最终化为"泥沼炭人"的演变过程。有分析认为，迪弗热成为纳粹的信徒，即"吃人魔鬼"，"其中有内在的因素，他在战前就想逃避日常生活的平庸，有一种不合群的本能，他要寻找一种高于别人的社会价值，

[①]　Robert Muchembled. *Une histoire du diable*. Paris：Seuil，2000，p. 4.

他要成为命运的工具与同谋。这其实是一种种族主义的思想萌芽。他在纳粹德国终于找到了合适的土壤"。① 按照这种分析,迪弗热的人生轨迹似乎十分清晰,他的变化过程似乎也十分自然,那就是迪弗热身上有着成为魔鬼的内在因素,一旦出现适合这种内在因素生长的环境与土壤,其嗜血的本能便得到了发挥。然而,从整部小说看,迪弗热这个人物显然充满了寓意和象征。从小说一开始,擅于从传统神话中开掘出现代精神的图尼埃就以日记的形式将一个神秘的人物带上了前台:他认为自己是一个吃人的魔鬼,早在一千年前,十万年前,就已经在世了。"与世界一般古老,与世界一般永恒。"②

迪弗热对魔鬼历史的这份认同,是清醒的,也是严肃的。他认为自己"不是个疯子",而且他告诫读者对他写下的这些文字,"应该以百分之百的严肃态度去对待"。③ 为了说明这种与世界、与人类一样古老的"魔性"的存在,在迪弗热日记中,我们看到了对《圣经》的质疑,特别是对《创世纪》的质疑,迪弗热认为《创世纪》第二章有关上帝造人的文字有着"明显的矛盾",而且他认为《创世纪》中有关"人之堕落"的记载也有误。有趣的是,每当迪弗热在他的人生道路上遇到苦难,遭受到恶的打击的时刻,他便到《圣经》中去寻找解释,去寻找根源。在《圣经》中,他读出了罪恶,读出了谋杀、诅咒和仇恨。"每次进入教堂,做弥撒,我总是带着相应的复杂情感。因为尽管有千错万错,路德谴责圣皮埃尔的宝座上出现了撒旦是有道理的。形形式式的等级都是受制于魔鬼,并厚颜无耻地给全世界披上了魔鬼的号衣。打开教会的大事记,只要不因迷信而瞎了眼睛,谁都会看到撒旦稀奇古怪的排场,君不见那一只只主

---

① 郑克鲁:《现代法国小说史》,上海外语教育出版社,1998年,第847页。
② 米歇尔·图尼埃:《桤木王》,许钧译,上海译文出版社,1999年,第2页。
③ 米歇尔·图尼埃:《桤木王》,许钧译,上海译文出版社,1999年,第2页。

教冠,如同驴耳纸帽;那一根根权杖,表示着一个个问号,象征着怀疑与无知;那一个个主教,身披滑稽可笑的红袍,酷似世界末日的荡妇;还有那一套罗马的用具,诸如蝇拂和圣皮埃尔大教堂最高处的教宗御轿,轿上是出自骑士贝尔尼尼之手的巨形华盖,猛犸的四条大腿和肚子盖住了祭坛,仿佛要用粪便来玷污它。"①从这段文字中,毫无疑问,我们可以清楚地看到一点,那就是魔性与人类同在。作者借迪弗热之笔,把"恶"的根源,指向了教会,指向了被撒旦取代了位置的上帝。看来,迪弗热身上所体现的魔性,有着深刻的根源。

如果说,魔性与人类同在,在人类的血液中流尚着恶的毒液,或者拿现代科学的术语来说,人类基因中存在着"恶"的因素,那么,迪弗热的身上兼具着"人性"与"魔性"便成为某种必然。在小说中,迪弗热身上体现的这种人类的两面性处处可见。顺着迪弗热的人生轨迹,我们看到了善与恶的同在。有读者这样写道:"许多个日子,我跟随迪弗热在又像监狱又像教堂的寄宿学校、沦陷的法兰西军鸽棚、德国北部的战俘营、罗明滕自然保护区的森林、卡尔滕堡纳粹政训学校、长满桤木的沼泽中跋涉,我对他的那双手备加关注。当他去捕杀鸽子时,那双手会顿生出无限情态;当他搜捕到合格的孩子时,那双手又对孩子们表现出无限的仁慈。他用右手写下了杀人业绩,用左手记下灵魂深处的痛苦。在对生灵的掠杀中,他时时产生堕落的欣快感,对捕杀的生灵又充满温情。由人变成吃人魔鬼的过程中,他负载了多少痛苦?灵魂内部的战斗本身就是构成一个人的战争,构成了他所身处的双重战争的根由。"②

迪弗热到底是一个怎样的人物呢?如果按照上文的分析,迪

---

① 米歇尔·图尼埃:《桤木王》,许均译,上海译文出版社,1999年,第81—82页。
② 胡丹娃:《负载人性的魔鬼——读〈桤木王〉》,《中国妇女报》,2001年3月26日第3版。

弗热这个充满寓意的人物身上带有魔鬼的内在因素,那么,又是什么外在的因素触发了他内在的因素的滋生与发展呢?细读《桤木王》,我们可以看到全书约有五分之二的篇幅用来讲述迪弗热在少年时代的不幸。迪弗热十一岁时便离开家乡,进入了圣克利斯托夫中学。正是在这里,开始了他不幸的人生。一个又一个的不幸,使他再不指望"在天边看到一束希望的火光"。[①] 迪弗热的不幸,首先来自他的身体:"我身体孱弱,相貌丑陋,一头黑发,耷拉在脑袋上,框着一张既像阿拉伯人,又有几分茨冈人模样的茶褐色的脸,整个身子瘦骨嶙峋,笨手笨脚的。"这种在人种意义上的弱点,导致了他"命中注定,甚至要遭受最怯懦之人的攻击,最弱小之人的痛打"。[②] 他成了受侮辱受欺压的对象,成了侮辱他欺压他的人的一个"证据,证实他们还可以统治别人,加辱于人"。在这里,我们如果对"二战"期间德国法西斯有关日耳曼人种优越性的那套理论有所了解的话,那么,我们便不难理解,迪弗热的人生悲剧源之于人种意义上的"缺陷"的描述,是意味深长的,也是富于象征意义的。

迪弗热的不幸,还在于其精神意义上的软弱。当他备尝了学校的小恶魔佩尔斯纳尔的"侮辱和恶行"时,他"简直像个大傻瓜似的乖乖忍受着"。他"心甘情愿地"把食堂分的饭给佩尔斯纳尔一半;毫不反抗地被人当作畜生,"认认真真地"咀嚼着硬往他嘴里塞的狗牙草;甚至老老实实地为在游戏中受了伤的同学去舔血腥的伤口。在圣克利斯托夫中学,迪弗热不断受到包括"示众""隔离""罚站""关禁闭"等在内的全套惩治。然而欺凌他的人却依靠虚伪的掩饰,或通过卑鄙的手段,在"老师和学监那里享有豁免权"。在他幼小的心灵里,于是深深埋下了一颗善恶倒错的种子:行恶不会受惩罚,相反,行恶者往往会受到崇拜。多少年后,由儿时的经历

---

①　米歇尔·图尼矣:《桤木王》,许钧译,上海译文出版社,1999年,第9—10页。
②　米歇尔·图尼矣:《桤木王》,许钧译,上海译文出版社,1999年,第10—11页。

联想到社会的"不公",迪弗热在日记中这样写道:"我们的社会有着它应该具有的公道。这种公道与人们对杀人犯的崇拜是吻合的,在每一个街角里,在每一块蓝牌上,无不明明白白地显示出对杀人犯的崇拜,一个个最为杰出的军人,亦即我们历史上最为残暴的职业杀手的姓名,全都标在牌上,供众人敬仰。"①

更具深长意味的是,恶行往往在圣洁的殿堂横行。学校的小教堂,学生每天至少去两次,在礼拜天和节庆日,至少要七进七出,活动包括早祷告、圣餐弥撒、大弥撒、晚祷告、晚课、圣体降福仪式和夜祷告。正是在这神圣的教堂里,左轮手枪、小刀等凶器有着"炫耀"的机会,欺凌与侮辱更是披上了一件神圣的外衣,罪恶也似乎显得无辜而纯洁。儿时发生的这一切,显然只是些征兆而已。所有这些征兆,无疑具有象征的作用,而其针对社会的深刻寓意昭示在如下的这段文字中:"被纯洁这一魔鬼驾驭的人往往在自己身边制造废墟和死亡。宗教的净礼、政治的清洗、对人种纯洁性的保护等等,有关这一残酷主题的变奏数不胜数,但最终都是那么千篇一律地与无数的罪恶联系在一起……"②

渐渐地,从迪弗热身上所遭受的不幸,图尼埃以异常冷静的笔触,把读者的目光引向了他四周的人,引向了他所处的那个社会和他所处的那个时代。身体羸弱、逆来顺受的迪弗热本来是无辜的,他是一个"躲藏在大众之中的无辜之人"。但是,对这个无辜之人,社会表现出不容:小时候备受欺凌,成人时又被诬告为强奸犯,他终于发现,是"那些社会渣滓竭力玷污我,使我陷入了绝望的境地"。他也终于认识到,造成这一切的根源在于他身处的那个邪恶的时代与社会:"我怎么会这么疯,竟然以为这个万恶的社会会让

---

① 米歇尔·图尼矣:《桤木王》,许钧译,上海译文出版社,1999 年,第 55—56 页。
② 米歇尔·图尼矣:《桤木王》,许钧译,上海译文出版社,1999 年,第 87 页。

我一个躲藏在大众之中的无辜之人安安静静地生活,安安静静地爱?"①随着叙述的展开,随着迪弗热被征召入伍,迪弗热的命运被投放在"二战"的大背景下,更是深刻地与他所处的那个时代结合在了一起。于是,在小说中出现了战俘营,出现了德军元帅格林,出现了卡尔滕堡纳粹政训学校。然而在整个叙述中,作品没有对法西斯的残暴与杀戮进行任何正面的描述,而是始终通过象征的寓言表现手法,从不同的角度去揭露法西斯的本质。

小说第三章写的是迪弗热在穆尔霍战俘营的经历。开始,这个血腥的战俘营在迪弗热的眼中竟然是个宁静的、带有几分田园风光的所在。挖沟渠的劳动、守林人的小屋、屋中燃着木块的壁炉,一切都那么自然。接着,作者深含寓意地在这里安排了一头流落在山林中的、眼睛瞎了的驼鹿与迪弗热相遇,两者之间的交流始终笼罩在一种神秘氛围之中。直到作品的最后,迪弗热才通过一个小孩之口得知,那个被他视为幸福之地"加拿大"的战俘营的木棚里,堆满了从被用煤气毒死的囚犯身上拿下来的宝石、金块、首饰、手表等。还有间小屋堆满了头发,都是女人的头发,据说是用来为在苏联的德国士兵制作毛毡鞋垫的。此前,迪弗热像被蒙住了眼睛,对这一切全然不知。读到这里,读者会很自然地想起那头瞎眼的驼鹿。在某种意义上,正是这头瞎眼的驼鹿为他打开了眼睛,透过层层迷障,从种种征兆中最终看清了企图蒙蔽天下的法西斯的本质。而"加拿大"这块看似宁静的大地,见证了法西斯的罪恶,引导着迪弗热"深入到每一个寓言中去",让他去识破东普鲁夫那个充满寓意的星座。

第四章描写迪弗热在罗明滕自然保护区的经历。这里名为自然保护区,却是以德军元帅格林为队长的帝国犬猎队打猎的场所:

---

① 米歇尔·图尼矣:《桤木王》,许钧译,上海译文出版社,1999年,第141页。

这一章通篇写的是以格林为首的法西斯对罗明膝自然保护区各种动物的疯狂杀戮,作品显然是以此来隐喻法西斯的兽性。展示在读者面前的是一幅幅血淋淋的图画:格林让迪弗热宰马喂野猪,马宰了以后,当场肢解,让野猪来吃;接着,他又将野猪杀掉,喂他本人和他养的狮子,"他满嘴塞得鼓鼓的,把野猪腿递给了狮子,狮子跟着张牙猛咬。就这样,那块猎品在两个魔鬼之间正常地来回移动,只见两个魔鬼满含深情地相互凝望着,一边大口大口地撕咬着散发着麝香味的黑色野猪肉"。[①] 他们还对鹿群展开了大屠杀,"总共有十一只公鹿和四只不生育的母鹿躺在血泊中,冒着腾腾热气"。格林"高举阔刃矛,跑到一只只雄鹿面前","他拉开那还颤抖着的庞大躯体的两条大腿,把两只手一起伸进去,右手有力地拉锯,左手摸索着被锯开的阴囊,取出像鲜肉丸的睾丸,白里透红"。[②] 这些描写虽然对战争不着一字,但通过一个个深含寓意的画面,以狩猎的血腥与野蛮,昭示着战争的恐怖与残酷,将法西斯嗜血成性的凶残邪恶的本质暴露无遗。

第五章则又从一个新的角度来揭示法西斯的吃人本性。这里描述的是迪弗热在卡尔滕堡的纳粹政训学校的见闻。作品同样运用象征与寓言手法深刻揭露了法西斯对本国青年儿童的毒害和摧残。为了侵略战争的需要,纳粹将这些从十二岁到十八岁的青少年从家中劫走,以法西斯思想毒化其心灵,再将他们驱赶到战场上去充当刽子手与炮灰。作品象征性地描述了一个又一个少年被自己手里的火箭发射器与地雷烧掉了整个脑袋,炸得血肉横飞。作品还提醒,要"当心卡尔滕堡的吃人魔鬼!""如果有孩子的话,一定要始终想到吃人魔鬼","要是吃人魔鬼带走了您的孩子,您就再也见不到他了"。至此,我们终于发现,作品最终将矛头指向了真正

---

① 米歇尔·图尼矣:《桤木王》,许钧译,上海译文出版社,1999年,第230页。
② 米歇尔·图尼矣:《桤木王》,许钧译,上海译文出版社,1999年,第235页。

的魔鬼。而最大的吃人魔鬼，是拉斯滕堡的阿道夫·希特勒。与阿道夫·希特勒相比，"帝国犬猎队队长已经下降到了民间那种虚构的小吃人魔鬼的位置，都进不入祖母讲述的故事之中，包括他的猎狩活动、鹿头、猎筵，以及他的粪便学、男根学，全都黯然失色。他已经被拉斯滕堡的吃人魔鬼所压倒，拉斯滕堡的那个吃人魔鬼要求其子民在他每年生日之时，都要送给他一份完整的礼物，那就是五十万名十岁的女孩和五十万名十岁的男孩，全都以祭品的打扮，亦即全都一丝不挂，任他揉捏成装填大炮的肉弹"。① 字里行间，饱含着对法西斯战争和人间恶魔的控诉与谴责。

通读全书，可以看到，图尼埃在忠实于"桤木王"这个古老神话的历史内核的同时，又赋予了它新的历史和社会的维度。阿尔莱特·布洛米埃认为，在图尼埃的笔下，"所谓的'吃人魔鬼'并非是本义上的吃人魔鬼，而是米歇尔·图尼埃所开拓的整个吃人的隐喻场：吃人魔鬼，是战争，是纳粹"②。从对迪弗热神秘的命运的展示到对法西斯邪恶本质的揭露，图尼埃将读者对战争、对人性、对邪恶的思考一步步引向深入。迪弗热一步步走近罪恶的过程，是战争对人性扭曲的过程，也是他负载着痛苦，一步步透过征兆认清恶之根源的过程。"征兆总是变幻莫测的，它潜藏了生活的无限偶然性，然而，'恶'是无所不在的，它与人之历史一样永恒。"③如此看来，图尼埃是要通过迪弗热这个人物，把他的人生经历当作一道耀眼的闪光或一声震耳的呐喊，打开我们近视的眼睛，或震击我们发聋的耳朵，让我们从冷漠或麻木中走出来，帮助我们认识人类灾难的根源。贯穿全书的"桤木王"的形象正是起着这个警示的作用，由厚厚的沉沙包裹着、深深埋藏在黑暗之中的"桤木王"在默默地

---

① 米歇尔·图尼矣：《桤木王》，许钧译，上海译文出版社，1999年，第264页。
② Arlette Bouloumié．«Mythologie»．*Magazine Littéraire*，janvier 1986．
③ 毕飞宇：《图尼埃的降落伞》，《钱江晚报》2000年10月6日第12版。

诉说:人类"灾难的根子就是在他们每个人身上"。作者试图唤醒的,也许是人类与自身的恶之根源抗争的意识;作者内心在呼唤的,也许是人类对正义和善良的回归。"桤木王",这是一个富有象征性的悲剧,它已经远远超出了非善即恶的二元对立,超出了人性与魔性之间的永恒的冲突。透过《桤木王》,我们似乎更为清晰地看到,疯狂的战争、丑恶的魔性,也许就潜藏在人类奔腾的血液中,也许就存在于麻木的世界中。人性与魔性的倒错,善与恶的倒错,在于人本身,也在于这个世界。如果进一步说疯狂的年代和疯狂的世界导致了人的"恶性倒错",助长了人的"魔性",把人变成"吃人"的魔鬼,那么在我们这个"物质化"与"金钱化"时代,人与物的倒错便不可避免,人被"贪欲"所扼杀,也不是没有可能。也许《桤木王》的寓意,正在于此;它给予我们这个时代的,就是这个弥足珍贵的启示。

流亡之梦与回归之幻

——论昆德拉的新作《无知》

1999 年，昆德拉用法语完成了被法国读书界称为"遗忘三部曲"的最后一部小说《无知》的创作。面对法国文学评论界的质疑，针对"语言疲劳""形式生硬""风格贫乏"等刺耳的批评，昆德拉把书稿交给了西班牙，并于 2000 年以西班牙语与广大读者见面，首印十万册，引起了广泛的关注、强烈的反响和普遍的好评，从某种意义上以事实给法国文学评论界一次有力的回击。法语读者苦苦期待，直至 2003 年 4 月才盼来了法文本。

坚持拓展小说可能性的昆德拉在这部小说中给读者是否带来了新的东西？他的叙述形式有否新的变化？他的写作风格是否有新的突破？翻开《无知》，读者便面临着一个带有怒气的发问："你还在这儿干什么？"

"你还在这儿干什么？"《无知》在这个并无恶意但也并不客气的提问中展开，并生发了一个根本性的问题：何处为家？ 与之相关的，便有了小说所探讨的回归主题。这一看似平常的主题，在昆德拉的笔下，却发聋振聩，令人耳目一新。昆德拉大胆开拓创新，采用复调、变奏、反讽等手法揭示了回归究竟意味着什么，从而引发了对人之存在的深层次思考。作为铺垫，我们首先看看《无知》对流亡之梦的描述。

一、流亡之梦

从某种意义上说,昆德拉的《无知》是借主人公的遭遇,针对自己特殊的"身份"对自己灵魂的一次拷问,也是对他人种种疑问甚至指责的一个回答,抑或是一种自辩。我们知道,昆德拉于1929年生于捷克第二大城市布尔诺。良好的家庭教育、聪慧的天资,尤其是对艺术的向往为他打通了导向文学创作的道路。他在年轻时就进行了多方面的文学尝试:写诗,写剧本,写小说,写评论,"在许多不同的方面发展着自己",以寻找他"自己的声音,"他"自己的风格"和他"自己"。[①] 在1967年,身为捷克斯洛伐克第四次作家代表大会主席团成员的昆德拉在会上率先讲真话,与一大批知识分子针对"现实生活和意识形态中的方方面面,呼吁国家的民主、改革、独立、自治"[②]。昆德拉的激烈批判,招来的是被开除捷共"党籍"的结果,丢了在布拉格高级电影艺术学院的教职,连文学创作的自由也被剥夺了。1975年,他离开了布拉格,流亡法国。在法国,昆德拉先是在法国西部的雷恩大学教授比较文学课,后来到了巴黎,一边创作,一边在巴黎高级研究学校授课。从他创作的作品看,昆德拉似乎人在法国,却与故土有说不清、切不断的联系。他的小说、故事基本上都以故土为根。小说中主人公做梦,做的常是噩梦。《无知》中就有这样的描述:

> 自流亡生活的最初几周起,伊莱娜就常做一些奇怪的梦:

----

① 李凤亮、李艳编《对话的灵光——米兰·昆德拉研究资料辑要》,中国友谊出版公司,1999年,第459—466页。

② 李凤亮、李艳编《对话的灵光——米兰·昆德拉研究资料辑要》,中国友谊出版公司,1999年,第16页。

人在飞机上，飞机改变航线，降落在一个陌生的机场；一些人身穿制服，全副武装，在舷梯下等着她；她额头上顿时渗出冷汗，认出那是一帮捷克警察。另一次，她正在法国的一座小城里闲逛，忽见一群奇怪的女人，每人手上端着一大杯啤酒向她奔来，用捷克语冲她说话，嬉笑中带着阴险的热忱。伊莱娜惊恐不已，发现自己竟然还在布拉格，一声惊叫，醒了过来。[1]

梦在文学作品中的作用，我们在此无意加以探讨。在此，我们所关心的，是昆德拉的《无知》中对流亡之梦的这段描述，至少在以下两个方面有助于我们把握或阐释小说所涉及的回归主题。

首先是"流亡之梦"的普遍性。在小说中，伊莱娜离开布拉格已经有几周时间了，但她常常做噩梦，梦中发现自己还没有逃脱故乡，人还在布拉格。这样的梦，不仅她常做，她丈夫马丁也常做，"凡流亡者，都会做这样的梦，所有的人，没有例外"[2]。与《无知》的作者昆德拉经历相仿的茨维坦·托多洛夫，在《失却家园的人》这部思考人类存在之命运的著作中，也在开篇给我们讲述了他的惊梦：

很长一段时间里，我都是从梦中惊醒。虽然细节各异，梦境大致是相同的。我不在巴黎，而在故乡索菲亚；由于某种原因我回到了那里，咀嚼着重见旧友、亲人以及重返家园的快乐。接着，离别、返回巴黎的时刻来了，情况开始变糟。我已登上有轨电车，它应当载我驶向火车站（多年前，就是这列东方快车，带我从索菲亚启程，两天后，在四月的一个凄冷早上，将我投放在里昂站），就在这时，我发现车票不在口袋，大概落

①　米兰·昆德拉：《无知》，许钧译，上海译文出版社，2004年，第14页。
②　米兰·昆德拉：《无知》，许钧译，上海译文出版社，2004年，第14页。

法国文学散论

在了家里，可是，假如我回去拿票就会误车。或者，有轨电车遇到不知为何而闹事的人群，突然停下，乘客们纷纷下车，我也一样，我拎着一个沉重的手提箱，试图挤出一条路，但那是不可能的：人群牢不可破，那样淡漠，无法穿透。甚或，有轨电车到了车站，我已迟到，朝大门冲去；然而，刚刚跨过门槛，我发现这个车站只是个布景：另一边没有候车厅，没有乘客，没有铁轨，没有列车；不，我独自立在一个场景前，无边无际的是枯黄的草在风中折腰翻舞。或者，我乘坐由朋友驾驶的汽车从家里出发；由于时间紧迫，他决定抄近路；可是他走迷了，路越来越窄，越来越荒凉，直至消失在模糊不清的旷野中。①

比较托多洛夫和伊莱娜的梦，如托多洛夫所说，虽然细节各异，但梦境大致相同，这是"流亡者之梦"。确切地说，这是东欧流亡者的噩梦。小说中的伊莱娜如此，她的丈夫也如此；现实中的昆德拉如此，托多洛夫也如此，"流亡之梦"具有普遍性，以至成了"二十世纪下半叶最奇怪的现象之一"②。在小说中，伊莱娜说，每天早晨，她和丈夫都在互相倾诉梦中回到故乡的恐怖经历。后来，伊莱娜在跟一个波兰的朋友闲聊中，听说这位流亡女也同样被"流亡之梦"所困扰。梦本质上是私密的，是纯个人的，是每个人潜意识的一种反映，是人意识中最为真切的所在。问题是，为什么一群素不相识的人会毫无例外地做大同小异的同一个梦？"如此私密的梦中经历怎么能集体感受到呢？那独一无二的灵魂何在？"③看来，作者是由梦入手，以梦的普遍性揭示流亡之痛楚的普遍性，由普遍性

---

① 托多洛夫：《失却家园的人》，许钧、侯永胜译，台湾桂冠图书股份有限公司，2004年，第3页。
② 米兰·昆德拉：《无知》，许钧译，上海译文出版社，2004年，第15页。
③ 米兰·昆德拉：《无知》，许钧译，上海译文出版社，2004年，第14—15页。

而进一步追问梦中所系那一个"独一无二的灵魂何在"。"流亡",是20世纪下半叶东欧历史中难言的痛楚。痛苦的存在,沉淀为伤心的集体记忆,而伤心的集体记忆又幻化为毫无例外的可悲的"流亡之梦"。由残酷的存在到深刻的集体意识,再到小说中所描写的梦境所反映的潜意识,构成了一条环环相扣的记忆之链。

其次是"流亡之梦"的怪诞性。《无知》的叙述者不同于现代小说中一般的叙述者。在《无知》中,他颇有点像19世纪巴尔扎克作品的叙述者。在第三人称的叙述中,叙述者经常会在文中现形,进行一番与诗意的叙述形成鲜明对照的哲学思考或者社会批判。对小说中伊莱娜所作的梦,叙述者认为是"二十世纪下半叶最奇怪的现象之一"。流亡之梦到底怪在哪里? 请看小说中这样的一段思考:

> 这种可怕的噩梦在伊莱娜看来,简直太不可思议了,因为她感到自己同时还饱受不可抑制的思乡之情的煎熬,有着另一番体验,那是完全不同的体验:明明在白天,她脑海中却常常闪现故乡的景色。不,那不是梦,不是那种长久不断,有感觉、有意识的梦,完全是另一番模样:一些景色在脑海中一闪,突然,出乎意料,随即又飞快消失。有时,她正在和上司交谈,忽然,像划过一道闪电,她看见田野中出现一条小路。有时在拥挤的地铁车厢里,一条布拉格绿地中的小径也会突然浮现在她眼前,转瞬即逝。整个白天,这些景象闪闪灭灭,在她的脑中浮现,以缓解她对那失去的波希米亚的思念。①

若孤立地去释读伊莱娜在流亡开始后常做的"流亡之梦",我

---

① 米兰·昆德拉:《无知》,许钧译,上海译文出版社,2004年,第15页。

法国文学散论

们或许难以真正窥探到她的灵魂。从这一种梦中,我们所感觉到的,仅仅是对故土的恐惧。正是这种对故土的恐惧催生了梦中的惊恐:发现自己人还在布拉格。然而,伊莱娜的梦并没有止于这一层。在这可怕的噩梦之外,她像其他流亡者一样,还饱受不可抑制的思乡之情的煎熬。于是,黑夜里噩梦的缠绕与白日里思乡之情的煎熬构成了她灵魂深处的两极,也构成了她生存的某种悖论:在潜意识,在梦境里,伊莱娜担心自己没有逃离布拉格,也就是说,潜意识中,伊莱娜有着对故土的深深的恐惧,即使已置身寓国,但仍心存余悸。然而在白天,脑海中不时闪现出故乡的景物,那些景象闪闪灭灭,以缓解她对那天的波希米亚的思念。既恐惧故乡,又思念故乡:"同一个潜意识导演在白天给她送来故土的景色,那是一个个幸福的片断,而在夜晚则给她安排了回归故土的恐怖经历。白天闪现的是被抛弃的故土的美丽,夜晚则是回归故土的恐惧。白天向她展现的是她失去的天堂,而夜晚则是她逃离的地狱。"①需要注意的是,文中明确地用了"潜意识"一词。也就是说,无论是恶梦中的恐惧,还是白昼闪现的故乡的美丽,都是某种潜意识。在这段不长的文字中,我们不无震惊地看到了女主人公极为矛盾的心理:一方面是恐怖,是地狱;另一方面是幸福,是天堂;一方面是回归,一方面是逃离。普遍的流亡者之梦,看似怪诞的流亡者之梦,实际上折射的是流亡者矛盾的心境,分裂的灵魂,是割不断的故土之思念。然而,残酷的是,那逃离的地狱,也是伊莱娜失去的天堂。此外,正如下文将要进一步论及的,更为残酷的是,那失去的天堂,一回归便成了地狱。

---

① 米兰·昆德拉:《无知》,许钧译,上海译文出版社,2004年,第15—16页。

二、回归之幻

伊莱娜当初逃离了地狱,但同时也失去了天堂。这是流亡的悲剧。读昆德拉的《无知》,由流亡女伊莱娜的悲剧,想起了余秋雨的那篇《流放者的土地》。在余秋雨的那篇文章中,有对流放的历史与道德思考,有对流放者命运的扼腕叹息,有对流放者生存状态的分析,更有对流放者在文化意义上的贡献的赞颂。流放,与当局的"惩罚"联系在一起,流放者尽管承载着罪恶之重,但因是"被流放",是被迫的离去,给人以"弱者"的感觉,因此,往往又可能得到某种同情与怜悯。在余秋雨所关注的那个语境里,流放者离故乡越远,精神上的回归意识便越强烈。而回归之希望越小,其灵魂的煎熬则越深重。灵魂的回归和安定,于是成了流放者对存在的唯一信念。

如果说"流放"是惩罚所致,流放者的离去是一种被迫,那么流亡则是人在惩罚临头时的一次无奈的"出走"。虽说无奈,但本质上是主动地"离去",于是,流亡在很大程度上往往被视作一种"背叛",流亡者与流放者相比,不仅得不到怜悯与同情,反而会因他们的出走与背叛而遭受精神上的唾弃。他们一出走,一背叛,便断了自己的空间意义上的回头路,有可能永远回归不了故乡。然后,无论是对于流放者而言,还是对于流亡者而言,一般都具有强烈的回归意识。

昆德拉的《无知》一开始便将主人公置于了这种"回归"的两难选择中:伊莱娜流亡二十年后,在法国有了住房,有了工作,有了儿女,自己的生活已经不在故乡,但是,一旦得知故乡面临新的命运选择,埋葬心底的"回归"意识便突然间苏醒,变得那么激烈,她看见在自己的心底刻下了这三个大字:**大回归**。"此时,她已被眼前的景象迷惑,突然间闪现出旧时读过的书,看过的电影,闪现出自己的记忆,也许也是祖先的记忆,那是与母亲重逢的游子;是被残酷的命运分离而又回到心爱的人身旁的男人;是每人心中都始终耸立的故宅;是印着儿时足迹而今重又展现的乡间小道;是多少年流离颠沛后重见故乡之岛的尤利西斯。回归,回归,回归的神奇魔力。"[①]然而,二十年的流亡生涯,二十年的离家出走,伊莱娜对故土的一切已经陌生,她不知遥远的故乡到底发生了什么,不知当初被视为"背叛"的"离家出走"能否得到祖国的宽恕,不知自己的回归之路迎来的是灵魂的安定,还是精神的绝路。于是,何为家? 何为归处? 一个个痛苦的问号,缠绕着牵挂、恐惑和绝望。

面对痛苦的拷问,面对两难的选择,伊莱娜是需要勇气的。而对《无知》的作者昆德拉来说,则需要双重的勇气。

首先,昆德拉要有勇气面对"真"的拷问。昆德拉是以流亡者的身份来勇敢地面对来自寓国和祖国的拷问。法国评论家雅克-皮埃尔·阿梅特认为,《无知》这本书说的全是痛苦和流亡。"什么是流亡? 一种痛苦。在流亡中,世界变成'动荡的黑暗',另一位流亡者雨果如是说。"[②]《无知》实际上要回答的是"一个流亡者能否回到自己的故乡"这一根本问题。[③] 笔者认为,昆德拉之所以在这部小说中选择"回归"为主题,是要回答人们对其"流亡不归"的种种疑问和拷问,这是从思想的层面展开的。其次昆德拉要有勇气面对"美"的挑战,也就是要在小说创作的艺术层面勇敢地面对挑战。邵建曾写过一篇有关昆德拉小说创作的文章,题目为《人的可能性与文的可能性——米兰·昆德拉的小说"革命"》,其中有这么一个

① 米兰·昆德拉:《无知》,许钧译,上海译文出版社,2004年,第2—3页。

② Jacques-Pierre Amette:《L'ignorance de Kundera》. *Le Point*, N°1549, le 4 avril 2003.

③ Jacques-Pierre Amette:《L'ignorance de Kundera》. *Le Point*, N°1549, le 4 avvil 2003.

观点：

> 叙事是小说最古老的一根神经,当它走到新小说和叙述学时,几乎已经完成了对小说的全部垄断,这时昆德拉面前的任务十分艰巨,小说下一步该怎么走? 昆德拉的高明之处正在于,他不是彻底地抛弃叙事,逃离叙事,乃是把叙事当作小说的一种可能性,而非唯一的可能性,并试图在它既有的可能之外,追询小说是否还有其他的可能。[①]

如果说寻找小说既有可能性之外的其他的可能是昆德拉小说革命的根本精神,那么在《无知》中,昆德拉确实依然在坚定不移地实践这一精神。对昆德拉来说,人的存在的可能性是小说存在的可能的根,所以,他要"在叙事的基础上动用所有理性的和非理性的、叙述和沉思的、可以揭示人的存在的手段,使小说成为精神的最高综合"[②]。从艺术创作的角度看,回归是个永恒的主题,要有所开拓,实在不易。昆德拉以非凡的勇气,大胆开拓创新,调遣复调、变奏、反讽等手法,辅之以哲学探讨和词源追踪,描述了一个令人心碎的回归即幻灭的故事世界,直指人之存在本质。

1. 以复调与变奏的方式,揭示回归之幻。 关于流亡,有人说这是人类的古老经验,在 20 世纪成了思想者观察和把握世界的一种特殊方式。诚然,昆德拉本身是流亡者,他的个人经历是人类古老经验的一部分。但如果说他要面对有关流亡的拷问,仅仅从个人经历出发,仅仅以个人的经历为依据,他的回答恐怕会是软弱无力

---

① 李凤亮、李艳编《对话的灵光——米兰·昆德拉研究资料辑要》,中国友谊出版公司,1999 年,第 247 页。

② 李凤亮、李艳编《对话的灵光——米兰·昆德拉研究资料辑要》,中国友谊出版公司,1999 年,第 247 页。

的,他对流亡的思考恐怕也不足以成为他观察和把握世界、探讨人的存在之本质的有效入径。昆德拉到底还是昆德拉,他的笔触伸向了西方的记忆深处,伸向了西方文化之源。他借荷马之口,用《奥德赛》这部宏伟的史诗来回答不仅仅属于伊莱娜,不仅仅属于昆德拉个人的问题。

《奥德赛》中的尤利西斯在征战历险多年之后,放弃了爱,离开了卡吕普索,克服了千难万险,回到了伊塔克:他看见了儿时熟悉的锚地,看到了眼前高耸的大山,他抚摸着古老的橄榄树,让自己确信"自己一直像在二十年前一样"。昆德拉以这一古老的英雄史诗为引子,以自己的经历为底色,为我们编织了一个有关伊莱娜回归的动人而令人心碎的故事。

昆德拉在《无知》中巧妙地以他惯用的复调手法,大胆地将尤利西斯和伊莱娜这两个相对独立而且完整的故事,在小说中并行地展开了两条线。尤利西斯和伊莱娜都是漂流在外二十年之后返回故里,每一个故事都包含着丰富的传统小说的元素:有时间,有人物,有场景,有情节,还有任何一个时代的读者都不会漠然视之的"爱情"这个元素。而有趣的是,昆德拉讲述这两个故事所采取的手法明显带有变奏的形式。其一,尤利西斯的故事较之伊莱娜的故事,只是一种铺垫,一个引子。其二,昆德拉是用理来讲述尤利西斯的故事,而伊莱娜的故事叙述中却注入了情。由理而在小说中有了近乎哲思地对人的存在本质的揭示,由情而触发了人类脆弱的情感神经。然而,无论是沉思还是叙述,是理性的揭示,还是感性的表露,昆德拉都没有忘记他的使命:揭示人的存在,使小说成为精神的最高综合。于是,从尤利西斯的故事中,昆德拉让我们认识到:"二十年里尤利西斯一心想着回归故乡。但一回到家,在惊诧中,他突然明白,他的生命,他的生命之精华、重心、财富,其实并不在伊塔克,而是存在于他二十年的漂泊之中。这笔财富,他已然失去,只有通过讲述才能再找回来。"①而在伊莱娜的故事中,昆德拉则让读者渐渐地被一种悲苦的情绪所笼罩:要用悲苦建造一间小屋,把自己关在里边三百年。流亡至少还有对故土的思念,对回归的渴望,可回归之后,却是双重地丢失了自己,是失忆,是幻灭,是虚无。

2. 从哲学的高度,揭示回归之不可能。回归究竟意味着什么,昆德拉在哲理的层面上做出了明确的回答。在小岛上,尤利西斯有卡吕普索的爱,过的是真正的 dolce vita,即安逸的生活、快乐的生活。但是,在异乡的安乐生活和返回故里的回归两者之间,尤利西斯选择的还是回归。昆德拉在哲学的层次上将之界定为:"他舍弃对未知(冒险)的激情探索而选择了对已知(回归)的赞颂。较之无限(因为冒险永远都不想结束),他宁要有限(因为回归是与生命之有限性的一种妥协)。"②昆德拉是处心积虑的,他通过尤利西斯和伊莱娜这两个故事,将古代的回归与当代的回归、英雄的回归与凡人的回归并置,适成对照。而两者殊途同归,小说中展开的两条并行线,实际上指向的是一个目标:回归的幻灭。生与死,构成了人的存在的两极,生是无限,死是有限。如果说尤利西斯选择回归,选择有限,那么,他选择的便是幻灭与死亡。与之相对,生则代表着无限,代表着未知,谁选择冒险的激情,选择伟大的流亡,则选择了生。然而,无论是伟大的英雄尤利西斯,还是流亡女伊莱娜,都不可避免地与生命之有限性达成了妥协:选择了回归。其结果是,尤利西斯失去了他生命的精华、重心和财富;伊莱娜则是遭受了双重的毁灭。由此,从回归之魂到回归之幻,从回忆之幻到回归之灭,昆德拉以其冷峻而巧妙的笔触点出了回归的不可能。

3. 以语言之源,揭示回归之苦。昆德拉在借用《奥德赛》这部

---

① 米兰·昆德拉:《无知》,许钧译,上海译文出版社,2004 年,第 35 页。
② 米兰·昆德拉:《无知》,许钧译,上海译文出版社,2004 年,第 7 页。

宏伟的史诗来揭示回归之幻的同时，从词源学的角度，直指回归的本义。在《不能承受的生命之轻》中，昆德拉曾对"compassion"（同情）一词进行了一番词源学的探源，发现从拉丁语派生的所有语言里，"compassion"一词的词根原本表示"苦"的意思，"这个词的意思是说人们对遭受痛苦的人具有同情心"[①]。经过考据，他发现"该词的词源包含的神秘力量给该词投上了另一层光芒，使其意义更为广泛：有同情心（同感），即能够与他人共甘苦，同时与他人分享其他任何情感：快乐、忧愁、幸福、痛苦。因此这种同情是指最高境界的情感想像力，指情感的心灵感应艺术。在情感的各个境界中，这是最高级的情感"[②]。具有特殊意味的是，在《无知》的第二章中，昆德拉又从词源学的角度考察了"le retour"（回归）一词的希腊词源，发现希腊文为"nostos"，与表示痛苦的"algos"一词有关，也就是说"回归"就意味着痛苦。这是幻灭的彻心之痛，是失去生命精华之痛。

4. 以反讽与反衬的手法，揭示回归之必然结果。《无知》的叙述者说，荷马以桂冠来颂扬思乡之情，从而划定了情感的道德等级，尤利西斯的妻子珀涅罗珀占据了等级之巅，远远高于卡吕普索。初读有关尤利西斯回归的有关叙述，我们也许会感觉到叙述者似乎是认同荷马对情感道德等级的划定的，对思乡与回归这一人类普遍的情感也是抱着赞颂态度的。但透过文字的层面，对作品细加领悟，我们还可品味出昆德拉借助尤利西斯的故事所揭示的另一层。从小说的叙述来看，昆德拉采取的是明显反讽的手法。读到尤利西斯回归的结果，再回过头来看"有史以来最伟大的冒险

---

① 米兰·昆德拉：《不能承受的生命之轻》，许钧译，上海译文出版社，2003年，第23页。

② 米兰·昆德拉：《不能承受的生命之轻》，许钧译，上海译文出版社，2003年，第24页。

家也是最伟大的思乡者","他去参加（并不太乐意）特洛伊战争……迫不及待要回到故乡伊塔克"①这样的描述，我们感到"最伟大的冒险家"是发自心底的赞颂，而"最伟大的思乡者""并不太乐意""迫不及待"等词语则具有了明显的反讽意味。尤利西斯返家之后，让自己确信"自己一直像在二十年前一样"，实际上他的"生命之精华、重心、财富"均已消失殆尽。是的，世人"赞颂泊涅罗珀的痛苦，而不在乎卡吕普索的泪水"。② 但在昆德拉看来，更有意义的显然是后者，因为尤利西斯生命的精华存在于"他二十年的漂泊之中"，卡吕普索的泪水表达的不仅仅是失去爱情之痛，在象征意义上，也是对尤利西斯"生命的精华"之逝去的一种哀悼。

在对伊莱娜的叙述中，反讽更是随处可见。"回归，回归，回归的神奇魔力"，一再重复的"回归"呼唤，其落脚点竟是"神奇魔力"。神奇也好，魔力也罢，与之相关的是虚，是幻。由此一来，回归之呼声等同于虚幻的呼声。而所谓的"大回归"，也就成了"大虚幻"。正因为如此，白天里在伊莱娜的眼前突然闪现的故乡的景色，如同虚幻一般，闪闪灭灭。

与尤利西斯不同，伊莱娜是个凡人，而凡人纵然有崇高的思想，有伟大的追求，即便自己能够免俗，也无法摆脱其生活的那个凡人的世界。当代道德沦丧的西方世界更是无法与古希腊的英雄世界相提并论。于是，伊莱娜所期待的大回归最终在"粗俗下流的爆发中"③结束了，留给读者最后的一个形象是那个承担着"刺激、交媾、生殖、排尿"四大功能的、魅力不在的可怜处。这真是一个莫大的讽刺，打着明显的昆德拉印记的讽刺！

---

① 米兰·昆德拉：《无知》，许钧译，上海译文出版社，2004年，第6页。
② 米兰·昆德拉：《无知》，许钧译，上海译文出版社，2004年，第8页。
③ 米兰·昆德拉：《无知》，许钧译，上海译文出版社，2004年，第184页。

昆德拉式的讽刺,是刻薄的,残忍的。他的残忍在于无情地剥去真理外面裹着的那些闪亮的、迷人的外衣,把真理赤裸裸地直陈你的眼前,直逼你的心底,刺激着你的神经。他的残忍更在于他善于调遣各种可能的小说手段,在对位与错位、变奏与暗示、反讽与反衬中让虚幻的景象与美丽的记忆精心维系着,一直持续着。但刹那间,笔锋一转,美丽不见了,取而代之的是丑陋;幸福不在了,取而代之的是痛苦。读者自以为置身于天堂,转眼间发现自己明明是在地狱。这种一而再、再而三被巧妙地蒙骗的感觉,让读者在阅读中平添了一种紧张感,因紧张而不得不放慢阅读的速度,因害怕被欺骗,而又经常会重读已经读过的章节,生怕掉入叙述者设下的陷阱,落下无知、可笑的话柄。于是,当叙述者以理而直指偶然中的必然时,读者往往会聚焦于那些构成必然的偶然的细节,而当叙述者以情来麻痹或刺激读者的神经时,读者则会警觉地试着穿透情感之网,思考美丽的故事后面暗藏着怎样残酷的真相。《无知》中,跟随伊莱娜流亡了二十年的那只烟灰缸,承载了二十年的爱情,可最终伊莱娜发现,那纯粹是单相思的所指过剩,是虚幻一场;伊莱娜满心欢喜从法国带回来的十二瓶波尔多陈酿,代表着法兰西文化,代表着她想重续友情的心,可她昔日的好友碰也不碰,而钟情于能让"饮者清清白白地撒尿,老老实实地发胖","驱除所有虚伪"的布拉格啤酒;附加了天然的感情价值、印着文化的标记、记忆中美妙无比的母语(捷克语),竟然伴着糟糕的英语,促成了伊莱娜的情人古斯塔夫与伊莱娜的母亲之间的一场淫荡的性事,而这场近乎乱伦的性事所暗示的,超越了性的本身,指向了世界一体化所引发的沉重的话题:"布拉格成了古斯塔夫的布拉格,一个新兴的、肤浅的、蠢蠢欲动的、急于割断历史的布拉格。这个漂泊世界的北欧人在法国爱上了布拉格的女儿,又在布拉格得到了女儿的母亲。所有的一切都像是一个玩笑,是人类跟自己的命运开出来的玩笑"。① 就这样,在《无知》中,记忆中或者期待中的美丽在昆德拉残忍的笔触下——幻灭了;记忆中或渴望中的幸福被一片片撕碎了。昆德拉以反讽、反衬的手法把追寻失去的天堂的美梦彻底粉碎了:如果当初逃离的地狱也是伊莱娜失去的天堂,那么最终追寻失去的天堂,必定就是回归已逃脱的地狱。对这一残酷的真理,伊莱娜不知,世人也不知,如是才有了《无知》这一书名。而昆德拉却是清醒的,如是他才拒绝回归,同时也避免了幻灭。

---

① 黄蓓佳:《无知背后的深渊》,《北京青年报》2004 年 8 月 6 日。

相遇似石火击碎偏见

——读昆德拉的《相遇》

　　何为相遇，是必然的相逢，还是偶然的一遇？昆德拉的《相遇》，显然取的是后一种意义。何为相遇？他说，相遇，是石火，是电光，是偶然。

　　在《相遇》一书中，昆德拉谈小说，谈绘画，谈音乐。他所谓的相遇，是指与不同艺术家的相遇，是他通过阅读之路所达成的相逢。在偶然的相遇中，我们也许可以看到，出于"意料"之外的相遇，也许能把我们从惯性、习惯、偏见中拔出来。昆德拉在培根的画中发现了他的努力，让永远限在意外之中的身体呈现出来：在名为《人体习作》的那几幅画中，培根"揭露了人的身体只是单纯的'意外'，而这意外可以完全不同的方式制作出来，譬如，做成三只手或是眼睛长在膝盖上"①。他的画于是揭露了另一种恐惧："这些画作所激起的不是我们所认识的恐惧——因为历史的荒诞，因为酷刑，因为迫害，因为战争，因为屠杀，因为苦难而生的恐惧。不是。在培根的画作里，那是另一种完全不同的恐惧，它源自人体的意外性质，被画家猝然揭露。"②于是，在培根的笔下，"钉在十字架上的耶稣拿来对照屠宰场和动物的恐惧"，两者的相遇，看似是亵渎神明，可画家笔下的这一电光似的相遇，是以清明、悲伤、深思的

---

① 昆德拉：《相遇》，尉迟秀译，上海译文出版社，2013年，第19页。
② 昆德拉：《相遇》，尉迟秀译，上海译文出版社，2013年，第19—20页。

目光,试图钻透,接近本质。

要接近本质,让相遇之光揭去蒙在人、物、政治或世界上面的黑纱,撼动定见与偏见,与人类社会的各种指示牌,与各类红色的或黑色的名单,与简单的对号入座,与习惯的力量拉开距离,以免误入歧途。在谈法朗士的小说创作中,昆德拉论及了前卫艺术家和传统艺术家之间的关系,法国诗人阿波利奈尔曾在他的宣言中发送"大便"与"玫瑰":在1913年,阿波利奈尔将大便送给但丁、莎士比亚、托尔斯泰,还送给爱伦·坡、惠特曼、波德莱尔;玫瑰则送给他自己,送给毕加索、斯特拉文斯基。而到了"1946年,阿多诺会把玫瑰献给勋伯格,却庄严地将大便颁赠给斯特拉文斯基"[①]。从倍受崇敬的红名单到遭人唾言的黑名单,这之间的转换,并不意味着名单中的人的价值或精神的升华或贬谪,关键是评论者本身的立场和思想有了变化。不同时期的相遇,会因不同的立场而产生完全不同的结果。昆德拉以自己阅读法朗士的作品的经历,告诫人们不要被社会的指示牌或黑名单所误导,走入歧途。不然,永远都不可能在阅读中真正与作家相遇,在相遇中与作家相知;也不可能在培根画的那张脸中发现那蕴藏着的"这宝藏,这金块,这隐藏着的钻石",更不可能去经历那"毫无意义的意外"——这生命。

相遇,在昆德拉看来,因偶然而产生力量。偶然中的相遇,有时看似荒诞,有时看似与常理相悖,但往往在荒诞与相悖中,我们可以接近人、物与世界的本质。法国原样派领袖索莱尔斯说过,历史不是线性发展的。在历史的进程中,若我们能保持敏感性,对传统,对已有的习俗,对社会的定见与偏见保持应有的警惕,善于在与各种新思想的偶然相遇中发现石火的力量,就有可能像20世纪中欧最伟大的作家卡夫卡、穆齐尔那样,在对传统孤独但自觉的反叛中,抵挡住媚俗的诱惑,战胜偏见,开拓出小说艺术的新天地。

---

① 昆德拉:《相遇》,尉迟秀译,上海译文出版社,2013年,第56页。

亲近自然　物我合一
——勒克莱齐奥小说的自然书写与价值

在勒克莱齐奥的创作中，《物质迷醉》是一部具有独特位置的书：散文的笔调，哲思的风格。在他看来，生命之真，生命之力量，并非源自精神，而是源自物质。他在这里所言的物质，指的是世界万物，是大自然的馈赠，是大地、山川，是太阳与大海，是草木，是动物。与物合二为一，在自然中感觉自我，感觉世界，是勒克莱齐奥创作中所追求的一种境界，也是勒克莱齐奥醉心的一种存在方式。诺贝尔奖在授奖词中所谓的"感官迷醉"，确实是勒克莱齐奥创作的一大特色。

《物质迷醉》写于 1967 年，在书写这部具有哲学思考意义的思想随笔集前后，勒克莱齐奥发表了多部小说，对过于物质主义、沉迷于消费主义的现代社会进行了强烈的批判和深刻的思考，如《诉讼笔录》《巨人》《战争》。面对现代社会无处不在的各种形式的战争，面对现代人横流的物欲和人性的扭曲，也许是感觉到作为一个作家的无奈与无力，也许是想主动去寻找一个属于自己的世界，勒克莱齐奥离开了现代都市，甚至一时放弃了写作，走向了大自然，进了墨西哥的丛林，在墨西哥一个被称作维乔人（les Huichols）的美洲印第安部落生活，后又到巴拿马的一个叫"恩贝拉"（Embera）的部落，一住就是三年。在大自然的怀抱中，在土著人与大自然共呼吸共存在的美妙境界中，在土著人善良的天性的影响下，尤其是由于后来与沙漠的女儿热米娅的相逢，勒克莱齐奥慢慢走出了精神的危机，内心获得了一份难得的宁静。他重新拾起笔，书写了与前期风格完全不同的作品，如《梦多与其他故事》《沙漠》等。其中对大自然的书写呈现出鲜明的特色。本文拟在对勒克莱齐奥小说细读的基础上，就勒克莱齐奥作品中对自然的书写、小说人物与自然的关系及其体现的某种价值追求做一探讨。

亲近自然，走向心身的自由

在勒克莱齐奥的作品中，大自然是敞开的，仿佛时刻呼唤着人们走近它，亲近它。大自然不可抵挡的魅力，撩人心弦，深刻幽暗的秘密，诱惑着人们去探寻。

《梦多与其他的故事》写于1978年，可以说是处于勒克莱齐奥小说创作转折期的作品。作品还延续了他前期作品的某些思考，比如对现代都市中人的生存状态的思考，但明显已经有了新的转变。这种转变既是精神层面的，如作品中处处体现出作者对社会底层的或社会边缘的人的深切关怀，对他们生存的出路的满怀希望的探寻；也是叙事层面的，表现在叙事节奏变得沉静，更表现在对大自然的书写中所透出的亲近自然、热爱自然，物我合一的精神追求。

《梦多与其他的故事》是个短篇小说集，1992年，在柳鸣九先生主编的"法国二十世纪文学丛书"中，出版了由金龙格翻译的《少年心事》一书，该书收录的17个短篇故事大都选自《梦多与其他的故事》一书，也有的选自勒克莱齐奥1982年出版的《巡逻及其他杂闻》一书。

《梦多与其他的故事》中的《梦多》，写的是一个流浪少年的故事,"没有人说得清楚梦多是从哪个地方来的"①。这个人物,明显有着勒克莱齐奥在巴拿马丛林里遇到的那些土著人的天性,纯朴,天真而善良。"他无忧无虑,无牵无挂,每到一个地方,每停在一处,都尽情地观赏着、感受着、体验着、享受着",他尤其喜欢大自然,"在海滩上喂海鸥,在防波堤上沉思遐想,在花园里观赏星星,在月光下杂草丛中睡大觉","在海边放风筝,在林子里听鸟儿啁啾,在山岗上踽踽独行"。②梦多对自然的亲近,养成了他善良的天性,无论遇到谁,他都当作朋友。"不论是对卖菜人、面包店老板娘、坐在公园里的退休者、打鱼人约尔丹、街头卖艺人'茨冈'、饲养鸽子的老人达帝、高楼里的少妇、孤独的小妇人蒂琴、偶然相遇的画家、教识字的老者,他都有一种非凡的亲和力,三言两语,就建立了一种亲切友善、朴实动人的关系,就造成一种融洽和美的人际氛围,自有一种自然的人性与人情美。"③然而,现代社会,如福柯所言的监牢,有铁的约束,容不了这样的无拘无束、自由自在。小说中现实而富有象征意味的城管打狗队,容不了流浪的狗,而偌大的城市,也没有自由的流浪少年梦多的位置。而在他被当作一条流浪狗似的,"最后被现代化的管理机制逼迫从这个城市消失的时候,这里的一切都变了。一切都黯然失色,失去了梦多在时的明亮;一切都变得丑恶了,失去了梦多在时的纯朴与自然;一切都发蔫了,就像得不到雨水浇灌的叶子,失去了梦多在时的生机。于是,梦多的漫游故事,在勒·克莱齐奥笔下,就成为了一则寓言"④。离开了自然,没有了自由,就断了双重意义上的生命之源,人的自然天性

<hr/>

① 勒克莱齐奥:《少年心事》,金龙格译,漓江出版社,1992年,第3页。
② 柳鸣九:《卢梭风致的精灵》(译本序),见勒克莱齐奥《少年心事》,金龙格译,漓江出版社,1992年,第3页。
③ 柳鸣九:《卢梭风致的精灵》(译本序),见勒克莱齐奥《少年心事》,金龙格译,漓江出版社,1992年,第4页。
④ 柳鸣九:《卢梭风致的精灵》(译本序),见勒克莱齐奥《少年心事》,金龙格译,漓江出版社,1992年,第4页。

就会枯萎,就会失去盎然生机。小说由此而揭示了自然与自由的深刻关系。

小说集里的《露拉比》一篇,更是展现了女孩露拉比向往大自然、向往自由的内心世界。小说开头一句,写得特别决绝:"露拉比决定再也不去学校了"。她要去看天空,去看大海。她写信对她父亲说:"也许我干了蠢事,不要怨我。我感到自己生活在一座监狱中。你无法知道。也许,你了解这一切后,仍有勇气呆下去,可我不行。想想四周都是多得数也数不清的围墙,墙头上拉着带刺的铁丝网,还有那些栅栏,窗户上的铁条!想想学校大院里栽植着的那些令我讨厌的树木:栗树、椴树、梧桐。梧桐树特别令人恐惧,它们皮开肉绽,仿佛病入膏肓!"①在露拉比的心里,学校像一座监狱,人生围着那数不胜数的"围墙"、"铁丝网"、"栅栏"和"铁条",有形的无形的,将人的精神与肉体牢牢地囚禁在里面,失去了自由。作为一个成长中的小女孩,她特别讨厌那些不能自由呼吸空气、病入膏肓的树木,她渴望着别的东西,如她在给父亲的信中所坦露的心声:"我憧憬许多东西。许多许多,那么多东西吸引着我,我不知道能否将这些都讲给你听。我憧憬的那些东西这里少得可怜,我从前喜欢看到的那些东西:青青草地,鲜花,鸟儿和河流。"②正是带着对这些美好的东西的喜爱和憧憬,露拉比离开了监狱般的学校,走向了大自然。

走进大自然,是源于对自由的向往,对美的向往。在人的成长之路上,教育何其重要。但教育的根本,是给一颗自由的心灵以宽广的空间,给一颗渴望美好的心灵以开放的世界。而大自然的怀抱正是给人以自由,给人以美好的无限空间。露拉比憧憬的美好是在大海、阳光、海风中展现开来的:"大海就是这样:它荡涤陆地

---

① 勒克莱齐奥:《少年心事》,金龙格译,漓江出版社,1992年,第73页。
② 勒克莱齐奥:《少年心事》,金龙格译,漓江出版社,1992年,第73页。

上所有事物,它拥有世界上最重要的东西。一望无际的蓝,漫无际涯的阳光,海风,海浪强烈而温柔的涛声",面对这一切,露拉比"感到心情畅快","太阳在天空中一个劲地炙烤。白森森的岩石火光闪烁,海水泡沫如雪一般炫目。这是个让人心旷神怡之地,俨若世界的尽头。别无期待,别无他求。"①在大自然中,露拉比的思想得以放飞,身体获得了自由。一方面,她"高兴地发现她的身体能轻而易举地找到问题的答案。她的身子前倾,后仰,一只腿站着摇摇晃晃,然后敏捷地一跳,她的双脚准确地在理想的位置着地"②;另一方面,她又在大自然中非常自然地思考着学校里不曾明白的那个"计算阳光在水面上的折射角的问题",她不仅回想起了书本里的知识,更是发现了书本中没有提出过的问题:"阳光无休无止地从大海中喷射而出,折射状态很快变成了全部反射。"③露拉比无法计算,她想不久后给老师菲律彼先生写信请教。一个逃学的小女孩,在与大自然的亲密接触中竟然思考着数学问题,而且也那般好学,提出了也许老师也难解的问题。这样的情节显得自然而然,其中或许透出了作者的用心所在:走近自然,在自然中呼吸,在自然中学习,在自然中发现。勒克莱齐奥对教育的理想由此可见一斑。

读《露拉比》我们可以看到,在与自然的接触中,露拉比有着众多的发现,作者常常以"她看到""她发现""她从未见过如此……""她听到""她感觉到"等引语,把读者引向小说人物的所见所闻所感,在小说人物走近大自然的同时,把读者也带进了大自然之中,与小说人物一起亲近自然,让心身获得自由,放飞自由的思想。

---

① 勒克莱齐奥:《少年心事》,金龙格译,漓江出版社,1992年,第69页。
② 勒克莱齐奥:《少年心事》,金龙格译,漓江出版社,1992年,第71页。
③ 勒克莱齐奥:《少年心事》,金龙格译,漓江出版社,1992年,第72页。

热爱自然，汲取生命的力量

　　大自然在勒克莱齐奥的笔下，有着较有代表性的体现。古人把宇宙万物的生成元素归结为金木水火土五行，这五种要素的生成，是大自然的奥秘之所在，其变其聚其分，世界万物的变化和运行，与人之命运息息相关。读勒克莱齐奥的作品，他对大自然的描写、小说中的人物与大自然的亲近，几乎就是从五行中展开的。我们不妨来看看勒克莱齐奥最为看重的元素。从我们所阅读的小说看，五行中勒克莱齐奥对水火土的关注最多，木次之。

　　水有大海、河流；火是太阳；土是大地，是沙漠。勒克莱齐奥笔下的人物对大海情有独钟，而大海又与太阳、风、云融合在一起。露拉比独自一人坐在海边一座建在岩石堆和肉质植物中间、面向大海，由六根柱子支撑着的阳台上，"背靠着一根廊柱。这样真好，只有浪声和从白柱子中吹过的风。透过树干间隙而瞭望去，天空和大海茫无涯际。坐在这儿，人已经不在陆地上，已经没有了根茎。小姑娘深深地呼吸着，身子挺直，颈靠微温的柱子，每次空气进入她的心肺，她都仿佛升上了明净的天空，下面是圆形的大海。天边一根纤细的线弯成了弓形，阳光笔直地照下来，她到了另一个世界，处于棱镜的边缘"[①]。人处于如此的境地，岩石、大海、阳光、树木、空气，仿佛这一切构成了一个新的世界，但实际上，也许人们早已忘记，在当今的社会里，在日益物质化的当今世界里，唯独这构成宇宙万物的基本元素被人们所忽视，所淡忘，由此而与自然隔断了联系，隔断了生命的元气。

　　勒克莱齐奥笔下的人物特别爱大海，露拉比如此，梦多如此，

---

　　① 　勒克莱齐奥：《少年心事》，金龙格译，漓江出版社，1992 年，第 77 页。

《沙漠》里的拉拉如此,《从未见过大海的人》中的丹尼尔更是如此,他梦想见到大海,他在"内心深处一次又一次默叼着那个美丽的名字:海!海!海!"[①]那么,大海为什么如此可爱呢?对于丹尼尔来说,"他思念这所有的海水由来已久,它自由自在,浩瀚无涯"[②];"他望着远处灰暗的海水,那儿没有陆地,没有浪花,只有自由的天空"[③];面对大海,"寂无一人,唯有大海,丹尼尔是自由的"[④]。由自由自在的大海,联想到自由的天空,丹尼尔身处自由之中,自然成了"自由"的人。"自由"这两个字,对于勒克莱齐奥笔下的人物而言,具有特别的意义。如我们在上文所指出的那样,当今社会,人类在精神与肉体的意义上被困,"自由"由此而显得弥足珍贵。如何走出这双重的笼牢,是勒克莱齐奥一直思索的问题。

勒克莱齐奥笔下的人物也爱太阳,梦多就特别喜欢看太阳。他"坐在海滩上,双手抱膝,看太阳升起。清晨四点五十分,天空灰白明净,只有大海上空聚集着几块烟云。太阳不会马上就出来,不过梦多已经感觉到,它正从地平线的那端款款而来,俨若一团燃烧的火。开始,一轮苍白的光环向空中扩展开去,人的心灵深处能感觉到一种异样的使地平线颤栗的震撼,这震撼费了九牛二虎之力。接着,光轮出现。在海面上,射出一道道耀眼的光芒,大海与陆地浑然一色"[⑤]。太阳升起,带来光明,迎来新的一天,这对于梦多而言,不是个体的一种感受,而是大自然赋予宇宙万物的一种普世性的恩泽。"梦多心想,大海里的鱼儿、螃蟹也迎来了新的一天。大海深处的一切是否都变成了玫瑰红色,透明得像陆地一样?鱼儿从睡梦中醒来,慢悠悠地在它们酷似明镜的空中舒展身子,欢快地

---

① 勒克莱齐奥:《少年心事》,金龙格译,漓江出版社,1992年,第145页。
② 勒克莱齐奥:《少年心事》,金龙格译,漓江出版社,1992年,第147页。
③ 勒克莱齐奥:《少年心事》,金龙格译,漓江出版社,1992年,第147页。
④ 勒克莱齐奥:《少年心事》,金龙格译,漓江出版社,1992年,第149页。
⑤ 勒克莱齐奥:《少年心事》,金龙格译,漓江出版社,1992年,第21页。

遨游于成千上万个翩翩起舞的太阳中间。海鸟沿着防波堤扶摇直上,观赏黎明的曙光。就连贝壳也打开它们的身体,让阳光浸入它们的心中。"①梦多心里想的,是阳光施予的恩泽,世间万物因阳光普照而舒展身子,打开身体,在阳光下获得欢乐,获得新生。梦多,一个流浪的孩子,对于太阳的"温暖"、太阳的"光明"、太阳的"普照"有着别样的感受。在《梦多》中,作者多次将"温暖"一词赋予太阳,赋予阳光,阳光温暖着梦多的身体,也温暖着梦多的心。《奥尔拉蒙德》里的阿娜,家庭贫困,母亲重病,只有当她看着天空看着大海的时候,才没有痛苦,才能感到温暖,而且这温暖会通过她传到重病的母亲的体内:"她看着蔚蓝的天空,波光粼粼的大海。她感到阳光的温暖一直渗到她的体内,等会儿她就要把这温暖的阳光带给呆在病室里的母亲。她紧紧地握住母亲的手,阳光和大海便进入到母亲的体内。"②

《天上的居民》中的小科罗娃,和梦多和阿娜一样,特别喜欢这么做:"骄阳似火时,来到村子的最尽头,在坚硬的地面坐下来,身子挺得笔直的。"③出生在沙漠里的小科罗娃知道太阳的酷烈,也知道太阳的"可怕","它燃烧石块,让小河和水井干涸,让小树枝和刺人的荆棘咔嚓作响,甚至连爬蛇和蝎子都畏怕它"④,可是她并不害怕,她几个小时纹丝不动地坐着,"感受到阳光在脸上和身上的力量"⑤。沙漠里的孩子知道阳光的酷烈,更知道黑夜的寒冷,她每天夜里期待的是太阳的升起,一颗细腻的心感受着阳光初洒的脚步,谛听着阳光的声音,那是初始的声音:

---

① 勒克莱齐奥:《少年心事》,金龙格译,漓江出版社,1992年,第22页。
② 勒克莱齐奥:《少年心事》,金龙格译,漓江出版社,1992年,第391—392页。
③ 勒克莱齐奥:《少年心事》,金龙格译,漓江出版社,1992年,第183页。
④ 勒克莱齐奥:《少年心事》,金龙格译,漓江出版社,1992年,第184页。
⑤ 勒克莱齐奥:《少年心事》,金龙格译,漓江出版社,1992年,第183页。

首先是阳光。它在地上弄出一丝非常细柔的声响，宛如草扫帚的沙沙声或滴状门帘的摆动声。小科罗娃竭尽全力去聆听，微微屏住呼吸，她清楚地听见它到来的响声。嗤嗤嗤！吱吱吱！席卷大地、岩石和房屋的平顶。是火的声音，异常轻柔、缓慢、平静、不犹豫、不迸溅火花的火。声音大都自上而下，迎她而来。它刚刚飞越大气层，细小的翅膀飒飒作响。小科罗娃听见在她四周扩大的喁语声。此刻，这声音来自四面八方，不只是从上面，而且从地下、岩石和村里的房子飘出，它如水滴般向四面溅射，纠结，化作星星、五花八门的蔷薇花饰，跳跃着在她头顶上方划长长的弯弓、巨弓和草茅。①

　　小科罗娃对于初升的太阳的谛听之细腻，让我们能深切地感受到万物苏醒前的阳光召唤。勒克莱齐奥在描写中融入了对太阳发出的最初的声音的深情之感觉。由阳光至声音，由声音至动态的空间，再至充满想象力的各种形象，将太阳之光与声融为一体，置于流动而充盈着生命力的空间中，赋予了阳光一种新的生命及其常被忽视的召唤力。阳光与世间万物的互动，天上与地下的互为召唤，光与声的震颤与波动，撞击着人的感觉，与小科罗娃一样，"心开始跳得更快，更剧烈"②。热爱自然，感受自然，与自然，共声音，共节奏，共气息，自然的力量就这样融入人的生命之中。

物我合一，孕育生命的希望

　　勒克莱齐奥笔下的大地具有别样的形态。如果说大海给予自由，太阳赋予世间万物光明，那么大地则是万物的根所系之地、人

---

① 勒克莱齐奥：《少年心事》，金龙格译，漓江出版社，1992年，第186—187页。
② 勒克莱齐奥：《沙漠》，许钧、钱林森译，人民文学出版社，2010年，第2页。

之生之所。对于大地,勒克莱齐奥在其创作中,也赋予同样重要的位置。

《沙漠》是勒克莱齐奥创作中具有重要影响的一部力作。在世人的心目中,大地往往是母亲的形象,以其宽大的胸怀温暖着生活在大地上的人们;大地也往往是生命勃发的人类家园。但是在勒克莱齐奥的自然描写中,沙漠有着举足轻重的位置。沙漠作为大地的一部分,在勒克莱齐奥的笔下有着象征性的作用。读《沙漠》,首先扑面而来的是无边无际的沙漠,是在沙漠中寻找希望、在永恒中跋涉的人。勒克莱齐奥首先就将沙漠与人置于了一种与常见的大地母亲的形象不一样的关系中:

"沙漠上什么也没有,没有任何生物,没有人烟。"①在沙漠上,"似乎没有名字,没有语言。大风抹去沙漠的一切,刮走了沙漠的一切。宽广的空间任凭人们眺望,人们的友谊犹如金属一般坚硬。太阳的光芒处处闪耀。沙粒有赭石色的,黄色的,灰色的,白色的,轻盈滑动,似为大风争色。沙粒覆盖了所有踪迹,掩埋了每一根尸骨。沙粒驱走了阳光,吸干了雨水,灭绝了生命,把一切都远远拒斥在谁也不可辨认的中心之外。沙漠上的人们心里十分明白:大沙漠不愿意接受他们,于是,他们不停地转徙,踏着前人的足迹,寻找新的天地"②。沙漠无垠,人在这儿无法生存,生命在这儿几近绝迹,沙粒覆盖了一切,"没有名字,没有语言"。然而为什么人们还要在这里不停地转徙,永恒地寻找呢? 在勒克莱齐奥的作品中,沙漠作为自然的存在,却不仅仅是一种孤立的存在,沙漠里的人,沙漠背后所透溢的精神,在沙漠里成长的民族的历史,都赋予了勒克莱齐奥在对自然的描写与亲近中一种独特的人文情怀与精神追求。沙漠环境恶劣,却孕育着希望。在勒克莱齐奥看来,"这儿却

---

① 勒克莱齐奥:《沙漠》,许钧、钱林森译,人民文学出版社,2010年,第2页。
② 勒克莱齐奥:《沙漠》,许钧、钱林森译,人民文学出版社,2010年,第5页。

可能是地球上唯一幸存的自由的土地,一个使人类法律变得无足轻重的国度,一个沙石、大风、蝎子、跳鼠的王国,一个在暑热的白天和寒冷的黑夜善于藏匿和逃亡的人们的国家"①。值得思考的是,尽管沙漠是那么荒凉,对生命是一种威胁,但是生活在这里的民族、生活在这里的人都甘愿在不停的迁徙中延续着脆弱的生命? 在勒克莱齐奥的笔下,沙漠纵然使生命存在变得艰难,在永不停歇的迁徙的队伍中,"遍体鳞伤的躯体曾受过多少痛苦,他们干裂得出血的嘴唇和烧得冒火的眼睛曾有过多少悲伤"②,但他们"没有离开大沙漠","他们真正的天地,是这沙石,这天空,这日光,是这寂寞和痛苦,而不是由金属和水泥组成的喧嚣的城市。大沙漠是个自由的世界,在这里,一切都是可行的,人们自然地走向自己死亡的边缘,而不留下任何踪迹"。③ 在这里,沙漠和都市被置于了对立之中,"自由"再一次成为人类所向往的理想,自然赋予的自由,却无法面对殖民者的炮弹。一方面,环境的恶劣没有抹去生活在大沙漠中的人们追求自由、追求生命的顽强和希望;另一方面,殖民者连这样的不毛之地也不放过,成了"自由"的扼杀者。

在创作中,勒克莱齐奥没有将笔触过多地用在殖民战争恐怖与残酷的描写,却在他对自然的描写中、对沙漠的描写中融入了自己深深的爱。从他对沙漠描写的字里行间,环境的恶劣,衬托的是生命的顽强。尤为值得注意的是,勒克莱齐奥对沙漠的描写,总给人以生的希望:

男女老幼就在这样不停的迁徙中生活。在灼热的太阳焦

---

① 勒克莱齐奥:《沙漠》,许钧、钱林森译,人民文学出版社,2010年,第5页。
② 勒克莱齐奥:《沙漠》,许钧、钱林森译,人民文学出版社,2010年,第7页。
③ 勒克莱齐奥:《沙漠》,许钧、钱林森译,人民文学出版社,2010年,第11页。

烤下,在敌人的枪弹下,在高烧的折磨下,多少个生命被夺走!多少个母亲蹲在阴暗的帐篷角落里,在两位女人的扶持下,在长长的布带压迫下生下大沙漠新的生命。在这些生命降临大地的第一刻起,他们便完全属于这无边无际的沙漠。沙粒、荆棘、青蛇、恶鼠,还有飓风,组成了他们的家园。满头青发的女孩慢慢长大,学会了传宗接代的本领。在广漠平静的蓝天下,一望无边的迷人的石膏矿脉,成了她们天然的镜子。小伙子们学会了打猎、格斗,学会了如何在这大沙漠中度过他们的一生。①

沙漠里看不见的路比"人生"更长,但沙漠里顽强的生命和一代又一代人的成长同样让不停的迁徙变成追求自由与生命的永恒。沙漠与生命就这样形成了一种深刻的互动,勒克莱齐奥对沙漠的描写就这样将人与沙漠的命运融合在了一起。

对自由的追求和对家园的热爱,赋予了沙漠别样的情怀,也让大沙漠里的人的生命融入了这片大地。人的生命,需要根,而这根就是生育的大地,哪怕是沙漠,是永无尽头的大漠。正因为如此,勒克莱齐奥在对沙漠的描写文字中,见不到任何的冷漠和绝望。相反,他的字里行间处处透溢着人与自然的融合所产生的力量与希望。比如在《沙漠》中,在努尔随父亲在艰难的迁徙中来到爷爷的坟墓前,扑倒在墓前的地上,与墓里的泥土接触的一刻,"他不再祈祷,不再吟唱。他口对着泥土,微微地呼吸着,谛听着全身的血液在自己的喉间、耳中沸腾,就好像一种奇异的物体,通过他的嘴巴、前额、手心和腹部进入了他的躯体,潜入了他的心房,不知不觉地使他变样"②。与努尔一样,当领路人躺在地上时,"一股新的力

---

① 勒克莱齐奥:《沙漠》,许钧、钱林森译,人民文学出版社,2010年,第12—13页。
② 勒克莱齐奥:《沙漠》,许钧、钱林森译,人民文学出版社,2010年,第16页。

量通过腹部和双手进入到他的心里，渗到他的每块肌肉。他心中的一切都在变化，升华，他再也没有痛苦，没有欲望和复仇的心理，他忘却了这些，仿佛祈祷的圣水洗涤了他的灵魂。这儿再也听不到祷告声，冰冷的阴影吸走了一切声音，取而代之的是在凝结着鲜血的土地上奔腾的奇异潮流，一种奇异的波动和热量。这好像是世间根本不复存在的东西。它是一股直接的、没有思维的、来自地底、驶向宇宙深处的力量，它象一条无形的纽带，将躺在地上的躯体和世界上其他东西联结在一起"①。与大地的接触，产生了一种奇异的力量，这是初始的力量，就像出生在沙漠里的小科罗娃所谛听到的阳光发出的初始的声音。土，作为世间万物之生长的根本性元素之一，其产生的力量是直接的，超越一切，正是因为努尔和他的父亲与沙漠之地的接触和融合，处于寂寞之深处的他们与世界上其他东西联结在了一起，获得了生命的力量。

拉拉，这位沙漠的女儿，沙漠始终牵动着她的心。在她当上封面女郎，她的照片风靡法国之时，她却毅然地离开了所谓幸福的国度，回到了故乡。当她踏上故土的沙丘，她感到了躯体沉重，一阵阵剧痛，知道新的生命就要降生了。勒克莱齐奥在《沙漠》中，不吝笔墨，细腻而又充满诗意地描写新生命的诞生过程，让大海、沙滩和沙丘上那根苍劲有力的无花果树融入了拉拉回归故乡的时刻，融入了新生命的降生。首先是大海，"拉拉侧躺在沙地上，曲着双膝，又随着大海缓慢的节奏呻吟起来。疼痛像一阵阵波浪击来，浪尖在昏暗的水面上缓慢地前进，有时与苍白的光亮混合在一起，直到腾起汹涌的波涛。拉拉忍受着随大海节奏而起伏的疼痛，大海的每一搏动来自天际，来自夜色浓重的地方，慢慢传开，直到海滩，然后又在东部弯弯曲曲地散开，激起层层浪花，海浪拍打着坚硬的

---

① 勒克莱齐奥：《沙漠》，许钧、钱林森译，人民文学出版社，2010年，第16页。

沙滩,那沙沙声向她转来,在她四周回响"①。新生命降生前的疼痛,仿佛融入了大海的节奏,起伏波动,有汹涌的波涛,也有层层浪花,生命与大海共节奏同声响。伴着大海的节奏,拉拉向沙滩上的无花果树走去,爬去。"她的目光始终没有离开树影,高大的无花果树,树干是黑的,清晰的茂叶在曙光中闪亮。随着她一步步靠近,无花果树显得越来越大,变得阔大无比,仿佛遮去了整个天空。树影在周围散开,像一个还蒙着最后几抹夜色的昏暗的大湖。拉拉艰难地拖着身子,慢慢爬进了树影中,爬到了像铁臂一样有力的粗大的树枝下。这就是拉拉所需要的。她清楚地知道,此时,只有它能帮助她。浓郁的清香在她四周弥漫,减轻了她那遍体伤痕的痛苦,继而和海味、藻味交融在一起。"②无花果树,具有强烈的象征性,是非洲的生命之树,树干粗大有力,清香浓郁,是对她痛苦的抚慰,是她生命的依靠。"她知道唯独它才能帮助她,就像她出生的那天,那棵帮助她母亲的树那样帮助她。从来没有任何人教过她,而拉拉本能地学会了前辈的动作,其意义远远超过动作本身。她蹲在昏暗的大树底下,解开了裙带。她把栗色大衣铺在满是石头的沙地上,把裙带卷紧,卷结实,挂在无花果树的白色主干上。接着,她双手拉着布带,树微微摇动着,撒落了一地露珠。这纯净的水珠在拉拉脸颊上滚动,拉拉用舌头舔着双唇,快乐地吮着。"③拉拉与无花果树,是本能的相依与命定的相逢,母亲依靠无花果树生下拉拉,拉拉又本能地爬到了这无花果树前,靠着无花果树,吸着浓郁的树香,吮吸着树叶抖落下的甜蜜而纯净的露珠,如郭宏安所指出的那样,"水和树木,这至纯至简的事物,是大自然的馈赠,是

---

① 勒克莱齐奥:《沙漠》,许钧、钱林森译,人民文学出版社,2010 年,第 374 页。

② 勒克莱齐奥:《沙漠》,许钧、钱林森译,人民文学出版社,2010 年,第 375—376 页。

③ 勒克莱齐奥:《沙漠》,许钧、钱林森译,人民文学出版社,2010 年,第 376 页。

法国文学散论

庆祝一个生命而诞生的礼物"①。水和树木,这岂止是大自然的馈赠!这故乡的大海,这故乡的无花果树,是那么自然地敞开怀抱,迎接新生命的诞生,而那新的生命,又是那么本能地降生在故乡,投入故土的怀抱。生命与大自然,就这样难以分割地融合在一起,在故乡扎根,成长。

拉拉与女儿,是在大自然的馈赠与拥抱下拥有了新的生命。这样的富有象征意义的描写,在勒克莱齐奥的笔下是具有德勒兹所言的"生成"意义的。大海、阳光、沙漠、树木都具有生命,而"当世界上的空气使树与人说话,使所有的森林,植物的森林与诗人的森林交相呼应时,人怎能不生活在物我荟萃的顶峰呢?"②。勒克莱齐奥的笔触,闪烁着诗意,他让我们真切地感受到了大海原初的节奏,树木本有的力量。在短篇小说《雅玛树》里,那颗在军阀的炮弹、燃烧弹轰炸下不倒的雅玛树,具有人格的力量,"骁勇"而"强悍",是"永存"的,永远不倒的。非洲好儿女玛丽,把这棵树当作自己的外婆,每次来看这棵树,都会向她问好:"外婆,你好吗?""树皮非常光滑,就像那些老年妇女的手。树皮上有许多纵向的小条痕,布满了树瘤、黑斑和疤痕。她把脸贴在树干上,将前额贴在树皮上,感受到树的清凉。她将耳朵贴着树皮,谛听树汁在它体内流淌的声音。树汁流动时会发出轻微的震颤,玛丽通过肌肤感受到这种震颤,当她张开双臂抱住树干的时候就用整个身体感受这种震颤。"③《沙漠》中,拉拉与大海共节奏,与无花果树共命运,而在这里,玛丽心中的雅玛树,就像饱经沧桑、满脸皱纹、一身伤痕,但始终给她关怀、给她庇护的外婆。或者可以说,雅玛树就是她的外

---

① 高方、许钧:《反叛、历险与超越——勒克莱齐奥在中国的理解与阐释》,南京大学出版社,2013年,第161页。

② 加斯东·巴什拉:《梦想的诗学》,刘自强译,生活·读书·新知三联书店,1996年,第228页。

③ 勒克莱齐奥:《脚的故事》,金龙格译,人民文学出版社,2013年,第108页。

婆。当她的脸、前额耳朵贴着雅玛树时,她便能感受到树的清凉,谛听到树汁像血液一般流淌的声音,当肌肤贴着肌肤时,便能全身心地感受到那生命的震颤。而当战争爆发时,也正是这棵与她生命相依的雅玛树,保护了她和她的朋友。这棵树"硕大无朋,枝繁叶茂。巨大的树干分成了根蘖、支柱、侧柱、树绳和树桥。它的根系在地底下向世界的各个方向蔓生"。当战争爆发,村庄里亮起刺刀,生命受到威胁的时候,玛丽和她的朋友艾丝美躲进了雅玛树的树洞——躲进了外婆的怀抱:"外婆,保护我,把我拉进怀抱,用你的乳汁抚育我,也请你保护我的朋友艾丝美,她是我的妹妹,同意让她住在你家里,把我们从敌人手里救出来。"①雅玛树是外婆的化身,树洞,自然成了外婆家,里面有清凉的气味,有树叶铺就的"柔软,潮湿的毯子",在树壁,在树皮的褶皱里,还有纯净清凉的雨水,玛丽和艾丝美喝着,感觉"像蜜一样甜呢"。在这雅玛树的怀抱里,"人类的疯狂是进不来的,这里远离人类对于权力的贪婪,对于血腥的嗜好和对于钻石的欲望"②。远离贪婪,远离血腥,远离战争与掠夺,自然于人类,是保护,也是恩泽。勒克莱齐奥的小说叙事中,赋予了自然慷慨的人格力量与顽强的生命和生成力量,人类正是在与自然万物的合一中,在与大自然的和谐共生中,在绝望中才会永远有生的希望。

结　语

在上文中,我们结合对勒克莱齐奥小说的细读,仅选择了其小说中对大海、太阳、大地的书写,以实际的例子展现了勒克莱齐奥的书写特色,并就其价值做了简要的分析与说明。实际上,在勒克

---

①　勒克莱齐奥:《脚的故事》,金龙格译,人民文学出版社,2013年,第125页。
②　勒克莱齐奥:《脚的故事》,金龙格译,人民文学出版社,2013年,第125页。

莱齐奥笔下，大自然万物有着盎然的生机，勒克莱齐奥对自然的书写，是其精神追求的体现，也是其存在的方式，其中有着对现代社会的深刻批评，对人类社会走向何处的思考，更有着对人类前途的深切关怀。

（本文系与高方合作撰写）

试论勒克莱齐奥小说叙事中的"记忆"
——基于《寻金者》的分析

　　记忆与想象,是文学创作,尤其是小说创作的两大手段,在很大程度上,也是小说叙事的基本驱动力。法国著名文学批评家加斯东·巴什拉曾以亨利·博斯科的创作为例,强调了记忆与想象的作用,认为博斯科"在向往过去的梦想中","善于在忧郁中放入某种希望,在难忘的记忆中放入一个富于青春活力的想象",其作品"生活于历史与传奇,记忆与想象之间"。① 勒克莱齐奥对记忆在其小说创作中的功能与作用,有更为明确的表示:"我还记得二十来岁的时候,曾经在一份文学问卷上如此作答:写作,百分之三十是个人回忆,百分之二十是文学追忆,百分之十是纯粹的剽窃,百分之三十是想象。"② 对他而言,随着年龄的增长,在他的文学历险进程中,记忆渐渐成为一种生成的力量,构成了小说叙事的基本动力。本文拟以勒克莱齐奥的小说《寻金者》为主要考察对象,结合其相关作品,就记忆在其小说叙事中的功能、手段、生成性与价值做一探讨。

---

　　① 加斯东·巴什拉:《梦想的诗学》,刘自强译,生活·读书·新知三联书店,1996年,第155页。
　　② 勒克莱齐奥:《想象与记忆》,在华中科技大学的演讲,2015年10月10日。

一、记忆的书写:叙事的推动力

在勒克莱齐奥的小说中,记忆具有生命的推动力,同时具有叙事的推动力。在带有家族自传叙述意味的《寻金者》中,小说主人公亚力克西只有八岁,他和家人生活在美丽而神秘的毛里求斯岛深处,朝夕相伴于"智慧树"、甘蔗田、星星和大海。但因天灾人祸,他父亲生意破产,他童年的田园生活也随之毁灭。小说以第一人称,从童年开始写起,亚力克西自童年的梦想破灭之后,便拿起父亲留下的地图和资料,开始寻找海盗隐藏的宝藏。整部小说的重点,是叙述小说主人公亚力克西成长的过程与寻金的历险,不断地寻找,伴随着不断升起的希望和希望不断破灭带来的失望以至绝望。而战争更是令人绝望地中断了他人生最美好的"偶遇"——与美丽少女乌玛在寂静的山谷的重逢。小说以对称的文本结构,循环往复地将远行寻金,奔赴战争,经历死亡、恐惧与分离的主人公引向童年,通过记忆的力量,将幸福的追寻拉回到原点。小说是这样开头的:

> 在我记忆最遥远的地方,我听见了大海的声音。那声音混合在木麻黄针叶间的风中,在永不停息的风中,甚至当我远离海岸,穿过甘蔗田前行时,正是这个声音安抚着我的童年。①

经历过战争苦难的"我"——主人公亚力克西,将童年的记忆留在了其内心深处,伴着他走过人生的黑暗。对记忆中声音的追寻,如同对故人的强烈思念,给"我"安抚,给"我"力量。正是凭借

---

① 勒克莱齐奥:《寻金者》,王菲菲译,许钧校,人民文学出版社,2013 年,第 3 页。

这遥远而深刻的记忆所产生的力量,"黑暗中,我全身感官觉醒,为了更清楚地听见它到来,更好地迎接它。巨浪在礁石上跃起;又摔落在潟湖里,声响仿佛一只锅炉让大地和空气震颤。我听见它,涌动,喘息"①。

　　小说开篇第一段中所说的记忆,具有双重性。记忆深处的声音,打开了主人公童年的生活,小说的叙事也因此而自然地展开,由声音导向了大海:"海在我的脑海中,只有当我闭上眼睛,才能看得明了,听得清晰,才能感受到波涛被礁石撞裂的每一次轰鸣,然后重新又聚集起来,在岸边汹涌。"②在童年的记忆中,大海还是汹涌的,它涌动,它轰鸣,具有巨大的力量,而这种对力量的渴望由记忆而生,给处在战争中的绝望的"我"以勇气。同时,对"我"而言,"大海的声音犹如一首乐曲般优美。风吹来层层波涛,波涛粉碎在珊瑚底,粉碎在遥远处,我倾听着岩石里的每一次震颤,听着震颤驶向天际"③。在此,大海的声音对后来被困在战争中的"我"而言,又是一种抚爱,是打破困境、通向天际的可能通道。

　　记忆中大海的声音是具有强大的象征力量的,也具有深刻的隐喻性,仿佛是自然的力量的永恒存在。而最远处的大海的声音并不孤独,记忆中还有"我"母亲的声音。随着母亲"声音"的回响,小说的叙述由主人公童年所置身的自然世界通向了"我"温暖而美好的童年时光:

　　　　还有母亲的声音。这是我现在对她所知晓的一切,所保留的一切。我扔掉所有泛黄的照片、画像、信件以及她阅读的书籍,为了不打扰她的声音。我想永远听见它,就像那些深爱

①　勒克莱齐奥:《寻金者》,王菲菲译,许钧校,人民文学出版社,2013年,第3页。
②　勒克莱齐奥:《寻金者》,王菲菲译,许钧校,人民文学出版社,2013年,第4页。
③　勒克莱齐奥:《寻金者》,王菲菲译,许钧校,人民文学出版社,2013年,第7页。

着,却不再记得面孔的人们。她的嗓音,温柔的嗓音里包含了一切:双手的温热、头发的香味、长裙、光线。①

　　包含了母亲的一切声音,刻在"我"的记忆里,打开的记忆呈现了母亲伴着"我"读书、学习的情景,也连接了与父亲、姐姐在一起的亲密世界。叙述的自然推进,一步步地把读者从大自然的美丽世界带进了家人温暖的世界。在叙述者笔下,母亲的嗓音也像音乐,不像大海那般强大有力,但温柔的、微颤的嗓音,伴着鸟儿的歌声,美丽无比。"我听见她说话的声音,立刻想到布康夜晚的光线,游廊下,竹影环绕,想到成群的椋鸟,越过晴朗的天空。我觉得此刻所有的美丽都源于她,源于她浓密而卷曲的秀发,泛着浅黄的棕色映射出最微弱的光泽,源于她蓝色的眼睛,源于她仍然如此饱满、如此年轻的面庞,源于她钢琴家般长而有力的双手。"②
　　记忆中,做听写练习的"我"总是等待着母亲的声音传来,她的声音创造出一个词语,非常缓慢,似乎把词语传送给我们,似乎同音节的变化把词语描绘出来",这样的声音是有节奏的,节奏中闪烁着母亲关注的目光,这目光伴着"我"一步步成长:听母亲讲《圣经》故事,讲巴别塔、讲摩西、讲示巴女王的故事。母亲讲过的故事,在主人公的脑中生根,发芽,催他思考。当父亲破产,整个家风雨飘摇时,面对废墟,"我"感到整个世界就被淹没了一样。此时,"我只记得洪水的故事,母亲在大大的红皮书里给我们读过"。"为什么上帝要惩罚大地? 因为人们都冷酷无情,像父亲所说的那样,他们在种植园里侵吞,让劳动者贫穷?"③正是母亲的声音所开启的世界,让"我"学会了思考,学会了质疑,学会了批判。

---

① 勒克莱齐奥:《寻金者》,王菲菲译,许钧校,人民文学出版社,2013年,第14页。
② 勒克莱齐奥:《寻金者》,王菲菲译,许钧校,人民文学出版社,2013年,第16页。
③ 勒克莱齐奥:《寻金者》,王菲菲译,许钧校,人民文学出版社,2013年,第63页。

| 试论勒克莱齐奥小说叙事中的"记忆"——基于《寻金者》的分析　　　　　　　| 215 |

法国普鲁斯特研究专家塔迪埃对记忆以回忆的形式推动叙述、结构小说的关键问题有过深入的研究，他认为根本问题在于"使结构保留一种与不由自主的回忆相同的自发性，但是也要避免不完整状态、未完成状态，因此从作品一开始就要追求一致性，使一致性像胚芽一样与作品同时生产"①。勒克莱齐奥对小说的叙事的推动深为关注，尤其对记忆以回忆的形式推动小说叙事自然、一致的发展高度重视。通过上文我们所讨论与分析的《寻金者》中以声音的记忆与回忆、推动与结构叙事的情况，我们可以充分地看到勒克莱齐奥在其小说写作中，特别有意识地一方面让回忆保持其"不由自主"的自发性，如《寻金者》开篇第一句的"在我记忆最遥远的地方，我听见了大海的声音"，自发地引出主人公童年时代生活的场景；另一方面，记忆中的声音仿佛音乐的动机，反复出现，起到了结构性的作用，让整个叙述具有一致性。更为重要的是，随着记忆中的声音的反复出现，叙事不断推动，情节不断发展，小说主人公也在不断成长。记忆或回忆的自发性在一定意义上为叙事的自然提供了条件，而记忆或回忆如同音乐动机般的反复出现，则赋予了叙述一致性与发展性，由此，记忆、叙事、事件与人物融合成了一个整体。对叙事艺术的追求，勒克莱齐奥是清醒的，是不懈的。他在小说的叙事中融入了自己对艺术的独特思考与不断超越。对勒克莱齐奥而言，小说写作的理由，不仅仅是讲故事，更是自己生命的根本诉求，因此，他认为："书籍、文章、一词一句，都随我们一同成长。当生命步入不同阶段时，它们的内涵与色彩也在不断改变。言语是我们鲜活存在的一部分，永恒不断生成。"②叙述与生命的联系赋予了写作意义，而在对叙事艺术的追求中，记忆的力量、叙事

---

①　让-伊夫·塔迪埃：《普鲁斯特和小说》，桂裕芳、王森译，上海译文出版社，1992年，第231页。

②　勒克莱齐奥：《文学与人生》，在长江讲坛的演讲，2015年11月14日。

的力量与主人公的成长在不断生成。

二、记忆的复现与转换：叙事的创造力

勒克莱齐奥的写作，并不是忠实地叙述记忆的世界，也不是客观地描述现实的世界。法国著名哲学家、文论家德勒兹就此有着明确的论断："写作并非叙述回忆、旅行、爱情、葬礼、梦想和幻觉。"①小说的创作因其虚构性的本质，与现实的还原或记忆的复说本身就格格不入。虽然回忆、旅行、爱情、幻想常常出现在小说中，而且在不少经典的文学作品中，这些要素构成了内容的底色。写作成功的关键在于如何超越现实的描摹或记忆的围困。就记忆而言，尤其是儿时的记忆，对于一个作家的写作，具有特殊的重要性。勒克莱齐奥坦陈："我坚信，一如弗兰纳里·奥康纳，我笔下的作品大都与我的早年经历相连，这段记忆的根茎早在我二十岁以前就已经打下。"②细察勒克莱齐奥的写作，如果把他七岁时在去非洲的轮船上写作《漫长的旅行》当作他写作生涯的最初启程，那么至今已经有近七十年春秋了。在这漫长的历程中，虽然勒克莱齐奥有过各种体裁的创作，有散文、杂文、戏剧，但他着力最多的，无疑是他的小说创作和带有自传性的虚构作品。对于他写作的第二阶段之后的一些作品，评论者普遍认为具有寻根的倾向。寻根，便是走向过去，追寻历史，记忆于是起着某种导向性的作用，而回忆往往成为其写作的一个重要手段。但一如德勒兹所言，"无论在事物或语言中，都没有笔直的路线"。寻根的追寻，也必然是一种迂回。就勒克莱齐奥而言，作家在追忆或追寻的过程中通过写作"被创造

---

① 吉尔·德勒兹：《批评与临床》，刘云虹、曹丹红译，南京大学出版社，2012年，第4页。

② 勒克莱齐奥：《文学与人生》，在长江讲坛的演讲，2015年11月14日。

出的迂回,每次都是为了在事物中揭示生命"。①

如果说记忆构成了勒克莱齐奥第二阶段具有寻根性小说的某种根基,那么回忆则是其叙事不可或缺的形式或手段。勒克莱齐奥在小说写作中,凭借记忆的发酵、回忆的转换与生成,将原本的"我"的记忆,生成为一种大写的"我"的力量。有研究者指出,作为叙述者的勒克莱齐奥,或者说"勒克莱齐奥小说的叙述者,通过叙述重新创造了大写的'我',通过记忆,通过过去、现在与将来交融在一起的叙事运动,抹去了时间的界线。这种叙事运动,模仿的是旅行,却是一种内外结合的历程。主人公的记忆由特殊的事件和不断延续的事件所构成;这是一些无限的、永恒的时刻"②。

要超越客观的描述、记忆的复原,勒克莱齐奥从普鲁斯特的不朽之作《追忆似水年华》中得到神启般的灵感。对小说的叙述而言,如何摆脱线性的时间的束缚,始终是个问题。有学者指出:"在作品中重新创造时间,这是小说的特权,在较小的程度上也是音乐的特权,它是想象力的胜利。"③细读勒克莱齐奥的小说,我们发现为了摆脱时间的束缚,让时间与记忆一样具有生成性,勒克莱齐奥在写作中赋予了记忆复现性与转换性,通过这些手段,使人物在时间中穿梭,在事件中成长。

首先,在勒克莱齐奥的小说叙事中,记忆具有复现的功能,复现的目的不在于呈现,而是让过去的人、事或景复活。在勒克莱齐奥的不少小说中,常常以"我记得"或"我想起"这样的句式开始,将

---

① 吉尔·德勒兹:《批评与临床》,刘云虹、曹丹红译,南京大学出版社,2012年,第4页。

② Bernabé Gil, Maria Luisa. «La quarantaine de. J.-M. Le Clézio: Du paradoxes temporel à l'uchronie». In Bruno Thibault et Keith Moser. *J-M.G. Le Clézio dans la forêt des Paradoxes*. Paris: L'Harmatlan, 2012.

③ 让-伊夫·塔迪埃:《普鲁斯特和小说》,桂裕芳、王森译,上海译文出版社,1992年,第284页。

记忆导向回忆,以回忆的形式,追寻过去的时光,而过去的人与事会在记忆的召唤下突然复现,复活,在新的时间里、在新的情景里获得新的意义,源自记忆,而又丰富扩展了记忆,在记忆中获得新的维度与生命。如在我们上文分析过的《寻金者》中,怀揣寻金的梦想,被光热笼罩在"泽塔号"舱底的主人公,想到与家人离别的时刻,想起母亲,想起姐姐洛尔:"我还在想她的目光,在她把视线移开之前,在她大步走向沿着铁路伸展的道路之前。我不能忘记闪耀在她眼里的火焰,在我们相别的时刻,这团猛烈的、生气的火焰。那时我惊慌不知所措,然后登上车厢,不假思索。现在,在'泽塔号'的甲板上,我正在前往一个未知的命运,我回忆起这份目光,感受到离别的裂缝。"①

在感受到离别的裂缝的同时,"我"回到了童年的田园般的故土——布康,"我又想起布康,想起一切可能被挽救的、天空色层顶的房子、树木、峡谷,还有海风,它打乱夜晚,在马纳纳瓦的阴暗中唤醒逃亡奴隶的呻吟,以及黎明前飞翔的蒙鸟"②。正是回忆,将"我"拉回到了过去,在离别产生的裂缝中又看到了故乡的一切。随着记忆的打开,儿时听到的传说或故事在他眼前显现,在他耳畔响起。笼罩"我"的炎热不见了,让位给了星光。星光下,"泽塔号"的航行也一扫现实中的艰难,变得"轻快、轻盈"。现时与过去的交替,打破了线性流逝的时间。而在波涛上轻快滑行的"泽塔号"瞬间变成了"阿尔戈号":"哪里是提费斯对'阿尔戈号'水手们所说的七颗星光的蛇?从东边升起,在天狼星的光芒前,是波江座吗?或是伸展在北面的天龙座,脑袋上有天棓四宝石。"③时间就在回忆的复现中不断倒转,而倒转的时间又催起了儿时听到的古希腊神话

---

① 勒克莱齐奥:《寻金者》,王菲菲译,许钧校,人民文学出版社,2013 年,第115 页。
② 勒克莱齐奥:《寻金者》,王菲菲译,许钧校,人民文学出版社,2013 年,第116 页。
③ 勒克莱齐奥:《寻金者》,王菲菲译,许钧校,人民文学出版社,2013 年,第116 页。

| 试论勒克莱齐奥小说叙事中的"记忆"——基于《寻金者》的分析　　　　　| 219 |

的故事,故事在不断复现的情景中变得令人神往,进而将"我"领进"星星的漩涡里",感觉到"天空吹过无止境的风",而"我"则仿佛加入了众英雄去取金羊毛所乘的"阿尔戈号"水手的行列,扬起了"我们的船帆"。[1] 就这样,叙述者在童年的记忆的触动下,由记忆导向了回忆,而回忆则通往了想象,时间在过去、古代与现时中交替,继而通往了扬帆所预示的未来,"走向空间,走向未知"。整个叙述显得自然而丰富,充分显示了经由记忆的叙事的想象力与创造力。

除了上述的复现功能,勒克莱齐奥在小说的叙事中还赋予了记忆转换性,而正是这一转换性,为叙事的视角拓展了某种可能性。有学者在讨论"第一人称回顾性叙述中特有的双重聚焦"问题时指出,"在第一人称回顾性叙述中(无论'我'是主人公还是旁观者),通常有两种眼光在交替作用:一为叙述者'我'追忆往事的眼光,另一为被追忆的'我'正在经历事件时的眼光"。[2]

在《寻金者》的叙事中,往往有记忆的交错与转换。踏入寻金之行的"我"在父亲梦想的指引下,在"泽塔号"的甲板上,一方面"不自觉地写下睡觉时出现在记忆里的诗句",那是拉丁诗人弗拉库斯的史诗《阿尔戈》中的诗句,"白天和海风已经召唤他们,他们重新出海,在博斯普鲁斯海峡激烈澎湃的时刻"[3],另一方面则回想起自己身处"在海水涨到小港湾时的风声中,在奔腾的甘蔗无垠的绿色波涛里,在穿过木麻黄针叶似水的风声里。我回忆起黄昏平静的天空,在拉图雷尔山上方,令人眩晕的山坡延伸到地平线。晚上,大海变得暴烈,闪着反射的斑斑点点。现在,夜晚吞噬维多利亚港的锚地,我觉得自己靠近海天交汇之上。这难道不是'阿尔戈

---

① 勒克莱齐奥:《寻金者》,王菲菲译,许钧校,人民文学出版社,2013年,第116页。
② 申丹:《叙述学与小说文体学研究》,北京大学出版社,2001年,第223页。
③ 勒克莱齐奥:《寻金者》,王菲菲译,许钧校,人民文学出版社,2013年,第115页。

号'驶向永恒,所追随的征兆"①? 在自然推进、融为一体的叙事中,"我"把目光投向记忆中的深处,在史诗《阿尔戈》的诗句的召唤下,凭记忆在锚地闷热的寂静中,看到了"阿尔戈号"驶向永恒的征兆。这一由出现在记忆中的诗句所打开的具有历史纵深感的叙事角度,有力地诠释了现实转化为传奇、现实转换为历史的双重转换技巧。

　　细读《寻金者》,我们还可以发现,记忆的转换功能不仅仅有助于叙事视角的转换与时间和空间的转换,还可以助推叙述者丰富"我"的感觉;由"声音"转向"气味",由"气味"转向"目光",记忆或回忆的感觉性转换,构成了瑞典文学院诺贝尔奖授奖词中所强调的勒克莱齐奥小说叙事中的一大特色——"感官迷醉"。失去了心爱的姑娘乌玛的"我",在他再一次走向寻找爱情的历险中,回到了"马纳纳瓦,世上最神秘的地方。我回忆起从前,我曾经认为夜晚从那里诞生,然后沿着河流一直流进大海。我缓缓地走在潮湿的森林里,沿着溪流。在我周围,我感到乌玛的存在,在黑檀木的树荫里,我闻到她身体的味道,混合着树叶的香味,我听见她窸窣的脚步声在风中"②。在"我回忆"这几个词的推动下,连夜晚也随着河流动了起来,流进大海。而"我感到""我闻到""我听见"所引导的主体性明确、感觉丰富而实在的转换性叙述,将回忆化为了实实在在的"存在"与"生命","乌玛将重新和我在一起,我感到她身体的热度、她的呼吸,我听见她的心跳"③。正是回忆感觉性的转换,让"我"重新拥有了乌玛,并开启了新的梦想之历程,走向"世界的另一边,在不再害怕天空征兆,也不再害怕人类战争的地方"。以记忆为基点的叙述,由此导向了未来、通往了梦想,而记忆中大海开启的小说叙事,又在"我听见大海充满活力的声音正在来临,直

---

① 勒克莱齐奥:《寻金者》,王菲菲译,许钧校,人民文学出版社,2013 年,第142 页。
② 勒克莱齐奥:《寻金者》,王菲菲译,许钧校,人民文学出版社,2013 年,第317 页。
③ 勒克莱齐奥:《寻金者》,王菲菲译,许钧校,人民文学出版社,2013 年,第319 页。

到我内心深处"①这一意味深长的结尾中,为小说的叙事拓展了另一种可能性,留下了开放性的空间。

三、记忆的多重维度:叙事的价值

如果如我们在上文中所试图揭示的,勒克莱齐奥的"记忆"在其小说创作中,有着结构与叙事的双重推动力的话,那么,在根本的意义上,记忆的生成力就是小说的创造力。就叙事的结构而言,塔迪埃在分析《追忆似水年华》中记忆的作用时曾经指出:"在叙述的结构中,记忆还起到使层次多样性的作用。有意的回忆、无意的回忆、从他人那里搜集到的见证,这构成了三个层次,而回忆的故事按这些层次排列……在创作的漫长过程所产生的不同层次上,覆盖着小说赋予叙述者的记忆的不同层次,想象力的混合体抹去了传记的混合体。"②相对于普鲁斯特对记忆的处理手段,勒克莱齐奥在《寻金者》的叙述中,记忆一方面具有明显的层次,大海的声音、母亲的声音占据着突出的位置,这些声音引导着主人公把目光投向内心的世界,投向温暖的家园,而记忆中沉默寡言的父亲,面对星空时眼睛突然放出别样的"光彩",进而谈论"世界、大海、上帝"时的声音则将主人公的目光引向外部的世界,引向历险的道路。一内一外,构成了小说结构的层次,也生成了小说叙事的张力。小说中主人公远行寻金、奔赴战场是父亲的声音的牵引,而记忆中对童年的世界和温暖的家园回归则是大海与母亲声音的召唤,这构成了出发与回归、循环往复的叙事结构。另一方面,勒克莱齐奥没有将记忆停留在叙事的结构与张力的层面,而是更进一

① 勒克莱齐奥:《寻金者》,王菲菲译,许钧校,人民文学出版社,2013年,第319页。
② 让-伊夫·塔迪埃:《普鲁斯特和小说》,桂裕芳、王森译,上海译文出版社,1992年,第253页。

步,在《寻金者》的叙事中展示了记忆的多维性,试图赋予建构在记忆基础上的叙事多重的价值。

在上文的分析中,我们可以较为清晰地看到在《寻金者》的创作中,童年的记忆起到了建构性的作用,建构了小说的叙事和人物的塑造。这部具有家族自传性的虚构作品,叙述的是勒克莱齐奥祖父的故事,小说的献词"致我的祖父莱昂",清楚地说明了这一点。小说的叙述人称用的是第一人称,"我"自然便是小说的叙述者,而不是小说家本身。然而,我们在上文的分析中一再强调记忆对于结构及叙事的推动作用,并说明作家童年的记忆在某种意义上起着基本的生成作用,这自然会引发这样的疑问:小说叙述者的"我",是小说家的"祖父",那么小说中的"我"的童年记忆,在何种程度上与小说家勒克莱齐奥真正的童年记忆具有内在的联系? 或者换句话说,小说家的童年记忆是通过何种方式成为小说叙述者"我"的童年记忆,并通过记忆,化作小说叙事的推动力与生成力的? 就此问题,我们曾有机会当面请教勒克莱齐奥。勒克莱齐奥认为,《寻金者》的故事发生在毛里求斯岛,对他和他的家族来说,毛里求斯具有特殊的意义。就我们提出的疑问,在《想象与记忆》的公开演讲中,勒克莱齐奥做了明确的回答:"毛里求斯岛就此成为某种秘境,一个具有生成力量的小岛,而我们家的全部历史的根系都深植于此。我在来自这座岛的记忆之物中长大——我的父母都是在这座岛上生的,有书,有地图,有各色的贝壳,还有一直伴随着我家逃难的那些小玩意。正因如此,我的记忆便在真实与传说的混杂中形成,这里面,还有从祖父和母亲口中听来的故事的功劳。让回忆持续发酵的,还有我曾祖父留下的藏书。"①小说家勒克莱齐奥在与毛里求斯相关的记忆与记忆物中成长,其记忆之源,既

---

① 勒克莱齐奥:《想象与记忆》,在华中科技大学的演讲,2015 年 10 月 10 日。

有亲身的经历，也有永远不绝的传说、故事，通过口传，通过阅读，代代相传。正是在这种记忆持续发酵的巨大作用下，小说叙述者的"我"替代了小说家，如同孕育新生命一般，将记忆化成了叙事的力量，化成了主人公历险成长的力量。

细读《寻金者》，我们不难看到，作为小说家的勒克莱齐奥没有陷入记忆的重重围困而难以自拔，一任记忆将其淹没而失去自我；更没有被记忆的零碎、重复或者表象所迷惑，而是始终在宏观的叙事结构层面和微观的叙事生成层面把握并发挥记忆的创造力。就《寻金者》的整体创作看，勒克莱齐奥赋予了记忆多重的维度，并通过记忆的叙事，赋予其多重的价值。

一是《圣经》故事、神话与传说的记忆维度。 经由阅读或口传留下的童年记忆，在勒克莱齐奥的小说创作中起着催化想象、促进生成的作用。巴什拉特别强调童年记忆的"植物性力量"，指出"童年的记忆并非轶事趣闻。轶事常是掩盖实质的偶然事故。它们是萎谢的花朵。但由于受到传说的滋养，童年中的植物性的秘密就在于此"[①]。所谓植物性的力量，就是童年的记忆具有成长性，如同播下的种子，会在人的身心中扎下根，开花结果，这一深刻的植物性力量从某种意义上，也就是德勒兹在评价勒克莱齐奥小说创作时强调的"生成性"。就我们在本文所分析的《寻金者》的记忆叙事而言，其特征非常明显。《寻金者》中，随着"我"脑海深处记忆的打开，童年时代所经历的一切随着记忆而展现在读者眼前。整部小说中，《圣经》故事、神话与传说，汇成了主人公"我"成长的滋养力量，留下了深深的印迹，推动了叙事的发展。小说中"我"特别喜欢母亲讲的故事，也"非常喜欢《圣经》故事"。随着叙述的展开，我们先后可以看到有关《圣经》的很多故事，先知约拿、以利亚撒、偷吃禁果、亚伯兰祭献、雅各被兄弟出卖、摩西水中获救、示巴女王，等

---

① 加斯东·巴什拉：《梦想的诗学》，刘自强译，生活·读书·新知三联书店，1996年，第171页。

等。这些《圣经》的故事,是童年的"我"从母亲那里听到的。深刻地印在"我"脑中的这些记忆,在助推小说叙事发展的同时,更与叙事进程形成了一股内在的合力,成为"我"的成长力量,在这些故事中,"我"受到了启示,知道了什么叫"怜悯之心",什么叫"伸张正义",什么是善,什么是恶。随着"我"的成长,童年的这些"记忆"在叙事进程中被赋予了珍贵的价值,形成了"向善"的指引力。又如《寻金者》中"阿尔戈号"的反复出现,也起着同样的作用,自始至终,"阿尔戈号"在主人公亚力克西的历险进程中具有不灭的象征性,内化为小说主人公追求理想的永恒动力,在小说的结尾部分,"阿尔戈号"仿佛"按照天空中的命运,航行在星空下",驶向了不再有战争的未来。《圣经》故事、神话与传说的记忆,是西方小说写作永不枯涸的源泉,勒克莱齐奥小说叙事中,赋予了这一记忆层面特殊的地位和重要的价值。勒克莱齐奥的小说创作中,常有神话与传说的复现与追寻,也构成了他小说创作的一大特色。

二是历史重大事件的记忆维度。历史,既关乎社会的发展,也关乎个体的命运。勒克莱齐奥的小说创作,很少去追求历史的宏大叙事,而往往从一个普通人、一个小人物,甚至一个边缘人的视角出发,结合个人命运的书写,对历史重大事件进行反思甚至批判。在勒克莱齐奥的个人记忆中,有两段记忆是难以磨灭的。一是战争,在多种场合,他提到他出生在战争年代,战争给人类,特别是给老人、妇女和小孩带来的灾难在他儿时心灵里留下了痛苦的印迹。二是他家族的移民历史,他坦陈自己出生在一个特殊的家庭,"既在阅读中接受熏陶,又在迁徙中形成了复杂的过往。我还是个孩子时,就了解到大海对这个家庭有多重要,首先因为我们祖籍在布列塔尼,其次还因为家里有过移民印度洋一个海岛的历史"①。这两段记忆催生了勒克莱齐奥的不少小说,如写他母亲的《饥饿间奏曲》、写他父亲的《奥尼恰》,还有写他祖父的《寻金

---

① 勒克莱齐奥:《想象与记忆》,在华中科技大学的演讲,2015年10月10日。

者》。在《寻金者》中,书写的主要就是与家族史密切相关的"寻金梦"和与人类所遭受的战争劫难。细读《寻金者》,我们不难看到"寻金"与"战争"之间的隐秘关系,而这一关系恰恰被主人公"我"在寻金历程与战争劫难中所遇到的黑人姑娘乌玛无情地揭开了:"你们这些人,上流社会,你们认为金子是最强大、最令人向往的东西,因此你们发起战争。为了拥有金子,人们四处死亡。"[①]寻金梦的最终破灭,是主人公精神觉醒的成长标志,而对战争之因的深刻揭露,则开启了主人公向往和平的新的历程。《寻金者》中,对关乎人类命运、关乎个体生命的重大事件的"记忆"书写生动而深刻,赋予了其小说叙事强烈的反思性与批判性。

三是日常生活的记忆维度。日常生活往往构成一个人存在的基色。勒克莱齐奥的小说创作给予了日常生活重要的位置,而日常所经历的一切,因其可感可触可闻可见,给人的存在以实在性。勒克莱齐奥在其哲理性的随笔《物质沉迷》中,多次谈及对写作而言,人的生命的鲜活,不在于系统的把握,而在于切实的感受;不在于所谓真实的再现,而在于当下的真切的感觉。在上文中,我们已经就《寻金者》中对日常生活的记忆层面具有象征意义的大海的声音与母亲的声音叙事做了较为详尽的分析。小说中大海的声音和母亲的声音在小说中不绝地回响,这种声音的记忆,可以催生具有生命特质的成长叙述。这种声音的作用,一如普鲁斯特《追忆似水年华》中玛德莱娜小点心神奇的生成力量。每一次大海声音或母亲声音在"我"记忆深处的回响,都成为"我"所经历的生命时刻,尤其是艰难、绝望时刻的引导力量。正是这种声音,将"我"引向幸福的起点,启程是为了自由的追寻,而追寻的目的往往有着宿命般的回归。布康的一切,于是在"我"的生命中扎根,成长。正是这种日

---

① 勒克莱齐奥:《寻金者》,王菲菲译,许钧校,人民文学出版社,2013年,第226页。

常生活的记忆层面,在小说的叙事中赋予了叙事实在性与当下感。

　　上面,我们简要指出了《寻金者》中三种不同维度的记忆叙事及其价值。我们应该看到,三个维度具有相对的独立性,但并不是相互分离的。在勒克莱齐奥的小说中,三个维度的记忆在"我"寻金的历程中不断交汇,汇成一种叙事的推动力、一部主人公的成长史和一种对历史的深刻反思。

结　语

　　通过上文对《寻金者》的分析,我们可以发现,在勒克莱齐奥家族自传性小说写作中,记忆有着特殊的位置。一方面,记忆结构推动叙事的发展,另一方面,记忆的复现与转换,赋予叙事不断的生成力和创造力。在勒克莱齐奥的小说创作中,记忆有着多重的维度,小说的叙事,将历史事件、个人经历与记忆交汇在一起,赋予记忆的相关维度明确的价值,使作家的写作具有别样的力量。

（此文系与高方合作）

勒克莱齐奥小说人物论

勒克莱齐奥的小说创作具有介入的立场，直面人的存在、人的苦难，尤其关注处于主流文明之下、之外的世界，关注生活在这个世界上的弱势群体与边缘人。对人之存在的关注与关怀，构成了勒克莱齐奥写作的一个基点。柳鸣九先生在评价勒克莱齐奥处女作《诉讼笔录》时就一针见血地指出："就小说所要表述的内容而言，那就莫过于人自身的存在问题。人类的存在问题，勒克莱齐奥在小说首章的第三行原文中，就指出他的主人公叫亚当，而且重复了一次，一开始就叫伊甸园中那个人祖的名字，明确了他的意向，他要写的是人，是大写的人，是人的象征。"[1]勒克莱齐奥从其创作并出版第一部小说起，在人物的塑造与书写中就表现出了其明确的姿态，一如存在主义文学的代表人物马尔罗、萨特与加缪，有"对人存在命定性、悲剧性的彻悟意识"，也有在"行动上的直面、介入、超越与反抗"。[2] 对小说家而言，人物的创造是首要任务。如普鲁斯特，在构思与创作《追忆似水年华》时，其"思想被他的人物所萦绕，而且感到创造人物是自己的首要责任"[3]。勒克莱齐奥在其小

---

① 柳鸣九:《对现代西方文明的极端厌弃》，载勒克莱齐奥《诉讼笔录》，许钧译，上海译文出版社，2008年，第274页。

② 柳鸣九:《自我选择至上:柳鸣九论萨特》，东方出版社，2008年，第108页。

③ 让-伊夫·塔迪埃:《普鲁斯特和小说》，桂裕芳、王森译，上海译文出版社，1992年，第46页。

说创作中,对于人物的创造同样赋予头等重要的地位。在完成《诉讼笔录》的创作后写给伽利玛出版社的信中,勒克莱齐奥就明确地说明"《诉讼笔录》叙述的是一个不甚清楚是从军营还是精神病院出来的男子的故事"①。在《沙漠》的汉译本出版之际,勒克莱齐奥致信汉语译者,通过他们寄语中国读者,说《沙漠》"描写了一位老人在信仰的激励下,在人民力量的支持下,与殖民主义灭绝人性的侵略进行了双方实力不相等的斗争,同时也描写了一位年轻姑娘在当今西方世界与不公正和贫困所进行的力量悬殊的孤立斗争"②。而《流浪的星星》中,他书写的犹太女孩艾斯苔尔和阿拉伯女孩萘玛,"有血有肉⋯⋯我们能够读到生命的毁灭与缔造,读到绝望与失望,读到等待与行动,甚至读到宗教,读到未曾概念化的各种情感:爱,仇恨,相依为命⋯⋯"③。读勒克莱齐奥的小说,我们不难看到,作家笔下人物众多,且独具个性,其生存的境遇、其命运的发展,往往牵动着读者的心。本文拟以勒克莱齐奥小说的人物为考察对象,就勒克莱齐奥的人物创造做一探讨。鉴于勒克莱齐奥小说人物众多,本文选择具有代表性的老人、女性与行者这三类人物,结合人物的个性、追求与价值进行思考与分析。

一、老人,对传统的坚守与传承

勒克莱齐奥的小说中,有不少老人的形象,如:《沙漠》里有与殖民者进行殊死抵抗的老人马·埃尔·阿依尼纳,还有经常给拉拉讲故事的老渔夫纳曼;《梦多》中有渔夫约尔丹、老人达帝;《金

---

① 勒克莱齐奥:《诉讼笔录》,许钧译,上海译文出版社,2008 年,第Ⅱ页。

② 勒克莱齐奥:《沙漠》,许钧、钱林森译,人民文学出版社,2010 年,见勒克莱齐奥《寄语中国读者》。

③ 袁筱一:《新版译序》,见勒克莱齐奥《流浪的星星》,袁筱一译,人民文学出版社,2010 年,第 2 页。

鱼》中,有大学生哈吉姆的爷爷;《奥尼恰》中,有为吉奥弗洛瓦打开"伊特希之符"秘密的老人摩西。

人物的塑造,没有定法。詹姆斯·希尔顿有言:"作者应该塑造他心里有的人物,至于可爱不可爱,还是顺其自然的好。"[①]勒克莱齐奥笔下的老人,就是他心里有的人物。在他的笔下,老人少有外形、面容的描写,他要书写的,是老人的内心和精神世界。马·埃尔·阿依尼纳是最有代表性的一位。面对殖民者的围剿,在不安与死亡的阴影罩着哈姆拉山谷、笼罩着每个人内心的时刻,小说《沙漠》中被称为"眼中水"的马·埃尔·阿依尼纳出场了,读者跟随不屈的蓝面人的后代努尔,在黑暗里发出的火盆的红光中,看到了"那位长者的身影"[②]。叙述者没有花费笔墨去书写这位伟人的面容、外形,而是以再简略不过的笔触,把努尔的目光、众人的目光和读者的目光引向了在黑暗中闪现的那位老人的身影。叙述者一次又一次地聚焦投向老人"身影"的目光。努尔"眼睛几乎眨也不眨地盯着老人的白色身影"[③],"所有的人像努尔一样,把目光一起投向老人,神情充满着痛苦、狂怒、疲乏和焦虑"[④],而"马·埃尔·阿依尼纳好像毫无觉察,目光越过人们的头顶和斯马拉城墙,凝视着前方"[⑤]。努尔的目光之所以投向老人,那是因为努尔相信,"唯独他,马·埃尔·阿依尼纳,才能改变这黑夜的进程"[⑥];众人的目光投向老者,因为他们相信,"他正在沉沉的黑夜里,从围着圆月飘动的奇妙的云霭中寻找答案,以驱走人们心中的不安"[⑦]。通过努

---

① 狄麦森·司麦斯主编《短篇小说写作指南》,朱纯深译,辽宁教育出版社,1998年,第70页。

② 勒克莱齐奥:《沙漠》,许钧、钱林森译,人民文学出版社,2010年,第23页。

③ 勒克莱齐奥:《沙漠》,许钧、钱林森译,人民文学出版社,2010年,第25页。

④ 勒克莱齐奥:《沙漠》,许钧、钱林森译,人民文学出版社,2010年,第25页。

⑤ 勒克莱齐奥:《沙漠》,许钧、钱林森译,人民文学出版社,2010年,第25页。

⑥ 勒克莱齐奥:《沙漠》,许钧、钱林森译,人民文学出版社,2010年,第25页。

⑦ 勒克莱齐奥:《沙漠》,许钧、钱林森译,人民文学出版社,2010年,第25页。

尔的目光和众人的目光,作者塑造的老人超越了"形"的层面,指向了众人所期待、所指望的精神之光,燃起了他们心中的希望。就这样,在"目光"与"身影"的聚焦之中,勒克莱齐奥将他心中的老教长马·埃尔·阿依尼纳的精神之光和希望之光撒向了每位读者。在小说的进一步叙述中,努尔感觉到老教长的"目光"在他的脸上有过短暂的停留,"这短暂的一瞬,像一束反光,快得几乎难以觉察"①,却在努尔内心痛苦的时刻,在绝望与愤怒的情绪一天比一天加重的时刻,"照亮了他的心"②。目光,是精神的写照,《沙漠》一书中,目光无处不在,其作用既是结构性的,也是象征性的。

　　小说《沙漠》中有两条叙事主线,老教长马·埃尔·阿依尼纳是其中一条叙事主线的主角。作家自始至终没有对老教长的面容与外形进行描述,即使当努尔在被死亡笼罩着的前行途中,一步步走近老人,叙述者展示的还是老教长目光的力量,老人身影是"虚弱"的,他的祈祷声,也是"像一束小火花那样微弱"③,但是"这微弱而又遥远的声音,感动着每一个男女,潜入他们的内心。这声音仿佛发自他们自己的喉咙,和他们的思想、语言交融在一起,组成一曲美妙的音乐"④。写老人,简简单单的"虚弱"与"微弱"两个词,准确地抓住了老人的身体"弱"的特征,但此处的"弱"强烈地衬托出老人的精神之强大。而这种强大的力量来自何方? 在叙述的一步步展开中,我们慢慢地随着努尔在老人的祈祷声中,在斗士们讲述的有关马·埃尔·阿依尼纳的传奇故事中,在努尔越来越坚定地跟随老教长的行进步伐中,越来越清晰地看到了叙述者所刻画的一个具有强大的精神指引力量的老人的形象,也越来越深刻地领

---

① 　勒克莱齐奥:《沙漠》,许钧、钱林森译,人民文学出版社,2010年,第26页。
② 　勒克莱齐奥:《沙漠》,许钧、钱林森译,人民文学出版社,2010年,第29页。
③ 　勒克莱齐奥:《沙漠》,许钧、钱林森译,人民文学出版社,2010年,第37页。
④ 　勒克莱齐奥:《沙漠》,许钧、钱林森译,人民文学出版社,2010年,第39页。

悟到老人的力量来自信仰：老人是圣人阿兹拉克精神的传承者。叙述者不惜笔墨，一方面反复论述着老人在茫茫大漠鼓舞众人走向和平、走向正义、走向自由的"祈祷"，另一方面，又展示了面对殖民者灭绝人性的侵略，蓝面人的后代和沙漠里各部落的人们在信仰的鼓励下，永不屈服的精神。

如果说勒克莱齐奥笔下的老教长的形象，具有强烈的象征性，是对信仰、对正义与自由的歌颂的话，那么这种信仰的力量，在勒克莱齐奥看来是永恒的，是需要不断传承的。在勒克莱齐奥的笔下，一位位老人似乎都有着一种共性：有信仰，有对传统的坚守与继承。读勒克莱齐奥的小说，我们会发现，那一位位老人都喜欢讲故事。《沙漠》中的渔夫老纳曼喜欢讲故事。他讲传奇性的故事，如"巴拉比鲁小鸟"[1]；讲寓言性的故事，如"倒霉的金戒指"[2]。老阿玛也喜欢讲故事，她讲的是拉拉出生的故事，是拉拉的祖先阿兹拉克圣人的故事，是大沙漠的故事。这些故事，像一颗颗种子，在蓝面人后代拉拉的心田里生根发芽，结出了"智慧""善良""自由"的果实。

老人讲故事，孩子听故事，几乎是每一个民族的普遍现象。我们认为，勒克莱齐奥写老人讲故事，主要有两个方面的原因。一是与他儿时的记忆有关，小时候，外婆、母亲都喜欢给他讲故事。在诺贝尔文学奖获奖演说里，他深情地回忆道："我的姥姥是讲故事的好手。在那些漫长的下午，她会讲很多故事。这些故事充满想象力，发生在大森林里——或许是在非洲大陆，或许是在毛里求斯的玛伽贝森林里。故事的主角是只猴子，非常淘气，却总能在危急

---

① 勒克莱齐奥：《沙漠》，许钧、钱林森译，人民文学出版社，2010 年，第 120—126 页。

② 勒克莱齐奥：《沙漠》，许钧、钱林森译，人民文学出版社，2010 年，第 80—82 页。

时刻化险为夷。"①在印第安人部落生活的三年多时间里,他几乎每天晚上都听故事。"在他们的房子里,三块石头垒起了炉膛。在炉火边,在蚊蛾的舞蹈中,说故事的人——男人抑或女人,开始讲起故事、神话、传说,就好像在叙述每天都在发生的事情。说故事的人一边拍打着胸膛,一边尖声高歌。他模仿着故事中人物的表情,有激情,有恐惧。"②现实中的情景和儿时记忆中的情景迸发出力量,自然而然地进入了勒克莱齐奥的小说。

　　读勒克莱齐奥的小说,我们可以真切地体会到,老人讲述的那一个个故事,可以把我们引向文明的源头,引向异域的世界,引向我们美丽的童年,在读者的心中,产生共鸣。除了与儿时的记忆或与现实的情景相关,勒克莱齐奥笔下的人物爱讲故事,也与小说的叙事结构密切相关。以《沙漠》中的几位老人为例。马·埃尔·阿依尼纳老教长讲故事,讲的是圣人阿兹拉克的故事,那故事特别意味深长,说阿依尼纳曾去向他求教,可是"蓝面人不愿接待他,也不看他一眼,只分给马·埃尔·阿依尼纳一半椰枣和一杯炼乳。马·埃尔·阿依尼纳从来没有吃过比这更美味的食物。他畅饮清凉的水,充满了欢乐,因为这是圣水,是最纯净的露水"③。就这样,整整一个月,阿兹拉克一直不见他,阿依尼纳特别悲伤,以为圣人觉得他没有资格为真主服务,准备绝望地离去,可阿兹拉克挽留他,让他在自己身边又渡过了几个月。可阿依尼纳一直很纳闷,觉得阿兹拉克什么也没有教他。阿兹拉克对阿依尼纳指了指椰枣、炼乳和清水,反问道:"自从你来以后,我每天不是和你一起分享着

　　①　勒克莱齐奥:《在悖论的森林里——2008 年诺贝尔文学奖获奖演说》,孔雁译,《译林》2009 年第 2 期,第 178 页。
　　②　勒克莱齐奥:《在悖论的森林里——2008 年诺贝尔文学奖获奖演说》,孔雁译,《译林》2009 年第 2 期,第 182 页。
　　③　勒克莱齐奥:《沙漠》,许钧、钱林森译,人民文学出版社,2010 年,第 35 页。

这些食物吗?"①说罢,"他用手指向北部哈姆拉山谷方向,让马·埃尔·阿依尼纳到那儿为子孙建立一座圣城,并预言说,他有个儿子将要成为国王"②。老人与蓝面人阿兹拉克圣者的故事,是神话,也是现实,有分享椰枣、炼乳与清水的现实之举,也有建立圣城的预言与神话。现实之举中体现的是宗教的精义与哲学精髓。郭宏安对此有精辟的评论:阿兹拉克"饶具禅味的回答,暗含着图阿雷格人的哲学精髓乃是与人'分享'。阿依尼纳作为酋长,他的行为完全体现了这种宽容、分享的精义"③。而建立圣城的寓言和重托则在现实中产生了巨大的精神力量,从小说的叙事角度看,这则具有神话与传奇的故事,在某种意义上说,是整个写作的源头。可以说,如果没有阿兹拉克的启迪、召唤与指引,就没有阿依尼纳带领沙漠各部落人民寻找和平与自由、抗击殖民者的伟大追求与不屈的抗争。传奇与现实就这样产生着互动的力量。从阿兹拉克到阿依尼纳,再到老渔夫纳曼还有阿玛,一个个故事,讲述着沙漠人的历史,阐释着"爱"与"善",传颂着对"自由"、对"和平"的向往。从历史与文明的传承角度看,讲述故事的一个个老人体现了不绝的血脉和精神;从小说叙述的角度看,老人们讲述的这一个个故事则构建起了整篇小说的叙事结构——历史与现实相交替,信仰给人力量,给人以梦想。由此,历史得以延续,文明的血脉不绝,精神之光给后代以永远的希望。小说中一直跟着阿依尼纳的努尔,心中不灭的就是老教长那一束反光似的"目光",即使在老教长离开了这个世界,死亡笼罩着大沙漠的时刻,努尔还是坚定地前行,"希望出现一种奇迹,希望得到老教长允诺给他们的这块和平、富强、外

---

① 勒克莱齐奥:《沙漠》,许钧、钱林森译,人民文学出版社,2010年,第35页。
② 勒克莱齐奥:《沙漠》,许钧、钱林森译,人民文学出版社,2010年,第35页。
③ 郭宏安:《〈沙漠〉:悲剧·诗·寓言》,见高方、许钧主编《反叛、历程与超越——勒克莱齐奥在中国的理解与阐释》,南京大学出版社,2013年,第156页。

国军队永远不能侵入的乐土"①。老人们讲述的那一个个故事,在小说叙述的进程中,在现实的世界,仿佛变得越来越真实,融入了后代的血液。在殖民者充满杀戮与仇恨的世界里,面对厄运的孩子们却在老纳曼讲述的"巴巴比鲁"的故事里,看到了那位为搭救心爱的姑娘而牺牲自己,变成了白色小鸟的小伙子,在孩子们的心灵里,种下了美丽善良而圣洁的种子,回响着"悠扬起伏、清脆悦耳、犹如淙淙泉水"的小鸟的歌唱声。每当"死神"降临,厄运的阴影笼罩着沙漠的时刻,拉拉就感觉到"歌声将她包围,使她沐浴在它那温柔的泉水中。歌声抚摸着她的头发、前额、双唇,向她诉说着爱情,歌声落入她的心田,为她祝福"②。如果细读勒克莱齐奥笔下的老人所讲述的那一个个故事,我们都能从中体会到深刻的寓意。就这样,勒克莱齐奥通过老人所讲述的故事,表达了对异域文明的理解与尊重。另外,通过故事,通过代代相传的古老形式,使历史得以延续,让文明得到保护,让苦难中的人们心中闪现着不绝的信仰与精神之光。那一个个老人,就是一个个对传统的坚守与传承者。

二、女性,个性的觉醒

勒克莱齐奥善写女性,他小说中女性人物众多,且多部作品以女性为主人公。从其创作分期来看,早期小说多以男性为主要人物,主人公多以反叛者的形象出现,女性多为配角。如《诉讼笔录》中的米雪尔,该人物基本没有出场,是流浪者亚当的倾诉对象。《战争》中也基本不见女性,只有一位姓名都不完整,叫 Bea. B.的姑

---

① 勒克莱齐奥:《沙漠》,许钧、钱林森译,人民文学出版社,2010 年,第 359 页。

② 勒克莱齐奥:《沙漠》,许钧、钱林森译,人民文学出版社,2010 年,第 157 页。

娘,在过于物质化的大都市里漫游。在其创作的第二阶段,勒克莱齐奥内心渐渐平静,小说呈现回归之势,女性在小说中呈现丰富多元的形象,尤见于其"非洲"系列小说中:《沙漠》中有主人公拉拉,有阿玛,还有在阿玛讲述的故事中不断出现的拉拉的母亲;《奥尼恰》中有母亲玛乌、黑女王梅洛埃和水的女儿奥雅;《寻金者》中有母亲,姐姐洛尔和土著少女乌玛。在《流浪的星星》中,有两位让人难以忘怀的姑娘艾斯苔尔和萘玛;《金鱼》中是四处漂泊的莱拉;在《饥饿间奏曲》中,有艾黛尔。作家的短篇小说中也有众多的女性形象,如《露拉比》的主人公露拉比,《阿里亚娜》中的克里斯蒂娜。在 2011 年出版的短篇小说集《脚的故事》中,作家塑造了长着一双大脚、对非洲大地无比依恋的尤金娜,在战争灾难中得到外婆化身的雅玛树庇护的两个少女,从相互敌对到超越仇恨的英国新娘莉蒂希娅和非洲妻子阿杜米莎,等等。勒克莱齐奥书写了一个丰富、生动的女性人物长廊:有传说中的女性,也有生活在当下的女性;有在战争中四处漂泊的女性,在社会底层遭受欺压、苦苦挣扎的女性,更有向往自由、独立意识不断觉醒的女性。

对于勒克莱齐奥笔下的女性人物,评论界已有关注与研究。在法国,有多部勒克莱齐奥研究著作涉及女性人物创作,其中最具代表性的为尚达尔·维厄尹博士学位论文《勒克莱齐奥作品中的女性》①。国内具有代表性的,为冀克平的博士学位论文,题为《勒克莱齐奥作品中的女性声音》②。张亘则从男性叙事话语视角出发,探讨勒克莱齐奥《寻金者》中的三位女性形象的塑造及其寓意,指出勒克莱齐奥在该小说的叙事中采用的是男性视角:"男性话语下的女权主义并不包含女性性别的独特内涵,其所标榜的女权主

---

① Chantal Vieuille. *Le Féminin dans l'œuvre de Le Clézio*. Thèse doctorale, Université d'Aix-Marseille I, 1983.

② 冀可平:*La voix du féminin chez Le Clézio*,北京语言大学出版社,2012 年。

义并不聚焦于女性自身的价值或是解剖男权对女性的压迫。因此,在《寻金者》里,萝尔所代表的女性解放的私人性一面被忽略,而乌玛所承载的与主流意识形态相关的截面则被凸显和放大。女性形象的寓意游离于女性本身之外,在女性形象的迷雾之下涌动的是男性精英知识分子思想的暗流。"①探讨勒克莱齐奥笔下的女性人物可有多种视角,得出的结论恐也有别。这里,我们不拟就张亘提出的勒克莱齐奥小说叙事所反映的男性精英知识分子思想及其在小说女性人物塑造中的得与失作商榷性的探讨,更无意做价值判断性的批评,而是以勒克莱齐奥五十多年来所塑造的众多女性形象为考察对象,就其女性人物创作的特征做一整体性的思考。

　　法国女性主义先驱波伏娃有一句意味深长的名言:"女人不是天生的,而是后天形成的。"②所谓的后天,其中最重要的因素,是社会的因素。关于性别,有生理性别与社会性别之分。在性别理论家看来,"社会性别可以被视为一种习性,是一种对社会所认可的男人和女人的行为方式的习得性的或是习惯性的反应。许多20世纪女权主义运动的动机就是从这一观点发展而来,即她们认为,当男人和女人的生理差异是一个不可回避的事实时,两者间的不平等就来源于和'男性'与'女性'性别分类有关的文化偏见"③。勒克莱齐奥写女性,大多采用第三人称,采用第一人称的"我"进行叙事的,也鲜有女性作为"我"的叙事视角。从勒克莱齐奥小说创作中的人物看,勒克莱齐奥并没有一种自觉的性别写作的追求,因此在他的笔下,女性形象的塑造,并非对立或依附于男性。在他的笔

---

　　① 　张亘:《男性叙事话语下的生态与女性关系——论勒克莱齐奥〈寻金者〉中女性形象的寓意》,见高方、许钧主编《反叛、历险与超越——勒克莱齐奥在中国的理解与阐释》,南京大学出版社 2013 年,第 116 页。
　　② 　波伏瓦:《第二性》,郑克鲁译,上海译文出版社,2015 年,第 359 页。
　　③ 　萨拉·甘布尔:《性别与跨性别批评》,见朱利安·沃尔弗雷斯编著《21 世纪批评述介》,张琼、张冲译,南京大学出版社,2009 年,第 47 页。

下,我们因此基本上找不到反抗男权社会或反抗男性的女性,也看不到对抗社会性别准则、规范式约束的女性,更看不到对那些身体变性的女人形象的描写。从这个意义上看,若我们从性别理论出发,对勒克莱齐奥的叙事进行性别意义上的探究,从其所为的男性叙事中窥测男性精英知识分子的思想暗流的话,对我们理解与把握勒克莱齐奥所塑造的女性人物的内心世界与精神追求,恐怕帮助不大。要了解勒克莱齐奥对女性人物的塑造,理解勒克莱齐奥笔下的女性人物的内心世界与精神追求,把握勒克莱齐奥小说女性形象的寓意,须从实质上去探究勒克莱齐奥对写作的理解,去探究勒克莱齐奥作为作家的本质追求与责任担当。

在《试论勒克莱齐奥的创作与创作思想》一文中,我们曾特别强调,勒克莱齐奥"用小说,用故事,用散文,用随笔,写下了他对人类境遇的思考与担忧,写下了他对消失的文明的关注,写下了他对社会边缘人的关爱之情"[①]。写人,写他们在特别境遇中的生存状况与精神追求,是勒克莱齐奥写作的一大特色。从这个角度去看勒克莱齐奥写女性,也许会有助于我们捕捉到勒克莱齐奥笔下女性的某些区别性特征。

勒克莱齐奥写女性,往往会着重书写其置身的社会环境或生存境遇。作家的早期创作具有新小说的特征,反叛式的书写旨在批判物欲横流的现代社会。关于《战争》中的 Bea. B.和《巨人》中的安宁的塑造,若按传统小说的标准加以衡量,不具备人物构成的诸多要素。但是,从小说的发展角度看,这两位女性人物起到了推动叙事的重要作用。Bea. B.无疑是《战争》的第一主人公。该小说采用了两种叙事视角,一是第三人称叙事,仿佛客观的叙述者讲述 Bea. B.的所见所感所思,她的恐惧、她的觉悟和她的斗争,二是第

---

① 高方、许钧:《试论勒克莱齐奥的创作与创作思想》,《当代外国文学》2009 年第 2 期,第 64 页。

一人称的"我"即 Bea. B.，向 X 先生戳破这疯狂的世界的表面，让他看清其中潜藏的危机，意识到时刻都在、无处不在的战争，鼓励他一起反抗。Bea. B.是整部小说叙事的结构力与推动力。小说在第一人称与第三人称的交替叙事中不断推动，客观与主观互动，而当人们最终明白充斥着物、充斥着欲望的整个世界势必爆炸的时刻，Bea. B.却消失了，仿佛她从未曾存在似的。《巨人》中的安宁，与 Bea. B.的写法不同，在小说叙事的进程中，时隐时现，在虚幻的大超市"百宝利"游走。安宁游"百宝利"，是叙事者有心安排的。小说以几乎是全知者的视角，提醒读者去看，去看安宁走向百宝利，走进百宝利，看百宝利，看着安宁在百宝利迷惑、惊恐、精神崩溃、几近疯狂的全过程。从人物的塑造看，无论是写 Bea. B.，还是写安宁，勒克莱齐奥都以写她们所置身的社会、环境为重点。通过 Bea. B.和安宁等人物的塑造，勒克莱齐奥的目的在于让读者惊醒，去看清一个变了形的世界，一如《巨人》的译者所言，"在这个世界中，物已经不是单纯的物，而是具有了强烈的生命感，它们在舞蹈、在招摇、在进攻、在杀戮……超市不再是超市，而是一座噬人的魔窟；城市不再是城市，而是一片枪林弹雨的战场。而人的精神在这样的世界中也产生了畸变，出现了幻觉"①。无论是男人，还是女人，都时刻面临着危险，有被物所围，被物所役，为物而亡的可能。勒克莱齐奥选择书写 Bea. B.和安宁这两个年轻姑娘，也许还有更为现实，也更为深刻的考虑：在这个世界，物欲横流，连身体也会沦为商品，女性因此往往有着比男性更悲惨的命运。从《战争》的叙述中，我们在字里行间可以看到，无论是对 Bea. B.的第三人称叙述，还是 Bea. B.以"我"的视角叙述的自己所见所感，都常有对"身体"的指涉，如"体内""乳房""腹部"及"子宫"。"子宫"是孕育生命的所在，

① 见勒克莱齐奥：《巨人》，赵英晖译，许钧校，人民文学出版社，2010 年，《译后记》，第 327—328 页。

具有强大的象征力量。对母亲身体的侵占,对"子宫"的侵占,由物质及其对物质的欲望引发的战争,就这样威胁着人类的存在,"年轻姑娘不能动弹。她体内如此沉重,赤身躺在黑色的地面上,纵横四分,就好像人们在她子宫内浇铸了水泥"[1]。文中"子宫"与"水泥"这两个词,有具有强大的指涉与象征意义,勒克莱齐奥笔下的女性这一悲惨而富有寓意的形象,就这样深刻地印在读者的脑中。

自 20 世纪 70 年代末,勒克莱齐奥的创作经历了重大转变,在对于女性角色的塑造中,重点描写了女性的主体觉醒。这一改变与作家精神世界的改变密切相关,作家从个体及家族记忆中汲取养分,通过回归自我、身份追寻、家族溯源试图构建起与历史的关联,并将目光投向了异域。在非洲系列小说中,女性人物的塑造是作者最为着力的,也是在叙事的层面占据最重要的地位的。拉拉是《沙漠》的两条叙事主线之一;《奥尼恰》中的三女性,有寻找新城之旅的领袖梅洛埃,有不断深入了解非洲、努力融入非洲的母亲玛乌,还有象征着非洲血脉延续的奥雅;《寻金者》中三位女性也是文本叙事的重心所在。这些人物身上倾注了勒克莱齐奥的感情,其原因评论界都相当了解,因为这几部小说是勒克莱齐奥的家族历史小说,与家族、与亲人有关,其中更是凝结了作家对人性,对女性的觉悟、成长和独立追求的思考。细细阅读文本,读者会被这些女性的命运所牵动,会走进她们的内心世界,去追寻她们对自由、独立的渴望,亲历她们个性的觉醒。

单就《寻金者》而言,母亲与故乡同在,她守护着家园,也守护着叙述者"我"的幸福,母亲的声音与大海的声音构成了主人公亚力克西记忆的源头,也是他幸福的源头。姐姐洛尔更是有自己明确的追求,投身人道主义事业,选择了具有象征意义的印度,要与

---

[1] 勒克莱齐奥:《战争》,李焰明、袁筱一译,许钧校,译林出版社,2008 年,第 278—279 页。

那里贫贱的人民共苦难共斗争。土著少女乌玛拒绝了修道院院长要她留在欧洲、皈依基督的提议，在母亲意味深长的召唤下，选择了与自然相处，回归了大自然。这样的书写，既是人物性格塑造和叙事生成的需要，也是勒克莱齐奥内心对女性的认识、认同与希望在作品中的投射。自我觉醒、寻找或坚守真正的"我"，拒绝任何权利、物质、欲望所强加的异化的"我"，这在作者对拉拉的刻画中表现得尤为深刻。拉拉在一个偶然的机会，一跃而成为名噪一时的美丽的封面女郎，信件从四面八方飞来，要跟她谈合同，谈金钱，要请她参加时装展览，而"各家时装报、画报纷纷刊登她的照片"[①]，"海娃到处可见，画报里，图片上，套间墙壁上。海娃穿一件雪白的衣服，腰身扎一条乌黑的皮带，置身于一片崖石中，没有任何侧影；海娃，身披黑绸，头上围一条头巾；海娃站立在旧城迷宫似的街巷里，一身赭石色、红色、金色；海娃伫立在地中海上，出现在贝尔津斯大街的人群中，出现在车站的台阶上；海娃穿一身靛蓝的衣服，光着脚走在像大沙漠一样的宽广的广场上"[②]。这一张张照片，还有照片上的拉拉-海娃，看似光彩照人，令人羡慕，但"拉拉觉得这很可笑，她笑自己的照片上那无声的笑露着满口洁白闪亮的牙齿。她笑所有这一切，这些照片，这些报纸，仿佛是一场玩笑"，觉得"人们在这些纸片上看到的绝不是她"。[③] 上面的文字，读者若不细心，一定会被其震撼，被"美丽"所俘获，若细细体味，却可在勒克莱齐奥的字里行间，从美丽的渲染中捕抓到"非真实"的细节：崖石、赭石色、靛蓝、大沙漠、光脚，看似都与拉拉的故乡相关，而这些词语的背后，是虚假，是不协调，如崖石边"没有侧影"，"光脚"走的是

---

① 勒克莱齐奥：《沙漠》，许钧、钱林森译，人民文学出版社，2010年，第314页。
② 勒克莱齐奥：《沙漠》，许钧、钱林森译，人民文学出版社，2010年，第312—313页。
③ 勒克莱齐奥：《沙漠》，许钧、钱林森译，人民文学出版社，2010年，第312页。

"广场",而广场只是在照片中显得像"大沙漠",至于海娃走在迷宫似的街巷里时,那变幻的"赭石色、红色、金色"更是显得虚幻而不真实。表面看似"美丽"的照片,在勒克莱齐奥的笔下,却透着虚伪与虚幻,透着不协调与不真实,就这样,读者会渐渐明白拉拉为何觉得这像一场玩笑,会觉得不是她。细腻的文字描写与内心世界的隐秘揭示,充分显示出勒克莱齐奥对拉拉这位沙漠的女儿的精神世界的深刻把握和对其追求独立与自由的个性的充分认同。拉拉拒绝的是消费社会强加给她的虚假、虚拟的"我",坚持的是真实自由的"我"。

勒克莱齐奥笔下的女性,独具个性,内心世界丰富。在对作家所塑造的一个个女性形象的粗浅分析中,我们还可以看到,勒克莱齐奥写女性,不是从概念出发,从抽象出发。他所塑造的女性具有共性,但又各具特色。多元的女性人物,在经历了苦难,经历了社会的不公之后纷纷觉醒,往往以回归作为生命新的起点。勒克莱齐奥写拉拉、莱拉或者艾斯苔尔,有对她们回归故乡的细腻而生动的描写:故乡那昭示着寒夜结束、春天就要到来的流水声召唤着艾斯苔尔,大沙漠无所不在的蓝面人的目光牵动着拉拉的心,而《金鱼》中的莱拉,那个在六七岁时被拐走的小女孩,在异国成名之后,她的人生之路也被一种看似神秘、实则必然的力量,又引向了非洲的大地,她非常坚定地对自己说:"现在我知道,这里就是我旅途的终点,就是这里,不是别处","我终于踏上了我出生时的土地,触摸到了我母亲的手"。[①] 回归故土,既是对传统的一种回归、对历史的承继,更是这些传统女性个性觉醒,掌握自我的命运,与社会之恶、人性之恶斗争的写照,正如詹姆斯·B. 梅里韦瑟评价福克纳的创

---

① 勒克莱齐奥:《金鱼》,郭玉梅译,百花文艺出版社,2000 年,第 205 页。

作所言,仿佛"根据'古老的真理',激励着自己走向道德上的完成"①。

寻找真理,"走向道德的完成",在勒克莱齐奥所塑造的女性莉蒂希娅和阿杜米莎身上有着更为深刻的表现。小说《L.E.L.,临终岁月》写的是一位新女性,她是位诗人、作家,名叫莉蒂希娅,她写诗歌,歌颂自由,一心想"要战胜自己和命运,她要经历妇女的解放,她要为非洲的奴隶的解放而奋斗"②。就是这样一位新女性,在新婚之际,带着浪漫和对爱的执着,远离伦敦,来到她丈夫麦克莱恩作为总督所管辖的非洲海岸角。她不管丈夫的禁令,冲破了白色要塞的双重禁锢,走进非洲大地,走进事实真相,逼近殖民背后的一切。另一名女性叫阿杜米莎,"布拉佛那位子民被贩卖为奴的末代国王阿多的后裔"③,是麦克莱恩占有的非洲妻子。正是由于莉蒂希娅的到来,她被迫离开了白色城堡。小说以第三人称叙述莉蒂希娅的经历与命运,以第一人称叙述阿杜米莎的反抗与斗争。两条叙事主线,两个视角,两个声音,交替展开。前者重在发现,后者旨在揭露,焦点是丈夫。作为女人,前者发现了丈夫的丑行,占有非洲的女人;后者则对前者恨之入骨,因为由于前者的到来,后者被"赶"出了城堡。作为女性,她们有一个共同的丈夫,要争夺自己的合法地位。两者间不可调和的斗争似乎不可避免,更何况一位是白人,是闯入非洲的外国女人,一位是黑人,是末代国王的后代,"被剥夺了财富并沦落为乞丐"④。小说就在这样多重的冲突中展开,莉蒂希娅与阿杜米莎这两条线,从各自的主场出发,去寻找或争取自己的命运。勒克莱齐奥通过描写这两位女性,从内心

---

① 梅里韦瑟:《〈福克纳随笔〉前言》,见福克纳《福克纳随笔》,李文俊译,上海译文出版社,2008年,第Ⅳ页。
② 勒克莱齐奥:《脚的故事》,金龙格译,人民文学出版社,2013年,第171页。
③ 勒克莱齐奥:《脚的故事》,金龙格译,人民文学出版社,2013年,第143页。
④ 勒克莱齐奥:《脚的故事》,金龙格译,人民文学出版社,2013年,第143页。

到外部世界,从现实到历史,通过第三人称叙事的步步揭示与第一人称叙事的声声揭露,最终揭开殖民主义虚伪的面纱与罪恶的真相。两位女性人物,从最初的对立,走向超越仇恨与诅咒,走向自由。勒克莱齐奥调动小说写作的诸多因素,通过独特的视角、悲怆的情节、多重的冲突,由内而外、由封闭走向开放的叙事策略,为女性人物的塑造留下富有启迪与参照价值的成功经验。

三、行者,与他者的相遇

论勒克莱齐奥小说中的人物,评论界关注最多的,恐怕非"行者"莫属。"行者",是一个涵盖性较大的词,可联想到流浪、行走、游走,也可以联想到启程、出发,还可联想到寻找、探索与发现。勒克莱齐奥塑造了形象各异的行者,而作家本人就是一位"永远的行者"。国内最早关注勒克莱齐奥创作的学者钱林森教授就以"永远的行者"来定义勒克莱齐奥。

勒克莱齐奥爱写而且善写流浪、行走的故事,从 1963 年至今,作家已有四十多部作品问世,关于流浪行走的描写,见于小说、随笔等多种文体中。中外学者对勒克莱齐奥这一书写特征有过探究。袁筱一是《流浪的星星》的中文译者,对于流浪,她有一番近乎悲观却深刻的思考:《流浪的星星》,"这是一部关于流浪的小说。流浪之前的幸福时光,流浪,逃亡,永远找不到家的悲剧。结束流浪的希望仿佛神话里珀涅罗珀在纺车边织寿衣,等待奥德修斯的归来,她白天织晚上拆,生存所呈现的循环方式如此在重新开始里得到希望。如果我们相信神话模式的魔咒,人也许是注定要流浪的。而一旦走出家门,就永远也回不去了"①。在袁筱一看来,"流

---

① 袁筱一:《文字·传奇》,复旦大学出版社,2008 年,第 180—181 页。

浪如此成为人的一种生存境遇",或者说是人的一种命运。流浪,行走,有被迫的,也有主动的,其结局是否一样? 流浪或者行走的原因何在? 流浪或行走会有怎样的际遇与遭遇? 我们将以文本为依据,揭示勒克莱齐奥创作中行者类人物的书写特征。

第一,勒克莱齐奥写行者,具有世界视野,将人物置放在广阔的空间。董强在《勒克莱齐奥的世界视野》这篇文章中,以勒克莱齐奥家族的历史、个人的经历以及精神追求为依据,就勒克莱齐奥创作的深层原因、创作主题与创作特色做了分析,强调勒克莱齐奥的写作具有世界的视野。若以此为关照点,我们可以看到,勒克莱齐奥小说中的行者,其流浪或行走的空间无比广阔,具有开放性的特征。《逃之书》(1969)叙述的是一个名叫霍冈的青年的逃离或者游走的历程,其足迹遍及亚洲、非洲、美洲,从东京到纽约,从纽约到莫斯科,逃之足迹在一个不断扩展的空间里不断延伸。《沙漠》里的马·埃尔·阿依尼纳老教长率领沙漠人在不停地行走。小说一开始,写的是"他们沿着一条几乎看不出的小道慢慢地往山谷走去"[①],而小说的结尾,写的也是他们坚定地继续前行:"每天,当黎明到来的时刻,自由的人们便动身,走向自己的家园,走向南部故国,走向任何别人都不能生存的地方。"[②]在《逃之书》与《沙漠》这两部小说中,"走"这个词反复出现。随着霍冈的脚步,从柬埔寨到日本,从纽约到蒙特利尔,再到墨西哥,从大城市到乡村,甚至到深山,空间无限延伸,仿佛没有尽头。至于马·埃尔·阿依尼纳所代表的沙漠人更是走向任何人"都不能生存的地方",黎明到来,便是他们启程之时。从空间角度看,勒克莱齐奥通过笔下的人物,把读者引向世界各地,向人们展示在象征着现代社会与主流文明的大都市里生活的人、发生的事,也向人们叙述象征着古老社会与濒临

---

① 勒克莱齐奥:《沙漠》,许钧、钱林森译,人民文学出版社,2010 年,第 1 页。
② 勒克莱齐奥:《沙漠》,许钧、钱林森译,人民文学出版社,2010 年,第 391 页。

消失的文明的大沙漠里的民族为自由、为生存而进行的不绝的斗争。读勒克莱齐奥的小说，随着一个个流浪者、一个个漂泊者、一个个行走者，我们的目光不可抵抗地被吸引，被引向世界的深处，引向世界的边缘。在现当代法语文学创作中，难有一个作家的作品能像勒克莱齐奥那样，把读者引向如此广阔的地理空间与社会空间。更值得我们关注的是，通过勒克莱齐奥所创造的一个个行者的所见所感与所思，读者渐渐地会去思考霍冈这样的人物为何会不停地逃离，而以阿依尼纳为代表的沙漠人到底要走向何处，从而生发出对人类文明未来的关怀与忧思。

第二，勒克莱齐奥写行者，往往以人物的启程与追寻过程为重点，写他们的发现历险与心路历程。让-玛利·古瓦古在《勒克莱齐奥：真正达到文化的他者》一书中，对勒克莱齐奥笔下的行者和对他者的探索做了很有深度的思考。勒克莱齐奥笔下的行者，其流浪也好，行走也好，往往都具有强大的动机。蓝面人的脚步永不停歇，是因为心中有信仰，有梦，有对殖民者的抗争，有对和平与自由的向往。艾斯苔尔流浪，是因为要"出发去寻找传说中自己的家园：刚成立不久的以色列圣地"[1]，也是因为她心中有"一种近似神话的信念，关于耶路撒冷的许诺"[2]。《寻金者》中的亚力克西踏上"寻金"的冒险之旅，是因为儿时的记忆中有"阿尔戈号"的众英雄的召唤，有父亲给他讲述的"关于世界、大海、上帝那些美妙的事情"，有父亲对他议论的那些"伟大的水手们的旅行，那些发现印度之路、大洋洲、美洲的人"，[3]更有对"宝藏"探寻的欲望、对幸福的憧憬。《奥尼恰》中的小孩樊当、母亲和父亲各自的启程，都有明确的

---

[1] 见勒克莱齐奥《流浪的星星》，袁筱一译，人民文学出版社，2010 年，《译序》，第 2 页。

[2] 见勒克莱齐奥《流浪的星星》，袁筱一译，人民文学出版社，2010 年，《译序》，第 3 页。

[3] 勒克莱齐奥：《寻金者》，王菲菲译，许钧校，人民文学出版社，2013 年，第 37 页。

目的和指向。就这样,勒克莱齐奥写行者,似乎给读者传递着一种信念:人之所以要行走,要出发,要寻找,是因为人类总是怀抱"家"的希望,怀抱"幸福"的希望,也有着对"未知"、对"他者"、对异域的一种向往。反言之,人类希望不绝,行走的步伐便不止。然而,勒克莱齐奥写行者,并没有止于对行走动机的探究,而是一步又一步,步步深入,对行者的历险进程进行全面而细致的叙述与揭示。让-玛利·古瓦古对此有深入的观察和分析,提出了勒克莱齐奥笔下的行者历险进程的三个阶段论。"第一个阶段,对发现的召唤阶段。他者的吸引力在此阶段是一种引力,一种真正的心理的力量"①。第二阶段,"为对他者的理解阶段",即作为行者的"我"对他者进行的具体的探索阶段。第三阶段,"是与他者及异域的冲突和真理的呈现阶段",此阶段由"行者经过对他者的感知而进入对他者的认知与揭示"。② 古瓦古总结的这三个阶段,从某种意义上说,是与他者相遇、感知、认知的一个过程,其中有他者的召唤,有冲突,有认同,也有"自我"丰富的过程。以此观照勒克莱齐奥对行者人物的塑造,可见其重要的启迪价值。勒克莱齐奥一方面以人物的行走过程来构造小说叙事的发展,另一方面借助小说叙事从不同的叙事视角、叙事脉络来塑造性格各异的行者人物。就行者人物的塑造而言,勒克莱齐奥特别善于使用"个体化"与"感官化"两种手法,往往从个体的一种偶然性的冲动或行动去揭示人物内心的奥秘,使人物变得复杂而富有个性,使作品具有丰富性和张力。要进入这些人物的内心世界,必须关注他们的行动、他们的心理,为此,勒克莱齐奥在叙述中经常使用第三人称与第一人称交替使

---

① Jean-Marie Kouakou. *J.M.G. Le Clézio, accéder en vrai à l'autre culturel*. Paris: L'Harmattan, 2013, p. 31.

② Jean-Marie Kouakou. *J.M.G. Le Clézio, accéder en vrai à l'autre culturel*. Paris: L'Harmattan, 2013, pp. 31–32.

用的叙事视角,一方面去观察、展示他们的行动,另一方面设身处地,以"我"为叙事视角,深入人物的内心深处。如同普鲁斯特一样,为进入人物的心灵,进入他们的潜意识,勒克莱齐奥甚至"一直追到他们的幻梦中"①,叙述他们各色的梦,如蓝面人的梦、艾斯苔尔的梦、梦多的梦。而勒克莱齐奥"感官化"的写作方式,更是将人物与他者的相遇、对他者的观察与感知写得生动而富有冲击力,让读者仿佛身临其境,产生共鸣。实际上,与他者相遇,感知他者,认识他者,是"自我"发现自己、认识自己、丰富自己的过程,勒克莱齐奥在对行者人物的塑造中,对此也有深刻的揭示。

第三,勒克莱齐奥写行者,往往有对人物命运的深刻同情,书写人物为掌握自己命运而进行的抗争。作为主流文明之下和之外的人性的探索者,勒克莱齐奥在他的小说创作中,有着对人文精神的坚守,他笔下的人物,如我们在上文中所介绍和分析的,基本上都是处于社会边缘的人,是为主流文明所抛弃所忽视的小人物。实际上,这些社会底层的边缘人,有的连自己怎么来到这个世界都不知道,何谈有什么命运。勒克莱齐奥的小说中有不少流浪者,他们确实不知道自己的身世。如短篇小说《梦多》中的梦多,小说开头第一句写道:"也许没有人说得清楚梦多是从哪个地方来的。"第二段再次强调写道:"大家对他的家庭也一无所知。兴许他根本就无家可归。"②《金鱼》中的莱拉,她的身世更加悲惨,小说第一段这样写道:"我是在六七岁上被人拐走的。由于那时候我还太小,加之后来又发生了那么多事,所以记不大清了。但它就像一场梦,一场遥远的噩梦,时常在梦里,有时甚至在白天向我袭来,令我不寒而栗。记得那时一条洒满阳光、空旷且满是尘土的大街,天空蓝蓝

<hr>

①　让-伊夫·塔迪埃:《普鲁斯特和小说》,桂裕芳、王森译,上海译文出版社,1992年,第99页。

②　勒克莱齐奥:《少年心事》,金龙格译,漓江出版社,1992年,第3页。

的,一只黑色的大鸟掠过天空,尖叫着。突然,几只男人的大手把我投进了一个袋子,我快要窒息了。是拉拉·阿玛买下了我。"①一个六七岁的女孩,噩梦般地被人拐走,"不知道自己在出生时妈妈给我取过什么名字,父亲是谁,以及自己是在哪里出生的"②。买下她的阿玛给她取名叫"莱拉",是黑夜的意思,这名字伴随着她,不幸的命运如黑夜般一直笼罩着她。从小说结构构建的角度看,勒克莱齐奥以这样的开头展开叙述,其用心与效果是显而易见的:从小说一开始,人物的命运便牵动着读者的心。像梦多、莱拉这样的人物,勒克莱齐奥笔下还有不少,如我们在上文已经多次论及的拉拉,她也不知道自己是怎么来到这个世上的,小的时候一遍又一遍地缠着阿玛讲她母亲和她出生的故事;还有《寻金者》中的土著少女乌玛,八岁时父亲就病死了,被送进修道院,后来染上结核病,差点死去。这些人物,有的流浪,有的漂泊,仿佛苦难永远没有尽头。但在勒克莱齐奥的笔下,他们永远不向命运低头,坚定地向前走去。如梦多,对人那么善良,对生活那么热爱,还充满梦想,勒克莱齐奥用强烈对比的手法写社会当局对他的不容,写城市治安队像抓流浪狗一样把他抓走,同时写梦多始终充满希望地活着,写他善良而真心地牵挂着那位老乞丐:"梦多寻找那位身边总带着鸽子的老乞丐,他的心剧烈地跳动着,他心里明白,也许再也见不到老人了。他到处找遍,大街小巷,集市广场和教堂前面都没有老人的踪影。梦多非常渴望见他一面。可是夜里,那辆灰卡车出动了,那些穿制服的人带走了老人。"③字里行间,我们可以深切地感受到"那些穿制服的人"的威权与身边"总带着鸽子"的老人的无辜,也能深切地感受到小梦多在自己有可能遭受与老人同样命运,被打狗队

① 勒克莱齐奥:《金鱼》,郭玉梅译,百花文艺出版社,2000年,第1页。
② 勒克莱齐奥:《金鱼》,郭玉梅译,百花文艺出版社,2000年,第1页。
③ 勒克莱齐奥:《少年心事》,金龙格译,漓江出版社,1992年,第54页。

抓走的情况下对老人的那份深深的关切。

这种对小人物的关切之情,在勒克莱齐奥的叙事中是自然流淌、无处不在的。如在《寻金者》中,叙述者在叙述亚力克西寻找乌玛,借用主人公的口吻,发出关切的声音:"这是乌玛居住的村庄留下来的吗？他们怎样了？他们是否死于发热和饥饿,被所有人抛弃?"①读勒克莱齐奥的小说,除了可以感受到作者通过叙述者对笔下的人物所表达的深刻的同情与关切之外,更给人一种希望,因为作家所塑造的这些弱小、边缘的人物,对生命始终没有失去希望,总是把命运始终牢牢地掌握在自己手里:梦多挣脱了打狗队的囚禁,逃跑了,想必又在自由地流浪;拉拉回到了非洲的沙漠;艾斯苔尔经历了寻找圣地的幻灭之后,又回到了记忆中回响着音乐般的流水声的故乡。更具有象征意义的是,拉拉在非洲的沙漠里,在无花果树下生下了女儿,艾斯苔尔也迎来了儿子的诞生,那"将是太阳的孩子"②。两个新生命,一个是象征着生命延续的女儿,一个是象征着力量与温暖的儿子,勒克莱齐奥就是这样为我们塑造了一个个充满希望的弱小人物的形象,赋予他们的流浪或行走永恒的精神之光。

结　语

小说的创作,离不开对人物的塑造。通过上文对勒克莱齐奥笔下老人、女性、行者这三类具有代表性的人物的考察、分析与展示,我们可以看到,勒克莱齐奥写人物,固然有叙述故事的需要,人物的塑造有结构与推动叙事的作用,但更重要的,是勒克莱齐奥在

---

① 勒克莱齐奥:《寻金者》,王菲菲译,许钧校,人民文学出版社,2013年,第279页。
② 勒克莱齐奥:《流浪的星星》,袁筱一译,人民文学出版社,2010年,第267页。

人物的塑造中融入了他对人类文明的思考、对现代文明的担忧，融入了他对处在主流文明之下和之外的弱小人物命运的深刻关注，也表达了他对人类必定走向和平与自由的坚定信念。

（此文系与高方合作）

诗意诱惑与诗意生成

——试论勒克莱齐奥的诗学历险

勒克莱齐奥小说叙事富有诗意,这几乎是评论界与读者的共识。在国际勒克莱齐奥研究会会刊《勒克莱齐奥研究》(*Les Cahiers J.-M.G. Le Clézio*)2012 年期(总第 5 卷),克洛德·加瓦莱洛(Claude Cavallero)教授结合他主编的这一期的内容安排、研究动机与主要论文观点的述评,写了一篇独具慧眼的论文,题目叫作《勒克莱齐奥的诗意诱惑》。"诱惑"一词,本就暧昧,充满诱惑,加上"诗意"一词的修饰,自然魅力无穷,然不知是勒克莱齐奥以诗意诱惑读者,还是勒克莱齐奥被诗意诱惑,抑或是两者兼而有之,心向诗意,而笔端诗意四溢,终成勒克莱齐奥的诗意世界。本文拟从语言与存在的关系、诗意的表达与生成等方面,对勒克莱齐奥小说创作的诗学历险做一探讨。

一、语言之道与诗意栖居

诗意当与诗有关,然而考察勒克莱齐奥之创作,其作品形式多样,有小说、随笔甚至戏剧,却少有诗的创作。就勒克莱齐奥的创作而论诗意,自然便超越了体裁之界。一如加瓦莱洛先生所言,勒克莱齐奥作品的诗意之基调,是任何进入并热爱勒克莱齐奥作品的读者都能感受到的。就"诗"而言,勒克莱齐奥的心中,已无诗的理想主义的含义,而是与"民歌、自然风景的自由召唤"①紧密相连。勒克莱齐奥作品中的诗意,在克里斯迪安·卜里根看来,首先表现在他的创作中。勒克莱齐奥一直有着"诗意的关切",而这种"诗意的关切"与其语言的创造是息息相关的。所谓"诗"是诗人"用其语言对其在语言中的主体的质疑"②,就此而论,勒克莱齐奥的"诗意的关切",便首先表现在对语言的这一质询,尤其是对初始语言的质询,在他早期的小说创作中,有对这一初始语言的多种暗示。"正是这一亚当的语言,如我们的研究所能揭示的那样,赋予了勒克莱齐奥叙事具有乌托邦和神话意义的诗意闪光。"③

"诗意小说是空间的叙述,在空间中展开探寻,在其中寻找某种隐秘的东西,而历险小说是把这种寻找置放在时间之轴,当然,这两者可以相互作用,如在《寻金者》我们可以看到的。"④对小说写作而言,探寻,是一个特别值得关注的词。文学是人学,小说写的是人,但人并非孤立存在。如果说"小说是人类的秘史",那么小说家对人类秘史的探寻,是个人化。若如昆德拉所言,文学旨在拓展人的存在的可能性,那么对人之存在的隐秘的探寻,则可能涉及人的生存空间、生存环境、生存困境。勒克莱齐奥的小说,在塔迪埃看来,便是在人类的生存空间中展开的。而同时,勒克莱齐奥把他的目光投向生存在空间边缘的被驱逐、被忽视、被侮辱的人物,对他们的命运,予以了深刻的关切。非洲系列小说《沙漠》中的蓝面人,《奥尼恰》中的黑女王,在艰难的历史中顽强抵抗与不断迁

---

① Claude Cavallero. La tentation poétique de J.-M.G.Le Clézio. *Les Cahiers J.-M. G. Le Clézio*. N°5,2012, Paris：Editions Complicités,p. 9.

② Claude Cavallero. La tentation poétique de J.-M.G.Le Clézio. *Les Cahiers J.-M. G. Le Clézio*. N°5,2012, Paris：Editions Complicités,p. 10.

③ Claude Cavallero. La tentation poétique de J.-M.G.Le Clézio. *Les Cahiers J.-M. G. Le Clézio*. N°5,2012, Paris：Editions Complicités,p. 10.

④ Cavallero Claude A propos du récit poétique, entretien avec Claude Cavallero. *Les cahiers J.-M.G. Le Clézio*. N°5,2012, Paris：Editions Complicités, 2012, p. 30.

徒,在本属于自己而遭殖民者驱掠的沙漠里顽强挣扎。勒克莱齐奥小说中这些人物的命运牵动着当代人的心,其中既有对殖民历史的一种谴责,也有对他们命运的一种温暖的关切。一如郭宏安十分尖锐地提出的问题:"在《沙漠》这部小说中,我们可以提出什么样的问题呢? 我们至少可以提出:为什么钢筋水泥的世界不是幸福的世界? 为什么贫穷的沙漠是人类自由的象征? 基督教士兵(法国及其他国家)对蓝面人文明的消失负有什么责任?"在郭宏安看来,勒克莱齐奥以小说家的立场,以其充满诗意的笔触,在其小说中让我们看到并明白了:"努尔通过什么途径继承了图阿雷格人的传统? 为什么失败的蓝面人要向南返回他们的出发地? 为什么拉拉不忘大沙漠? 为什么拉拉及其亲人不抱怨贫穷?"[1]勒克莱齐奥在《沙漠》中,以其独特的方式,对上述这些问题提供了"直击心灵"的答案。他的笔触深刻、精确而沉着,小说一开始便将读者引入沉重而悲壮的历史之境,"跟着字句慢慢地进入一种浅斟低唱的叙述状态,取忘我、吸纳、参与、认同的态度,摒弃语言和概念,进入与事物直接接触的境地"[2]。

人类的生存,与语言直接相关。海德格尔借荷尔德林之诗句,从哲学的底蕴中阐释了人诗意地栖居在大地上的可能之路。对诗歌的向往,对诗所创造的诗意的天地的向往,开启了语言创造有可能带来精神自由的可能性。对于小说家而言,诗意的创造首先是从语言开始的,在"语言讲述"的困境中,探寻自由地抒发思想的路径,是勒克莱齐奥一直所致力的行动。在他的第一部小说《诉讼笔录》的创作中,就已经能非常明显地看到在语言的层面,他试图走

---

① 郭宏安:《〈沙漠〉:悲剧·诗·寓言》,见高方、许钧主编《反叛、历险与超越——勒克莱齐奥在中国的理解与阐释》,南京大学出版社,2013年,第163页。

② 郭宏安:《〈沙漠〉:悲剧·诗·寓言》,见高方、许钧主编《反叛、历险与超越——勒克莱齐奥在中国的理解与阐释》,南京大学出版社,2013年,第153页。

出僵化的经院式语言;在小说叙述的层面,他更是明确表示,他"很少顾忌现实主义",要"避免充满尘味的描述和散发着哈喇味的过时的心理分析"①。首先从僵化的语言中解放出来,让自由的思想放飞,针对读者的感觉,在写作这片"广袤的处女地"不断勘察,打破"作者和读者之间相隔的辽阔的冰冻区"。此后的写作中,勒克莱齐奥从语言出发,不断历险,探寻充满生机、带着温暖、闪烁着诗意的写作之道。

何为富有生机和创造力的初始的自然语言呢? 勒克莱齐奥在巴拿马印第安人部落的三年生活,接触到了与自然融合在一起的土著人,在与他们的朝夕相处和共同生活中,对他们的语言、习性与生存之道有了深刻的了解。他认为印第安人的语言就具有这种特征,在《大地上的陌生人》一书中,他这样说道:"当词中出现舞蹈、节奏、运动和身体的脉搏,出现目光、气味、触迹、呼喊,当词不仅从嘴而且从肚皮、四肢、手……尤其当眼睛说话时……我们才在语言中……"②勒克莱齐奥反对的是那种凝固了的、经院式的没有生命的语言,召唤的是他所寄居的这一充满生机的初始语言,其盎然生机透出的是浓郁的诗意。栖居在语言中,需要的是卜里根所说的那种初始的语言。在寻找自己的写作之道中,勒克莱齐奥发出过这样的质问:"需要摧毁一切吗? 需要摒弃自出生以来,多少个世纪以来所积累的一切养料吗? 包括那些习癖、语言、习俗、姿态、信仰、思想?"③之所以发出这样的质问,是因为他深切地感受到压在自己身上的沉重的历史负担,自己的言与行已经被过去的语言、信仰、思想、习俗所规定,"我们一无所是"。为了真正的存在,

①　勒克莱齐奥:《诉讼笔录》,许钧译,上海译文出版社,2008 年,第 11 页。

②　转引自李焰明、尚杰《勒克莱齐奥及其笔下的异域》,见高方、许钧主编《反叛、历险与超越——勒克莱齐奥在中国的理解与阐释》,南京大学出版社,2013 年,第 68 页。原文见 Le Clézio. *L'inconnu sur la terre*. Paris:Gallimard,1978，p. 87。

③　Le Clézio. *L'Extase matérielle*. Paris:Gallimard,1967，p. 39.

他要从初始的语言中寻找生命:"我想讲的是本源性的、真实的语言。当词语逼近死亡之时,词语才真正地处在生命中。词语是开端。在词语的开端之时才能萌生出真正的活着的感觉。"[1]勒克莱齐奥在《战争》一书,淋漓尽致地让词语面向无处不在的战争,去创造"生"的天地。勒克莱齐奥既然毫不吝啬地摒弃了一切传统小说的构造,他的武器又是什么呢? 二十年前,当李焰明和袁筱一翻译《战争》一书时,就提出了这样的问题。如果说勒克莱齐奥的写作要获得生命,他清楚地意识到词语的原始之力的话,那么在《战争》一书中,我们更能真切地感受到现代人在被钢筋水泥包围的世界里,在"每个人的内心都被由欲望而生的贪婪、饥渴、失望、仇恨、绝望挤得慢慢而终到爆炸"的物质化的世界里,他们面临的是无处不在的战争,而勒克莱齐奥在构建小说的同时,也在面对这样的战争,其抵抗的武器"就是词语。连成句也罢,不连成句也罢,每一个词语都有它自己的力量,在挣扎,在跳跃,在杀戮,每一个词语都有它的色彩,连在一起就是一幅画。这是自然而明朗的,不需要复杂的语法结构,不需要严谨的篇章布局。一切,都在于词,'无所不在的词',在扼杀思想,在挑起战争;在充当先知,在书写现代的《创世纪》"[2]。勒克莱齐奥正是依靠这种具有本源性的、简单的词语的力量,动摇现代人冷漠的城墙,剥开"都市文明"中那层遮掩疮痍的衣饰,让"闪闪发光"的物质之美显出其面临的深渊,让麻木的人的神经有所触动,有所警觉。在词语所爆发的力量之中,在小说作者抵抗消费社会,勇敢地面对现实、面对战争之时,在词语的深处,闪现的正是那种诗意的力量。恰如巴什拉所言,"我在一个词中寻找避难所。在词的心脏里休息,在词的斗室里明辨秋毫,并感觉词是生

---

① Le Clézio. *L'Extase matérielle*. Paris: Gallimard, 1967, p. 42.
② 许钧,《译序》,勒克莱齐奥,《战争》,李焰明、袁筱一译,许钧校,译林出版社,2008 年,第 6 页。

命的萌芽,一次逐渐增长的黎明"①。

文学,是对生命的生成。德勒兹认为,"写作与生成是无法分离的:人们成为女人,成为动物或植物,成为分子,直到成为难以察觉的微小物质。这些生成按照一种特殊的系统相互关联,就像在勒克莱齐奥的一部小说中"②。德勒兹所说的勒克莱齐奥的这部小说,确切地说应该就是《诉讼笔录》,广泛地说,应该是指勒克莱齐奥的整个小说创作。作为生成的写作,赋予了小说家创造生命的可能性。在小说中,人可以生成为女人、动植物或者分子,这种生成的过程,有可能通往"物我合一"的境界。勒克莱齐奥在他那部著名的《物质迷醉》的论著中,表现出了一种持久而内省的追求,对于世界物质的一种认同,是人进入世界的一种特别途径,是认识世界的一种探险。在这一探险中,"无论在事物或语言中,都没有笔直的路线,句法是所有迂回的总和,这些被创造出的迂回每次都是为了在事物中揭示生命"③。通过写作,接近物质,认同物质,如勒克莱齐奥笔下的自然世界的物,进而生成为动物或植物,物我合一,其目的就是为了感觉充满万物的世界,理解这个世界,进而达到某种共处与共生。有学者者在论述福楼拜的创作时这样说:"成为物质:这一无限的梦想,与世界绝对认同的发狂愿望,将世界理解为内在的世界,这种梦想随着自身的陈述而逐步耗尽。讲述自然与生命的事物,滑进事物的表面的外衣,让文字重现这个外衣,同时也是取消这个外衣,这实际上不是在暗示物质的现实可以在这种认可运动中得到概括吗?而且这个现实不再与虚构分开吗?

---

① 加斯东·巴什拉:《梦想的诗学》,刘自强译,生活·读者·新知三联书店,1996年,第61—62页。

② 基尔·德勒兹:《批评与临床》,刘云虹、曹丹红译,南京大学出版社,2012年,第1—2页。

③ 基尔·德勒兹:《批评与临床》,刘云虹、曹丹红译,南京大学出版社,2012年,第2页。

到了这个地步,人们就得承认,世界只能以意志和表现形式才能存在,因为世界只能通过表现世界的意志才能继续存在,意志将赋予世界一种永恒性。于是,一种现实的美学观获得胜利,对于这种美学观来说,现实归结为一些图像和一些话语。"①到底什么是现实?当我们的目光、我们的笔触只是停留在事物的表面时,我们能够真正把握现实的真实吗?勒克莱齐奥在其小说的创作中,始终给自己提出一个问题:何为真实?需要描绘世界的真实性,语言可以信任吗?如果说勒克莱齐奥与现实主义者一样,确信世界存在着不可枯竭的丰富性,对表现或传达这种丰富性感到困惑,那么,它就不可能仅仅满足于把语言当作一种工具,仅仅去模仿、去描写他所看到的物的表面。他试图用一种初始性的语言,用自己的感觉和想象力,在对物的认同过程中,揭开物的表皮,深入物的深处,揭示物的生命及其可能的危险。在《战争》中,勒克莱齐奥就是这样去探询我们身处其间的由物质构筑成的世界。他用"装着有可能弄瞎眼睛的尖针"的眼镜,跟着那个叫 Bea. B.的年轻姑娘,穿越城市,穿越街道,看过机场、咖啡馆、商店、车站、地道、垃圾场,渐渐地"把这世界细腻润滑的肌肤拿到了它的镜片下,细致地描摹,其程度比中国可见叶片脉络的那种工笔画尤胜。不仅如此,它还毫不手软地剥开了这层表皮,把五脏六腑都剖了出来,呈现在大家的面前"②。在深处,人们终于"发现灾难":"獠牙和利爪露出,伸展着指头的奇特的手从地下或墙里冒出来。到处出现了一张张嘴,顶里面,鲜红的咽喉半开着。这些是正飞速转动的车轮,灼热的轮毂飞出一阵阵烟雾,一团团火花。这些是眼睛,在阳光下睁着,目光冷

---

① 马舍雷:《文学在思考什么》,张璐、张新木译,译林出版社,2011 年,第 250—251 页。

② 许钧:《译序》,勒克莱齐奥:《战争》,李焰明、袁筱一译,许钧校,译林出版社,2008 年,第 4 页。

酷,试图征服一切。柏油路上,空气整个静止了,但微尘体仍穿越空气震动着。每一小尘粒就是一个行星。上面住着一个人,他注视着,审判着。"①勒克莱齐奥的《战争》,就是这样无情地拨开事物的表皮,深入其间,在车轮滚滚的柏油路静止的空气中,抓住仍在穿越空气振动着的微尘,一个人潜入微尘,注视着,审判着。写于20世纪70年代的这部小说,就像寓言般、先知般地,从一颗微尘中揭示出了现代物质的世界所潜藏的危机以及时时都在加剧的无处不在的战争:"坚固的楼房矗立在地面上,它们全力压迫着大地。人们几乎到处都能感觉到地基、壅塞地带对皮肤造成的疼痛,也感到干渴,一种止不住的干渴,使你口干舌燥。血液也成糊状。地上,沥青层将那长长的、汽车艰难行进着的沥青马路紧裹在它们粗糙的表皮里。天空有时是灰色,有时蔚蓝,有时又黑暗一片,每当飞机痛苦地从中穿越,它便惊慌地蜷缩在房屋的墙隅。"②当我们读着这些文字,再去想一想天空、大地,想一想变灰变暗的惊慌的天空,去想一想皮肤的疼痛、干渴干疼的喉咙,想一想想躲也躲不开的雾霾时,我们对于现实的认识是否更真切些呢? 我们对于生命的认识是否更清醒呢? 勒克莱齐奥逼近事物的历险,正是在其揭示人类面临的危险、抵抗潜在的危险的决绝的行动中,闪现出悲壮的诗意。

对语言原生性力量的探寻,对勒克莱齐奥来说,意味着对语言异化、套化的政治谴责,对消费社会价值的批判和对保守主义的僵化的文学语言的反叛,早期的勒克莱齐奥的作品呈现出颠覆性的修辞。有论者指出,在勒克莱齐奥第二阶段的创作中,尤其是《蒙

---

① 勒克莱齐奥:《战争》,李焰明、袁筱一译,许钧校,译林出版社,2008 年,第42 页。

② 勒克莱齐奥:《战争》,李焰明、袁筱一译,许钧校,译林出版社,2008 年,第43 页。

多与其他故事》(1978)和《沙漠》(1980),其小说叙事旨在"创造一种习性(ethos),一种栖居世界和语言的方式"[1]。如莫如坦(François Marotin)在分析《蒙多及其他故事》时,发现小说中所梦想的世界,实际上就是作家"根据其欲望和心灵最终融合的世界,这位作家首先就是诗人"[2]。在这个意义上,勒克莱齐奥的语言之道,就是他栖居世界的方式,其诗意的表达就在于将自己的生命伸展到语言的原生处。挣脱僵化与异化的语言,就是向着生命的自由:"语言将走出它的城墙,破开门窗和墙……它将获得自由"[3]。对于勒克莱齐奥的语言与栖居世界的关系,学界已有一些探讨。在我们看来,勒克莱齐奥对于语言的探寻,在其创作过程中,始终保持清醒和批判的意识。在他看来,语言的创造成就了他生命的意义:"别的什么也没有,对我而言,只有话语。这是唯一的问题,或更确切地说,是唯一的现实。一切都在话语中,一切都赋予话语。我在我的语言中生存,是我的语言构造了我。词语是种种成就,不是工具。说到底,对我而言并不真的存在交流的考虑。我不愿使用给我的一些陌生的碎言去和别人交换。这种交流是一种虚假之举;但这同时也是幻象性的,深深地嵌在我的生命中。我能和别人说什么呢? 我有什么要和他们说呢? 为什么我要和他们说点什么? 这一切都是欺骗。然而,的的确确,我在使。我在用。我在散落、多形和机械的领域探求。我过的是社会性的生活。我拥有了言语。但是一旦词成了我的专有、专属,成了怀疑的对象、争论的对象、词典的描述,在这一刻,我便进入了我的真正的躯体。犹如一切幻象,由言语维持的幻象自我超越;它生成我逃逸的本性,

---

① 见 Claude Cavallero. La tentation poétique de J.-M.G.Le Clézio. *Les Cahiers J.-M.G.Le Clézio*. N°5,2012, Paris:Editions Complicités,p. 12.

② 见 Claude Cavallero. La tentation poétique de J.-M.G.Le Clézio. *Les Cahiers J.-M.G.Le Clézio*. N°5,2012, Paris:Editions Complicités,p. 12.

③ Le Clézio. *Les géants*. Paris:Gallimard,1973, p. 308.

生成为我升华的力量,抑或我修行的力量。"①基于这样的认识,他明确指出:"言语不是一种'表达',甚至也不是选择,而是存在本身。"②正是在这样的思想的力量引导下,勒克莱齐奥一直致力于寻找一种专属于自己的语言。那么,他要寻找的到底是什么样的语言呢?他一路探寻,一路寻找答案。作为生长、生活在大自然中的人类中的一员,勒克莱齐奥认为要和自然和谐相处,仅仅满足与人类的交流是不够的,要学会与自然交流,于是对自己这样说:"我用词演奏音乐,让我的语言变美,使词重新融入另一种语言,那是风、虫、小鸟、涓涓小溪的话语。"③与如此的意识和觉悟紧密相连的,是勒克莱齐奥富于感官化的小说书写。勒克莱齐奥的这种话语实践与诗学追求,颇有中国诗学传统的移情之风,如同杜甫,面对国破之时,发出的"感时花溅泪,恨别鸟惊心"的悲切之感。对这种情形,朱光潜有明确的论述:"……人在观察外界事物时,设身处在事物的境地,把原来没有生命的东西看成有生命的东西,仿佛它也有感觉、思想、情感、意志活动,同时,人自己也受到对事物的这种错觉的影响,多少和事物发生同情和共鸣。"④就文学的创作手段而言,这种移情仅仅是与作者心中仿佛感觉到的生命,在朱光潜看来仅仅是某种"错觉"而引发的事物的同情与共鸣。若考察勒克莱齐奥的小说创作和有关思考,我们从他23岁发表的《诉讼笔录》到他前两年问世的《脚的故事》中不难看到,他是有意识地、真切地认为万物都有其生命,生命中也有其语言,有其情感。这种认识的超越,正是勒克莱齐奥写作实践的思想支点,如是才有可能产生他处女作中具有颠覆性的"亚当"这个人物的创造,如是才有他对语言

---

① Le Clézio. *L'Extase matérielle*. Paris:Gallimard,1967,p. 35.
② Le Clézio. *L'Extase matérielle*. Paris:Gallimard,1967,p. 51.
③ Le Clézio. *l'inconnu sur la terre*. Paris: Gallimard,1978,p. 87.
④ 朱光潜:《西方美学史》(下卷),人民文学出版社,1979年,第597页。

原生性力量的不懈追求。就这样，存在、语言和创作，于勒克莱齐奥便有了一种连贯而内在的意义。

二、浪漫性与诗意

在上文中，我们可以看到，勒克莱齐奥通过其富有生机和创造力的语言，赋予其文字对现实的穿透力，让生命与物质相连，在贴近现实与生命的叙述中透出诗意的内涵。若我们继续追寻，可以发现勒克莱齐奥作品所闪现的诗意与其思想深处的浪漫性是紧密相连的。

法国文论家让-伊芙·塔迪埃在对普鲁斯特的小说进行研究时，提出小说的诗意往往借叙事的浪漫性而凸现。他在《普鲁斯特与小说》一书中试图对何为浪漫性做一定义。他是结合小说叙事的特性来做定义的："一件奇怪的，出乎意料的，与梦想及其效果相适应，而不是与事实的乏味发展相适应的事件，就叫浪漫性事件。"[①]塔迪埃关于浪漫的这一定义，实际上是基于他对普鲁斯特小说叙事中涉及生命意义思考的分析。普鲁斯特在《追忆似水年华》一书中，借人物之口，对生命的意义有着富于哲理的思考与充满浪漫气息的诠释："生命并无多大意义，除非当现实的尘土中出现了神奇的沙粒，除非当平庸事件成为浪漫性动力，于是无法接近的世界的整个岬角从梦幻的光亮中显现出来，而且进入我们的生活，于是，我们仿佛一觉醒来看见那些我们热切梦想，以为将永远只能在梦中相见的人们。"[②]看似平庸、乏味的现实中，在小说家充满想象

---

① 塔迪埃:《普鲁斯特与小说》，桂裕芳、王森译，上海译文出版社，1992年，第350页。
② 转引自塔迪埃《普鲁斯特与小说》，桂裕芳、王森译，上海译文出版社，1992年，第350页。

的诗意历险中,以其感性而富有力量的笔触,往往能以神奇的力量,拂去表面的乏味,召唤意想不到的梦想或梦幻。在这里,所谓的浪漫,是美好,是激情,是梦幻,是出乎意料的惊喜,是平庸中闪现的非凡,是乏味甚至艰难的现实中显现的神奇的闪光。

因为充满希望与渴望,绝处可以逢生,黑夜可以迎来黎明。勒克莱齐奥的小说,之所以诗意盎然,在很大程度上是源于塔迪埃所言的浪漫性。诗意的历险,是因为小说家心中的希望不灭,哪怕在物欲横流、对物质的极度欲望吞没人性的时代,勒克莱齐奥也能在其小说中赋予人物以浪漫的诗意,哪怕是《诉讼笔录》中那位不知是从军营还是从疯人院跑出来的亚当,看似思维不正常,与社会格格不入,心中也始终存有对伊甸园的梦想,始终存在对人性的那份清醒的认识。《寻金者》中的亚历克西,寻金之旅充满失望,乃至绝望,在绝望之时,却在对大自然循环往复的歌咏中,闪现出幸福的源头:故乡的风、河流、大海、树木、星星,更有留在亚历克西记忆深处那大海的声音和母亲温柔的嗓音里包含了一切的爱的呼唤。勒克莱齐奥小说的诗意,是骨头眼里的,渗透在生命之根中,洋溢于小说的字里行间,《沙漠》中的拉拉,《逃遁之书》中的霍冈,无论在回归的途中,还是逃离的路上,始终有着对美好的憧憬。

勒克莱齐奥小说叙事的浪漫诗意,首先表现在人类在生存的困境中永远不灭的希望之光。勒克莱齐奥的小说,直面人类生存的困境。作为小说家,他坦言受到过萨特的影响,认为小说家应该有介入的勇气,承担起介入的责任。"人是这样一种生灵,而对他任何生灵都不能保持不偏不倚的态度,甚至上帝也做不到。"[①]对于勒克莱齐奥而言,介入是一种态度,更是一种行动,其小说写作就是其态度与行动的明确体现。面对人类的苦难与困境,勒克莱齐

---

① 让-保罗·萨特:《萨特文学论文集》,李瑜青、凡人主编,施康强等译,安徽人民出版社,1998年,第82页。

奥试图以小说的力量，撼动人类麻木的神经与冷漠的心，一方面引导人们清楚地认识到人类所面临的危机、战争与危难，另一方面则以其一贯的追求，在绝望中引导人们看到闪现的希望。有学者指出："和许多背负着现代小说使命的小说家一样，勒克莱齐奥从写作伊始就在追问现实域、真实域与想象域的关系。他的答案也并不令我们感到意外——在他看来，小说无疑是属于后两者的。或许对一个相信文字世界的人来说，现实域从来都不曾真实地存在过，只等着我们拨开真实域与想象域的迷雾，建立起属于自己的现实。"①勒克莱齐奥的不同凡响之处，恰恰就表现在他试图拨开真实域与想象域的迷雾的努力之中，在别人眼中的"现实"处，建起属于自己而又能启迪他人，甚至警醒他人的现实，如是，他有力而勇敢地撕去现代社会物欲横流之上蒙着的"繁荣"与"享乐"的表皮，揭示四处暗藏的危机。同时，勒克莱齐奥又以其悲悯之心与希望之火，致力于描写"一个又一个略显得'乌托邦'的世界"，庇护人类受伤的灵魂，"暂时忘记仍然在世界的某一处蔓延的战火，忘记现代文明所创造出的一个又一个惨烈的事故"②。绝境处不绝望，始终不放弃，始终在追寻，这种永远燃着希望之光的寻找在勒克莱齐奥小说中是一贯的。《流浪的星星》中，犹太女孩艾斯苔尔和母亲出发去寻找传说中的家园，当她在等待，在疑惑，在难以理解的纷繁世事中，在对和平的期盼中，抵达她心目中的精神家园——圣地耶路撒冷，抵达所谓的圣地，来到"那个梦想中到处是橄榄树、和平鸽、教堂和清真寺的穹顶顶尖塔在闪闪发光的地方时"③，却和一位

---

① 袁筱一，《新版译序》，勒克莱齐奥：《流浪的星星》，袁筱一译，人民文学出版社，2010 年，第 3 页。

② 袁筱一，《新版译序》，勒克莱齐奥：《流浪的星星》，袁筱一译，人民文学出版社，2010 年，第 3 页。

③ 袁筱一，《译序》，勒克莱齐奥：《流浪的星星》，袁筱一译，人民文学出版社，2010 年，第 2 页。

被迫前往难民营途中的阿拉伯女孩蕊玛宿命般地相遇,而悲剧般地分离:犹太女孩在来到"以色列圣地"之时,便是阿拉伯女孩踏向难民营之日。"艾斯苔尔和蕊玛,一个犹太女孩和一个阿拉伯女孩,自此再未相遇。她们交换的只是彼此的一个眼神,还有姓名。然而,她们从未停止过对对方的思念。战争将她们分离,她们在各自的难民营里艰难地生活着,但是她们都在不同的地方齐声控诉着战争,以最低的生存要求反抗着战争带来的绝望和死亡的阴影,而这,就注定要流浪。"①对抗绝望和死亡阴影的流浪,在勒克莱齐奥的笔下闪现出人性的善与美。在《流浪的星星》的叙事中,艾斯苔尔的寻找具有多重的意义。一是对精神家园的追寻。哪怕现实是那么残酷,所谓的圣地到处弥漫着战争的硝烟,位于法老城市之上的山脉,白骨累累,"到处看见的都是死亡和鲜血"②,艾斯苔尔也没有放弃追寻,其根本的动力,是在艾斯苔尔心里不灭的对人类之善的梦想。二是对人类命运的追寻。小说中的蕊玛具有深刻的现实性,也具有强烈的象征性。仅仅交换过一个眼神的两个女孩,却有着对对方不绝的思念,更有艾斯苔尔对蕊玛执着的、永远的找寻:"我找寻着蕊玛,一直找到这里。我就在白雪覆盖的街道上,透过玻璃窗守候着。我在医院的走道上搜寻着她,在那些来看病的穷人中张望。在我的梦里,她出现了……她看着我,而我觉察到她将手轻轻地搁在我的臂上。在她苍苍的眼神里,有着同样的询问。"③艾斯苔尔之所以坚持去寻找蕊玛,就其根本而言,是因为虽然分属两个不同的,甚至敌对的阵营,但在彼此眼中透出的那个"苍苍的眼神"里,有着对人类的家园何在的同样的、深深的追问,

---

① 袁筱一,《译序》,勒克莱齐奥:《流浪的星星》,袁筱一译,人民文学出版社,2010年,第 3 页。

② 勒克莱齐奥:《流浪的星星》,袁筱一译,人民文学出版社,2010 年,第 264 页。

③ 勒克莱齐奥:《流浪的星星》,袁筱一译,人民文学出版社,2010 年,第 263 页。

|诗意诱惑与诗意生成——试论勒克莱齐奥的诗学历险　　　　　|265|

也有对人类走向何处的追问,更有闪现着人类悲悯之光的灵魂写照,这也是对人类真情之美的讴歌。三是对人类未来的追寻。尽管如《流浪的星星》的译者袁筱一所言,在流浪途中,在处处弥漫的"绝望里,人们似乎无可救药。爱情或者温情都无可挽回地成了战争的牺牲品"①。但小说主人公艾斯苔尔没有让自己的灵魂在绝望中熄灭,更没有让自己的肉体在战争的血腥与生存的艰难中枯萎。小说中孩子的降生场面多次出现,具有明显的寓意。奴尚难民营里,鲁米亚"巨大的肚腹挺着,像一轮满月,白白的,在蓝色的阴影里闪着玛瑙般的红光"②。孩子的降生给绝望中的人们带来了希望。而艾斯苔尔的孩子的诞生,更是像太阳一样,照耀着通往未来的道路。在艾斯苔尔的心里,孩子就是"我的小太阳"。在小说接近尾声之时,艾斯苔尔的孩子即将降生,她在心里说:"他将是太阳的孩子。他将永远在我体内,用我的血和肉,我的天和地做成。他将被海浪带走,一直带到我们下船的那个海滩,我们的出生之地。他的骨头将是卡麦尔山上的白色石头,是吉拉斯的岩石,他的肌肉是加利略山的红色土壤,他的血是万水之源,是圣·马丁的激流,是斯图拉的浊河,是撒玛利亚的女人给耶稣喝的那不勒斯的井水。在他的身体里,将会有牧羊人的那份灵巧,他的眼睛将会发出耶路撒冷的光辉。"③对未来的期盼,体现在小说叙事中那个具有必定性的将来时中,体现在那个"将"字中,这是一种不灭的信念。而孩子的肉体与灵魂都和故乡的山与水紧密相连,坚硬的石头是孩子的骨,红色的土壤是孩子的肌肉,血液中流淌的是永恒的万水之源,眼睛里闪现的是神圣的光芒。处在难民营的艾斯苔尔,心中的梦

---

① 袁筱一,《译序》,勒克莱齐奥:《流浪的星星》,袁筱一译,人民文学出版社,2010年,第4页。

② 勒克莱齐奥:《流浪的星星》,袁筱一译,人民文学出版社,2010年,第203页。

③ 勒克莱齐奥:《流浪的星星》,袁筱一译,人民文学出版社,2010年,第267页。

想,具有精神意义的浪漫性,也具有宗教意义的绝对信念,这是她走向未来的根本动力。孩子降生了,艾斯苔尔确信:"我知道我的儿子是生在太阳初升之时,他是太阳的孩子,他有着太阳的力量,同时也会具有我的圣地的力量,具有我所钟爱的大海的力量和美丽。"①艾斯苔尔的多重追寻,有力地诠释了塔迪埃所试图定义的浪漫性,难民营的苦难催生了对和平的永恒企盼,在现实的尘土上笼罩着的死亡的阴影中,在勒克莱齐奥透着浪漫精神与宗教情怀的叙事中,闪现着生命的光辉。在艾斯苔尔的流浪历险所体现的对人间真情的讴歌、对人类命运的悲悯和对人类有太阳普照的未来的坚定信念中,整篇小说弥漫着缕缕不绝的诗意。

勒克莱齐奥小说的诗意,不仅仅是精神意义上的,更是与人类的生存息息相关的。就此而言,勒克莱齐奥小说的研究者都或多或少会关注到,勒克莱齐奥创作中所体现和倡导的与大自然共处、共生的和谐状态,在这一意义上,我们可以说勒克莱齐奥小说的诗意,还源于其小说中的人物与自然的特别紧密的关系,源于其小说中所描写的人对大自然的热爱、对大自然的迷醉和人与大自然的融合。人与大自然的关系,是作家最为关注的对象之一,有很多作家讴歌大自然,留下过充满诗意的篇章。法国浪漫主义的代表性人物夏多布里昂的《阿达拉》便是这样的名篇:"密西西比河两岸呈现出一幅非常优美的画卷。在河的西岸,大草原一望无际,绿浪仿佛在远方升向天空 ,最后消失在蓝天中。"②在如此优美的自然画卷中,诗意弥散在小说的字里行间。所谓的浪漫主义,其中最为本质的特征之一,就是对大自然之美的热爱与讴歌。前苏联的兹·米·帕塔波娃在对普鲁斯特的文体特色进行研究时,也特别注意

---

① 勒克莱齐奥:《流浪的星星》,袁筱一译,人民文学出版社,2010 年,第 269 页。笔者在引的译文中有个别词的改动。

② 夏多布里昂:《阿达拉·勒内》,曹德明译,漓江出版社,1996 年,第 5 页。

到了普鲁斯特对大自然的描写。她指出:"普鲁斯特在对自然界的描写上达到了极高的诗意,对自然界的感悟大有'发现世界的性质',正是在对大自然的美的描绘中,普鲁斯特作品奏出最乐观的调子:大自然以自己的健康神韵,永不止息的斗争和向生命的复苏显示着美。"[①]有学者对欧美的自然文学展开过深入的研究,指出美国自然文学家巴勒斯(John Burroughs,1837—1921)"用画家之眼,诗人之耳,来捕捉林地生活的诗情画意,鸟语花香"[②]。欧美自然文学家笔下的自然描写,对我们中国读者来说,并不陌生,其中"风景、声景及心景的融合,即当人们接触自然时所产生的那种人类内心、内景的折射,那种心景的感悟"[③],不仅仅引导人们用眼睛或耳朵去看去听大自然的美,更要"用心灵去体验声景与风景"[④]。勒克莱齐奥在小说创作中对自然的书写,恰恰具有这样特征与价值。在《亲近自然 物我合一——勒克莱齐奥小说中自然的叙事与价值》一文中,我们曾就勒克莱齐奥的自然叙事做了较为深入的思考与分析。就诗意的层面上,上文中提及的夏多布里盎对密西西比河两岸优美画卷的描绘,普鲁斯特对大自然描写所达到的"极高的诗意",以及巴勒斯捕捉到的"林地生活的诗情画意",充分说明了我们在本文开头所论及的两点:一是大自然对作家有着不可抵挡的诗意的诱惑,而伟大作家笔下所书写的自然之美对读者也产生了令人神往的诗意的诱惑。细读勒克莱齐奥的创作,无论是前期具有反叛意义的城市文明的书写,还是后期内心归于平静,将目

① 塞·贝克特等:《普鲁斯特论》,沈睿、黄伟等译,社会科学文献出版社,1999年,第118—119页。

② 程虹:《自然文学的三维景观:风景、声景及心景》,《外国文学》2015年第6期,第28页。

③ 程虹:《自然文学的三维景观:风景、声景及心景》,《外国文学》2015年第6期,第30页。

④ 程虹:《自然文学的三维景观:风景、声景及心景》,《外国文学》2015年第6期,第33页。

光投向异域,投向他者的"非洲系列"小说的写作,我们都可以在作者对自然的讴歌中,深切地感觉到勒克莱齐奥那"一颗痛感现代生活的缺陷而焦虑地关心着人的自然本性之复归,关心着人对现实条件之超脱的心灵"①。对勒克莱齐奥而言,对自然的描写,对山、水、大地、阳光的讴歌,不仅仅是要展现自然之美,给人的心灵以抚慰,更有着对过于物质化的现代都市之缺陷的批判。同样是写海滩,《诉讼笔录》的主人公亚当看到的是那大块大块的礁石,"人兽尽在上面制造污秽",景象"令人恶心"②,揭露的是物欲横流的现代生活对大自然的破坏和惨不忍睹。而《从未见过大海的人》中的丹尼尔眼前出现的是"海水汹涌澎湃,沿着小河谷,像手掌一样弥盖过来。灰螃蟹直起钳子,在他前头奔突,轻盈得如同小昆虫。晶莹的海水灌满了那些神奇的洞穴,淹没了隐秘的坑道"③。展示的是大海的力量、小沙滩上的生命跳动和等待着丹尼尔去发现的神奇与隐秘。如果说在帕塔波娃看来,普鲁斯特对大自然的描写散发的诗意,源自"发现世界"性质的对大自然的感悟,那么勒克莱齐奥的自然书写则有着待研究者继续探究的丰富价值。钱林森在 20世纪 80 年代评价《沙漠》时指出,作者"让我们看到了大沙漠奇异多变的自然风光,又让我们看到资本主义大都市阴暗的一角"④,对比性的表现手法有"发现"之功,更有批判之力。但同时,"在作者高妙的笔下,无论是沙漠上的烈日、恶风、篝火,还是大海的波涛、海滩上的夕照,或是都市奔驰的车辆,熙攘的人流,一切都像有生命似的活了起来,读来使人身临其境,仿佛跟主人公一起经历了一

---

① 柳鸣九:《卢梭风致的精灵》,见勒克莱齐奥:《少年心事》,金龙格译,漓江出版社,1992 年,第 6 页。

② 勒克莱齐奥:《诉讼笔录》,许钧译,上海译文出版社,2008 年,第 13 页。

③ 勒克莱齐奥:《少年心事》,金龙格译,漓江出版社,1992 年,第 148 页。

④ 钱林森:《首版译者序》,勒克莱齐奥:《沙漠》,许钧、钱林森译,人民文学出版社,2010 年,第 4 页。

次遥远而艰辛的跋涉,一起感受到了大沙漠的白日的酷热,黑夜的寒冷和大都市的喧闹、昏眩。而作品中那些娓娓动听、富有传奇性的故事,更被渲染得绘声绘色,细致逼真,为小说增添了一种诗意的色彩和魅力"①。细致的描写构建的"画面"感,激发了读者的感官和心灵,让读者在作品诗意的色彩与魅力的诱惑与引导下,与所见所闻所感到的一切融为一体,这是导向共感共鸣的叙事作用。柳鸣九对勒克莱齐奥在20世纪70年代末80年代初所写的短篇小说有着高度评价:"这些短篇都只有最简单的故事框架、最平淡不过的情节,然而都有细致入微、优美如画的动力描写,对主人公陶醉于其中的大自然的描写,对他们对大自然的精神向往、精神渴求的描写,对他们在大自然中的观赏之乐、洒脱之乐、陶然忘机之乐、物我浑然一体之乐、交融升华之乐的描写。一个个短篇就像一首首诗情画意的散文诗,阅读着这些短篇,就有如同聆听着《田园交响曲》那样的艺术感受。"②若我们再进一步细察勒克莱齐奥对非洲,对美洲,对印第安文明、东方文明书写中对大自然的描写与讴歌,我们也许还能在勒克莱齐奥的发现之功、批判之力、共感共鸣之求之外,看到他对地理诗学与文化诗学的某种思考与实践,看到他对人类生存环境的深深忧虑,看到他所激发的诗意的诱惑中有着对人类与自然共存共生的理想追求。

三、反复、节奏与音乐性:诗意的生成

如果说语言的创造在勒克索齐奥的小说创作中具有独特的生

---

① 钱林森:《首版译者序》,勒克莱齐奥:《沙漠》,许钧、钱林森译,人民文学出版社,2010年,第5页。

② 柳鸣九:《卢梭风致的精灵》,勒克莱齐奥:《少年心事》,金龙格译,漓江出版社,1992年,第6页。

命意义,构成了栖居我们这个世界的诗意之基础,那么,要考察勒克莱齐奥的诗意生成之道,就不能不把目光聚焦于勒克莱齐奥笔下的词与句、词与句构成的关系及其节奏、色彩、调性与音乐性。

萨特在论及文学的本质与责任时,指出:"对于诗人来说,句子有一种调性,一种滋味;诗人通过句子品尝责难、持重、分解等态度具有的辛辣味道,它注重的仅是这些味道本身;他把它们推向极致,使之成为句子的真实属性"①。句子是有生命的,也是有态度的,其调性,其滋味,其真实性,是其诗意的基础。句子是由词组成的,从诗意生成的角度看,一如德勒兹所言:"写作活动有自己独特的绘画和音乐,它们仿佛是词语之上升腾起来的色彩和音响。正是通过这些词语,在字里行间,我们获得了视觉和听觉。"②调性、滋味、色彩、音响,这是文字创造诗性之美的理想追求。勒克莱齐奥的小说写作,就其"感官化"的路径而言,与此是一脉相通的。其文字具有感性,具有生命的搏动,具有生命的气息、生活的味道:"我永远忘不了的,是那段岁月的味道。烟味、霉味、票子味、白菜味、寒冷的味道、忧愁的味道。日子一天天逝去,我们经历过什么,我们早已忘却。但是那种味道留下了,有时候,在我们最不经意的时候,它会重新出现。随着那味道,我们的记忆重新浮现:悠长的童年岁月、悠长的战争岁月。"③这是勒克莱齐奥《乌拉利亚》小说开头不久的一段话。这段话不长,用词简单,句式简短,然而意味深长,意境悠远,悠长的童年岁月、悠长的战争岁月在记忆中留下的"味道"的开启下重新浮现,小说的叙事由此而自然地展开。作为读者,读了这段文字,恐怕也"永远忘不了",忘不了那岁月的味道。

① 让-保罗·萨特:《萨特文学论文集》,李瑜青、凡人主编,施康强等译,安徽文艺出版社,1998 年,第 77—78 页。
② 德勒兹:《批评与临床》,刘云虹、曹丹红译,南京大学出版社,2012 年,前言第 2 页。
③ 勒克莱齐奥:《乌拉尼亚》,紫嫣译,许钧校,人民文学出版社,2008 年,第 3 页。

这一段话，从小说叙事看，由记忆而开启，有着统领、结构与推动叙事的功能。从文字的使用看，具有简明、简洁而感官化的明显特色。如果高声朗读这段文字，仿佛又有某种回转、悠长的音乐感，充满着诗意。其中到底有什么奥妙呢？这种让人读了听了就难以忘怀的文字到底有何生成之道呢？

带着这样的疑问，我们曾有机会当面请教勒克莱齐奥先生，他的回答给了我们某种启迪："可能是词语的发音，可能是用词的回环往复，可能是句子的节奏，是长句中与呼吸同步的停顿，等等。"[1]细读勒克莱齐奥的小说，根据勒克莱齐奥的这番指点，我们似乎可以更真切地感觉到勒克莱齐奥笔下的那词那句的声音、节奏与呼唤，也仿佛能感受或捕抓到勒克莱齐奥小说创作在诗意生成层面的某些特点。

其一是反复。反复，不是简单的重复。复一字，有"重"的意思，一词一句的重现或者复现，会形成某种回复、往复的感觉，起着增强的作用。词有声有色有味，在复现回返中会让声音、色彩、形象跃然纸上。上文引用的有关"岁月的味道"的那段文字就是非常典型的一例。在勒克莱齐奥的小说中，反复是一种重要的手段。小到一个词的反复出现，大到叙事结构意义上的首与尾的回复。袁筱一是译过勒克莱齐奥作品最多的一位译家，她对勒克莱齐奥创作的这一特点有这样的评说："勒克莱齐奥文字的力量取决于两点，而这两点都是与词相关的。第一在于词语的重复。勒克莱齐奥的每一部著作里，几乎都有几个词是反复出现的，几乎可以烂熟于心的。《流浪的星星》里，我们不止一次地看到空茫、回响、闪闪

---

① 见许钧、勒克莱齐奥《生活、写作与创作——关于勒克莱齐奥追寻之旅的对话》（未刊稿）。

发光、令人晕眩、神秘,等等等等。"①这些词的反复出现,有助于构成作品的一种基调。实际上如袁筱一所揭示的那样,勒克莱齐奥作品中常可见到某些词语的反复出现,如《流浪的星星》中的"声音"一词,贯穿于小说的始终。首先是"水声",小说就是在"水声"中开始的:"只要听见水声,她就知道冬月已尽。冬天,雪覆盖了整个村庄,房顶、草坪一片皑皑。檐下结满了冰凌。随后太阳开始照耀,冰雪融化,水一滴滴地沿着房椽,沿着侧椽,沿着树枝滴落下来,汇聚成溪,小溪再汇聚成河,沿着村里的每一条小路欢舞雀跃,倾泻而下。"②

就如上文中我们已经看到的,岁月的"味道",开启了《乌拉尼亚》的叙事,《流浪的星星》,则在"水声唤起的"最古老的记忆中开始。在紧接着开头的一段的第二段文字中,我们可以听到"春天的水声叮咚","水就这样从四面八方流淌下来,一路奏着叮叮咚咚的音乐,潺潺流转",而主人公艾斯苔尔感觉到那水声轻柔,"宛如轻抚","回应着她的笑声,一滑而过,一路流去……"。③冰雪融化而汇成的水声,昭示着战争岁月的结束,水声带来的是对自由的梦想与欢乐。在寻找精神家园的历程中,这水流声不断。在峡谷里,在天地间回响的奇异的颤抖声,"和水流的轻颤"④融在一起,伴着主人公一路寻找与流浪。小说的不少章节都以水声牵引:"下面传来水流的声音,那是一种沙沙的声音,在山中的岩壁间回响着"⑤;"黎明,雨声让他们从睡梦中醒了过来,是那种极为细密的小雨,淅沥

---

① 袁筱一,《译序》,勒克莱齐奥:《流浪的星星》,袁筱一译,人民文学出版社,2010年,第9页。
② 勒克莱齐奥:《流浪的星星》,袁筱一译,人民文学出版社,2010年,第3页。
③ 勒克莱齐奥:《流浪的星星》,袁筱一译,人民文学出版社,2010年,第3页。
④ 勒克莱齐奥:《流浪的星星》,袁筱一译,人民文学出版社,2010年,第50页。
⑤ 勒克莱齐奥:《流浪的星星》,袁筱一译,人民文学出版社,2010年,第70页。

沥的,轻柔地沿着松尖滴落下来,和河流的噼啪声混在一道"①。即使在难民营,在流浪中经历了种种不幸,只要听到"雨水滴落,奏起叮咚的音乐",那"美妙的感觉"②就在。在小说中反复回响的水声,就这样一方面推动着叙事的展开,一方面伴随着主人公继续着精神家园的寻找之旅。只要水声在,希望就在,回响的既是水声,也是希望,诗意就这样延绵不断。

有重复的词,有重复的句子、重复的意象,还有循环往复的叙事的开头和结尾。这方面的例子很多。《寻金者》中反复出现的"阿尔戈"号,《流浪的星星》中老纳斯那个"太阳不是照耀在每个人的身上吗?"③的拷问,像重奏般不断复现。前者激励着亚力克西不断走向未知,寻找幸福,后者则不断拷打着人们的灵魂。《沙漠》中的蓝面人"像梦似的出现在沙丘上,脚下扬起的沙土像一层薄薄的细雾,将他们隐隐约约地遮起来"④。"他们继续沿着沙道,绕过塌陷的沙洼,蜿蜒前行,慢慢地往山谷深处走去……似乎有一条无形的踪迹正将他们引向荒僻的终点,引向黑夜。"⑤不断地行走,如梦般的场景不断复现,直至遭受了殖民者血腥的杀戮之后,他们还在顽强地行走。"每天,当黎明到来的时刻,自由的人们便动身,走向自己的家园,走向南部故国,走向任何人都不能生存的地方。每天,他们抹去篝火的踪迹,埋起粪便。他们面朝大沙漠,默默地祈祷。他们像在梦中一样离去了,消失了。"⑥首尾相接的叙事结构,循环往复的不绝的追寻自由之历程,就这样富有象征性地在延续。

---

① 勒克莱齐奥:《流浪的星星》,袁筱一译,人民文学出版社,2010年,第79页。

② 勒克莱齐奥:《流浪的星星》,袁筱一译,人民文学出版社,2010年,第222页。

③ 勒克莱齐奥:《流浪的星星》,袁筱一译,人民文学出版社,2010年,第181、182、184、190页等。

④ 勒克莱齐奥:《沙漠》,许钧、钱林森译,人民文学出版社,2010年,第1页。

⑤ 勒克莱齐奥:《沙漠》,许钧、钱林森译,人民文学出版社,2010年,第2页。

⑥ 勒克莱齐奥:《沙漠》,许钧、钱林森译,人民文学出版社,2010年,第391页。

在这个意义上,勒克莱齐奥小说创作所使用的"反复",将修辞与叙事的手法和精神的追求有机地结合在一起,既创造了诗意的氛围,又增强了精神的力量。

其二是节奏。节奏与反复相关,但也有别。节奏和反复一样,在词与词间可以产生节奏,在整个叙事的进程中也需有节奏的把握。著名作家贾平凹谈写作,特别强调"要控制好节奏":"唱戏讲究节奏,喝酒划拳讲究节奏,足球场上也老讲控制节奏,写作也是这样啊。写作就像人呼气,慢慢呼,呼得越久越好,就能沉着,一沉就稳,把每一句、每一字放在合宜的地位"①。关于节奏,亚里士多德在《诗学》中有过论述,认为"音调感和节奏感的产生是出于我们的天性"②,这是就诗歌起源中节奏感的重要性而言。至于节奏在散文中、在小说叙事中的重要性,中外不少作家都有过论述。福楼拜结合自己的创作,认为"一句好的散文句子应该像一句好的诗句,不可替换,同样有节奏,同样悦耳"③。勒克莱齐奥创作经验丰富,他有关节奏的看法与贾平凹的想法完全是相通的。他提到了"呼吸"一词,与贾平凹所言的"呼气"同样意味深长。从大的方面讲,小说叙事的节奏能否掌握好,与作家能否有深厚的内功,能否沉稳得下来有关。一个急于成名、双眼盯着市场的作家往往会急躁,一急躁下笔就会露出一股焦躁气,叙事就会打乱节奏。就此而言,写作中的节奏问题,关乎作者的内功、修养,这是一种由内而发的气。勒克莱齐奥从七岁就开始写作,总是将写作看作他的生命。每次创作新的作品,他都会习惯性地在手稿第一页的角上写下"我的命"这几个字。如果说在他看来,节奏有如人的"呼吸",那么节

① 贾平凹:《关于写作的贴心话——致友人信五则》,《文学报》2014 年 12 月 11 日第 12 期,第 18 版。
② 亚里士多德:《诗学》,陈中梅译注,商务印书馆,1996 年,第 47 页。
③ Gérard Desson, Henri Meschonnic. *Traité du rythme*. Paris: Armand Collin, 2005, p.202.

奏的快与慢、舒与缓、浮躁与沉稳,就与写作者的生命状态和写作动机密切相关。读勒克莱齐奥的作品,可以明显感觉到其作品的叙事节奏、句子的节奏并非都是抒情的、缓慢的、沉静的,也有急促的,甚至看似失去控制的。如早期作品,像《诉讼笔录》《巨人》《战争》《逃之书》等,有的时候,那一个个词,就像急射的一颗颗子弹;那一个个句子,短而促,甚至连动词都省略,一个赶着一个,仿佛就要爆炸。这样的节奏,不是作者去精心造出来的,而是在叙事中自然产生的,因为小说中的人物生在过于物质化的现代社会里,无处不在的压迫感让他们透不过气来,面对四处潜藏的战争危机,让他们没有一点安全感,想拼命逃离。《诉讼笔录》里的亚当如此,《逃之书》中的霍冈如此,《战争》中的那位没有姓名的姑娘也如此。小说叙事的节奏,句子的节奏,就这样自然而然、有机地反映了小说人物的生存状态,当然与小说家本人对生存的感受也息息相关。经历了一段反抗、叛逆期的勒克莱齐奥,在与异域文明接触与交流后,心慢慢平静下来,从 20 世纪 70 年代末的《蒙多及其他故事》和 80 年代初的《沙漠》开始,就总体而言,其叙事的节奏也开始向缓慢、抒情的方向发展。漫长而永久的追寻,不可能在焦躁的心态下完成;对大自然的亲近与热爱,无论是静观、聆听、细察、深闻或是轻触,非心静而难有实感,更不能达到与物的浑然合一。一种沉静的力量在勒克莱齐奥的小说中慢慢形成,有节奏地表现在他小说的叙事进程中,表现在他笔下流淌的词与词中、句与句中、段与段中。这是一种内在的力量,节奏之于小说,是勒克莱齐奥实实在在感觉到的一种呼吸,释放的是一种生命的气息。

其三是音乐性。关于勒克莱齐奥小说创作的音乐性,学界有过一些探讨。让-伊夫·塔迪埃就诗意叙述问题接受过勒克莱齐奥研究专家克洛德·加瓦莱洛的访谈。加瓦莱洛认为勒克莱齐奥的小说叙事具有音乐性,塔迪埃对此十分认同。他认为小说与音乐,对很多作家来说,都有某种缘分,"连装着鄙视音乐,不要音乐的安德烈·布勒东笔下的句子都很有乐感。勒克莱齐奥精妙的句子是可以辨识的,句子差不多都是短短的,全无塞利纳的那种瀑布般不绝的从句套句或者长而又长的句子。在独立句压倒主句和从句的情况下,并列之手法便处于主导地位,音的并列会让人联想到拉威尔或者德彪西。这与普鲁斯特句子的复杂交错相去甚远,这是一个个独立的组织,经常用现在时,如此一般结构其文本"①。在塔迪埃看来,勒克莱齐奥独具特色的精妙短句,以其并列的手法赋予了其文字音乐性,让人能联想到德彪西的音乐。同样是普鲁斯特研究专家的让·米伊也关注到具有节奏感的"典型句"所创造的音乐感。如果说勒克莱齐奥的小说书写的音乐性在很大程度上源自其典型的精妙短句,那么,普鲁斯特的典型长句也可产生另一旋律的音乐感。在《普鲁斯特的句子》一书中,让·米伊提出了一种节奏创造的生成性技巧:通过动机的重复(词汇的与句法的)手段,构成具有节奏感的"典型句",这种句型通过一系列的回应、回旋,不断增强其统一性,进而创造出一种"独立于直接意义的音乐感"②。勒克莱齐奥在其小说创作中对音乐性的追求应该说是有明确意识的。在与克洛德·加瓦莱洛的一次对话中,他明确表示,如果说他的作品中有着某种可感的音乐节奏,那正是受到普鲁斯特的启迪,他是这样解释的:"尽管我本人不是音乐家,但我感觉到我是按照乐句、乐章的方式来谱写这些小说的,采取的是慢慢加快的乐速。我根据某种音乐的逻辑在文本的段落中加上沉默的间隔……有时候,这本身就成了一部书的主题……尤其是普鲁斯

---

① Jean-Yves Tadié. A propos du récit poétique, entretien avec Claude Cavallero. *Les cahiers J.-M.G. Le Clézio*. N°5,2012, Paris: Editions Complicités, 2012, pp. 33 – 34.

② Jean Milly. *Pharase de Proust*. Paris Gallimard, 1982, p. 229.

特……那是一个词语音乐家，一个句子、形象和目光的音乐家……普鲁斯特后来对我产生了很大的影响……在我的转变的过程中，最令人诧异的一点，是我的转变竟然是由一个很小的句子触动的！……这个句子，就是在《在斯万家那边》中斯万到达花园时铃声正好响起的那句话。这声铃响将我唤醒。对我而言，其作用正如一位禅悟的诗人说起的那个入口处：'您听到山间瀑布声了吗？那就是入口处。'"①在多个不同场合，勒克莱齐奥都表示过其写作对音乐性的追求受到过普鲁斯特的影响，确实，读勒克莱齐奥的小说，尤其是第二阶段之后的作品，如我们在上文中所指出的，节奏感强，注重音美，有意识地在停顿和回旋中追求一种音乐性的表达。近年来，国内学界对勒克莱齐奥小说叙事结构与风格展开了研究，其中有的研究就特别关注到勒克莱齐奥的代表作《沙漠》的音乐性结构和音乐性叙事节奏②。翻译家余中先在《饥饿间奏曲》的《译者序》也指出了勒克莱齐奥这部小说结构的特点及其价值："在短短的'前奏'和同样简短的'尾声'之间的小说故事中，作者以第三人称的叙述，描绘了艾黛尔的家从盛到衰的过程，它同时也是艾黛尔从天真的小女孩成长为坚强的年轻姑娘的过程，更是她了解饥饿、歧视、迫害、谋杀等等世界之反面的过程，这个过程始终没有完，恰如艾黛尔记忆中音乐家拉威尔的《博莱罗》首演的场面：同质的旋律浪潮，以不同的节奏（越来越紧凑）和强度（渐强）反复不已，宣告了我们世界将一次次地受到风暴的打击。"③

音乐结构、旋律、速度、节奏，还有和声、交响，若按这些与音乐

---

① Bernabé Gil, Maria Louis: «*La Quarantaine de J.-M.G. Le Clézio: du paradoxe temporal à l'achronie*». In Thibault Bruno, Moser Keith. *J.-M.G. Le Clézio dans la forêt des paradoxes*. Paris: L'Harmattan, 2010, pp. 291 - 292.

② 赵秀红：《让文字随音乐起舞——论勒克莱齐奥小说〈沙漠的女儿〉的音乐性》，《外语研究》2009年第1期，第97—100页。

③ 勒克莱齐奥：《饥饿间奏曲》，余中先译，人民文学出版社，2009年，《译者序》，第5页。

相关的关键词所指引,去对勒克莱齐奥的小说叙事与语言表达进行进一步的探究,对其诗意的生成之道加以全面探寻,相信我们会更加深刻地进入勒克莱齐奥的文本世界,更加真切地去聆听勒克莱齐奥借助文本发出的心声,更加准确地把握小说所书写的时代的脉动。

结　语

在上文中,我们以德勒兹将文学视为生命的生成,认为其过程在动态中不断延续的观点为依据,对勒克莱齐奥的诗学历险与诗意生成的过程进行了考察,结合对勒克莱齐奥小说文本的细读与分析,对勒克莱齐奥的语言生命、浪漫精神与诗意生成之道进行了尝试性的探索,以期为勒克莱齐奥小说研究拓展某种新的路径与可能性。

译普鲁斯特难　译蒙田更难

——关于《蒙田随笔全集》的翻译

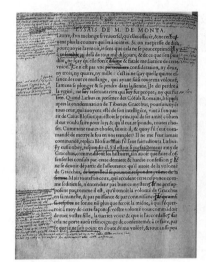

《随笔集》校样

最近听译林出版社的朋友说，他们社组织翻译的《蒙田随笔全集》很快就要出版了。译林出版社组织这部书的汉译是早几年的事，由曾任普鲁斯特《追忆似水年华》汉译责任编辑的韩沪麟先生负责，参加翻译的七位译家，有四位曾经是《追忆似水年华》那个翻译集体的成员。

蒙田《随笔集》自 1595 年经过增订出版定本至今，已经有四百多年的历史，它在法国文学史乃至世界文学史上都占据着令人瞩目的位置（有人称它为一部影响世界思想史的巨著），然而，中国读者却一直无缘欣赏它的全貌。造成这一巨大憾事的原因多种多样,但最根本的,恐怕是翻译之"难"。

十年前参加《追忆似水年华》的翻译,作品中那长达数十行的"意识流"连环句式,那声、色、味一应跃然纸上的形象笔触,那妙不可言,"似乎是精辟评论又像是欢乐遐想的"明喻暗比给翻译造成了几乎难以超越的障碍,使每一位参加该书翻译的译家都深切地感受到了翻译的限度,翻译过程中始终伴随着我的那种唯恐背叛原著的负罪感,至今想起来都令我有一种难言的恐惧。然而,就我所知,翻译普鲁斯特难,翻译蒙田更难。

翻译,作为一个再创造的过程,大致可分为两个阶段,那就是理解与表达。理解是表达的基础,是翻译的基点。就翻译《追忆似水年华》而言,其困难主要存在于第二阶段,即表达阶段。然而,翻译蒙田的《随笔集》,则在翻译的全过程都充满障碍。我没有参加译林出版社组织的《随笔集》的翻译,但有过一次小小的尝试。那是在1991年,南京大学钱佼汝教授翻译美国著名文艺理论家弗雷德里克·詹姆逊的《语言的牢笼》,其中有一段蒙田的话,是法文的,钱先生让我帮助译成汉语。原以为短短一段话,不会费什么气力,当场译好便可交差,没想到接过原文一读,发现无论是语言结构还是具体用词都与当代法语有很大差异,有的词句按今日的理解,上下文根本解释不通,无奈只好拿回家,查阅了多种辞典,又打电话与外国专家一并解读,一百余字的一段话,整整花了我两个小时才勉强译出。后来去法国,在龚古尔奖获得者、法国著名作家吕西安·博达尔先生家意外得到了一部注释版《随笔集》,是1992年由阿尔莱亚(Arlea)出版社出版的,校注者是法国著名的蒙田研究专家克洛德·邦加诺先生。我如获至宝,回国后抽暇多次研读,发现《随笔集》的难读、难解,对翻译而言,至少是双重的。

一是在思想和知识层面。如柳鸣九先生主编的《法国文学史》

所介绍的，蒙田以博学著称，"在《随笔集》中，天文地理，草木虫鱼，无所不谈，特别是旁征博引古希腊罗马作家的著述"，对读者（译者首先是个读者）来说，没有丰富的人生阅历和浓厚的哲学素养，难得这部"生活之哲学"的真谛和精髓。

二是在语言层面。有人说"《随笔集》语言平易通畅，不假雕饰"，我觉得只说对了一圉。《随笔集》语言少雕琢，但并不平易，尤其对现代读者而言，"文字实在难以解读"，由于古词古语、古法语结构的频繁出现，一般读者往往"读不到三十页"就放下了（见阿尔莱亚版《随笔集》编者的话）。据参加翻译《随笔集》的朋友说，作品中的许多句式、用词，都带有中世纪法语的痕迹，尤其是语言结构比较独特，前后衔接的方式，也常有对逻辑的偏离，需借助上下文，再三研读，才有可能读出个所以然，读出个味来。

《随笔集》于翻译的障碍自然不只限于上述的两重，翻译此书的几位译家肯定有更真切的体会，它确实是一部难读、难解、难翻译的书，但更是一部值得读、值得解、值得翻译的书，拿法国著名汉学家、世界比较文学与比较文化大师艾田蒲先生的话说，"要读懂它，需要认真地读它个十遍二十遍，每读一遍都会带来新的启示，因为我们是在以白昼的思想、黑夜的梦幻，以当下的激情和暂时的价值标准在接近它。而它每时每刻都在回答我们无时不在而又迫切得到回答的问题，因为这部书没有任何说教，而有着对一切的答案"（见阿尔莱亚版《随笔集》编者的话）。

感谢译林出版社，更感谢《随笔集》的译家们，感谢他们以丰富的学识和非凡的语言的才能，跨越了重重障碍，艰难却扎实地一步步接近了比普鲁斯更难接近的蒙田，使广大中国读者终于有机会走进蒙田的世界，寻找各自的人生答案。

（写于 1997 年 9 月 3 日）

追忆艾田蒲
——艾田蒲与《中国之欧洲》

冬夜，北京大学孟华教授打来电话，说艾田蒲离开了。

灯光，有如冰冷戳人的棱角，漂白了我四周的书城。

书橱中，十余本书却以睿智的目光默默地注视着我，带着艾老生前的温暖。这些书是艾老一生的心血，也是他十余年来对我的馈赠。这些书里，甚至有他所珍藏的孤本。他在每本书上都编了号，写了赠言。作为饮誉世界的大学者，他的"人逢知己者、书赠爱书人"之言，曾是我昔日的骄傲，也成为我今日的哀思。

2002 年 1 月 7 日。我黯然于一位长者的溘然辞世，中国叹息于一位忠实友人的悄然离去，法国哀悼着"法兰西最自由的精神"，国际比较文学与比较文化界失去了一位享誉世界的大师。

艾田蒲（René Etiemble，1909—2002）的一生贡献卓著，发表各类著作近七十部。被称为不朽者殿堂的法兰西学院曾几次向他打开大门，但奉行独立精神的艾老却一再拒绝进入这个他认为没有生机的殿堂。他是法国当代知名作家、哲学家、比较文学与比较文化大师。他曾在美国、墨西哥、埃及等国的著名学府任教，后在巴黎索邦大学任讲座教授和名誉教授。艾老博学多才，涉猎广泛。作为小说家，他发表过《唱诗班的孩子》(1947)、《文身》(1961)等作品；作为翻译家，他译过劳伦斯的多部著作(1949、1955、1965)和博尔赫斯的作品；作为剧作家，他创作的《公敌》(1948)获得戏剧奖；

作为文学评论家,他与萨特、雷蒙·阿隆、梅洛-庞蒂于 1945 年创办了著名的《现代》杂志,他的三卷本巨著《兰波之神话》(1952—1957)获得圣勃夫批评奖,他在《新法兰西杂志》和《现代》杂志发表的大量批评文章,先后汇成了五大卷的《文之纯》(1952—1967);作为比较文学学者,他的《比较不是理由》(1963)、《论(真正的)总体文学》(1974)和《世界文学论文集》(1982)等著作,在国际比较文学界产生了广泛的影响。他的《中国之欧洲》(1988—1989)更是表现了一个比较文学与比较文化大师的宽阔视野和哲学家的深刻思想,这部两卷本的比较文化巨著荣膺首届巴尔桑比较学基金奖。

艾老首先是位世界主义者。他不为欧洲狭隘的门户之见所囿,重视一切文明的优秀成果,对所有的人类创造一视同仁。思想开放、胸襟广阔的艾老宣称,必须也急需扩展西方的文学视野与文化视野。为此,他极力强调东方文化,尤其是中国文化在世界文化版图上的重要地位。同时,他认为文化的交流应该是双向的。在世界民族之林,各国间的文化交流应该建立在相互尊重的基础上。

艾田蒲更是一位清醒的、奋斗的人道主义者。他呼唤着无疆界的人道主义:"孔子与苏格拉底自有他们的庙宇,这庙宇就在那些像我一样的人的心目中(我不愿将其神话),就在那些寻求建立一种无疆界的人道主义的人们的心目中。但这些并不过分天真的人都知道,从本质上来看,人道主义将永远是个脆弱的秘密,而且,一旦掀起新宗教的怒潮,他便会经历苏格拉底的命运,也就是人类赋予耶稣基督的命运。"

凭借着世界主义的开阔视野与人道主义的精神伟力,艾老不为任何政治、经济和文化势力所动,保持了思想的自由和精神的独立。他坚决抵制任何形式的霸权主义,憎恨一切的奴役、压迫、谎言和伪善。他的《六论三专制》(1950),明确地表明了他的政治立场。早在 20 世纪 50 年代,他就号召非英语国家抵制美语文化霸权在全球范围的强势扩张。艾田蒲认为,文明与语言密不可分,语言的丧失就意味着文化身份的失落。作为法语文化的捍卫者,他的《你说美式法语吗?》(1964)在世界范围引起了巨大的反响。在我们这个时代,随着全球化进程的加快和经济一体化的加速,文化多样性的问题被尖锐地提了出来。艾田蒲在反对任何形式的文化霸权和维护文化多样性方面所做的努力,无疑具有先行者的榜样力量。

艾老的东方视野和"中国情结",给中国学者们留下了深刻的印象。他与巴金和戴望舒的友情已被传为文坛佳话。他在1957年与四位法国汉学家访问中国后所写的《东游记》(1958)在法国广为传播。早在青年时代,艾老就对中国文化情有独钟;在大学时代,他更为中国哲学所吸引。在"中国心"的驱使之下,他写下了众多篇章。他很早就对中国感兴趣,并想让法国人了解中国的哲学,他写过《孔夫子》(1956)、《哲学的东方》(1957—1959)。他以批判的目光审视了中西交流的一段特殊的历史(《耶稣会士在中国》,1966)。《我信奉毛泽东主义的四十年》(1976)一书,以客观的态度和冷静的笔触对自己的中国情结进行了反思,在对中国的历史及中国的发展与进步表示由衷的赞美,对中国的权利进行全力维护的同时,表明了他对任何形式的神话都不参与构建的清醒头脑、独立态度和自由精神。他还主持了"东方知识"丛书,在国际出版界享有盛名的伽利玛出版社的"七星文库"推出了他组织翻译的《水浒》《红楼梦》《金瓶梅》等中国古典名著,为中国文学与文化在法语世界的传播做出了巨大的贡献。

《中国之欧洲》,凝聚了艾田蒲先生的多年心血,是他奉献给中国人民的一份厚重和珍贵的礼物。在给南京大学钱林森教授的信中,他写道:"在这部两卷本的著作中,我向自蓍草或龟甲占卜时代以来也许给人类作出最大贡献的文明表示了我个人以及整个欧洲的感激之情。"关于撰写该书的初衷,他这样解释道:"一艘艘炮舰无耻地轰击帝国,让她沦为殖民地,欧洲实在忘恩负义,因为正是这个帝国在很长时间里一直丰富着欧洲的思想、科学和艺术。人们自会明白,我之所以坚持己见,毫不犹豫地选择这一中国之欧洲的某些侧面进行研究,原因正在于此。"在这部近八十万字的巨著中,艾田蒲先生以其深厚的文化素养、开阔的文化视野和清醒的东方意识,以翔实丰富的第一手资料为基础,对中国传统文化,特别是中国的哲学思想对西方世界的影响,对中西文化相互碰撞、交融的历史做了十分精当的描述和独到的研究,并以无可辩驳的事实批驳了"欧洲中心论",有力地论证了中国思想、文化在整个人类文化发展中的地位和作用。他以对真理孜孜不倦的探求精神和理性的目光观照中国文化,为西方重塑了一个真实的中国形象:既非伏尔泰式的神奇的理想国,也非欧洲中心论曲解的中国。

艾老的《中国之欧洲》,表现了他对中国文化独特性的深刻理解,对欧洲中心论的强烈批判精神,对人类文化交流的宏大视野,这一切令我击节赞赏,但同时也使我举步维艰,因为十年前,我和钱林森教授正在勉为其难地进行着《中国之欧洲》的翻译工作。翻译《中国之欧洲》,困难重重。首先难在这部巨著涉及面广,作者对中国传统文化,特别是中国哲学思想对西方世界的影响,做了全面的考察和思考,几乎涉及方方面面,如天文、地理、绘画、音乐、戏剧、哲学、宗教,等等,仅书中提到的书籍就近千种之多,涉及六种文字,时间跨度也很大。为了译这部书,我们查阅的有关辞书、典籍、书刊不下百种,请教了多方面的专家,有的是第一流的权威。有时为了核对一个人名,我们不得不查阅六七种辞书。其次难在作者的思想深邃。翻译,首先是阐释。准确地理解作品的精神和主旨,把握原著的风格,是译好一部书的基础。初读艾老的《中国之欧洲》,似乎印象最深的是作品的构架之庞大、资料之丰富,但细读之后,却又为作品独特的视野和深刻的内涵惊叹不已。字里行间,透溢着作者对中国文化的缱绻之心,对人类精神财富底蕴的勇敢探索,对真理的无比热爱和不懈追求。要再现作品的这种庞大气势、深刻底蕴和强烈的批评精神,仅仅满足于查阅辞书、尽可能准确地传译原作的资料考证、传达原作的逻辑内容,那自然是远远不够的。再次,难在作者的语言风格之独特,在法国哲学界、文学批评界,艾田蒲先生的文笔之犀利是出了名的,而这种犀利往往妙不可言。我翻译过普鲁斯特的作品,尝到过连绵不断的长句的传译之难,而在艾田蒲的这部著作中,则有正话反说或反话正说的语气的传达之苦,稍不留心,作者的意思就有可能被误解,被歪曲,实在不敢有丝毫的马虎和懈怠。

《中国之欧洲》的汉译工作,是我结识艾老的缘起。我难忘和艾老的交谈,难忘那个巴黎的夏日——1993 年 8 月 11 日。当时,已有 84 岁高龄的艾田蒲不顾严重的心脏病,极其认真地就《中国之欧洲》的翻译问题,与我进行了长时间的推敲。在会面时,我深切地体会到:艾老对这部书是倾注了巨大的激情的,他把这部书的汉译看作他生命的一种"令人欣慰的补偿"。他谈起了他青少年时对中国的向往,大学时期对中国哲学精神的仰慕,谈起了他这一生与东方,特别是与中国结下的不解之缘。谈话中,我生怕累着了这位生病的老人,几次想早点结束我们的会面,好让他休息,但我不忍心打断这位老人的话,更不忍心打断这位文化巨人对我们中华文明发自内心的赞美。我的心被这位饮誉世界的大学者的诚恳与谦逊深深地震撼了。我惊叹这位八十多岁的病中老人竟有如此清晰的思维,如此准确的语言,如此强大的精神力量。

在艾老无形的关注之下,我与钱林森教授通过三年的努力,完成了《中国之欧洲》的翻译工作,把它献给了中国读者。之后,我们仍鸿雁不断。我曾受韩素音之托，多次与艾老商讨创办国际翻译学院事宜。我也为学生出国深造举荐之事，麻烦过艾老。元旦前，我还给他打电话祝贺新年，接电话的是他的夫人，当时他已说不出话来。寥寥数日之后，又传来了他离开了的消息。

艾老 92 岁辞世，不可谓不寿。然而，我却难免忉怛之意。逝者如斯，令我黯然。

2002 年 1 月 7 日，冬夜，灯光冷如冰凌。而艾老亲赠的书籍与亲笔信件却在灯下闪烁着睿智的光芒。我知道，只要打开书页，我就仍可以触摸到他激情喷薄的脉搏，感受到他尖锐犀利的批判精神。书页中闪耀的，是"法兰西最自由的精神"之火花，黑纱无法遮蔽，黄土无法掩埋。

（2002 年 1 月 9 日夜，于南京黄埔花园公寓）

解读中国古代文人的悲秋情怀
——读郁白著《悲秋：古诗论情》

在古代中国，人们称词为诗余，曲曰词余，对联、灯谜、小说类为雕虫小技，这些称谓无疑反映了诗歌在五千年传统文化中的崇高地位。未熟读古诗，就谈不上精通中国传统文化。古诗的重要性不仅为国人共识，也是国际汉学界的聚焦所在。戴密微先生曾经指出："如重汉学，当选汉诗研究"，并确言"汉诗为中国文化最高成就"或"中国天才之最高表现"。[①]

在 20 世纪下半叶，伴随着唐诗译介的繁荣，海外汉诗研究盛况空前，也更为系统、深入。[②] 而在 21 世纪的破晓，我们又欣喜地看到了郁白先生在这一领域的新作《悲秋》（*Tristes Automnes*，于 2001 年在法国出版）。

"学而优则仕，仕而优则学"的郁白（Nicolas Chapuis，1957—   ）先生，是法国著名汉学家。郁白始终醉心于中国文化，并与遥远的中国结下了割不断的情缘。自巴黎第七大学东方语言文化学院毕业以后，郁白先生曾先生担任法国驻中国大使馆文化参赞、法国外交部亚洲司副司长、法国驻上海领事馆总领事。外交官的生涯不仅使郁白切身接触中国文化的无穷魅力，也使他得以同中国文化

---

① 巴黎《敦煌学》第五辑，《戴密微先生逝世三周年纪念专号》，转引自钱林森编《牧女与蚕娘》，第 365 页，上海古籍出版社，1990 年。

② 钱林森编《牧女与蚕娘》，上海古籍出版社，1990 年，第 362—366 页。

界的精英相与往还。

为了向西方读者推广中国文化，郁白先生先后在法国翻译出版了钱钟书、杨绛等中国友人的著作以及多部中国文学名著。对中国古典诗歌进行主题学研究的学术专著《悲秋》在中国翻译出版，更令现任法兰西驻蒙古国大使但心系中国文化的郁白先生足慰平生。

《悲秋》一书是郁白先生对中国传统文化仰止之情的直率流露，也是他于中国古典诗歌领域不凡造诣的具体体现。通过对秋天形象的诗学分析，他结合中国古代文论与西方文学批评，对中国古代本体论问题进行了深入、系统的专题研究。

在中国诗歌的历史长河中，郁白凝眸于"悲秋"这一主题从诗、骚源头到唐诗绝顶的具体演绎。他发现，打一开始，秋歌强烈激越的自我认同清响，就与儒家士绅们中庸平和的不厌教诲格格不入，因此遭到社会势力的强行压制。感受到悲秋辞赋于纸背丝丝透出的郁郁不平之气，郁白不禁喟然兴叹："两部文集（《诗经》与《楚辞》）中的秋歌，完美地描绘了在能够社会化与无法社会化之间存在着的张力。《诗经》与《楚辞》对该问题的不同处理，从一开始就构成了中国思维中最为独特的悖论之一：只有在放逐中，才能找到自我认同。"①

作为由法兰西深厚人道主义传统所哺育的当代学者，郁白先生的《悲秋》自然不仅仅是一项简单的文献梳理工作，其中更渗透出那份深切的人文主义关怀："确切说来，是和钱钟书先生的频繁交往，促使我进行这项研究的。自 1986 年到 1992 年期间，在一系列关于中国思想危机问题的私人会谈过程中，钱先生鼓励我，步他著作中评论之后尘，要'刮掉'理论的表面，以寻回'人'的本质。以

---

① 郁白：《悲秋：古诗论情》，叶潇、全志刚译，广西师范大学出版社，2014 年，《序》。

百科全书式无所不包、中西并重的坚实文化底蕴为依据,钱先生使我相信了中国本来可以也依然可以做出其他的文化选择、社会选择,而非这种称为'儒教'的选择。"①

因此,在《悲秋》一文中,与梳理"悲秋"主题之年代脉络同时展开的,是郁白先生对中国古代知识分子们命运的深切关注,是对中国文人自我认同脉搏叩击声的凝神倾听。遭到儒家反对、为社会所否定的"他者"藏匿于何处?郁白展开了对中国古代本体论问题的具体探讨。

郁白指出,自春秋到盛唐,秋歌的诗学评论呈现出自道德论向情感论,继而向唯情论转化的人道主义趋势。秋歌,作为强烈表达自我认同的个人主义诗篇,与儒教纲纪伦常的集体主义教诲从《诗》《骚》开始就存在着激烈的相互冲突。后人往往被夹在想表达自我认同和不愿离经叛道之间。杜甫的《秋兴赋》与王维的"制毒龙"正是该问题悠长的回声:"这种紧张局面一直伴随着我们的这项研究工作,它如果不是一场内心的战争,又能是什么呢?人的激情处于儒家克己社会规章的阴影之下,喷薄欲出;而人的自我认同,也被政治戒律(王维还以佛门戒律将其强化)与受抑激情的压力所活生生地车裂。"②

本书的价值在于研究的独特视角,以及深刻、系统的细致分析。这部专著,是法国汉学家之中国研究的一次有益探索。对法语国家读者进一步了解中国诗歌,了解中国古代知识分子的身份与命运,《悲秋》一书无疑具有重要的启迪作用。

"投之以木桃,报之以琼瑶。"在郁白先生采撷中国诗歌、中国文论精华而精心酿制成的这一陈年心曲中,中国读者却品到了浓

---

① 郁白:《悲秋:古诗论情》,叶潇、全志刚译,广西师范大学出版社,2004 年,《序》。
② 郁白:《悲秋:古诗论情》,叶潇、全志刚译,广西师范大学出版社,2004 年,第178 页。

烈的西方风味：有龙萨、拉马丁、雨果、马拉美、波德莱尔等人诗作十余个世纪之后与中国古代诗人们遥相唱和；有诸多汉学家、西方文论家对中国问题的深邃透视；有郁白先生基于西方文化底座的独特视野——"这些诗篇所表达的是生存之无能为力。这在很大程度上可谓充满浪漫激情的十八世纪①法国诗人的鼻祖。实际上，他们彼此类似，借用维克多·雨果年轻时代著名诗集的标题而言，那是光与影在此交融共存。"②

（写于 2003 年冬，为《悲秋：古诗论情》所作译序）

---

① 此处有误，应为 19 世纪，译者在文中标注。
② 郁白：《悲秋：古诗论情》，叶潇、全志刚译，广西师范大学出版社，2004 年，第 174 页。

图片解说一览

法文版本

夏多布里昂《墓外回忆录》

Titre：Mémoires d'Outre-Tombe

Auteur：Chateaubriand，François-René de（1768 - 1848）

Éditeur：E. et V. Penaud Frères（Paris）

Date d'édition：1849 - 1850（première édition）

扉页：http://gallica.bnf.fr/ark:/12148/bpt6k1354719? rk＝128756；0

人像：http://gallica.bnf.fr/ark:/12148/bpt6k9726733q/f14.item

插图：http://gallica.bnf.fr/ark:/12148/bpt6k1354719/f8.item

司汤达《红与黑》

Titre：Le Rouge et le Noir

Auteur：Stendhal（1783 - 1842）

Éditeur：A. Levavasseur（Paris）

Date d'édition：1831（première édition）

扉页：http://gallica.bnf.fr/ark:/12148/btv1b8623298f/f13.item.r＝stendhal

巴尔扎克《邦斯舅舅》

Titre：Oeuvres illustrées de Balzac. Les Parents pauvres：La Cousine

Bette, le Cousin Pons. Le Colonel Chabert. L'Interdiction. Les Secrets de la princesse de Cadignan. Une ténébreuse affaire. Pierre Grassou. Sarrasine. Esquisse d'homme d'affaire d'après nature. La Recherche de l'absolu. Un épisode sous la Terreur.

Auteur: Balzac, Honoré de (1799 - 1850)

Éditeur: Marescq et Cie (Paris)

Date d'édition: 1851 - 1853

扉页: http://gallica.bnf.fr/ark:/12148/bpt6k1169098/f102

巴尔扎克《海上劳工》

Titre: Les travailleurs de la mer

Auteur: Hugo, Victor (1802 - 1885)

Éditeur: A. Lacroix, Verboeckhoven (Paris)

Date d'édition: 1866 (première édition)

扉页: http://gallica.bnf.fr/ark:/12148/bpt6k802187/f2.item

插图: Le roi des Auxcriniers

http://www.larousse.fr/encyclopedie/images/Victor_Hugo_les_Travailleurs_de_la_mer__le_roi_des_Auxcriniers/1312632

圣勃夫《月曜日丛谈》

Titre: Causeries du Lundi

Auteur: Sainte-Beuve, Charles-Augustin (1804 - 1869)

Éditeur: Garnier Frères (Paris)

Date de première édition: 1851 - 1862

扉页: http://gallica.bnf.fr/ark:/12148/bpt6k37436c? rk=150215;2

蒙田《随笔集》

Titre: Essais de Michel Seigneur de Montaigne. Cinquiesme édition, augmentée d'un troisiesme livre et de six cens additions aux deux premiers.

Auteur：Montaigne，Michel de（1533－1592）

Éditeur：A Paris，Chez Abel L'Angelier，au premier pillier de la grand Salle du Palais. Avec privilège du Roy.

Date d'édition：1588

蒙田校样：http://gallica.bnf.fr/ark:/12148/bpt6k11718168/f156

中文译本

《夏多布里昂精选集》：夏多布里昂著，许钧编选，山东文艺出版社，2000年。

《邦斯舅舅》：巴尔扎克著，许钧译，译林出版社，1995年。

《贝姨》：巴尔扎克著，许钧译，上海译文出版社，1999年。

《海上劳工》：维克多·雨果著，许钧译，译林出版社，2000年

《圣勃夫文学批评文选》：圣勃夫著，范希衡译，许钧序，南京大学出版社，2016年。

《追忆似水年华Ⅸ索多姆和戈摩尔》：马塞尔·普鲁斯特著，许钧、杨松河译，译林出版社，1990年。其他卷译者如下：

《追忆似水年华Ⅰ在斯万家那边》，李恒基、徐继曾译；

《追忆似水年华Ⅱ在少女们身旁》，桂裕芳、袁树仁译；

《追忆似水年华Ⅲ盖尔芒特家那边》，潘丽珍、许渊冲译；

《追忆似水年华Ⅴ女囚》，周克希、张小鲁、张寅德译；

《追忆似水年华Ⅵ女逃亡者》，刘方、陆秉慧译；

《追忆似水年华Ⅶ重现的时光》，徐和瑾、周国强译。

《小王子》：圣埃克苏佩里著，刘云虹译，南京大学出版社，2017年。

《夏日夜晚十点半》：杜拉斯著，苏影、胡小力译，春风文艺出版社，2000年。

《消费社会》：让·鲍德里亚著，刘成富、全志钢译，南京大学出版社，2014年。

《桤木王》：图尼埃著，许钧译，上海译文出版社，2000年。

《无知》：昆德拉著，许钧译，上海译文出版社，2004年。

《相遇》：昆德拉著，尉迟秀译，上海译文出版社，2010年。

《反叛、历险与超越——勒克莱齐奥在中国的理解和阐释》：高方、许钧主编，南京大学出版社，2013年。

《诉讼笔录》：勒克莱齐奥著，许钧译，上海译文出版社，2008年。

《中国之欧洲（上卷、下卷）》：艾田蒲著，许钧、钱林森译，广西师范大学出版社，2008年。

《生命之轻与翻译之重》：许钧著，文化艺术出版社，2007年。

图书在版编目(CIP)数据

法国文学散论 / 许钧著. —南京:南京大学出版
社,2018.10
ISBN 978－7－305－21032－7

Ⅰ.①法… Ⅱ.①许… Ⅲ.①文学评论－法国 Ⅳ.
①I565.06

中国版本图书馆 CIP 数据核字(2018)第 224470 号

出版发行 南京大学出版社
社 址 南京市汉口路 22 号 邮 编 210093
出 版 人 金鑫荣

书 名 法国文学散论
著 者 许 钧
责任编辑 张倩倩 张 静

照 排 南京紫藤制版印务中心
印 刷 江苏苏中印刷有限公司
开 本 635×965 1/16 印张 19 字数 230 千
版 次 2018 年 10 月第 1 版 2018 年 10 月第 1 次印刷
ISBN 978－7－305－21032－7
定 价 68.00 元

网 址:http://www.njupco.com
官方微博:http://weibo.com/njupco
官方微信:njupress
销售咨询热线:(025)83594756